# The Namesake

# 同名人

# The Namesake

Jhumpa Lahiri

[美]裘帕·拉希莉 ———— 著　吴冰青　卢肖慧 ———— 译

浙江文艺出版社
Zhejiang Literature & Art Publishing House

# 媒体热评

"非凡……对家庭、传统和自我认可的洞悉而精细的记录……裘帕·拉希莉是一位深有造诣的第一流小说家。"

——《圣地亚哥联合论坛报》

"令人难忘的故事……包藏在优雅低调的文笔之下的,是拉希莉敏锐透悉人物内心世界的天赋。思想深峻而目光明澈,人物描绘异常生动,与美国的特殊情况和人类的普遍渴望相合拍。"

——《新闻日报》

"感人的首部长篇小说。拉希莉的笔触优美而不事张扬。"

——《旧金山纪事报》

"拉希莉美妙地表现了移民的惶惑、思乡,以及对抛在身后的味道、气味和习俗的向往。"

——《洛杉矶时报读书版》

"动人……一部充满精细微妙的张力的小说,跨越两代人、两块大陆,以及其间丰富的情感妥协……《同名人》是一个关于愧疚与解脱的故事;它触及到人们为从过去——家庭的责任、历史的负累——中解脱出来所普遍经历的挣扎。"

——《波士顿环球报》

"《同名人》是不同凡俗的……一部处女作长篇小说如此沉着如此有力,仿佛是成名已久的小说大家的作品。"

——《纽约时报》

"拉希莉优雅的第一部长篇小说超额地实现了她的普利策得奖小说集的诺言……甘古利一家的家世描绘得无比精巧细腻……成为美国移民与同化的经典故事。"

——《娱乐周刊》

"拉希莉以混合着平静观察和令人心碎的诚实的特有风格来处理同化和归宿的问题……作品无拘束的美让人不能释卷。"

——*Elle*

"极有感染力……文笔优美而充满用心观察到的细节,拉希莉的小说——像她的主人公一样——成功地在两个非常不同的社会之间架起了桥梁,给予了我们对两者的最好描绘。"

——《人物》

"这部人们热切期待的处女作长篇小说,灵巧地深化了拉希莉的特征主题:爱、孤独和文化的迷茫。"

——《哈泼时尚》

"《同名人》描写了家庭的重要性以及人们如何应对不熟悉的环境,写得如此之好,是本年度发表的最佳虚构类作品之一。"

——《西雅图时报》

"一个感人至深且构建精巧的有关文化冲击的故事……阅读它,任何人都将体会到作为文化局外人的感受。"

——《沃思堡晨星电讯报》

"一本出自一位卓越作家的精美小说。"

——《华盛顿邮报》

"《同名人》是一部沉静感人的处女作长篇小说……非常吸引人……在精确地唤起的个性之中置入了普遍性。"

——《哥伦布快报》

"尽管生命充满了荒谬的过程和不可避免的结局,拉希莉仍坚守了伟大作品所具有的超越时间、超越空间的雄辩性与持久性。"

——《匹兹堡邮报》

"笔触经济而优美……拉希莉的小说本质上戏剧化了所有人共同的经历:寻找自我。"

——《罗德岱堡太阳卫报》

"拉希莉讲述故事、塑造人物和精雕细刻的形象化描写等多方面才能,成就了一部罕见而绝妙的故事。"

——《奥兰多卫报》

"拉希莉区别于其他作家的,是她那平实却丰富细致的文笔,当她小心翼翼地展开人物的生活画卷时,我们不由得心痛起来。"

——《今日美国》

谨以此书献给我以另外名字称呼的

阿尔贝托和奥克塔维奥

读者须得了解,事情走到这一步,也是势所必然,而给他另起别的什么名字,则是根本不可能的。

——尼古拉·果戈理《外套》

# 目 录

第一章
*1*

第二章
*24*

第三章
*53*

第四章
*80*

第五章
*108*

第六章
*139*

第七章
*178*

第八章
*211*

第九章
*246*

第十章
*277*

第十一章
*302*

第十二章
*309*

"美国梦"是个相当模糊的概念
——裘帕·拉希莉访谈
*329*

译后记
*336*

# 第一章

## 1968

八月间一个闷热黏腻的傍晚，距离临产还有两个星期，阿西玛·甘古利站在中央广场公寓的厨房间，往碗里拌着脆米牌麦片、种植者牌花生仁①和红皮洋葱片。她加了些盐、柠檬汁、青辣椒丝，心想要是能有点芥末油就好了。怀孕以来，阿西玛就一直在吃这种杂拌零食，一种味道不够地道的仿品；原汁原味的在加尔各答街边、在全印度的火车站月台上都有卖的，花不了几分钱，就能买到满满一报纸卷筒。她就馋这一种东西，哪怕眼下肚子里已无处可容了。阿西玛撮起手掌盛了一点尝尝，皱了皱眉头；老样子，总是觉得缺了点什么。她若有所失地呆望着橱台后边的插孔板，那上面挂着她的炊具，都有点油腻腻的。她捞起莎丽的摆边，擦了擦脸上的汗。站在灰色带斑点的亚麻地毯上，肿胀的赤脚有点儿刺痛了。骨盆也让胎儿的重量压得生

---

① Rice Krispies, Planters, 都是美国食品品牌。——若无特殊说明，本书脚注均为译者注

痛。她打开橱柜——里面几层隔板都铺着脏乎乎的黄白格子花纸,她一直在说要换掉——伸手尽力去够另一只洋葱,拉扯那又干又脆的红皮时,她又皱了皱眉。这时一股莫名的暖热在腹部汹涌而起,紧接着一阵剧烈的收缩,疼得她直不起腰来,只能无声地喘气,洋葱也"咚"的一声掉在了地板上。

疼痛稍定,没想到又是一股更为持久的痉挛。在厕所里,她看到内裤上宛然有一道暗红的血迹,便大声呼唤丈夫艾修克。艾修克是麻省理工学院电子工程系的博士生,此时正在卧房里用功。他埋头于一张四方小牌桌上,床沿做了他的椅子,而他们这张床是由两个单人床垫拼接而成,上面盖着红色和紫色花样的蜡染床罩。呼唤艾修克时,阿西玛并不喊他的名字。尽管这名字她熟悉得不能再熟悉了,但想到丈夫时,却从来不会联想到名字上去。她跟从了他的姓,却不肯呼唤他的名,仿佛那是她的私产。直呼丈夫的名字,不是孟加拉妻子们做的事情。恰如印度电影里的吻或爱抚一样,丈夫的名字是很私密的东西,因此不能说出来,须巧妙地用别的什么掩盖过去。所以,她从来不喊艾修克的名字,而是用一句问话代替,意思大约是"你在不在听哪?"

黎明时分,他们叫了一辆出租车,载着二人穿过剑桥空无一人的街道,驶上马萨诸塞大道,经过哈佛园,来到奥本山医院。阿西玛登记入院,回答一些有关宫缩的频度和持续时间的问题,艾修克则在一旁填表。护士把她安放在轮椅上,推着她穿过几条洁净明亮的走廊,轻快地进了比她家厨房还要宽大的电梯。在产科层,她分到了楼道尽头病房里一个靠窗的床位。他们要她脱下穆希达巴德①丝绸的莎丽,换上一件棉布花袍。袍子短得只到膝盖,让她有一点点害臊。一位护士主动帮忙把莎丽折叠起来,可是长达六码的莎丽滑溜溜的不好收拾,她终于有些气恼,便胡乱塞进了阿西玛的蓝灰色衣箱里。阿西玛的接生大夫阿希列医生,是一位瘦瘦高高、相当精神的男人,长得有点像蒙巴顿勋爵,两鬓漂亮的浅棕色头发整齐地往后梳着。他过来查看一下进展。胎头位置很正,已经开始下降了。他说还在早期产程,只开了三厘米,宫颈刚开始软化。"你说'开了',是什么意思啊?"她问道。于是阿希列医生并起两根手指,然后张开,向她解释为了让婴儿娩出,她的身体所必须经历的不可思议的过程。阿希列医生告诉她,这个过程需要一些时间;她又是第一次怀孕,分娩可能需要二十四个小时,说不定更长一些。她找寻艾修克的脸,而他已经退到医生拉起来的帘子外头去了。"我等会儿再来。"艾修克用孟加拉语跟她说了声。接着一个护士插话道:"不用担心,甘古利先生,还早着呢。她就交给我们了。"

现在她孤零零一个人了,产房里另外三位产妇也都各有帘子围起来。其中一位产妇的名字,她从零星的谈话中得知是贝弗莉。另一位叫洛伊丝。她的左边躺着卡洛尔。"该死的,你个该死的!我受不了了!"她听见一个产妇叫喊道。接着是一个男人的声音:"我爱你,宝贝儿。"这些词儿,阿西玛

---

① Murshidabad 地区属印度西孟加拉邦,北靠恒河,盛产丝绸和象牙雕。

从来没有从自己丈夫口中听到过,也从不指望听到;本来就不会这样说出来的。这是她有生以来第一次独睡,周围还都是陌生人;以前不是睡在父母房里,就是枕边有艾修克陪伴。她希望帘子开着,这样就可以和那几个美国女人聊聊。也许她们当中有谁生过孩子,能给她讲讲还会发生什么事。然而她猜测,美国人尽管在公共场合亲热示爱,尽管喜欢穿迷你裙比基尼,尽管在街上牵手而行,尽管在"剑桥大众"餐馆里挤作一团,他们还是不喜欢别人打扰的。她张开手指,轻轻抚着紧绷的、滚圆如鼓的腹部,心里想着这会儿小东西的手和脚该在哪里呢。孩子已不再躁动,这几天除了偶尔有点不安分之外,她已感觉不到他撞、踢、挤她的肋骨了。她琢磨着自己是不是医院里唯一的印度人,这时宝宝轻柔地抽动了一下,她才意识到,严格说来,自己其实并不孤单。阿西玛觉得怪怪的,孩子将出生在一个人们来此大抵是为了受罪或等死的地方。米色的地板砖,米色的天花板格,白色的紧紧掖进床垫下的床单,没有一样让她感到舒适的。在印度,她暗自想道,女人都回娘家生孩子,远离丈夫、公婆和家务烦扰,短暂地再次回到孩童时代,迎接小生命的到来。

又一阵宫缩开始了,比上一股更加猛烈。她叫喊起来,头使劲儿压着枕头,手指紧紧抓住产床冰凉的护栏。没有人听到她的叫喊,没有护士赶到身边来看看。按医生的指示,她要记一下阵缩的持续时间,于是她看了一下手表。那是父母祝愿她一路平安的礼物;上次在机场离别的时候,她又慌乱又迷惘,哭得满脸是泪,他们是悄悄给她戴上这块表的。那是她平生第一次坐飞机旅行。那架英国海外航空公司的VC-10型客机,在震耳欲聋的轰鸣声中、在观景台上她的二十六位家人的注视下,飞离达姆达姆机场,越过印度那些她从未涉足的地方,飞向印度之外更遥远的天际。直到这时,她才留意到这块手表,藏在戴满双臂的铁的、金的、珊瑚的、贝壳的结婚手镯之中。眼下,除了手表,她还戴着个塑料圈,套着一张打印标签,标明她是这所医院的病人。她翻过手表,让表面贴着手腕的内侧。手表的背面,一圈防水、防磁、防震字样的中心,镌刻着她婚后姓名的起始字母,A.G.①。

他乡的分分秒秒在她手腕脉搏跳动处嘀嘀嗒嗒。有半分钟时间,她的腹部为一圈疼痛所包缠;那股疼痛朝背部发散,又迅速传到腿上。然后,与上次一样,缓解下来。她摸着手指计算印度的时间。拇指尖一节一节滑过指背上梯子似的棕色关节皱褶,停在了第三根手指中间:加尔各答比这儿早九个半小时,现在已是晚上八点半了。阿姆赫斯特大街她父母的公寓里,就是这个时候,用人正在厨房倒热气腾腾的饭后茶,安排马利饼干盘。她的母亲,马上就要做外祖母了,这时站在妆台的镜子前,正用手指解开齐腰长的、依然黑多白少的头发。她的父亲伏身于窗下墨迹斑斑的斜桌上,一边画着速写,一边抽烟,听美国之音。她的弟弟拉纳,趴在床上准备物理学考试。她能清楚地想象出起居室里灰色的水泥地面,感觉到即使天再热,脚底下也有的实实在在的凉爽。粉红色灰膏墙的一端赫然挂着她已

---

① 阿西玛的名字是 Ashima Ganguli。

过世的祖父的巨幅黑白照；另一端则是一个壁龛，装有毛玻璃门，里面塞满了书和纸，还有她父亲的水彩颜料罐。一时间，胎儿的重量仿佛消失了，眼前只有那些想象中的情景；可是这些情景很快又被碧蓝如带的查尔斯河、浓密葱绿的树顶和纪念厅大道上穿梭来往的汽车取代了。

现在是剑桥上午十一点。医院的日程总要提早一些，所以已到了午餐时间。一只盛着热苹果汁、果冻、冰激凌和冷盘烤鸡肉的托盘，送到了她的身边。友善的小护士帕蒂，手上戴着钻石订婚戒指，帽子下边露出一绺微红色头发，她告诉阿西玛不要碰别的，只吃果冻和苹果汁。这倒没关系，就算允许她吃，阿西玛也是不会碰鸡肉的。美国人吃鸡，居然连皮带肉一起吃下去；不过这些天她已经在前景街找到了一位好心的肉店老板，愿意为她把鸡皮扒掉。帕蒂过来把枕头抖抖松，又收拾了一下床铺。阿希列医生时不时探头进来看看。"不用担心。"他把听诊器贴在阿西玛肚子上，拍拍她的手，赞叹那些式样繁多的手镯，嘴里絮絮地说个不停，"看来一切都完全正常。甘古利太太，等着瞧吧，百分之百顺产。"

可是阿西玛却觉得一切都那么不顺。自打她来剑桥那一刻起，十八个月了，从没觉得哪件事是顺利的。生孩子的痛楚倒在其次，她知道，自己总会挺过来的。难的是紧随其后的事情：如何在异国他乡做母亲。如果只是怀孕，只是忍受床上恶心欲吐的清晨、辗转难眠的长夜，忍受背部钝麻的悸动，忍受无休无止上厕所的烦恼，那倒也没什么。整个怀孕期间，尽管日渐一日地感到不适，她却不胜惊讶于自己身体的承受能力了，一如她的母亲、祖母和所有的女性先祖们所同样经历过的。此次她更是远离家门,完全没有亲人看顾,这越发让她觉得是奇迹了。然而,她还是害怕在这样一个没有亲人、知之极少而自己的生活又显得如此漂泊、简朴的国家抚育孩子。

"要走走吗?对你也许有好处。"帕蒂进来收拾餐盘时,问道。

阿西玛从一本破旧的《印度》①杂志里抬起头来。这是她来波士顿时,在飞机上买来读的,至今还舍不得扔掉。那些印着孟加拉文的页面,摸起来有一点点粗糙感,是她永远的安慰。她把每一篇小说、诗歌、文章都读了无数遍。第十一页上还有她父亲为杂志所作的一幅钢笔画插图:在一月份雾蒙蒙的早晨,从他们的房顶看到的北加尔各答的风景线。父亲画这幅画时,她就站在他的身后,静静地观看;他肩上包裹着黑色羊绒披肩,唇间半掉不掉地叼着香烟,蹲着马步伏身于画架上。

"嗯,行啊。"阿西玛说。

帕蒂扶阿西玛起床,一只一只脚地给她套上拖鞋,又在她肩上加披了一件睡袍。"想想看,"阿西玛费力站起来时,帕蒂说,"再过一两天,你的块头就会小一半了。"她搀着阿西玛的手臂,一起走出病房,进了过道。阿西玛没走几步就停下了,又一股疼痛像浪潮一般在她身体里席卷而过,她的双腿战栗起来。她摇摇头,眼里充满泪水。"我不行了。"

"你行的。使劲捏我的手。想捏多紧都行。"

过了一分钟,她们才又朝着护士站的方向继续移动。"想

---

① Desh,国家、地域,印度人常以此称呼印度。

要男孩还是女孩?"帕蒂问道。

"只要有十只手指十只脚趾,就好。"阿西玛答道。想象怀里抱着婴儿的时候,她就特别难以想清楚这些解剖学细节、这些生命的具体特征了。

帕蒂笑了,有一点点夸张,于是阿西玛恍然意识到自己的口误,本应该说复数的"手指"和"脚趾"的。这个失误给她的痛楚,几乎跟刚才的阵缩一样厉害。英语曾是她的主修科目。在加尔各答,她没出嫁前是在念大学学位的。她常去邻里学生娃娃们的家里辅导功课,在阳台上、床上,帮助他们记诵丁尼生和华兹华斯的作品,练习像"sign"和"cough"这样的单词的发音,理解亚里士多德和莎士比亚悲剧的区别①。不过在孟加拉语里,一只手指其实也可以指很多只,脚趾也是如此。

一天,阿西玛辅导完功课,妈妈来门口接她,叫她直接回卧房收拾打扮一下;一个男人正等着和她相亲。这三个月来,他已是第三个了。第一个是带着四个孩子的鳏夫。第二个是报纸漫画家,认识她父亲,曾在博物馆广场被公共汽车撞了,没了左臂。幸好他们都回绝了她,让她大大松了口气。那时她十九岁,书刚读了一半,并不急着出嫁。所以这次她虽然顺从,却并没有什么期待。她松开头发重新编了辫子,擦去眼睛下面已经模糊的化妆墨,拿起丝绒粉扑扑了点护肤粉。那件折叠好掖在衬裙里的鹦鹉绿薄莎丽,也让母亲铺在了床上等她来穿。进客厅之前,阿

---

① 古希腊哲学家亚里士多德所著的《诗学》是古希腊悲剧理论的总结。此处以亚里士多德指代古希腊悲剧。

西玛在走廊停留了一下，只听里面母亲说："她很喜欢烹调，毛线也打得特别好。瞧我穿的这件对襟衫，她一个星期就打好了。"

阿西玛微微一笑，被妈妈的推销术逗乐了。那件对襟衫，花去了她大半年的时间，最后还得由妈妈来织袖子。她瞄了一眼客人换拖鞋的地方，那儿除了两双皮凉鞋外，另有一双男人的鞋，这种鞋她从来没有在加尔各答的大街上、公车上见过，甚至也从未在巴塔鞋业公司的展示窗里见过。鞋是棕色的，有着黑色的后跟、米色的系带和米色的针脚。每只鞋的两边都装饰了一排小扁豆大小的孔眼，而尖头处还饰有漂亮的花纹，像是用针刺上去的。她凑近看，见鞋里面印有制鞋公司的烫金名号，不过已模糊不清了，说是什么什么及儿子们。她看了看尺码，八号半的，又看到 U.S.A. 的缩写字样。妈妈还在继续夸赞她的好处，这时阿西玛突然有股冲动，遏止不住地把脚穿进了那双鞋。鞋的主人留下的湿湿的汗，与她的混合了起来，她的心开始狂跳；她还从来没有如此近地接触到一个男人。皮革已起了褶，沉沉的，尚留有他的余温。她注意到左边那只鞋交错的系带少穿了一个眼，他的这点疏忽使她平静了下来。

她拔出脚，进了客厅。那个男人坐在藤椅上，旁边她弟弟的单人床上坐着他的父母。他微微有点胖，看起来像个学究，却很年轻；他戴一副黑色的宽边眼镜，鼻子尖尖的，十分挺拔。上唇的胡须整齐地修剪过，连接着蓄在下巴上的胡子，赋予他一种优雅而隐约的贵族气息。他穿着棕色袜子、棕色长裤、白底绿纹的衬衫,闷声不响地盯着双膝。

阿西玛刚刚出现时,他并没有抬起头。然而她穿过客厅时,却感觉到了他的注视;而等她找到机会再偷偷瞟他一眼时,他又漠然地盯着膝盖了。他清清喉咙,像是要说什么,却什么也没说。倒是他父亲说话了,讲他上过圣芳济中学,接着进了孟加拉工程学院;在两所学校里,他都是最优等的毕业生。阿西玛坐了下来,用手抚平莎丽上的褶痕。她感觉到了他母亲满意的目光。阿西玛身高五英尺四、体重九十九磅,在孟加拉女子中算是高的了。她的肤色有点偏黑,可是人们不止一次地把她跟电影明星玛多比·穆可吉相比。她的指甲长长的令人羡慕,手指也像她的父亲,修长得很有艺术味。他们问起她的学习,还要她背诵了《水仙》诗篇里的几节。他们一家住在阿利布热,父亲在船运公司的海关部任劳工官员。"我儿子出国两年了,"他父亲说,"在波士顿念博士,专攻光纤光学。"阿西玛从没听说过波士顿和光纤光学。他父亲问她愿不愿意坐飞机去,又问她能否在冬天酷寒多雪的城市过活,一个人。

"他不也在那儿吗?"她问道,手指着他。她刚才穿过一下他的鞋,而他还没对她说过一句话呢。

直到订婚以后她才知道他的名字。一周后印了请帖,又过了两个星期,无数的姑母姨母,无数的堂姊表姊,上上下下全都围在她的身旁,把她修饰打扮起来。这是她变成阿西玛·甘古利之前,还叫阿西玛·帕都梨的最后时刻了。她的双唇上了暗色,眉毛和双颊点了檀香膏,头发绾起来扎上鲜花,用一百颗发针固定形状——等婚礼最后结束,这些发针要花一个小时才能拔得干净。她头上罩了红色纱网。空气潮湿,尽管有发针固定,阿西玛比每个姊妹都要浓密的头发,却并不容易梳平顺。她戴满了项链、颈链和手镯,这些东西将来的命运,注定多数时候要待在新英格兰某家银行地窖里的超大保险箱中。时候到了,她被安放在父亲亲手装饰的矮木凳上,升到离地五英尺高的地方,抬了出去迎接新郎。她一直低着头,一片心形槟榔叶遮住脸庞,要等她绕新郎七圈以后才可以揭开。

在离家八千英里的剑桥,她开始慢慢了解他。晚上,她给他做饭,用的是不限量供应而质量绝好的食糖、面粉、大米和盐,希望能讨他欢喜。她在第一封家信中就给妈妈讲到了这些。到现在,她已知道丈夫口味偏咸,最喜欢吃咖喱羊肉里的土豆,还喜欢在晚饭结束之前再来一点米饭和小扁豆汤。夜里,躺在她身边,他听她讲一天发生的事:在马萨诸塞大道散步啦,逛商店啦,奎师那知觉运动的信众缠着她散发传单啦,在哈佛园买了开心果冰激凌蛋卷犒劳自己啦。尽管做研究生收入微薄,他还是攒下点钱隔几个月一起寄给父亲,帮助家里把房子往外扩上一间。他对衣着特别挑剔;他们第一次拌嘴,就是因洗衣机洗缩了汗衫而起的。他从大学回到家里,第一件事就是把衬衫和裤子挂起来,然后穿上系带睡衣裤,天冷的话再套上件套头衫。星期天,他总要花上一个小时埋头于他的一堆鞋油听和三双皮鞋之间。三双皮鞋,两双黑色,一双棕色;那双棕色皮鞋还是他第一次来见她的时候穿的。他盘腿坐在铺着报纸的地板上,神情专注地挥动着鞋刷。这个情景,总是让她回想起当初自己在走廊里的情不自禁。现在想起来那一刻,她还脸红心跳的。尽管在夜里讲到他们共同的生活时,她无话不说,可是这件事还是守住秘密吧。

医院另一层的等候室里,艾修克弓着背在埋头翻看一份《波士顿环球报》;那是一个月前的老报纸,不知是谁扔在旁边的座椅上的。他读到民主党全国大会期间芝加哥发生的骚乱,又读到儿科医师本杰明·斯波克因威胁要给逃兵役者谋划避罪,被判两年监禁。腕上,非凡牌手表①比墙上的灰色大钟快了六分。已是凌晨四点半了。一个小时以前,艾修克在家睡得正沉的时候,电话铃响了。他改考卷一直改到夜深,床上阿西玛的那一边放满了试卷。电话那头的人说,阿西玛宫颈已完全扩张,就要进产房了。艾修克赶到医院,护士告诉他阿西玛正在屏气使劲,婴儿随时都可能落地。随时。仿佛没过多少日子似的,那个阴晦的冬晨,冰碴噼噼啪啪打着窗棂,她一口吐出嘴里的茶,责怪他把盐当糖放了。他呷了一口她杯子里的甜液以证明自己无辜,而她非说是苦的,把茶倒掉了。这事以后她便有点疑心,后来给医生证实了。此后每天早晨她起身去刷牙,他都在她的呕吐声中醒来。离家去大学前,他会留杯茶给她,放在床头,她总是倦怠而无声息地躺在那里。常常,他傍晚回来时,见她仍旧躺在床上,茶一点也没动。

他现在特别想要杯茶喝,离家的时候没来得及煮上一杯。可是过道里的机器只能烧咖啡,接在纸杯里,最多只有一点温

---

① Favre-Leuba,瑞士手表品牌。

热。他取下在加尔各答配的宽边眼镜,掏出总是揣在口袋里的棉手帕,擦了擦镜片。手帕上有他母亲用淡蓝色丝线绣的字母"A",代表艾修克①。他的黑发,通常都由前额往后梳得清清爽爽的,这时却变得乱蓬蓬的,好几撮都直立了起来。跟别的准爸爸一样,他站起身,开始来回踱步。到现在,等候室的大门也就开过两次,护士进来宣布他们中有谁得了男孩或女孩。于是大家全都跟那个做了父亲的握手,拥抱拍背,然后才送他出去。这些男人带着雪茄、鲜花、地址簿、香槟,都在等候。他们抽烟,把烟灰弹在地板上。艾修克对这类嗜好并不感兴趣,他非但不抽烟,更是什么酒也不碰。他们的通讯录归阿西玛收管,她都写进了一个小笔记本,带在坤包里。至于给太太买花,艾修克从来就没有想到过。

他回过神来继续读《环球报》,一边仍旧踱着步。艾修克的右脚微微有点跛,每走一步都会让人难以察觉地拖一下。从孩提时代起,他就能够而且习惯了边走路边看书。上学路上一手端着书,在阿利布热父母家的三层楼房子里晃来晃去也端着书,上下红土坯楼梯时还是端着书。没有什么能搅扰他,没有什么能使他分心,他竟也从未绊倒过。他十几岁就读完了狄更斯的全部作品。他也读新近一些作家的作品,如格雷厄姆·格林和萨默赛特·毛姆,都是从学院街他最喜欢的书摊上用普耶节得到的钱买来的。但他最喜欢的还是俄国作家。他的祖父曾是加尔各答大学讲授欧洲文学的教授,在艾修克还是小孩时,就

---

① 艾修克的名字是 Ashoke Ganguli。

挑选了一些俄国作品的英译本念给他听。每天吃茶点的时候，他的弟弟妹妹们都在外面玩着卡巴迪和板球，他却会来到祖父的房里。有一小时之久，他的祖父仰卧在床上，双脚交叠，打开书竖在胸前，读给他听，那时艾修克就会蜷曲身子假依在祖父身边。那一小时，艾修克对周围的世界完全失去了知觉。他听不到弟弟妹妹从房顶传来的笑声，也不觉得祖父读书的这间屋子那么小，那么多灰，又那么杂乱。"把所有俄国作家的作品都读了，然后重读，"祖父曾这么说，"他们永远不会让你失望。"等到艾修克的英文足够好，他便开始自己阅读了。在世界上某些最嘈杂、最繁忙的街道，在乔林基和加里亚哈特路，他边走边读，读完《卡拉玛佐夫兄弟》《安娜·卡列尼娜》和《父与子》。一次，一个小表弟想模仿他，结果从艾修克家的红土坯楼梯上摔了下来，断了一只手臂。见他的鼻子深深埋进《战争与和平》里，艾修克的母亲总是相信她的大儿子会给公共汽车或电车撞了的。她甚至还相信他死的时候，一定还在读着书。

有一天，这事还真是差一点就发生了。那是一九六一年十月二十日的凌晨，当时艾修克二十二岁，已经是孟加拉工程学院的学生。他乘坐豪拉至兰契的83次北去的特快，节日期间前去拜望祖父母。祖父从大学退休以后，他们就从加尔各答搬到了贾姆谢德布尔。以前艾修克总是在家里过节的，可是最近祖父眼睛看不见了，他特地要求艾修克过来陪陪，上午给他读《政治家》，下午读陀思妥耶夫斯基与托尔斯泰的作品。艾修克热切地接受了邀请。他带了两只箱子，一只装衣服和礼物，另一只空着。祖父曾说过，他一生收藏的书籍锁在玻璃柜里，将来都要留给艾修克。说不定这次就要给他呢。在艾修克孩提时代,祖父就再三许诺要把这些书留给他;从他记事的时候起,他最渴望得到的就是这些书了。这几年,作为生日或其他特别日子的礼物,他已经得到好几本了。可是,现在祖父再也不能自己读书,是他继承所有这些书的时候了,为此艾修克不免伤感。把空箱子塞到座位底下时,只觉得箱子轻飘飘的,他很难受,憾恨着祖父的失明,回来时会让它装得满满的。

路上他只带了一本书,尼古拉·果戈理的精装本短篇小说集。那是他十二年级毕业时,祖父送给他的。扉页上祖父签名的下面,艾修克写上了自己的名字。因为艾修克特别爱读这本书,近来书脊已裂开,书页就要分成两半了。他最喜欢《外套》,书里的最后一篇小说。那天夜里,当火车吱吱嘎嘎地缓缓离开豪拉车站,离开送行的父母和六个弟弟妹妹时——他们还挤在车窗底下,站在满是灰尘的站台上向他挥手告别——艾修克就开始重读《外套》了。这篇小说他读了不知多少遍,好多句子和词语都已刻进了他的记忆。每一次,阿卡基·阿卡基耶维奇那些可笑的、悲剧性的却奇特地令人感悟的故事,都会强烈地感染他。穷愁困顿的主角一辈子都在逆来顺受地誊抄他人写的文件,忍受着每一个人的奚落和捉弄。艾修克非常同情可怜的阿卡基,一个卑微恭顺的小公务员,自己的父亲刚开始工作时正像这样。每次读到阿卡基受洗取名那一段,阿卡基的母亲把一串串古怪的名字全都拒绝掉时,艾修克都会哈哈大笑。关于裁缝彼得罗维奇大脚趾的描写,让艾修克不寒而栗,"上面长着龟壳似的又厚又硬的怪指甲"。他珍贵的外套被抢走的那个晚上，阿卡基吃的冷盘小牛肉、奶油点心和香槟酒，又使艾修克口水直流，尽管他自己从未尝过这些东西。读到阿卡基在"空荡荡像沙漠一般令人发怵的广场"上被人抢了外套，落得又冷又无助的时候，艾修克总是又震惊又悲哀；而几页之后阿卡基的死，又总是让他眼里溢满泪水。就某种意义上说，他越读它，就越觉得小说情理不合；而那些场景，他曾如此生动地想象过，如此全身心地为其吸引过的场景，则变得更加深刻和难以捉摸了。阿卡基的阴魂时不时出现在小说的结尾部分，也萦绕在艾修克的灵魂深处，把世上一切不合理却无法避免的现象都昭示了出来。

窗外的视野很快暗了下来，豪拉星星点点的灯光都次第隐去了。他在七号车厢有个二等卧铺，就在空调车后头。这个季节，火车满载着一家家外出度假的人们，显得特别拥挤，尤其喧闹不堪。小孩子们穿着最好的衣服，女孩儿头上扎着鲜艳的丝带。虽然他是吃完晚饭才去火车站的，母亲还是给他打包了个四层的餐盒，以防夜里他会饿着，现在就放在脚边呢。同一隔间里还有另外三个人。其中有一对来自比哈尔邦的中年夫妇，他从他们的谈话中无意听到，他们刚把大女儿嫁了出去。另一位是友善而大腹便便的中年孟加拉商人，名叫戈什，一直穿着西装、打着领带。戈什告诉艾修克，他由于在英国承接业务而待了两年，近来才回到印度，不过他回来只是因为妻子在国外过得太难受了，实在无法可想。戈什说起英国，一派恭顺的样子。闪亮而安静的街道，擦得锃亮的黑色轿车，一排排不染纤尘的白色住房，他说，就像在梦里一样。火车按运行时刻表到站出站，戈什讲道。街边没有任何人随地吐痰。他的儿子就出生在一家英国医院。

"去过世界上不少地方吧?"戈什问艾修克,一边解下鞋带,在卧铺上盘腿坐了下来。他从上衣口袋里掏出一包登喜路香烟,在隔间散发了一圈,最后给自己点上一支。

"去了一回德里,"艾修克回答道,"最近每年去一次贾姆谢德布尔。"

戈什手臂伸出窗外,烟头便红红地发亮,他把烟灰弹进夜色之中。"不是这个世界。"他说,失望地扫了一眼车内。他朝车窗外偏了偏头。"英国,美国,"他说道,仿佛他们刚经过的无名村庄已变成了那些国家似的,"你想过到那些地方去吗?"

"教授们倒时常提到。不过我有家在这儿哪。"艾修克道。

戈什皱眉。"结婚啦?"

"没有。母亲、父亲,还有六个弟弟妹妹呢。我是老大。"

"那么过几年你就要结婚,然后一直住在父母房子里。"戈什猜测道。

"应该是吧。"

戈什摇摇头。"你还年轻。自由啊。"他说,摊开双手以示强调,"别亏待了自己。趁现在还不晚,别犹犹豫豫想得太多,卷起铺盖卷就走,多游历游历。你不会后悔的。到时候就太晚啦。"

"我爷爷总说,那就是要有书的道理,"艾修克说着,趁这个机会打开手上那本书,"一步不走,也能游遍天下。"

"真是各有各的路数啊,呵呵。"戈什道。他优雅地将头歪向一侧,让最后一支香烟从指间滑落。他够到脚边的提包,取出日记本,翻到十月二十号。这一页还是空的,于是他郑重其事地拧开自来水笔帽,写下了名字和地址。他撕下那一页,递给艾修克。"你什么时候改变了主意,需要门路,不妨随时来找我。我住在托里冈吉,就在电车停车场的后边。"

"谢谢。"艾修克道,把纸片折起来,夹到了书的末尾。

"我们玩牌吧?"戈什提议道。他从西装口袋里摸出一副旧得不成样子的扑克牌,扑克的背面印着大本钟。可是艾修克礼貌地拒绝了,他不会玩,何况他还想看看书。乘客一个接一个去廊间刷了牙,再换上睡衣,拉上隔间周围的帘子,准备睡觉了。戈什自告奋勇去睡上铺,他光着脚爬了上去,把西装仔细叠好放在了一边;这样车窗就是艾修克一个人的了。那对比哈尔来的夫妇从一只盒子里分食了些甜点,又唇不碰杯沿地从同一只杯子里喝了些水,也各自上了卧铺躺下,关了灯,面朝壁板睡了。

只有艾修克还在读书,他仍然端坐着,仍旧穿戴整齐。头顶上一盏小灯昏暗地照着。他时不时从敞开的车窗望出去,外面是孟加拉邦墨色的夜空、影影绰绰的棕榈树和民居简洁的剪影。他小心翼翼翻着发软泛黄的书页,其中几页还被蠹鱼蛀得一碰就要破了。蒸汽机令人安心而强劲地轰轰喷着烟雾和水汽。在他胸口的最深处,他感受到车轮在猛烈地推撞着。窗前飞舞的是烟囱里冒出来的火星。他一侧的脸、眼皮、手臂和脖子,都洒上了薄薄一层黏腻的煤烟灰;想必一到目的地,祖母便非要他用玛戈香皂刮洗一番不可。凌晨两点半了,除了艾修克,车上没有几个乘客还醒着;他还在阅读,沉浸在阿卡基·阿卡基耶维奇没有衣穿的苦境之中,迷失在圣彼得堡宽阔、雪白而多风的大道里,却没意识到自己有朝一日也会寄寓在一个多雪的地方。就在这时,火车头,连同那七节车厢,从标准轨道上脱了出去,那动静就像爆了一颗炸弹似的。前四节车厢翻在了铁道旁的洼地里。五六两节是一等舱和空调车厢,它们像老式望远镜似的叠套在一起,乘客都死在了睡梦里。艾修克所在的第七节车厢,也未能幸免翻覆的命运,被碰撞时的高速度抛进了田野。事故发生在距离加尔各答二百零九公里处,卡德西拉和达尔邦加两站之间。列车员的手提电话没有信号;他只好从出事地点跑了差不多五公里到卡德西拉,才得以发出最初的求救信号。又过了一个多小时,救援人员才赶到,他们带着提灯、铁锹和斧子,准备从车厢里把伤者拖出来。

他们呼唤着,问有谁还活着,艾修克至今仍觉声声在耳。他记得自己试图叫一声回应他们,却什么也喊不出,嘴里只能发出最轻微的沙哑的气流声。他记得身旁一息尚存的人们,呻吟着,拍着车壁,嘶哑无力地喘息着求救,那声音只有一同受伤、一同被困在里面的人才可能听得见。血浸透了他的前胸,浸湿了他右臂的衬衫。他一半被推出了窗外。他记得当时什么也看不见了;最初那几个小时,他不由在想,也许自己已经瞎了,就像要去拜望的祖父一样。他记得火焰刺鼻的焦味、嗡嗡的苍蝇、孩子的哭喊、嘴里尘土和鲜血的味道。他们有的早已断气,有的尚奄奄一息。来挖他们的是村民、警官和几个医生。他记得自己快要死了,或许已经死了。他的下半身失去了知觉,并不知道戈什血肉模糊的肢体就扑在自己腿上。终于,他看到了东方冰冷的一缕惨蓝，天空中仍有月亮和几颗星星徘徊不去。他的书，从他手里抛了出去，扯成了两半，落在车厢外几尺的地方，此时在晨风中哗哗地响。持灯的搜救者眼光在书页上停留了一下，暂时分了心。"这儿没人，"艾修克听见一个人说道，"继续走。"

但是灯并没有马上离去，刚好够艾修克举起手来。他相信这个姿势将耗尽他残存的那一点点生命。他仍然攥着《外套》里的一页，在掌中紧紧揉成了一团，而当他举起手时，那纸团便从指间掉了下来。"等一下！"他听见一个声音喊道，"书边上那个小伙子。我看见他在动。"

他们把他从火车残骸里拉了出来，放在担架上，由另一趟火车转送到塔坦纳加的医院。他的骨盆、右侧股骨和三根肋骨骨折。他仰面平躺了整整一年，因为骨头在愈合，医生令他尽量不要动。他的右腿还有永久麻痹的危险，于是他被转到加尔各答医学院，在那里往臀部打进了两颗螺钉。十二月间，他回到了阿利布热父母家里，像一具尸体似的，由他的四个弟弟肩扛着穿过院子、抬上红土坯楼梯。家人一天三次喂他吃饭。他大小便都出在锡盘里。医生和探访者来来往往。甚至双眼已盲的祖父都从贾姆谢德布尔过来看望他。家人把报纸上的报道都保存了起来。在一张照片中，他看到火车撞成了碎片，乱七八糟地堆得半天高，安全警卫坐在尚待认领的物件上。他读到人们在主轨道几英尺之外的地方发现了鱼尾板和螺栓，怀疑有人蓄意破坏，不过后来却未得到证实。那些尸体支离破碎，根本无法辨认。"假日出游者幽会死亡"，《印度时报》是这样报道的。

起初，他成天盯着卧室的天花板，悬挂中间的吊扇呜呜搅动,三片米色的叶片边缘都积满了污垢。风扇开着时,他能听见身后有挂历在墙上刮擦作响。脖子转向右边就能看到窗户,窗台上是一瓶满是尘灰的滴露消毒水。倘若百叶窗开着,绕房的水泥墙便可看见,浅棕色的壁虎在墙上出没。他听着外面绵绵不尽的声音的流动:脚步声、自行车铃声、此起彼落的乌鸦的聒噪、出租车进不来的窄巷里人力车的喇叭声。他听到角落的管井处有人在往水罐里抽水。每日黄昏,邻家的螺号就会吹响,是晚祷的时候了。他能够闻到却看不见淤积在阳沟里微微发亮的绿色污泥。房子里生活在继续。父亲上班又下班,弟妹们上学又放学。母亲在厨房里忙,定时过来看看他,她的裙摆一块块染着姜黄汁。一天两次,女佣提来水桶,用抹布把地板擦干净。

　　白日里他被镇痛药弄得脑袋昏沉沉的。到了晚上他不是梦见自己还困在火车里,就是梦见——那可更加糟糕——事故从未发生过,自己在逛街、洗澡、盘腿坐在地上吃饭。接着他就会醒过来,一身是汗,泪水流过脸颊,他清楚地知道自己一生再也不能做这些事了。终于,为了避开梦魇,他开始在深夜读书;那个时候他一动不能动的身体最为烦躁,而头脑又机敏又清醒。然而他拒绝阅读祖父带到他床边的俄国小说,任何小说都不读。那些书里的事,发生在他从未去过的国度,只让他记起困在火车里的光景。他读的却是工程方面的书籍,打着手电筒解方程,尽最大努力跟上课程。在那安静的几小时里,他常常想起戈什。"卷起铺盖卷就走。"他仿佛听到戈什在说。他还记得戈什把自己的地址写在了日记本的一页纸上,好像是托里冈吉电车停车场后面什么地方。现在那里只有一个寡妇、一个没有父亲的儿子了。每天,为了激励他的情绪,家人总给他讲将来,到那时他不要人帮忙就能站起来,自己走过房间。就为这个,他的父母天天祈祷。为这个,他的母亲每个星期三都吃斋。可是过了几个月,艾修克开始想象起另一种未来了。他想象自己不但能走,还能远行,离开他出生又差一点死掉的地方,离得远远的。第二年,拄着拐杖,他回到了学院,而且毕了业。他没有告诉父母,悄悄联系了海外的大学,继续他的工程学业。等他获得全额奖学金,新办的护照也到手上了,这才告诉他们自己的计划。"可是我们几乎失去过你一次了!"迷惑的父亲不满地说。弟弟妹妹们哭着恳求他留下。他的妈妈,一句话也不说,一连三天不吃不喝。尽管如此,他还是去了。

七年过去了,一些景象仍然历历在目。匆匆穿过麻省理工学院工程系,查看校园邮件的时候,它们悄悄跟在身后;晚餐坐在饭桌前,夜晚偎依在阿西玛身边的时候,它们在头上飘浮不去。在人生的每一个转折点——比如他的婚礼上,他站在阿西玛身后,一起往火里倒着爆米花,他搂着她的腰,眼光越过她的肩头,凝视着火苗;又如刚刚抵达美国时,他看到纷纷扬扬的雪花撒落在灰蒙蒙的小镇上——他都尝试过忘却,但就是没法把这些景象抛开:火车扭曲的、撞烂的、翻覆的车厢,下面有他扭曲的躯体,他听到吱吱嘎嘎恐怖的响声却不知道怎么回事,而他的骨头给一根根挤得粉碎。驱赶不散的不是痛的记忆,他那时根本不知道痛了,而是获救前漫长等待的记忆。那种挥之不去的恐惧,从心底慢慢升腾上来——也许自己根本就不会得救。至今他还害怕闭锁,在电梯里他屏住呼吸,在汽车里他觉得自己被关了起来，除非两边车窗都打开。坐飞机他要靠窗的座位。有时孩子的哭泣声也会让他充满惊恐。他时不时按一下自己的肋骨，不放心它们还结不结实。

此刻在医院里，他又在摁它们了，怀疑，继而又释然地摇了摇头。虽然是阿西玛怀着孩子，他也一样感到沉重。他想到了生活，想到了自己的一生，想到了未来的日子。他从小长大没有用过自来水，二十二岁时还差点丢了性命。这时他嘴里又一次感到了尘灰的味道，眼前看到扭曲的火车、翻覆的巨大铁轮。这一切本来不应该发生的。可是不，他死里逃生了。他在印度出生过两次，然后是这第三次，在美国。三十岁，三次生命。为此，他感谢他的父母，他们的父母，还有他们父母的父母。他并不感谢上帝；他公开敬仰马克思，悄悄地拒绝宗教。然而还有一个死去的灵魂是他必须感谢的。他不能感谢那本书，书已经毁坏，在那个十月间的凌晨，在远离加尔各答二百零九公里的原野上，散成了一片片的，而他自己也差不多。他不感谢上帝，而是感谢果戈理，那个救了他性命的俄国作家。就在这时，帕蒂进了等候室。

## 第二章

早上五点零五分,婴儿落地,是个男孩。婴儿身长二十英寸,重七磅九盎司。剪断脐带抱走之前,阿西玛匆匆瞥了第一眼,那是一个全身包着厚厚一层白色黏液的小生命,肩上、脚上和头上沾着一块块的血,她的血。扎在她腰背部的一根针,使她自腰至膝都失去了痛觉,却也令她在生产的最后阶段头痛欲裂。一切都结束之后,她开始剧烈地颤抖,像是发着高烧。她盖着毛毯,昏昏沉沉地抖了半个小时。她腹中已经空了,而外形却依然不成样子。她想让护士帮忙把染血的袍子换成新的,可是说不出话来。她喝了无数杯水,而嗓子依然焦干。护士让她坐在马桶上,再用一只瓶子往两腿间喷温水。终于,护士拿海绵吸干净了她的身子,给她套上新袍子,把她安放在轮椅上,推进了另一间病房。室内的灯光暗得柔和而舒适,她的床边另外只有一张病床,暂时还空着。艾修克到来时,帕蒂正在给阿西玛量血压。阿西玛背靠在一堆枕头上,手里抱着孩子,孩子包得像一个长长的白色包裹。床边是一个摇篮,别着一张卡片,上面写着

"男婴甘古利"。

"他在这儿。"她静静地说,抬头看看艾修克,虚弱地笑了笑。她的皮肤有些蜡黄,唇上也失去了血色;眼下有一弯黑晕,而头发已经散乱,仿佛好多天都没有梳理了。她嗓音嘶哑,像是得了感冒。他拉过一把椅子,在床边坐下来,帕蒂便帮忙把孩子从妈妈怀里转到爸爸那儿。这当儿,孩子短短地哭了两声,撕破了室内的宁静。父母两人都慌了手脚,而帕蒂则对婴儿赞许地笑了。"你看,"她对阿西玛说,"他已经认得你了。"

照帕蒂所教的那样,艾修克伸出双臂接过孩子,一手托着脖子,一手托着屁股。

"抱一抱,抱一抱,"帕蒂催促道,"他要你抱紧些。他可比你想象的结实。"

艾修克把那小小的包裹搂得高一些,靠近他的胸膛。"像这样?"

"对,就是这样,"帕蒂说,"你们一家聚一会儿吧,我出去了。"

艾修克第一眼看到那尖尖的脑袋、肿大的嘴唇、脸颊上的小白点以及明显盖住下唇的肉乎乎的上唇,便有一丝惘然,倒并没有太喜欢。婴儿的皮肤比阿西玛和他自己的都白一些,透明得可以看见太阳穴下细细的青色血管。头上是一撮绒绒的黑发。他试着数了数看有几根睫毛。隔着法兰绒布,他轻柔地抚摸孩子的手和脚。

"都有呢,"阿西玛望着丈夫,说道,"我都检查过了。"

"他的眼睛是什么样的?为什么不睁开呢?他睁开过眼

睛吗?"

她点点头。

"他能看见什么吗?看得见我们吗?"

"我想能吧。但是不会很清楚。而且不是全色的。还没到时候呢。"

他们静静地坐着,三个人都石雕般一动不动。"你觉得怎么样?没有问题吧?"他问阿西玛。

没有回答。艾修克的目光从儿子脸上抬起,见她也睡着了。

他低头接着端详孩子的时候,孩子的眼睛睁开了,盯着他看,一眨不眨,眼仁黑得像头上的细发。睁开眼睛,脸就不一样了。艾修克从没见过比这更完美的东西。他想象自己在儿子眼里,必定又暗黑又粗糙又模糊。想象自己作为父亲在面对儿子。他又一次记起了那个几乎丧命的晚上,那几个小时的记忆永远在脑海里摇曳沉浮。从破碎的火车里获救,是他生命中的第一个奇迹。而现在,托在臂弯里的孩子,轻得几乎什么都没有却将改变一切,乃是第二个奇迹。

除了父亲,孩子还有三位客人,都是孟加拉人。玛雅和迪利普·南迪,一对住在剑桥的年轻夫妇,是阿西玛和艾修克几个月前在至纯超市认识的。另一位笃多博士,来自德拉敦,在做数学博士后,五十多岁还是单身汉,是艾修克在麻省理工学院的大楼楼道里结交的。到喂奶的时候,三位男士,包括艾修克,都退了出去,到走廊上说话。玛雅和迪利普送给孩子一个拨浪鼓,外加一本育儿手册,手册中留有足够地方让父母记下孩子成长的所有细节。书中甚至还有个圆圈,可以把婴儿第一次剪下的头发粘上几缕。笈多博士送给男孩一本插图漂亮的鹅妈妈摇篮曲。"你可真幸运,"艾修克叹道,一边翻着装订精美的书页,"才几个小时大,就已经有书了。"他想,跟记忆中自己的孩提时代比,这真是天渊之别。

阿西玛也这么想着,不过是出于别的缘由。虽然她心中十分感谢南迪夫妇和笈多博士的陪伴,但这些熟人却只是一种替代而已,真正应该围绕在身边的人不是他们。祖父母、父母、叔叔伯伯、姑姑婶婶,一个都不在身旁;于是婴儿的出生,就像在美国几乎所有别的事情一样,总觉得有点草草了之,只有一半是真实的。轻抚儿子、给他喂奶、仔细端详他的时候,她不觉可怜起他来了。她不知道有谁是如此孤独、如此无助地来到这个世界的。

孩子的爷爷奶奶、外公外婆两家,都没有装电话,他们给家里联系只能通过电报。艾修克给加尔各答两边都发了电报:"托福,母子平安。"至于名字,他们早已决定恳请阿西玛八十多岁的外婆给起一个,六个曾孙都是她取的名字。她听说阿西玛怀孕的消息,想到可能要给家里第一位"萨依卜"①取名,还感到特别的紧张呢。于是阿西玛和艾修克同意,先不管医院要求填写的出生证申请表格,等信来了再说。阿西玛的外婆是拄着拐杖亲自去邮局把信寄出来的。十年了,这是她第一次出家门。信上有一个女孩名字,一个男孩名字。两个名字,她都没有向任

---

① Sahib,大人,印度旧时对欧洲绅士的称呼,有卑躬敬畏的成分。

何人透露过。

信是七月间发出的,已经一个月了,可是至今还没收到。阿西玛和艾修克倒不是特别担心。毕竟,他们都知道,婴儿并不一定需要名字。他需要喂养和祝福,需要一些金银饰物,喂完奶以后需要轻轻拍背,抱的时候需要小心托着脖子。名字是可以等的,在印度,父母们都不着急;花上几年时间来决定一个合适的、最好的名字,是常有的事。阿西玛和艾修克都说得出好些例子来,他们的堂兄弟、表姊妹,有的到六七岁注册上学的时候才有正式的名字。这些南迪夫妇和笈多博士最是清楚不过。当然得等,他俩一致同意,等儿子外曾祖母信里的名字到来。

再说了,用小名先凑合一下总是可以的:在孟加拉,每个人都允许取两个名字。孟加拉语中,小名这个词是 *daknam*,字面意思就是朋友、家人和别的亲近的人在家里和私下无人时叫的名字。小名是童年永不退色的记忆,让人感到生活并不总是那么严肃、那么正式、那么复杂。小名还提醒人们,并不是什么都得让别人知晓。人人都有小名。阿西玛的小名是默奴,艾修克的是米修,即便他们都成人了,两家都还是这样叫他们;敬慕他们、责骂他们、思念他们、关爱他们,用的都是小名。

每一个小名,都跟随着一个大名,一个 *bhalonam*。大名是外面世界分别彼此用的,所以会出现在信封、文凭、电话号码簿和所有公共的地方。出于这个原因,阿西玛的母亲在外面信封上写着"阿西玛",而里面信纸上写的却是"默奴"。大名常常代表高贵、乐观向上的品质。"阿西玛"的意思就是"无限、无极的女子",而"艾修克",曾是一位君王的名字,意为"超越悲伤的人"①。小名就没有寄予这样的志向。小名不会正式记录在案,只是口头上叫、心里面念的。不像大名,小名通常没有什么意义,不是故意弄得傻乎乎的就是说反话,甚至只是象声而已。一个人还是婴孩的时候,经常是叫他什么他都不知不觉地答应,弄出几十个小名来,后来才会慢慢固定在一个上。

所以,当孩子一度鼓起粉红的小皱脸,认真地看着这一小圈仰慕自己的人时,南迪先生便俯下身,叫他"卜罗";在孟加拉语里,这意思就是"老头"。

"他叫什么?卜罗?"帕蒂欢快地问道,又给阿西玛带来一盘烤鸡。艾修克揭开盖子,把鸡肉拨开。现在,那些产科护士都正式管阿西玛叫"果冻加冰激凌小姐"了。

"不,不,那可不是名字,"阿西玛解释道,"我们还没选好。我外婆在给他选呢。"

帕蒂点点头。"她马上就来这儿吗?"

阿西玛笑了,生完孩子后第一次发自内心地笑了。她的外婆,一位出生在上个世纪、已经萎缩的老妇,身穿白色寡妇装,不肯起皱的皮肤生着褐色老人斑,居然要坐飞机飞到剑桥来,想想就觉得不可思议。无论你多么欢迎、多么盼望,那都是荒唐可笑、完全不可能的。"不,不过有封信会来。"

那天晚上,艾修克回了一趟家,去看看信来了没有。三天时

---

① 即阿育王(在位年代约前268—前232),一译无忧王,是古印度摩揭陀国孔雀王朝的第三代君主。在位期间倡导佛教,建造佛塔,将佛教定为国教,以佛教精神治国。同时,较为宽容,容许其他宗教存在、发展,对后世影响很大。

间就这样转眼过去了。护士教阿西玛换婴儿尿片,又教她清洗脐带头。他们让她泡盐水澡,这样破皮和缝线的地方就不会太痛。他们给了她一长串儿科医生的名单,无数有关母乳喂养、培养亲子关系和免疫接种的小册子,还有婴儿香波、棉签和护肤霜的试用样品。第四天有好消息,也有坏消息。好消息是阿西玛和孩子第二天上午就可以出院了。坏消息是,医院管出生证的韦尔考克斯先生告诉他们,必须给儿子选个名字了。他们知道在美国,没有出生证,婴儿是不能出院的。而出生证需要一个名字。

"可是,先生,"艾修克争辩道,"我们不可能自己给他取名字。"

韦尔考克斯先生身材瘦小,头也谢了顶,他一点也没觉得好笑,看了一眼这对满脸焦急的夫妇,再看了看那个没有名字的孩子。"哦,"他说,"那么原因是——"

"我们在等一封信。"艾修克道。他把事情的来龙去脉细细地讲了。

"哦,"韦尔考克斯先生又说道,"的确不幸。那么我们恐怕只好写上'男婴·甘古利'了。自然,等名字想好了,你必须修改永久记录。"

阿西玛期待地看着艾修克。"那我们是不是就这么办?"

"我倒不主张这样做,"韦尔考克斯先生说,"你们必须面见法官,还得交费。手续烦琐得很。"

"天哪。"艾修克说。

韦尔考克斯先生点点头,接着是一阵沉默。"你们没有准备几个应急的吗?"他问道。

阿西玛皱眉。"应急?什么意思啊?"

"嗯,就是放在那儿备用的。万一你不喜欢外婆选的名字呢?"

阿西玛与艾修克都摇头。他们从来没想过要去质疑阿西玛外婆的选择,这么做是藐视长辈的意愿。

"你总是可以用你自己的名字,或者家里先辈的名字,给他命名的。"韦尔考克斯先生建议道,他承认自己实际上叫霍华德·韦尔考克斯三世。"这是个好传统。法国、英国的国王都这么做。"他补充道。

但这是不可能的,阿西玛和艾修克都心想。儿子取父亲或祖父的名字,女儿取母亲或外婆的名字,孟加拉人没有这样的传统。这种欧美式的尊敬方式,这种传承和血胤的象征,在印度是会遭人嘲笑的。孟加拉家庭里,每一个名字都神圣不可亵渎,根本不是用来继承和分享的。

"那就用另外一个人的名字,如何?一个你们非常景仰的人?"韦尔考克斯先生说,眉毛满是期待地扬起来。他叹了口气。"想想吧。我过几个钟头再来。"说着,出了房门。

门关上了。就在这时,艾修克忽然心里一动,仿佛他一直就这么想着的,一个绝好的小名冒了出来。他记起了那片揉成一团紧紧攥在手心的书页,记起了提灯来到眼前时炫目的光亮给他的悚然一惊。然而,没有恐惧却充满感激地回想起那个时刻,在他这是第一回。

"喂,果戈理。"他轻声道,俯身望着儿子高傲的小脸和那紧紧包裹起来的身体。"果戈理。"他重复几声,很满意。小家伙转过头,做出一个极其惊愕的表情,接着打了个呵欠。

阿西玛也颔首同意,她感到这个名字不单是儿子生命的符记,也是丈夫生命的象征。她熟知车祸的故事,这个故事她第一次听到的时候,只是带着新婚时礼貌的同情;但是现在,特别是现在,一想到它,她就冷汗直冒。多少个夜里,她被丈夫低沉的尖叫惊醒,又有多少次在地铁上,丈夫因车轮敲击铁轨的节奏而突然变得忧郁和冷漠。她从来没有读过果戈理的小说,但她愿意把果戈理放在自己心灵的书架上,与丁尼生和华兹华斯同列。再说,大不了一个小名,不必太认真的,不过是为了临时填出生证,好出院而已。等韦尔考克斯先生带着打字机回来,艾修克便向他拼读了这个名字。就这样,果戈理·甘古利被录入了医院的档案。"再见了,果戈理,"帕蒂在他的肩头亲了一口,然后帮阿西玛依旧穿上那件皱巴巴的丝绸莎丽,一边说道,"祝你好运。"那个灼热的深夏之日,笃多博士给他们照了第一张全家福,虽然有点曝光过度:果戈理是毯子包着的模糊一团,安静地躺在疲倦的母亲怀里。她站在医院台阶上,直望着照相机,阳光下眼睛眯成了一条缝。丈夫在一旁提着妻子的衣箱,低头微微地笑,像是在旁观这对母子照相似的。"果戈理出生留念",他父亲准会用孟加拉文把这几个字写在照片背后。

果戈理的第一个家是一套家具齐备的公寓,走路十分钟即可到哈佛,二十分钟到麻省理工。公寓是一幢独立房屋的底层。这幢三层楼的房子,墙面覆盖着橙红色木瓦,周围是一圈齐腰高的铁丝网围栏。房顶色如烟灰,与人行道和街道十分协调。街边永远排着一长溜计时停泊的汽车。街角有一家小小的旧书店,进门得下三步台阶。书店隔街对面是一爿霉味扑鼻的便利店,售卖报纸、香烟和鸡蛋。让阿西玛觉得有点恶心的是,一只毛茸茸的黑猫在货架上到处乱窜,他们竟也不管。除了这些小店,周围还有好多这种贴护墙瓦的房子,外形、大小都差不多,都有点老旧了,漆成薄荷蓝、粉蓝或丁香紫的颜色。十八个月前那个二月下旬的晚上,艾修克从洛根机场接到阿西玛后,就是来到这所房子的。黑暗中,透过出租车的车窗,因时差而特别清醒的阿西玛几乎什么也分辨不清,但见地上零星散落着一堆堆乱砖头似的残雪,发着幽蓝冷白的光。第二天早上,她穿着艾修克的袜子,套上自己的薄底便鞋,出外转了转。新英格兰刺骨的寒冷从耳朵和嘴里直透进去,直到此时,美国她才真正看了第一眼:满目秃树,枝条结满坚冰。雪堆染着狗尿、嵌着狗粪。街头空空荡荡,阒无一人。

  公寓共有三间屋子,连成一串,没有过道。客厅在顶前头,一扇凸窗临街,中间是对穿的卧室,最后面是厨房。这与她原先的想象完全不一样。她曾跟弟弟和表姊妹去灯塔影院和大都会影院看过《乱世佳人》和《七年之痒》,里面的房屋跟这个根本不是一回事。冬天,公寓四面透风,夏天又热得受不了。沉郁的深棕色窗帘挡在老厚的窗玻璃前。浴室里甚至还有蟑螂,夜里从瓷砖的裂缝里爬出来。然而对这些她都没有抱怨。她把失望藏在心里,不愿惹恼艾修克,也不想让父母担心。相反,她给家里写信,讲炉灶上的天然气如何充足,一天任何时候打开,四个炉子火苗都蹿得高高的;又讲热水龙头的水如何厉害,能把皮肤烫起泡来,而冷水则干干净净的,可以直接饮用。

上面两层住的是房东蒙哥马利夫妇,丈夫是哈佛大学的社会学教授。他们有两个孩子,都是女孩,一个叫安珀,七岁;一个叫克萝芙,九岁。她们都长发过腰,却从来不扎。后院那棵独树上绑着轮胎秋千,如果天气暖和,她们会在那里一玩玩上好几个小时。阿西玛和艾修克初次和教授见面时,称呼他蒙哥马利教授,而他则让他们称自己艾伦。他棕红色的胡子根根硬挺,使他看起来比实际年龄老得多。他们曾看见他穿着磨得快穿洞的裤子和带流苏的羊皮夹克,趿着双塑料拖鞋朝哈佛园走去。在印度,黄包车夫都比这儿的教授穿得好,艾修克常常这么想,但他还是穿着西装、打着领带与导师一起参加会议。蒙哥马利夫妇有一辆暗绿色的大众面包车,上面贴着好些标签:质疑权威!拒绝冷漠!解放乳房!和平!他们有台洗衣机,放在地下室,艾修克和阿西玛可以使用;他们的客厅里还有一台电视,声音透过天花板清晰可闻。四月份的一个晚上,艾修克和阿西玛吃晚饭的时候,就是透过天花板,得知小马丁·路德·金被暗杀的消息的,而刚刚不久前,又传来罗伯特·肯尼迪参议员同样的死讯。

有时候,阿西玛和艾伦的太太朱迪一起站在后院晾晒衣服,把衣服夹到衣绳上去。朱迪总是穿着蓝色牛仔裤,夏天一到就撕成短裤。她的脖子上总戴着一条小海贝项链。包裹她稀疏黄发的是一条红色棉头巾,质地和色泽都跟她两个女儿的一样,总是在后颈处打结。她每个星期在萨默维尔一家妇女保健合作机构干几天。朱迪得知阿西玛怀孕的消息时,十分赞同她打算母乳喂养的决定,而听说她要去医院分娩,把自己拱手送入那个当权医疗集团之手,又不免有些失望。朱迪的两个女儿都是在家里生的,只请了保健机构的接生员来帮忙。有些晚上朱迪和艾伦出门去,把安珀和克萝芙扔在家里,无人看管。只有一次,当时克萝芙正在感冒,他们才请阿西玛上去照看一下。阿西玛想起他们家的景象,总觉得后怕——不过隔了层天花板而已,竟是判然两重天地,他们屋里东西堆得到处都是,书成堆,报纸成堆,橱台上的脏盘子堆成山,餐盘大小的烟灰缸里积满了掐灭的烟蒂。两个女孩一起睡在衣服成堆的床上。她在艾伦和朱迪的床边坐下来歇一歇,不料才一坐下,便往后摔了个仰八叉,她大叫一声,惊魂稍定,才发现里面灌的竟全是水。冰箱上头,放的不是麦片盒和茶包,而是威士忌和红酒,瓶里大都还剩那么一点点。光站在那儿,阿西玛都觉得有点醉晕晕的。

笠多博士有车,承他的盛情,他们搭他的车回家。他们又坐在那蒸笼似的客厅里唯一的电风扇前了,忽然就成了一大家子。家里没有沙发,倒有六张椅子,都是三足便椅,蛋圆的木靠背,三角形的黑坐垫。再次回到阴暗的三房公寓,阿西玛出乎意外地开始怀念起医院的嘈杂,怀念起帕蒂,还有定时送到她身边的果冻和冰激凌来了。她在房里慢慢踱着,见厨下还码着脏碟子,床也没有整理过,忽然间生出些厌倦来。到如今,她已接受现实,知道在她累了、烦了、想家了的时候,是没人拖地,没人刷盘子,没人洗衣服,没人买菜,没人做饭的。缺少这样的温馨体贴正是美国的生活方式,这她也认了。可是看看眼下,孩子在怀里哭闹,乳房溢满奶水,全身壳似的裹着一层汗,大腿根还痛得根本无法坐下,她一下子就觉得受不了了。

"我干不了。"她对艾修克说,当时他正给她端来一杯茶。这是他能想到的为她做的唯一的事,而她根本就不想喝。

"过几天你就摸到窍门了。"他说着,希望能让她情绪高点,却不敢肯定还该做点什么。他把茶杯放在她身旁油漆剥落的窗台上。"他怕又要睡了。"他看着果戈理,加了一句,只见果戈理正含着妻子的奶头,腮帮子有节律地一鼓一鼓。

"我不会。"她固执地坚持道,眼光既不在孩子身上也不在他身上。她把窗帘拉开一点点,又松手任它落回去。"不是这里。不像这个样子。"

"你在说什么,阿西玛?"

"我在说你快点吧,快点读完学位。"她略顿了一下,然后冲动地第一次袒露心思,"我在说,我不想一个人在这个国家把果戈理带大。这样是不对的。我想回国。"

他看着阿西玛,她的脸消瘦了,五官比结婚时轮廓分明多了。他知道,她在剑桥跟他过日子,做他的妻子,已经付出很多很多了。不止一次,他从大学回到家里,见她郁郁不欢地窝在床上,一封一封读父母的来信。多少个清晨,他感觉到她在无声饮泣,于是伸手把她搂在怀里,却找不到什么话来安慰她。他只觉得一切都是自己的过错,不该和她结婚,不该把她带到这里来。他突然想起了戈什,他在火车上的旅伴,就是因为妻子才从英国回去的。"回国,是我一生中最大的遗憾。"就在死前几个小时,戈什曾这样向艾修克坦言。

几声轻轻的敲门声传来,打断了他们,是艾伦和朱迪、安珀和克萝芙,他们都来看望婴儿了。朱迪手中托着一个盘子,上面盖着格子花布,说她做了一个西兰花乳蛋饼①。艾伦放下一垃圾袋安珀和克萝芙用过的旧婴儿衣服,打开一瓶冰镇过的香槟。酒泛着泡沫,溅到了地上。他们把酒倒进杯子里,共同为果戈理举杯。阿西玛和艾修克只是做出抿酒的样子。安珀和克萝芙一边一个地站在阿西玛身旁,果戈理一手抓住一个人的手指,惹得她们兴奋不已。朱迪从母亲怀里把婴儿抱起来。"你好,小帅哥。"她嘴里咕咕地叫着逗他。"呃,艾伦,"她说,"我们再生个这样的吧。"艾伦提议去地下室把女孩们的小床搬上来,接着他和艾修克便在大人的床边把它安装了起来。艾修克出门去了趟拐角的店里,于是妆台上阿西玛全家的黑白照片便被一盒随用随扔的婴儿尿布取代了。"那个乳蛋饼要三百五十度烤二十分钟喔。"朱迪对阿西玛说。"需要什么,喊一声就是了。"他们临去的时候,艾伦又加了一句。

三天以后,艾修克回麻省理工,艾伦回哈佛,安珀和克萝芙都回学校了。朱迪也同往常一样去那个保健机构上班。阿西玛第一次一个人与果戈理剩在了这幢寂静的空房子里。她睡不着觉,比最坏的时差反应都厉害得多。她坐在客厅凸窗前的三角椅上,整天地哭。她哭着喂孩子吃奶,哭着拍他睡觉;果戈理睡醒哭叫着要吃奶的时候,她仍在流泪。邮差来过以后,她因为没有加尔各答来信而哭泣;电话打到系里找艾修克,碰巧他没

---

① Quiche,法式糕点。将蛋、奶、火腿丁、洋葱等混合,倒入饼壳中入炉烤制而成。

接到，她也会哭。一天她去厨房做晚餐，却发现米已经没有了，她一下就哭了起来。她上楼敲艾伦和朱迪的门。"你自己拿吧。"朱迪说。可惜朱迪罐子里只有黄糙米。阿西玛礼貌地要了一杯，下楼就倒掉了。她打电话找艾修克，要他回家路上买一包。这次，肯定那头没人接以后，她站起身，洗脸，梳头，给果戈理换了衣服，再把他放进从艾伦和朱迪那儿继承来的深蓝色白轮童车里。第一次，她推着孩子穿行于剑桥宜人的街道，前去至纯超市买一包长粒白米。这次出门比往常花的时间长些；在大街上，在超市的货架间，总有素不相识的美国人突然注意到她，微笑着过来向她道贺。他们好奇地、满怀欣赏地往童车里瞧。"多大了？"他们问。"男孩还是女孩？""叫什么名字啊？"

她开始为自己感到骄傲了，这件事是她独力做成的，后来更成了她的日常工作。像艾修克那样，一周七天忙于教学、研究和毕业论文，她也找到一些事情，把自己的时间占得满满的，非得全力以赴、耗尽精力不可。生果戈理以前，她的日子看不出规律来。她会一连好几个小时在家里打瞌睡，生闷气，躺在床上翻来覆去读那五篇孟加拉文小说。可是如今，曾经慢吞吞的时光，突然间变得飞快，一眨眼就到了晚上——同样的几个小时，都耗在了果戈理身上，耗在抱着他三个房间来回转悠上了。现在她六点钟醒来，马上把果戈理抱出小床喂头一次；随后半个小时，她和艾修克躺在床上，把婴儿放在中间，欣赏赞叹他们做出来的小人儿。十一点到一点，果戈理还在睡觉，她就把晚餐准备得差不多了——这个习惯她将会保持好几十年呢。每天下午，她带孩子出去,在大街上来回闲逛,不是买这个买那个,就是去哈佛园坐坐。有时母子俩会来到麻省理工校园,坐在一张长椅上等艾修克,带给他一些家里炸的咖喱角和一罐新烧的茶。有时候,她盯着孩子仔细打量,从他脸上看到了她家人的影子——母亲的亮眼睛,父亲的薄嘴唇,弟弟的斜嘴微笑。她找到一家卖毛线的店,开始织些冬衣,给果戈理打了小毛衣、毯子、手套和帽子。每隔几天,她就在厨房的瓷洗碗盆里给果戈理洗个澡。每周一次,她把果戈理的手指甲、脚指甲都仔细地修剪整齐。推着孩子去儿科医生那里打免疫针的时候,她就站在外面,用手指堵住自己的耳朵。一天艾修克带了架傻瓜相机回来,给婴儿拍了些照片。在果戈理睡着的时候,她把那些带白边的正方形照片粘到相册的塑料膜下面,再在遮蔽胶带上写好说明贴上去。为了哄他入睡,她哼着母亲曾为她哼过的孟加拉歌曲。她陶醉于他的皮肤散发的甜甜的、牛奶似的芳香,陶醉于他呼吸里的黄油香味。一天,她把孩子高举过头,张着嘴朝他笑,这时,才喂的尚未消化的奶从他嘴里呼地涌出,泼进了她的嘴。她一辈子都将记得,那股温暖的酸酸的液体扑进嘴里时,吓了她一大跳,那味道让她一天都咽不下任何东西。

她的父母写信来,丈夫的父母写信来,叔姑舅姨、堂兄弟表姊妹、亲朋好友写信来,每个人都写信来,似乎唯独阿西玛的外婆没有信来。那些信里充满了各种各样的衷心祝福和美好愿望,而写信的文字,在他们一生多数时候都围绕他们身边,报纸、广告牌、天篷上随处可见,然而现在,他们只能从这些珍贵的浅蓝色信件上看到了。有时一个星期会来两封信,有一个星期还来过三封。在十二点到两点之间,阿西玛总是支起耳朵等着,等着门廊下邮差的脚步声,然后是门上邮件口的轻轻一响。父母的来信中,先是母亲一大块潦草的笔迹,然后是父亲龙飞凤舞、优雅美妙的书法,而信的页边,经常装饰着父亲画的动物。阿西玛便把这些信页贴在果戈理的小床上。"我们特别想看看他,"她妈妈写道,"这几个月最关键了,孩子每个小时都有变化。记住啊。"阿西玛回信,细细地描绘了儿子一番,他第一次怎么笑的,哪一天翻身打滚的,第一次高兴地尖叫有多好玩。她写信说,他们在省钱,准备明年十二月等果戈理满了周岁就回一趟家。(她没有提到儿科大夫对热带疾病的担忧。他曾警告说,要去印度的话,需要做一整套新的免疫接种。)

十一月份,果戈理得了轻微的中耳炎。阿西玛和艾修克看到儿子的小名打印在抗生素处方的标签上,看到它出现在免疫记录的顶端,就觉得很不对劲;小名本不应该这样公开使用的。可一直没收到阿西玛外婆的来信。他们只得认定信寄丢了。阿西玛打算给外婆写封信,说明情况,请她再一次把名字寄过来。就在第二天,一封来信到了剑桥。虽然是阿西玛的父亲写的,边上却没有装饰画给果戈理的大象、鹦鹉和老虎。信是三个星期前写的,从信上他们得知阿西玛的外婆中了风,右半边身子永久性地瘫痪了,头脑也迷糊了。她不再能嚼东西,只是勉强能吞而已。八十几年的日子,她几乎都记不起,认不出了。"她还和我们在一起,但是坦白地说,我们已经失去她了,"阿西玛的父亲这么写道,"阿西玛,你得有思想准备啊,也许你再不能见到外婆了。"

这是来自家里的第一道坏消息。艾修克几乎不认识阿西玛的外婆,只模模糊糊地记得在婚礼上触摸过她的双脚;而一连几天,阿西玛伤心得不能自持。这个时节树叶开始枯黄零落了,她和果戈理坐在家里,看着天色迅速而无情地暗下去,回想起她飞往波士顿的前几天,最后一次看到外婆、她的"娣姐"时的情景。是阿西玛去看望她的。为那次的远行送别,已经十几年没再下厨房的外婆,亲自入厨掌勺,给阿西玛焖了一小锅山羊肉土豆浓汤。她还亲手喂阿西玛饭后甜点呢。不像父母或别的亲戚,外婆倒没有告诫阿西玛到了波士顿别吃牛肉、别穿裙子、别剪头发、别忘了家之类。外婆并不害怕这类背叛的征兆,她是唯一一个准确预言阿西玛永不会改变的人。离开外婆家之前,阿西玛低头站在外公遗像之下,祈求他保佑一路平安。随后她弯腰跪下,前额轻碰她的娣姐的双脚。

"娣姐,我就回来。"阿西玛说。孟加拉人在分别时总是这样说的。

"好好去吧。"外婆的声音如雷鸣般响亮,使阿西玛振作不少。她颤抖的双手捧着阿西玛的脸,拇指擦去阿西玛滚滚而下的泪水。"做我永远做不了的事。那绝对是值得的。记住啦。去吧。"

孩子一天天成长,他们的孟加拉朋友圈也在一天天变大。通过南迪夫妇——他们也要生孩子了——艾修克和阿西玛认识了米特拉夫妇,又通过米特拉夫妇,认识了班纳吉夫妇。推着果戈理在剑桥的街道上漫步的时候,不止一次地有孟加拉单身汉朝阿西玛走过来,忸忸怩怩地打听她是哪里来的。像艾修克一样,这些单身汉一个接一个地飞回加尔各答,回来时都带着老婆了。仿佛每个周末都有一户新的人家要去拜访,都有一对新的夫妇要去认识似的。他们都来自加尔各答,就冲这一个理由,他们就都是朋友。大多数人都住在剑桥,近在咫尺,走路就能到。丈夫们都是教师、研究人员、医生或工程师。思乡而又迷惘的妻子们都来找阿西玛要菜谱,请她指点;于是她告诉她们什么去中国城可以买到鲤鱼,用麦乳牌热食麦片做"哈尔瓦"①。周日下午,他们互相串门。他们喝加糖加炼乳的茶,用平底锅炸虾片吃。地板上他们团团围坐,在迪利普·南迪簧风琴的伴奏下,传递一厚本黄色布面的诗歌集,唱着伊斯拉姆②和泰戈尔所作的歌曲。他们激烈地争辩里维克·吉哈塔克与萨耶吉特·雷伊导演的影片、印度共产党(马)与国大党、北加尔各答与南加尔各答孰优孰劣的问题。他们一连几个小时地争论美国的政治,虽然这儿谁都没有选举权。

到二月份,果戈理六个月了,艾修克和阿西玛也认识了足够多的朋友,可以像模像样地请一次客了。眼下倒也出师有名:该给果戈理办米庆仪式了。孟加拉婴孩没有浸礼,没有上帝眼中的命名仪式。他们生命中第一次正式的庆典,则是围绕在进食固体食物一事上。艾修克和阿西玛请求迪利普·南迪扮演阿西玛的弟弟,抱着孩子,喂他有生以来第一口米饭,第一口孟

---

① Halwa,印度甜点。用黄油、糖、谷物、牛奶、水果等熬制成冻胶状,食用时切块。
② 卡齐·纳兹鲁尔·伊斯拉姆(Kazi Nazrul Islam,1899—1976),印度孟加拉语诗人。中国译有《伊斯拉姆诗选》。

加拉人生命所依赖的食物。果戈理穿着加尔各答的奶奶给他做的浅黄色旁遮普式宽松衣裤,打扮得像个孟加拉小新郎官。随包一同寄来的孜然的香味,熏染了那套衣裤,氤氲不散。阿西玛用纸做了个帽子,饰以铝箔,然后用绳子套在了果戈理的头上。他的脖子上还戴了一条14K的细项链。她折腾了好一阵子,才在他的小额头上,用檀香膏做成六个小小的米色月亮,浮荡于眉毛的上方;然后又在他的眼睛周围打了些许眼影膏。他的名义舅舅坐在铺于地板的床罩上面,前后左右都围着客人,他却在名义舅舅怀里扭动不安。食物盛在十只碗里,阿西玛有些遗憾,堆米饭的碟子是仿瓷的,最好是银器或铜器,至少也该是不锈钢的。最后一碗是"佩耶西"①,一种温热的米糊,旁边是一片西式蛋糕。那种米糊,阿西玛将会年年生日做给他吃的;就算他长大成人后,也一样会的。

果戈理在人群中找寻妈妈的脸,引得给他拍照的父亲和朋友们直皱眉。她正忙着安排自助餐。她穿着银亮的莎丽,内衫的衣袖长及肘弯。这是一件新婚礼物,第一次穿出来的。他的父亲穿着透明的白色旁遮普上装,罩着下面的喇叭裤。阿西玛分发纸盘子,那些纸盘子需要三只叠在一起,才能承受得起她花了一个星期备办的食物的重量:"伯耶尼"饭②、酸奶鲤鱼、扁豆汤以及六种不同的蔬菜。客人们站着或盘腿坐在地板上吃。他们还上楼请了艾伦和朱迪,两位一如既往地穿着牛仔裤,且

---

① Payesh,孟加拉甜米糊。用浓缩牛奶熬煮粒米,加糖,再加开心果和豆蔻粉。
② Biryani,印度传统饭食。将半熟的米饭与肉块、香料混合,入炉小火焖烤而成。

因天气转冷，又穿了厚毛衣、皮凉鞋和羊毛袜子。朱迪盯着餐台，嘴里动着，忽然咬到什么了，仔细一看，原来是虾片。"我原以为印度人该是吃素的。"她向艾伦低声道。

果戈理的进食礼开始了。这只不过是触碰一下，做出一种姿态而已。没有人指盼男孩会这一口吃进一粒米、那一口喝下一滴扁豆汤的；这一餐饭纯粹是一个序幕，只为了开启随后而来的一生的进食，那几万顿不加纪念的餐饭。仪式开始了，一群女人呜呜地叫着。人们不停地拍一只螺壳，把它传来传去，可是屋里没有人吹得响它。草叶束和油灯盏举到了果戈理头上，灯头的火苗细长而稳定。孩子整个被吸引住了，他没有扭动不安，没有扭头避开，每一道食物送过来，他都顺从地张嘴。他吃了三次甜米糊。见果戈理的嘴热切地张开，迎候着调羹，阿西玛眼里噙满泪水。她不禁顿生热望，要是自己的亲弟弟在这儿喂他、自己的父母手抚他的头给他祝福，那该有多好！接着是压轴戏了，他们全都盼着这一时刻。这是要预测果戈理未来的生活之路。一只盘子，上面放着一块后院挖来的冰冷的剑桥土、一杆圆珠笔、一张一美元的钞票，托到了果戈理面前，以此预见他将来会是地主呢，学者呢，还是生意人。多数孩子都会抓上一样，有时全都要，可是果戈理什么也没碰。对盘子没有丝毫兴趣，他转过头去，很快把脸埋进了名义舅舅的肩膀里。

"把钱放进他手里！"人群里有人喊道，"美国男孩得有钱才行！"

"不！"他父亲不乐意了，"笔，果戈理，抓那支笔。"

果戈理满是疑惧地打量着那只盘子。几十颗长着黑发的头围绕在他身边,期待着。旁遮普式睡衣裤开始擦伤他的皮肤了。

"来吧,果戈理,拿点什么嘛。"迪利普·南迪说着,把盘子拉近点。果戈理小脸一瘪,下唇颤抖起来。才六个月大,就被逼迫面对自己的命运了。于是,他开始大哭。

又是八月天。果戈理满一岁了,他会抓东西,会走一点点路,两种语言的单词都会跟着重复了。他叫母亲"妈",父亲"爸爸"。如果屋里有人说"果戈理",他会转过头来朝你笑。每天他睡一通宵,再加上中午到三点。他已长出七颗牙了。他总是捡起地板上哪怕再细小的纸片、棉绒什么的,都往嘴里塞。艾修克和阿西玛正在计划他们首次的加尔各答之行,安排在十二月份艾修克放寒假期间。而这即将来临的旅行,也促使他们给果戈理想个大名,好为他申请一本护照。他们找孟加拉朋友出主意。许多个漫长的夜晚,他们都花在考虑用这个名字还是用那个上。然而总是找不到满意的。到那时,他们已经放弃希望,不再等阿西玛外婆的来信了。他们也不指望她的外婆记得住那个名字,因为据说外婆连阿西玛都不认得了。不过,他们还有时间。加尔各答之旅将是四个月以后的事情。因为无法走得早一些,赶不上杜尔嘎节①的庆典了,阿西玛对此颇有些遗憾。可是等艾修克取得资格休年假,还需要再熬几年,于是十二月的那

---

① Durga puja,为印度全国尤其是西孟加拉邦重要节日,庆贺女神杜尔嘎战胜水牛阿修罗(Mahishasura)。

三个星期便是他们所能支配的全部时间了。"就像圣诞节都过了几个月了,你才回家一样。"一日在晾衣服时,阿西玛对朱迪解释道。朱迪则回答说,她和艾伦都信佛教。

阿西玛日夜拼命,以极快的速度给父亲、公公、弟弟和三个最相得的叔叔每人织了件毛背心。它们大都一模一样,鸡心领,松绿色,都用九号棒针,五针下两针上织成。与众不同的是她父亲那件,以正反针织出,前襟直下是两道粗粗的绞花花样和一溜纽扣。父亲觉得开襟衫比套头衫好,而阿西玛也没忘了加上衣袋,给他放那副从不离身的扑克牌,以便随时玩翻牌游戏。除了毛衣,她还照父亲在信中给出的号码,从"哈佛合作社"书店给他买了三支貂毛画笔。虽然贵得离谱,比她在美国买过的任何东西都昂贵,可艾修克看到账单时什么话也没说。一天阿西玛去波士顿市中心买东西,推着果戈理,在乔丹·马尔西商场的地下层盘桓了好几个小时,把钱花得一分不剩。她买了些不成套的茶匙、细棉布枕套、五颜六色的蜡烛和吊绳香皂。在一家药杂店,她给公公买了块"天美时"手表,给表姊妹们买了毕克圆珠笔,又给妈妈和几个姨妈买了绣线和顶针。回家的地铁上她又兴奋又疲惫,情怯怯地盼望着回乡之行。地铁里挤得厉害,她起初站着,又要提包又要扶住婴儿车,还得抓牢头上的吊带,十分费劲。终于有一位年轻女孩给她让座。阿西玛谢了她,心怀感激地缩下身子坐到座位上,接着把袋子都塞到了腿后面。果戈理睡着了,她也渐感困倦,于是头斜靠在窗上,闭上眼睛想家。她在心中描绘着父母家窗户上的黑色铁栏,又想着果戈理穿着美国式的婴儿衣服和尿片,在吊扇下父母的四柱大床上玩耍的情景。她又想象父亲缺了一颗牙后的模样,据妈妈来信说,是最近下楼时摔的。她想象外婆认不出自己来,那会是一种怎样的感觉。

她睁开眼的时候,只见地铁已经到站停稳,车门大开着。她一下蹦了起来,心扑扑直跳。"对不起,请让一下。"她说着,推起婴儿车,从密密的人缝中钻过去。"夫人,"就在她使劲挤出,正要走上站台的时候,有人叫道,"你的东西!"而等她醒悟过来,车门已砰然合上,随后列车缓缓地滑走了。她站在那里,望着最后一节车厢消失在隧道里,一直到站台上人都散尽,只剩下她和果戈理。沿马萨诸塞大道回家的一路上,她推着果戈理,一边抑制不住地啜泣;她深知已经没有钱再回去买这些东西了。整个下午她都对自己气恨恨的,一想到除了毛衣和画笔,只好两手空空地回加尔各答,就觉得万分羞愧。艾修克回来,给马萨诸塞州交通局的失物招领处打了个电话。第二天袋子都送回来了,连一把茶匙都没丢。不知道为什么,这件小小的奇迹,让阿西玛感到自己与剑桥有了一种关联,以一种从前觉得不可能的方式,与它的例外,同时也是它的常例,发生了紧密的关系。晚餐会上她总是要讲这个故事。朋友们听着,惊奇她有这么好的运气。"也就是在这个国家。"玛雅·南迪说道。

之后不久的一个夜里,他们睡得正熟,这时电话铃响了。他们马上惊醒,心咚咚乱跳,好像刚刚做了一个同样吓人的梦。不待艾修克接电话,阿西玛就知道是从印度打来的。几个月前,她的家人来信要他们在剑桥的电话号码,回信中她很不情愿地给了他们,她清楚,只会有坏消息这样传过来。艾修克坐起来,取下听筒,声音疲倦而暗弱地说着话,阿西玛便暗暗地做心理准备。她推下小床的围栏,安抚被电话铃声惊得开始躁动不安的果戈理,心里想着眼下的情形。她的外婆八十多岁,卧病在床,近乎全然的痴呆了,不会吃,更不会说话。据阿西玛父母最近一封信上说,外婆一生的最后几个月是很痛苦的,不单是她自己,所有认识她的人都揪心不已。这样的日子怎么过得下去?阿西玛想象母亲站在邻家的客厅,缓缓地把这些话吐进邻家的电话里。她心下想好,准备听到噩耗,接受这样的现实了:果戈理将永远见不到他的外曾祖母,那个给了他丢失了的名字的人。

房里冷得令人很不舒服。她抱起果戈理,回到床上,钻进毯子里。她紧紧搂着婴孩,让他贴着胸膛,以期获得力量。她记起了跟外婆一起去买的开襟羊毛衫,现在还放在壁柜里的购物袋里。她听见艾修克肃穆地说,"好吧,我明白了。不用担心,是,我会的。"他嗓门高了起来,让她不免担心会吵醒楼上的艾伦和朱迪。有一阵子他不说话,只是听。"他们要跟你说话。"他对阿西玛说,一只手在她肩上拍了拍。黑暗中,他把电话递给她,然后犹豫了一下,起身下了床。

她接过电话,准备亲耳听到噩耗,准备抚慰母亲。她忍不住想知道,有一天她自己的母亲去世了,消息也这样传来,在午夜,把人从睡梦里揪醒,那会有谁来安慰自己呢?尽管心中忧惧,她还是感到了一股激动的震颤;这将是近三年来她第一次听到母亲的声音。自从她在达姆达姆机场离别家人,将第一次有人叫她默奴。不料那头却不是她的母亲,而是弟弟拉纳。他的声音很轻,仿佛被拉成了细线,从电话听筒的小孔里钻出来,很难听得真切。阿西玛首先问那边是什么时间。她得把问题重复三遍,几乎是喊着才能让对方听清。拉纳说现在是晌午了。"你们还是打算十二月份回来吗?"他问道。

她的胸口一阵发酸;这么长时间了,今日又听到弟弟称自己"娣娣"①,她忍不住要掉下泪来;在这个世界上,他是唯一能用这个词的人呀。这时她听见厨房水响,丈夫打开橱柜在找杯子。"当然要回来,"她说,而听到她的回声微弱而不肯定地重复这句话时,她自己也不很确然了,"娣姐好吗?她没啥别的事吧?"

"还活着,"拉纳说,"不过还是老样子。"

阿西玛靠到枕头上,长舒了一口气。不管怎么说,她都会再见到外婆了,哪怕只是最后的一面。她吻了吻果戈理的额头,又脸贴脸地亲他。"谢天谢地。让妈妈听电话,"她说着,一只脚架到另一只脚上面,"我要跟她说说话。"

"她这会儿不在家。"一阵嚓嚓的杂音之后,听拉纳说道。

"爸爸呢?"

又是好一阵噪声,他的声音终于传来:"他不在。"

"噢。"她想起两地的时差了——父亲一定是去《印度》杂志社上班了,母亲想必在集市,手里拎着麻布袋,在买蔬菜和鱼呢。

"小果戈理好吗?"拉纳问她,"他只讲英语吗?"

她笑了。"他才多大点,还说不来什么呢。"于是她开始滔滔不绝地讲她如何对着照片教果戈理认外公外婆和舅舅,如何

---

① Didi,孟加拉语,姐姐。

教他念"娣姐"、"达都"①和"妈姆"②。可是又一阵干扰声打断了她的话,这次的杂音持续得更久。

"拉纳?听得见我说话吗?"

"娣娣,我听不清,"拉纳说,他的声音越发微弱了,"听不见了。我们再聊吧。"

"好吧,"她说,"那就再聊。快见到你了。就快了。给我写信啊!"她放下电话,弟弟的声音让她情绪高涨。随即她就感到狐疑而有些恼怒了。为什么费这么老大劲打电话过来,只是问一个显而易见的问题?为什么专等父母都出门的时候打电话?

艾修克从厨房回来,手里端着一杯水。他放下水杯,拧亮床前的小灯。

"我不困了。"艾修克说,虽然因为疲倦,声音仍然很低。

"我也是。"

"果戈理呢?"

"又睡着了。"她起身把果戈理放回小床,拉上毯子盖住他的肩膀,然后又回到床上,冷得哆哆嗦嗦的。"我觉得好奇怪。"她对着弄皱的床单,摇头道。"为啥这个时候,拉纳要自找麻烦给我们打电话?那么贵,没道理呀。"她转头盯着艾修克,"他说什么啦?到底说什么了?"

艾修克只是来回摇头,身子往下缩。

"他一定告诉你什么事了,你不肯说。快告诉我,他说什

---

① Dadu,孟加拉语,外公。
② Mamu,孟加拉语,舅舅。

么了?"

他还是摇头不语。少顷,他摸到床上她这一边,紧紧抓住她的手;他握得那么紧,都有点令人生痛了。他把她摁在床上,趴到她身上去,他的脸扭向一边,身体突然颤抖起来。他就这样抱着她,好一阵子。她以为他要关灯,爱抚她。然而他却告诉她拉纳几分钟前所说的事情,拉纳不忍心亲口在电话上对姐姐讲:昨天晚上,她父亲在床上玩翻牌游戏时,心脏病突发而去世了。

六天以后,他们就启程去了印度,比原先的计划早了六个星期。当天早上,艾伦和朱迪醒来就听到阿西玛在抽泣,便向艾修克询问缘由;得悉消息以后,他们在阿西玛门前留下了一大瓶鲜花。那六天忙得焦头烂额的,完全没有时间给果戈理想个大名。他们获得一本特快护照,"果戈理·甘古利"几个字打印在美国国玺之上,由艾修克代替儿子签了名。启程前一天,阿西玛把果戈理安放在婴儿车里,把给爸爸织的毛衣和买的画笔装进购物袋,便朝哈佛广场的地铁站走去。"对不起,"她向街上一位男士求助,"我必须赶上地铁列车。"于是那位男士便帮忙和她一道提着婴儿车下了台阶。阿西玛在站台上等车,只待列车一到,就马上折反,回中央广场去。这一次,她非常清醒。车厢里只有五六个人,不是把脸遮在《环球报》后面,就是在埋头读平装本小说,要不就是眼光直愣愣地穿过她,什么也没看。列车刚慢下来要停站,她就站起身,准备下车。那购物袋她看也没看一眼,故意留在了座位下,不回头地下了车。"嘿,那位印度女士忘了东西。"车门正合上的时候,她听见有人这样叫道,而当车缓缓离开时,又听到有人用拳头敲玻璃窗,然而她并未停步,推着果戈理沿站台走了。

次日晚间,他们登上泛美航空公司的班机飞往伦敦。他们将在那里停留五个小时,再乘另一班飞机去加尔各答,途经德黑兰和孟买。飞机在波士顿机场的跑道上等待起飞。阿西玛扣上了安全带,她看着手表,用手指计算着印度的时间。然而这一次脑海里并没有浮现家人的影子。她拒绝想象很快就要看到的情景:母亲发间分路处的朱砂没了,弟弟一头浓密的头发也因服丧而剃掉了。飞机启动了,巨大的金属翅膀轻轻地上下扑动。阿西玛看了一眼艾修克,他正在核查护照和绿卡,确保没有闪失。她看着他调整手表以待到达,那暗淡的银色表针剪刀似的铰动着。

"我不想去了,"她说着,转头面朝那黑暗的椭圆形舷窗,"我不想见他们。我做不到。"

艾修克把手放在她的手上,这时飞机开始加速了。波士顿倾斜着退去,他们轻易地升到了大西洋暗黑的夜空里。飞机轮子收了进来,他们努力往上攀爬;穿过第一道云层时,机舱摇晃了一阵。虽然果戈理耳朵里塞了棉花,他还是在悲伤的母亲怀里哭叫起来。这是他第一次飞越世界;而此时,他们还在往更高处攀升。

## 第三章

### 1971

甘古利一家搬到了波士顿郊外的一座大学城。就他们所知,他们一家是那里唯一的孟加拉居民。小城有一片旧城区,是短短的一段殖民式建筑。夏日里,常有游客趁周末来访。小城还有一座尖顶的基督教公理会教堂,一座石砌的法庭以及附属监狱,一座带顶阁的公共图书馆,一眼木井,谣传保罗·里维尔①曾在井里打过水喝。冬日入夜后,家家户户都点蜡烛。艾修克已被聘为大学电子工程系的助理教授,教五个班的课,一年挣一万六千美元。他有了自己的办公室,贴在门边的一块黑色塑料上蚀刻着他的名字。他和系里其他几位教授共同配有一位秘书,琼斯夫人。琼斯夫人年岁较长,常在休息室的煮咖啡机旁放一盘家里烤的香蕉面包。她的丈夫一直到去世前都在英语系教书,艾修克怀疑她的年纪和自己母亲差不多。琼斯夫

---

① 保罗·里维尔(Paul Revere,1734—1818),美国独立战争前夕,他星夜策马为殖民地将领报信:"英国人来了!"参见朗费罗的叙事诗《保罗·里维尔骑马来》。

人的生活,在艾修克的母亲眼里恐怕是很丢脸的:独自做饭吃,刮风下雪都自己开车上班,儿孙辈一年了不起能见三四次面。

这份工作是艾修克梦寐以求的。他一直希望能去大学教书而不愿去公司。站在一屋子的美国学生面前授课,他想,那是多么令人激动啊。看到自己的名字印在大学通讯录"教授"一栏,他体味到何等的成就感!每次听琼斯夫人说"甘古利教授,您的夫人在电话上",他心中充溢着何等的快乐!从四楼他的办公室可以清楚地看到方院的每个角落,方院四周的砖楼爬满了藤蔓。倘若天气晴好,他便下楼去,找张长凳,坐下来吃午饭,一面听着校园钟塔上传来叮叮咚咚的钟韵。星期五教完最后一堂课,他前去图书馆,翻阅夹在长长的木制报夹上的外国报纸。他读到美国飞机轰炸越共在柬埔寨的补给线,纳萨尔武装分子①在加尔各答多处街巷遭到屠杀,以及印巴即将开战的消息。有时他游逛到图书馆的顶层,那里阳光充溢而读者稀少,所有的文献都存放在书架上。他在书架间流连,常常被自己钟爱的俄国作家召引过去。在那里,一排红色、绿色和蓝色精装书的书脊上烫印着他儿子金色的名字,总是令他不胜欣慰。

对阿西玛来说,移居郊外让她感受到的突兀和苦恼,尤甚于当年从加尔各答远徙剑桥。要是艾修克接受东北大学的教

---

① Naxalite,纳萨尔运动的成员。名称来源于一九六七年西孟加拉邦大吉岭地区的纳萨尔巴里发生的农民暴动。暴动遭到西孟加拉邦共产党(马)主导的政府的镇压,引发全国性反印共(马)的骚乱。一九六九年印共(马)的反叛者组建印共(马列)。此后,军警与纳萨尔组织的武装冲突一直不断,导致每年几百人死亡。

职就好了,这样他们就留在城里了。见小镇里几乎没有人行道,没有路灯,没有公共交通,又听说早些年走好几英里都遇不到一家商店,她惊得说不出话来。车是必需的,可她全无兴趣学开家里新买的那辆丰田花冠。虽然不再怀着孩子,她有时还是会拌上一钵脆米牌麦片、花生加洋葱。因为,阿西玛渐渐意识到,身为外国人,本身就是某种终生未了的妊娠——一种永无休止的等待,一种无法摆脱的负担,一种长相伴随的郁闷。那是一件正待完成的任务,是原本正常的生活中的一段插曲;而在这段插曲之中,你只会发现昔日的生活早已飘然远去,取代它的是更为复杂、更难应付的别的东西。阿西玛相信,就跟腆着大肚子一样,一张外国面孔也会激起陌生人同样的好奇心,和同样的怜悯与尊敬。

丈夫上班的时候,她的户外行迹也就限于他们居住的校园,以及与校园毗邻的那片旧城区。她带着果戈理四下漫步,任他在大学的方院里跑来跑去;碰上雨天,她便坐在学生休息室里看电视。一周一次,她炸上三十个咖喱角,端到国际咖啡屋前售卖,两毛五分钱一个。她的左右两边,有卖"林泽尔"①烤饼的伊佐尔德夫人,有卖"巴克拉伐"②糖的卡索里夫人。每到星期五,她都带果戈理去公共图书馆听儿童故事。等果戈理满了四岁,她就把他送进了大学办的托儿所,一周去三个上午,她自己接送。果戈理在托儿所用手指画画、学习英语字母的那几个小

---

① Linzer,源于奥地利的一种鸡蛋木莓酱烤饼。
② Baklava,一种由面团、果仁和白糖制成的多层糖饯,耐嚼、脆硬、香甜。

时里,阿西玛又落得只剩一个人了,她很不习惯,坐卧不宁,心绪颓丧。她惦念着儿子:一起散步的时候,他总是拽着妈妈的莎丽松垂的一边;倘若饿了,累了,要上厕所了,他会直着小男孩尖亮的嗓子生气地大喊大叫。为了逃避在家的孤独,她也到公共图书馆去,坐在阅览室一把皮革开裂的扶手椅上,给母亲写信,翻翻杂志,或者阅读一本从老家带来的孟加拉文书。室内光线充足,舒适怡人,地板上铺着柿红色的地毯,一张大圆木桌中间摆放着连翘和香蒲,人们则围在木桌四周读报纸。特别想果戈理的时候,她便到儿童室里去转一转。那里,钉在公告板上的,是一帧果戈理的侧面小像,他盘腿坐在垫子上,在听儿童图书管理员艾肯夫人讲《戴帽子的猫》。

在大学补助的暖气过分充足的公寓里住了两年之后,阿西玛和艾修克决定买房了。晚饭后,他们把果戈理安顿在后座,全家驾车出巡,去找待售的房子。他们不去旧城区看房子。艾修克的系主任就住在那里一幢十八世纪的宅第里,每年的礼盒节①都邀他们一家过去吃茶。他们要找的是寻常路段边上的住房,塑料泳池和棒球棒都留在外面草地上那种。这些都是美国人家的住房——穿着鞋进屋;猫粪砂盘放在厨房里;阿西玛和艾修克摁门铃的时候,狗又叫又跳。他们了解到各种建筑风格的名目:海滨别墅式,盐盒式,加高农庄式,以及加里森式。最终,他们看中了一座新近建造的两层木瓦殖民式楼房,占地四

---

① Boxing Day,圣诞节后第一个工作日,在英联邦部分地区是节假日。传统上,给服务人员的圣诞礼物在这一天送出。

分之一英亩，还没有人住过。这是他们即将拥有的一小片美国。果戈理跟着父母去银行，坐在一边等着他们签那些没完没了的文件。按揭已经批下来，就等春天乔迁新居了。租了"你拖"公司的箱车搬家的时候，艾修克和阿西玛惊奇地发现他们竟有那么多东西；要知道，当初他们来美国时，都只带着一只衣箱，也就几个星期的衣服。现在，公寓屋角堆积的旧《环球报》，足以把他们所有的杯子碟子都包起来。要扔掉的，还有整年整年的《时代》杂志。

新家的墙壁已经漆过，车道铺了沥青，木瓦和露台也都做了防雨处理，并且上了色。艾修克给每个房间都拍了照，都有果戈理站在里面，打算寄给印度的家人和亲戚。照片中果戈理在开冰箱啦，在装模作样打电话啦，如此等等。他是个壮实的小孩子，双颊满满的，而神情却已有点忧郁了。镜头前，他们一定得哄他，才会露出笑容。房子离最近的超市十五分钟车程，离一处购物中心四十分钟。地址是彭伯顿路67号，邻居有琼斯家、默顿家、阿斯普利家和希尔家。房子有四间不大的卧室，带一套全浴和一套半浴卫生间，七英尺高天花板，另有一个车库。起居室有砖砌的壁炉，还有一扇海湾窗，从那儿可以一览整个后院。厨房里的电器都是颜色搭配的黄色，还有一张旋转餐台，地上铺着仿地板砖的漆布。阿西玛把父亲的一幅描绘拉贾斯坦沙漠中骆驼商队的水彩画，送到就近的印刷店上了镜框，挂在了起居室里。果戈理有了自己的房间，他的小床下面藏着抽屉，金属书架上放着拼装玩具、林肯木条、魔景盒和神奇画板。果戈理的大多数玩具都是从庭院甩卖上淘来的，其实家里多数的家具，还有窗帘,还有烤面包器,还有整套的锅碗瓢盆都是这么弄来的。起初阿西玛还不太愿意让这些东西进家门,她一想到要买原本属于陌生人、更何况是美国陌生人的东西,就觉得丢脸。然而艾修克说,连他的系主任都去庭院甩卖买东西,就算是住在一幢大宅第里,美国人也会偶尔穿一穿五十美分买来的二手裤子。

他们刚搬进来的时候,庭院尚待规划。院里一棵树也没有,门前也无花丛,这样水泥房基就赤裸裸暴露在眼前。所以头几个月里,四岁的果戈理就只好在后院满是石子和草茎的坑坑洼洼的泥地上玩了;他的鞋子沾满泥土,进门就留下一串脚印。这是他最早的记忆了。他一生都会记得,在那个寒冷阴晦的春天里,自己是如何挖泥、拣石子、在一块翻开的石板下看到黑黑黄黄的四脚蛇的。他会记得,邻家的孩子们在路上骑三轮车玩,一路传来咯咯咯的笑声。他会记得,在那个温暖明丽的夏日,一卡车的肥沃土壤卸在了后院;几个星期以后,他和父母一道走上露台,看光秃秃的黑色园子里有小草爆出新芽。

迁居之初,到了傍晚,他们常常全家开车出游,一点一点探索新的环境:人所不知的土路,僻静的林荫小道,秋天可摘南瓜、七月可买装在绿色纸盒里的莓子的农庄。汽车后座还包着塑料布,门上的烟灰缸也仍然封着。他们漫无目的地游逛,经过一处处隐蔽的池塘和墓地,钻过无数的死胡同,直到天色渐暗才止歇。有时,他们一起驾车出城,去北海岸的一处海滩。即使是在夏天,他们也决不游泳或把自己晒成棕色,而是都穿着平时的衣服。他们到的时候,收票亭已经空了,人们也大都回去了;停车场稀稀落落停着几辆车,沙滩上只有几个遛狗、看日落和拖着探测器寻找沙里金属物件的人。还在车上的时候,甘古利一家就都期盼着细细长长的蓝色海线映入眼帘的那一刻。沙滩上,果戈理又是捡石子又是挖沙沟。他和父亲都赤着脚,裤腿半卷。他看着父亲在风里放风筝,不过几分钟光景,风筝就成了天空中微微飘动的小点儿,要使劲仰头才看得见。风簌簌地吹过耳际,吹得他们的脸冰凉。雪白的海鸥展翅低旋,仿佛伸手可及。果戈理朝海里冲进冲出,踩出浅浅的、瞬间即被海水抹去的脚印,把卷起的裤管打得透湿。他的母亲一手提着拖鞋,一手将莎丽提到脚踝上方几寸,当脚伸进冰冷的泛着白沫的海水时,她笑着叫了起来。她向果戈理伸出手,让他牵着。"好了,别再走了。"她对他说。波浪退却,去积蓄力量了;他们脚下的柔软而深色的沙子仿佛也要马上流走似的,让他们差点失去平衡。"我要倒了!要把我扯进去了!"她一直这么叫着。

八月份,果戈理满了五岁,这时阿西玛发现自己又怀孕了。早上她强迫自己吃下一片烤面包,只因为艾修克为她烤了,又看着她在床上把面包嚼碎咽下。她总是头晕目眩的。她成天躺着,身边放一只粉红色塑料废纸篓,窗帘关得严严实实;她的嘴里弥漫着一股血腥味。艾修克已把电视从客厅移到床头她那一边,她便看《猜猜值多少?》《导航灯》和《万元猜词》节目。午餐时间,她摇摇晃晃摸到厨房,为果戈理做一个花生酱加果冻的三明治。冰箱里的气味让她恶心欲吐,她认定抽屉里的蔬菜变成了垃圾,架上的肉食也在腐烂。有时果戈理跑到父母房里来,躺在她身边,读图画书,或画蜡笔画。"你要当哥哥了,"一天她对他说,"有人要叫你'大大'①了,好不好呀?"有时,赶上精神好,她便叫果戈理去把相册拿来,于是母子二人一起看照片,看果戈理的祖父母、叔叔姑姑和兄弟姊妹。虽然果戈理去过一趟加尔各答,却对他们没有任何记忆。她教他记诵一首泰戈尔写的四行儿童诗,以及普耶节上装饰十手女神杜尔嘎的神祇的名字:左边是萨拉斯瓦蒂与天鹅、迦帝羯与孔雀,右边是拉克什米与猫头鹰、甘奈沙与老鼠。每天下午阿西玛都打瞌睡,不过在临睡着之前,她会把电视换到二频道,叫果戈理看《芝麻街》和《神奇伙伴》节目,让他别落下了托儿所里要用的英语。

晚上,果戈理和父亲一起吃晚饭,就他们两人。他们只有咖喱鸡饭可吃,这是父亲每个星期天用两只破旧的荷兰炉烧的,供一整星期吃。热着食物时,父亲叫果戈理关上卧室门,因为他妈妈受不了那股味儿。看着父亲站在炉边妈妈的位置上主理厨事,果戈理有一种古怪的感觉。他们在桌边坐下来时,不再有父母的谈话声,也不再有客厅里电视播放新闻的声音了。他父亲吃饭时勾着头伏在盘子上,一边翻看最近一期《时代》杂志,只偶尔瞄一眼果戈理,看他是不是还在吃着。虽然他父亲还记得事先把饭和咖喱给果戈理拌好,却没有像他妈妈那样把饭团成一个个的球,排在果戈理的碟子里,像钟面上的数字。果戈理已经开始学习自己用手指吃饭,不让食物沾染了手掌。他还学会了吸羊骨的骨髓,又会剔鱼刺了。可是如果妈妈不在桌边,他

---

① Dada,孟加拉语,哥哥。

觉得并不像是在吃饭。他盼着,每晚都盼着妈妈从卧室里出来,坐到他和爸爸中间,让空气中弥漫莎丽和羊毛衫的味道。日复一日吃同样的东西,他渐渐感到厌烦了。一天晚上,他小心翼翼把剩下的食物拨到了碟子一边,就着汁水的痕迹,用食指在碟子上画起来。他在玩井字棋了。

"吃干净,"他父亲从杂志上抬起头来,说道,"不要那样玩食物。"

"我吃饱了,爸爸。"

"你盘子里还有东西。"

"爸爸,我吃不下。"

父亲的碟子吃得干干净净的,鸡骨上的软骨都啃掉以后,再嚼出红色的骨髓,桂叶和桂皮都清理得像新的一样。艾修克对着果戈理摇了摇头,不肯答应,而且毫无商量的余地。每天,在校园里看到人们把吃了一半的三明治、才咬了一两口的苹果扔进垃圾桶,艾修克就觉得心痛。"吃完它,果戈理。我在你这个年纪,要吃好多呢。"

果戈理的母亲一坐车就恶心欲吐,所以孩子第一天上本镇公立小学的学前班,她实在无法和丈夫同去。那是一九七三年九月的事。果戈理入学的时候,已是该学年的第二个星期。前一星期,像妈妈一样,果戈理也待在床上,没精打采的,一点胃口也没有。他声称肚子疼,有一天甚至还吐在了妈妈的粉红色废纸篓里。他不愿去学前班。他不想穿妈妈从西尔斯百货大楼买来、挂在他的衣柜把手上的新衣服,不想带着他的查理·布朗①午餐盒,不想登上停在彭伯顿路口的黄色校车。不像托儿所,学校离家、离开大学有好几英里。父亲开车带他去看过学校无数次了,那是一幢砖石结构的平顶建筑,低矮而长,高高的白色旗杆竖在草地上,一面旗帜在杆顶飘动。

果戈理不愿去学前班,也有他的道理。他的父母告诉他,在学校里,大家将不会叫他果戈理了。他有了一个新名字,一个学名,这是父母赶在他接受正式教育之前,煞费苦心最终决定下来的。这个名字是尼基尔(Nikhil),它非常巧妙地与原来的名字挂上了钩。它的意思是"完全而包容万有之人",不仅是一个体面之至的孟加拉学名,而且那么可心地跟尼古拉(Nikolai)——那位俄国果戈理的名字——形似。艾修克也是最近才想到的,当时他正在图书馆,愣愣地盯着果戈理作品的书脊,突然就有了这个主意,于是他急火火地赶回家,征询阿西玛的意见。他说名字发音还算比较容易,虽然还是有被那些着迷于缩写的美国人腰斩成尼克(Nick)的危险。她说她还是挺喜欢这个名字的,只是过后,她一个人的时候,无声地哭了起来;她又念起今年上半年去世的外婆了,还有那封信,里面装着外婆为果戈理挑选的大名,永远地在印度和美国之间不知什么地方游荡着。至今阿西玛还时常期盼着、想象着:经过这许多年,在彭伯顿路的邮箱里发现了那封信,打开一看,原来却是一张白纸。

然而果戈理不肯要新名字。他弄不明白,为什么非得叫别的什么不可。"为什么我一定得要个新名字?"他问父母,眼里

---

① 查理·布朗(Charlie Brown),是查尔斯·舒尔茨所作花生漫画中史诺比的主人。

泪汪汪的。如果爸爸妈妈也叫他尼基尔,那倒也罢了。可是他们告诉他说,新名字只是让学校里老师和孩子们叫的。他害怕成为尼基尔,那是他不认识的一个人。那个人也不认识他。他父母对他说,他们都有两个名字,在美国的孟加拉朋友们也都是这样,加尔各答所有的亲戚都不例外的。他们还说,大家就是这么长大的,就是这么做孟加拉人的。他们给他把名字写在一张纸上,再叫他抄十几遍。"别担心,"他父亲说,"在我和妈妈眼里,你就是果戈理,永远不会是别人。"

在学校,接待艾修克和果戈理的是秘书麦克纳伯夫人,她让艾修克填一份登记表。他提供了一份果戈理的出生证和免疫接种记录的复印件,麦克纳伯夫人把复印件和登记表都放进了文件夹。"这边请。"她说着,领他们来到校长办公室。门上的名字牌写着"坎黛丝·拉皮杜斯"。拉皮杜斯夫人向艾修克保证,晚入学一个星期问题不大,学校事务还没完全走上正轨呢。她是一位高挑的女人,有着浅金黄色的头发。她抹了蓝色珠光眼影,穿一身柠檬黄套装。她和艾修克握了握手,告诉他学校里还有另外两个印度孩子,三年级的杰耶迪夫·莫迪和五年级的雷卡·萨克森那。也许甘古利夫妇认识他们?艾修克告诉拉皮杜斯夫人说不认识。她看了看登记表,而后对紧紧抓着父亲一只手的男孩友善地笑了笑。果戈理穿着粉蓝色裤子,红白色帆布便鞋,上身是一件条子花高领衫。

"尼基尔,欢迎你来上小学。我是你的校长,拉皮杜斯夫人。"

果戈理低头盯着鞋子。校长念他的名字跟父母说的不一样,后面部分长一些,听起来像是"希尔"。

她弯下腰,脸对着他的脸,一只手拍着他的肩:"告诉我你几岁了好吗,尼基尔?"

她再问一遍,还是没有回答,于是拉皮杜斯夫人问道:"甘古利先生,尼基尔听得懂英语吗?"

"他当然懂,"艾修克说,"我的儿子绝对能讲两种语言。"

为了证明果戈理懂英语,艾修克做了件从未做过的事。他用仔细的、带口音的英语称呼儿子。"来,勇敢点,果戈理,"他说着,轻轻拍拍儿子的头,"告诉拉皮杜斯夫人你几岁了。"

"你说什么?"拉皮杜斯夫人问道。

"夫人,你是问……"

"你刚才称他什么呢?带'果'字的那个?"

"噢,那个,那个只是我们在家叫他的。他的大名应该是——其实就是,"他坚决地点了点头,"尼基尔。"

拉皮杜斯夫人皱眉:"恐怕我弄不懂了。大名?"

"是。"

拉皮杜斯夫人仔细研究起登记表来。对那两个印度孩子,她倒没有遇到过这样的困扰。她打开文件夹,检查了一番免疫接种记录,然后是出生证。"甘古利先生,看来这儿是有点问题。"她说,"根据这些文件,你儿子的正式名字是果戈理。"

"那不假。不过请听我解释——"

"你希望我们叫他尼基尔。"

"正是。"

拉皮杜斯夫人点点头:"理由是……"

"那是我们的愿望。"

"我不知道是不是弄懂了你的意思,甘古利先生。你的意思是,尼基尔是中间名?或者是个绰号?这里很多孩子都用绰号的。这张表上还有地方——"

"不,不,它不是中间名,"艾修克说,他开始有点着急了,"他没有中间名。没有绰号。这个男孩的大名,他的学名,是尼基尔。"

拉皮杜斯夫人抿着双唇,微笑着:"可是显而易见,他并不答应啊。"

"请听我的,拉皮杜斯夫人,"艾修克说,"小孩子开始弄不明白,那是很常见的。请用上一段时间吧。我保证他会越来越习惯的。"

他弯下腰,这一次他用孟加拉语,语气平和地轻声要求果戈理,当拉皮杜斯夫人问问题的时候,一定要回答。"不要怕,果戈理,"他说着,手指抬起儿子的下巴,"你是大男孩了。不能掉眼泪,啊。"

虽然拉皮杜斯夫人一个字也听不懂,她却在仔细听着,又一次听到了那个名字。果戈理。轻轻地,她用铅笔把它写在了登记表上。

艾修克把午餐盒递给了拉皮杜斯夫人,又留下一件风衣,怕万一天冷。他谢了拉皮杜斯夫人。"要乖啊,尼基尔。"他用英语说道。然后,略微犹豫了一下,离开了。

等艾修克去远了,拉皮杜斯夫人问道:"要上小学了,你高兴吗,果戈理?"

"爸爸妈妈要我在学校叫另一个名字。"

"你自己怎么想呢,果戈理?你愿意别人叫你另外一个名字吗?"

停了一会儿,他摇了摇头。

"是不是不啊?"

他点头:"嗯。"

"好,那就这么定了。你能把你的名字写在这张纸上吗?"

果戈理拿起一支铅笔,抓得紧紧的,开始凭记忆一个个字母地勾画那个他至今唯一学过的单词,紧张得还把"L"画反了。"啊,写得真漂亮!"拉皮杜斯夫人说。她撕掉老的登记表,再叫麦克纳伯夫人打出一份新的。然后,她牵着果戈理的手,穿过铺着地毯、水泥墙上过漆的过道。她打开门,把果戈理介绍给他的老师沃特金斯小姐。沃特金斯小姐梳着两条辫子,穿着大罩衫和木底鞋。教室里面,一个绰号的小天地——安德鲁是安迪,亚历山德拉是桑迪,威廉是比利,伊丽莎白是莉齐。这里根本不像果戈理父母所知的学校气氛:锃亮的黑皮鞋、自来水笔和笔记本,人人都用学名,小小年纪就互称先生女士。这里唯一正式的典礼便是每天早上的第一件事,向美国国旗宣誓效忠。其余的时间,他们围坐在一张公共圆桌旁,喝饮料,吃点心,此外就是趴在地板上的橙色小垫子上小睡。第一天结束时,拉皮杜斯夫人给他父母写了封信,折起来钉在绳子上,再挂在他的胸前,然后送他回家。信中解释道,按他们儿子的选择,学校里大家会称他果戈理。那么父母的选择怎么办?阿西玛和艾修克摇头,心里直纳闷。可是他们都觉得硬要坚持也不合适,所以没有别的选择,算了吧。

就这样,果戈理的正式教育开始了。在那些粗糙的浅黄色纸页的顶端,他一次又一次书写自己的乳名,有时用大写字母,有时用小写。他学着做加减运算,学着拼写他的第一批单词。在识字所用的那些教科书的封面上,他留下了他的印迹——一长串别人的名字下面,他用二号铅笔写下了自己的名字。一周中他最喜欢的艺术课上,他用回形针把名字刻在泥杯和泥碗底下。他把没煮过的意大利面粘在硬纸板上,以此作画,然后在下面浓笔签名。一天又一天,他把自己的创作带回家给妈妈看,阿西玛便骄傲地把画挂在冰箱门上。"果戈理·甘",他在作品的右下角如此签名,好像需要与学校里别的哪个果戈理区分开似的。

五月份,妹妹出生了。这一次生得很快。那是个星期六的早晨,录音机里正放着孟加拉歌曲,他们想着要去逛逛附近的庭院甩卖。果戈理在吃冻华夫饼干当早餐,心里直盼着父母关掉音乐,好听见正在看的卡通节目。这时,妈妈的羊水破了。父亲关掉音乐,马上给迪利普和玛雅·南迪打电话。他们现在已经搬到二十分钟车程外的郊区,还有了一个男孩。然后,艾修克再给邻居默顿夫人打电话,她答应过帮忙照看果戈理,直到南迪夫妇到来。虽然父母早就跟果戈理讲过这件事,但是当默顿夫人带着针线活出现时,他还是感到茫然无措,再没心思看卡通了。他站在门前的台阶上,看着父亲扶母亲上车;车启动时,他朝他们挥手。为了打发时间,他画了一幅画,画里有自己、父母和新添的娃娃,大家排成一排站在家门口。他没忘了给妈妈点上吉祥痣,给爸爸戴副眼镜,还在房前的石板路边加了根路灯柱。"嗬,画得简直一模一样。"默顿夫人站在他身后,赞道。

那天傍晚,玛雅·南迪——他叫她玛雅"妈细"①,仿佛她本就是妈妈的姊妹,他的亲姨——正在热着带来的饭菜,这时他父亲打电话来,说妹妹已经生下来了。第二天果戈理去看妈妈,她坐在后背支起的床上,手腕戴着塑料环,肚子已不再是又圆又硬了。透过一扇大玻璃窗,他看见妹妹躺在小玻璃床上,睡得正熟,她是这儿唯一长着浓密黑发的婴儿。果戈理认识了照顾妈妈的护士。他喝完了妈妈餐盘里的果汁,把布丁也吃掉了,然后十分羞涩地给妈妈看他画的图画。每个人物的下边,他都加了标注:自己的名字、"妈"和"爸爸",唯有娃娃下边还空着。"我不晓得妹妹叫什么。"果戈理说,于是父母便告诉了他。这一次,艾修克和阿西玛是有备而来。他们吸取果戈理这事的教训,预备了好些男孩的或女孩的名字。他们已经领教,美国的学校竟然不理会父母的指示,用孩子的乳名给他注册。他们得出结论,避免混乱的唯一方法就是学很多孟加拉朋友的样,根本不搞什么乳名。给他们女儿的就一个名字,大名小名一样:索娜丽,意思是"金一样的女子"。

两天以后,从学校回来,果戈理见妈妈又回家了,不穿莎丽

---

① Mashi,孟加拉语,姨妈。

而穿大浴袍了。他也第一次看见妹妹醒来。她穿着粉红色的宽松睡衣,手和脚都包了起来,绕着圆嘟嘟的小脸,系着一顶粉红的童帽。他的父亲也回家了。于是父母让果戈理坐在客厅沙发上,再把索娜丽放在他怀里,嘱咐他把妹妹抱到胸前,一只手托着她的头。父亲举起新买的尼康35毫米相机,给兄妹俩照了许多相。快门一次又一次轻柔地响着;屋里浴满午后充沛的阳光。"你好,索娜丽。"果戈理说,他拘谨呆硬地坐着,低头看了看她的脸,再抬头看镜头。虽然"索娜丽"是她出生证上的名字,要正式地跟随她一辈子的,可是在家他们开始叫她"索奴",然后是"索娜",最后是"索妮娅"。"索妮娅"使她成了世界公民。这个名字与她哥哥有一种俄国式的关联;它既是欧洲的,又是南美的。最终,它还会是印度总理的意大利夫人的名字。起初果戈理挺失望的:她不能和自己一起玩,就会睡觉,打湿尿片,哭。终于,她开始对他有反应了,当他轻挠她的肚皮时,当他推着吱吱嘎嘎的连杆,摇晃着秋千里的她时,当他玩躲猫猫游戏逗她玩时,她都会咯咯咯地笑。他帮妈妈给妹妹洗澡,跑腿拿毛巾拿香波。星期六傍晚,他们一家开车去赴朋友的晚餐聚会时,一路上果戈理都在后座上逗妹妹玩。到现在,剑桥所有的孟加拉朋友都搬到了像德达姆、弗明汉、莱克星顿和温彻斯特这样的地方,搬进了有后院和车道的房子。他们认识了好多孟加拉人,几乎没有哪个周六是闲着的,以至于果戈理一生都将记得,孩提时代的星期六晚上,总是单一而重复的景象:一幢三间卧室的郊区住房里,三十多个人济济一堂,孩子们在地下室看电视、下棋,大人则一边吃着东西,一边用孩子之间不讲的孟加拉语聊天。他将记得,自己端着纸碟吃加水冲稀的咖喱,有时候是给孩子们特别叫来的比萨或中餐外卖的情景。索妮娅的米庆仪式要请太多的客人,艾修克准备租借学校的一幢房子,外加二十张折叠桌和一台工业用炉。不像她哥哥那样听话,七个月大的索妮娅什么都不肯吃。她一个劲地玩他们从院子里挖来的泥土,还差点儿把那一美元的纸币塞进嘴里。"这一个,"一个客人评价道,"这一个可是真正的美国人。"

正当他们在新英格兰的日子越来越红火,孟加拉朋友越来越多的时候,旧日生命里的人们,那些唤阿西玛和艾修克默奴和米修而不是大名的人们,却渐渐凋零了。越来越多的死讯传来,越来越多的午夜电话把他们从梦中惊醒,越来越多的来信告诉他们长辈亲戚再也见不着的讯息。别的信件常常丢失,而这类报丧的消息却从不曾丢过。不知怎么回事,无论电话里怎样充满噪音回声,无论怎样乱糟糟的不好分辨,坏消息居然总是能够传达。出国不到十年,他们都失去了双亲;艾修克的父母都死于癌症,阿西玛的母亲得了肾病,也去世了。每一次都是大清早,卧室薄薄的墙壁那边,传来父母撕心裂肺的恸哭,把果戈理和索妮娅都惊醒。他们蹒跚走进父母的卧房,一脸的茫然,见父母伤心痛哭,他们很是窘迫,却只有一点点悲伤。或多或少,艾修克和阿西玛的生活,有点像那些年岁极大的人们,他们每一个从前所识、所爱的人都失去了,单单靠了回忆才得以活着,才有一丝安慰。即便是还活着的那些亲戚,他们却与死了又有何分别?总也见不着,总也摸不着。电话那头的声音,即使偶尔报告婴儿出世和婚礼的消息,也把他们吓出半身冷汗。怎么可能还活着,还在说话呢?每隔几年回一趟加尔各答,见到他们越发觉得陌生了,那六七个星期过得就像一场梦。一旦回到彭伯顿路,小小的房子一下变得异常宽敞,于是他们什么也记不起来了;尽管刚刚见过百来位亲戚,他们却觉得自己是天下仅存的孟加拉人。和他们一起长大的人,将永远看不到这样的生活,这一点他们非常肯定。他们将永远呼吸不到新英格兰清晨潮湿的空气,看不到邻居烟囱里的袅袅青烟,他们永远不会在汽车里牙齿打战地等待玻璃除霜、引擎温暖。

若不细看,甘古利夫妇,除了信箱上的名字,除了寄来的订阅报刊《海外印度》和《孟加拉文化协会通讯》[1]以外,他们显得和邻居并没有什么两样。他们的车库,和所有别的车库一样,里面堆放着铲子、园林剪和雪橇。他们买了一台烧烤炉,准备夏天在门廊做"摊多利"[2]烤肉。做任何一件事、买任何一样东西,不管多么小,他们都认真对待,都会找孟加拉朋友商量。塑料草耙和金属草耙是不是不一样?圣诞树有天然的和人工的,哪个更好?感恩节,他们学着烤火鸡,尽管抹的是蒜、茴香和辣椒粉;到十二月,他们在门上钉一只花环;他们给雪人围羊毛围巾;到复活节,他们把煮熟的蛋涂成紫色和粉红,藏得屋里到处都是。为了果戈理和索妮娅,他们越来越大张旗鼓地

---

[1] *India Abroad* 与 *Sangbad Bichitra*,都是通行于旅美印度人之间的报刊。前者是周报,后者是孟加拉语期刊,每四十天出一期,刊载有关印度与孟加拉的新闻和文艺作品。
[2] Tandoori,一种印度烹调法,将食物放入特制的黏土炉灶中,以文火细烤。

庆祝基督的诞辰了;比起敬拜女神杜尔嘎和萨拉斯瓦蒂来,这个日子孩子们盼望得多了。为方便起见,普耶节仪式一年集中安排在两个星期六,届时,果戈理和索妮娅虽不情愿,但还是给带到孟加拉人包下的一所高中或一处"哥伦布骑士"①堂,在那里他们得往一尊纸板做的女神像上撒金盏花瓣,还得吃淡而无味的素菜。跟圣诞节简直没法比,那时他们把袜子挂在壁炉架上,摆出点心和牛奶请圣诞老人吃,然后就会得到成堆的礼物,而且不用上学。

还有一些事情上,阿西玛和艾修克也都入乡随俗了。虽然阿西玛还是只穿莎丽和巴塔鞋店的凉鞋,但是艾修克,一生穿惯裁剪的裤子和衬衫,如今得学着买成衣裤了。自来水笔不用了,改用圆珠笔;威尔金森剃须刀和猪鬃修面刷给扔在了一边,让位给了六个一包的比克刮胡刀片。他现在已是正教授,却不再西装领带地去大学了。因为所到之处全都有时钟——床边、烧茶的炉头、去上班的车里、办公桌对面的墙上,他连表都不再戴了,于是那只非凡牌手表,便流落到了装袜子的抽屉深处。在超市,他们让果戈理挑选吃的东西,把购物车装满,那些食物是果戈理和索妮娅而非他们自己要吃的:单片包装的奶酪片,蛋黄酱,金枪鱼,热狗。他们去熟食店买冷切肉,给果戈理准备午餐。每日清早,阿西玛用大红肠片或烤牛肉做三明治。在果戈理的央求下,她终于答应每周做一次美国式晚餐,算是犒劳,不是自拌自烤的鸡块,就是羊肉末做的汉堡包。

---

① Knights of Columbus,一个天主教世俗兄弟会。

不过，他们还是在尽力保留传统。每当奥森·韦尔斯影院上映《阿普三部曲》，或哈佛纪念大厅有"喀塔喀利"舞①的演出或有西塔琴演奏会，他们总要开车带孩子们去剑桥观看。等果戈理上了三年级，他们便隔周六送他去听一个朋友家开设的孟加拉语言和文化课。这是因为阿西玛和艾修克一闭上眼睛，就觉得心里不踏实：他们的孩子跟美国人一模一样，极为圆熟地操着一种他们还时时犯迷糊的语言，随意地聊着，那种口音是他们惯常并不信赖认可的。孟加拉语课上，果戈理学习读写祖先传下来的字母表。开始是不送气而发喉音的字母"*K*"，然后发声部位逐步跨过上颚，终止于徘徊在他双唇之外难以捉摸的那些元音。他们把字母垂挂在棍子上，教他写，教他最终把这些复杂的形状嵌进他的名字里。他们读用英文写的关于孟加拉语言复兴和苏婆·旃陀罗·鲍斯的革命探索的阅读材料。课上孩子们学起来毫无兴趣，一心念着要是改练芭蕾或垒球就太开心了。而果戈理恨这门课，倒是因为每隔一个星期，他就得旷掉一次周六上午注过册的绘画课，那可是他的艺术老师建议他学的。绘画课开在公共图书馆的顶层。如果天气好，老师就会带他们去旧城区写生。孩子们夹着老大的写生板，拿着铅笔，照老师的吩咐画这幢或那幢建筑。孟加拉语课上，他们读老师从加尔各答买回来的专为五岁孩子编写的识字课本。课本是手工装订的，印刷在一种特别的纸上——果戈理忍不住联想

---

① Kathakali，源自南印度喀拉拉邦的古典舞剧，始于十七世纪。它植根于印度教神话，是文学、音乐、绘画、表演和舞蹈的独特融合。

道——就像学校厕所里用的折叠卫生纸。

果戈理一个小男孩,并不怎么在乎自己的名字。他看见自己(Gogol)隐约出现在路标之中:GO LEFT(左转)、GO RIGHT(右转)、GO SLOW(慢行)。每逢生日,妈妈就给他订个蛋糕,他的名字就会挤在白色加糖霜的蛋糕上面,浅蓝色,饱含蜜糖。看起来再正常不过了。他倒不在意从没见过含有他名字的钥匙链、装饰夹针或冰箱门上的磁片。他早就知道,自己的名字取自出生在上个世纪的一位著名俄国作家。作家的名字,因而也连带他的名字,是全世界都知道的,更将永生不灭。一天,他父亲带他去大学图书馆,给他看书架上他远远够不着的一排果戈理的作品。父亲打开一本书,随便翻开一页,果戈理看到字体比最近开始喜欢上的"哈迪兄弟"系列①小多了。"再过几年,"父亲说,"你就可以读这些书了。"虽然学校的代课老师点名点到他时,总是停下来,一脸歉意的样子,逼得果戈理只好自己主动叫起来,"是我",但是学校的正式老师都知道不用想那么多。一两年以后,学生们不再拿"Giggle(咯咯傻笑)"或"Gargle(咕噜咕噜)"逗他了。学校的圣诞节演出,家长们已经习惯看到演员表中果戈理的名字了。"果戈理非常突出,充满好奇心又善于与人合作",一年又一年,通知书上老师们都这么写。金秋时节的棒球赛上,每当他上了垒或者快速冲刺出去,同学们就会

---

① *The Hardy Boys*,美国儿童探案小说系列,讲述两兄弟 Frank 和 Joe Hardy 的破案故事。一九二七年开始出版以来,历八十多年而不衰,至今仍在增添新作。作者众多,都使用笔名 Franklin M. Dixon。

大声叫喊,"快跑,果戈理!"

至于他的姓氏,甘古利,到十岁的时候,他又回过三次加尔各答,两次在夏天,一次在杜尔嘎节,他仍然记得在最近一次的旅行中,看到它体面地刻在祖父房子刷得雪白的外墙上。他还记得看到加尔各答电话号码本上,满满六页每页三列的甘古利,自己是何等的惊讶。他想撕下一页做个纪念,可跟一个堂兄说起这事,堂兄竟笑了起来。他们前去拜访散布市里各处的亲戚,出租车上,父亲随处指点着这个名字,在糖果店、文具店、眼镜店的遮阳篷上。他告诉果戈理,"甘古利"是英国人的遗留,是他的真实姓氏——甘戈帕狄耶——的英国式读音。

回到彭伯顿的家里,他帮助父亲,把从五金店买回来的金色字母一个一个粘在邮箱的一侧,拼出"GANGULI"的字样。万圣节第二天的早晨,在去校车站的路上,果戈理发现它已经给截成了"GANG",后面再用铅笔潦草地续了"GREEN"①。他气血上涌,耳根发烧,于是转身跑回屋里,心里难受得想吐;他清楚,见到这样的侮辱父亲会是什么感觉。虽然这也是他和索妮娅的姓,但果戈理觉得,污辱更是冲着他父母来的。因为到现在,在商店里,他已经感觉到收款员听父母的口音时的得意的笑,感觉到售货员更愿意跟果戈理谈货论价,虽然他的父母既不聋也不傻。然而这些场合父亲并不觉得怎么样,他也一样不为邮箱的事所动。"不过是小孩子闹着玩罢了。"他对果戈理说,手背轻轻拂去字迹,那天傍晚他们又驱车去了五金店,补上

---

① Gangreen,读音与甘古利相近,意为"绿色匪帮"。

了丢失的字母。

后来有一天,他终于了解到了自己名字的独特之处。他十一岁,上六年级了,学校组织他们实地考察,以了解某段历史原意。他们坐校车出发,两个班,两个老师,两个随队督导。汽车笔直地穿过小镇,上了高速公路。十一月的天气,已微有一丝秋寒,却是满目美景,碧蓝的天空不着片云,树下黄叶飘飞,给大地铺上了一层毯子。孩子们又是叫又是唱,喝着铝箔包起来的罐装汽水。他们先去访问了罗得岛的纺织工厂。下一站,是一座窗户小小未经油漆的小木房子,立在一片宽阔的地上。进到里面,适应了幽暗的光线之后,他们看见一张放着墨水瓶的书桌、一处尘灰斑驳的壁炉、一个洗手池、一张短而窄的床。老师说,这儿曾是一位诗人的居所。所有的家具都用绳子拦起来,与屋子中央隔开,都有小小的牌子告诉他们不要碰。天花板很低,老师们从一间黑屋走进另一间黑屋时,总要缩着头。他们参观厨房,里面有铁炉和石制的洗碗槽;然后他们在一条土路上排队看户外的厕所。只见一张木椅下面垂挂着一只铁皮盘,学生们恶心得浑身起了鸡皮疙瘩。在礼品店,果戈理买了张那座房子的明信片,还有一支做成鹅毛笔样子的圆珠笔。

乘车一会儿就到了实地考察的最后一站,那是诗人房子不远处的墓地,诗人就葬在这里。他们在墓碑间流连了几分钟,厚厚薄薄的墓碑,有些已朝后倾斜了,仿佛是被一阵风吹成这样的。石碑或方或拱,或黑或灰,多很平实,少有光鲜的,上面斑斑点点都是苔痕。好些石碑的铭文已经漫漶难辨了。他们找到了有诗人名字的那块石碑。"集合了,"老师说,"我们来做一项作业。"每个学生拿到几张白报纸和一些剥去标签的粗蜡笔。果戈理不禁打了个冷战。他从没走进过坟地,只是坐车经过时匆匆一瞥。他们镇外,有一片很大的墓地。一次塞车,他和家人从远处亲眼目睹了一个葬礼,而从那时起,每当他们再开车经过那里,母亲总要他们别过脸去。

让果戈理惊讶的是,他们并不是要画那些墓碑,而是要拓下碑文来。一位老师蹲下身来,一手摁着纸,演示给他们看。孩子们蹦跳着散入一排排死者之间,踩着绵韧的草叶,找寻自己的名字去了。一些孩子找到了与自己同名的墓主,便欢叫起来。"史密斯!"他们喊道。"柯林斯!""伍德!"果戈理年岁已长,知道这里是不会有甘古利的;他知道自己死后是要被火葬,而不是被埋掉的,知道他的躯体不会占据任何土地,知道在这个国家,没有任何一块石头会在他身后刻上他的名字。在加尔各答,从出租车里,更有一次从祖父母的房顶,他曾看到陌生死者的躯体被人们抬着穿过大街,遗体包着白单,周围摆放着鲜花。

他朝一块单薄黳黑的石碑走过去,石碑的形状很可人,顶部是圆圆的拱,升上去变成了十字架。他跪在草地上,扶着纸,用蜡笔的一侧开始轻柔地拓。太阳已经开始沉落,他的手指因冷而僵硬。老师和督导伸腿坐在地上,背靠着墓碑,空中飘荡着他们抽的薄荷烟草的香味。开始什么也没有,只是一片混混沌沌的午夜蓝。突然,蜡笔碰到了轻微的阻滞;而后,字母一个接一个魔术般地浮现了出来:"ABIJAH CRAVEN,1701—45"。果戈理从未遇到过叫 Abijah 的人,正如他现在才意识到的,他从未遇到过另一个果戈理。他纳闷着 Abijah 该怎样发音,是男人还是女人的名字。他走向另一块墓碑,这一块还不到一英尺高,于是他把纸铺了上去。拓出来是"ANGUISH MATHER, A CHILD"①。他浑身战栗,想象着比自己还小的一堆骨头,埋在地下。班里一些其他孩子已经对拓碑感到腻烦,开始绕着石碑追逐嬉闹起来,又是推搡又是呵痒又是争抢口香糖。然而果戈理拿着纸和蜡笔,一个一个坟墓地走过来,把名字一个一个从沉睡中唤醒。"PEREGRINE WOTTON, D. 1699"②。"EZEKIEL AND URIAH LOCKWOOD, BROTHERS, R.I.P."③。他喜欢这些名字,喜欢它们的奇特、它们的艳丽。"现在这些名字已经很少见了,"一位督导从他身后经过,低头看了他的拓片,评论道,"有点像你的名字。"直到这时,果戈理才想到,原来名字也会随时间而消散,就像人死去一般。回校的路上,其他孩子都撕开拓片,揉成团彼此朝头上扔着玩,最后把它们都弃在了暗绿色的座位底下。然而果戈理却默然不为所动,他把拓片仔细地卷了起来,像羊皮古卷似的,放在腿上。

回到家里,母亲惊呆了。这是哪门子的实地考察?他们给死人抹上口红,放置在衬了丝绸的盒子里入土,这已经很过分了。只有在美国(这个短语她近来用得越来越多了),只有在美国,才有人打着艺术的幌子,带孩子们到坟地去。下回去哪里,她质问道,难道要去停尸房不成?她告诉果戈理,在加尔各答,通向焚尸坛的台阶最是不能去的禁地。虽然她极尽努力不去

---

① 苦难的马瑟,一个婴孩。
② 佩里格林·沃顿,卒于1699年。
③ 以西结与乌利亚·洛克伍德兄弟,安息于此。

想,虽然她人在美国不在印度,但是两次,她似乎都看见了父亲母亲的遗体被烈焰吞噬。"死亡不是消遣娱乐,"她的声调高起来,有一点哽咽,"那里不是做拓片的地方。"她拒绝在厨房里展示那些拓片,与果戈理的其他创作摆在一起。那里摆放了他的炭画、剪杂志作的抽象拼贴画、照百科全书里希腊神庙的图片画的铅笔素描,还有公共图书馆外观的彩色蜡笔画——这幅画还得过图书馆理事们资助的绘画比赛第一名呢。以前,她从未拒绝过儿子的艺术作品。看到果戈理的沮丧神情,她有一丝负疚,可是世之常情又使她消除了这一丝不忍。死人的名字挂在墙上,叫她如何给一家人烧晚饭?

然而果戈理却不肯舍弃。出于他说不出来或不一定懂得的原因,这些从前清教徒的灵魂,这些来到美洲的第一批移民,这些难以置信的、废弃不用的名字的拥有者,已经和他说话了,以至于他不顾妈妈的厌恶,拒绝把这些拓片扔掉。他把拓片卷起来,拿到楼上他的房间里,塞在衣柜的背后。他知道妈妈是绝对不会费心来找的,这些拓片会存留下来,无人知晓却也不致毁弃,而灰尘将会一年年沉积在上面。

## 第四章

1982

果戈理的十四岁生日到了。正如他生活中多数的大事小事,这一次又成了他们邀集孟加拉朋友前来聚会的理由。学校里他自己的朋友是头一天请的,玩得倒不疯狂,不过吃了父亲下班路上买的比萨饼,一起看了场电视棒球比赛,又在外面的小木棚里打了一会儿乒乓球。有生以来,他第一次拒绝了加糖霜的蛋糕、五颜六色的冰激凌、热狗面包、气球以及贴在墙上的饰带。另外一场生日聚会,那个孟加拉式的,是在离他生日最近的星期六举办的。一如往常,他母亲好几天前就开始备办食物,冰箱里码满了包着锡箔纸的餐盘。她拿定主意要做些儿子最爱吃的:带很多土豆的咖喱羊肉,煎面卷,加了发开的葡萄干的浓稠鹰嘴豆瓣汤,菠萝甜酸酱,用点缀了藏红花的乳清奶酪成型做的甜点。这些都还好办,麻烦的是给那几个美国孩子弄吃的,他们有一半总是说对牛奶过敏,而人人都不肯吃面包皮。

从三个州来了近四十位客人。女人们个个是一身缤纷的莎丽,远比穿西裤和马球衫的丈夫们耀眼迷人。一群男人围坐在地板上,立刻玩起了扑克。这些都是他的"妈细"和"曼修"①,他的名誉姨妈和姨父。他们都带了孩子来,父母那辈人都是信不过保姆的。如往常一样,果戈理总是这群孩子中年龄最大的。跟八岁的索妮娅和她那帮梳着马尾巴、缺着牙的朋友玩捉迷藏,他的年龄太大了些,可是跟父亲和那些丈夫们坐在客厅里谈论"里根经济学",或者到餐桌边跟母亲和太太们闲话家常,却又太小了。跟他年纪最相近的,是一个叫毛舒米的女孩,她家刚从英国搬到马萨诸塞来。几个月前,她的十三岁生日差不多也是这样庆祝的。可是果戈理和毛舒米之间却没什么话说。毛舒米盘腿坐在地板上,戴着栗色的塑料框眼镜,一根松泡的圆点花纹束发带,把她齐耳根的浓密头发扎到了后边。她带着一只黄绿色的百慕大包,有粉红色的滚边和木制把手;包里有一管柠檬味唇膏,她不时拿出来擦擦嘴唇。她在读一本翻得有点破旧的平装本《傲慢与偏见》;而其他的孩子,包括果戈理,则在他父母的床上床下坐了一地,都在看电视片《爱之船》和《梦幻岛》。偶尔,一个孩子要毛舒米说点什么,随便什么,只想听听她的英国口音。索妮娅问她是不是在大街上看见过戴安娜王妃。"我最讨厌美国电视了。"毛舒米终于说道,大家哄然笑开了,然后她踱到楼道里,继续读她的书。

客人们散了以后,礼品都打开了。果戈理得到了几本字典,几个计算器,几套克罗斯牌钢笔铅笔套盒,几件难看的毛衣。他

---

① Mesho,孟加拉语,姨父。

的父母送给他一架傻瓜相机、一本新的素描册、一些彩色铅笔和他要的活动铅笔,外加二十美元,随他的心意花。索妮娅从果戈理的素描册里撕下一页,用神奇马克笔给他做了一张卡片,上面写着"生日快乐,咕咕。"她不肯叫他"大大",非要写上"咕咕"不可。母亲把他不喜欢的东西——那几乎是每一件礼物了——都收了起来,准备下一次回印度时,送给他的堂、表兄弟姊妹们。那日夜深,他一个人待在房里,那台父母不要的RCA牌唱机上,放着甲壳虫乐队《白色专辑》的第三面。这是他的美国式生日聚会上,一位学校的朋友送的。虽然他出生时,乐队就已经快解散了,但果戈理仍然是约翰、保罗、乔治和林戈的狂热歌迷。近几年,他收集了他们几乎所有的专辑,而钉在他门后留言板上唯一的东西,就是列侬的讣告,从《波士顿环球报》上剪下来的,都已经发黄变脆了。他盘腿坐在床上,低垂着脑袋欣赏抒情的词句,这时他听到有人敲门。

"进来!"他大声叫道,一定是穿着睡衣的索妮娅,来找他借"魔术八球"或魔方玩儿的。不料竟是父亲。父亲站在那里,脚上穿着袜子,赭黄色的毛线背心下,大肚子露出一小块,胡子也开始灰白了。令他特别惊讶的是,父亲手上竟还拿着一份礼物。以前,除了母亲买的随便什么之外,父亲从来没有送过他生日礼物;不过今年,父亲说着,穿过房间来到果戈理身边,他有一件非同一般的东西。礼物包在去年圣诞节用剩下的红绿金三色条纹的纸里,接缝处胶带封得笨手笨脚的。一看就知道,那是一本厚厚的精装书,父亲亲手包的。果戈理慢慢揭开包装,可是尽管小心,胶带还是粘去了一小块书皮。封套上写着,《尼古拉·

果戈理短篇小说集》。翻开书,价格标记已经给连角剪掉了。

"这是我从书店专为你订的,"父亲说,为了压住音乐,他说话得大声才行,"这段时间,精装本难买得很。英国出的,很小的出版社。花了四个月才寄到。但愿你喜欢。"

果戈理倾过身去,把音量关小了些。他倒宁可要一本《银河系漫游指南》,甚至再来一本《霍比特人》也行——他原先那本,上次夏天去加尔各答时,忘在阿利布热父亲家的房顶上,给乌鸦叼走了。尽管父亲不时建议他读读果戈理的作品,可他从来没有过劲头读上哪怕一个字,简直就是不想看任何俄国作家的东西。从未有人告诉过他,为什么给他取名果戈理,他也没听说过那场差点要了父亲性命的车祸。他还以为,父亲是十几岁时踢足球受了伤才有点瘸的呢。关于作家果戈理,他所知的只是真相的一半:父亲是果戈理的小说迷。

"谢谢爸爸。"果戈理说着,急着想继续听他的歌曲。近来他有些懒散,父母一直对他讲孟加拉语,而他却用英语回答。偶尔,他跑步鞋还没脱,便在房子里转悠起来。有时候,他吃晚饭还用餐叉。

父亲还站在屋里,背着双手,期待地望着他,于是果戈理翻了翻书。光洁的封套上,是作者整幅的铅笔肖像素描,穿着呢绒外套、宽松衬衫,打着领结。瘦削的面庞,有着小而黑的眼睛,薄而整齐的胡子,大得吓人的尖鼻子。黑发斜斜地遮住了前额一角,而两边的头发都梳得齐齐的。长而薄的嘴唇浮现出一丝令人不安的、略带傲慢的笑意。看不出与自己有何相似之处,果戈理·甘古利这才松了口气。不错,他的鼻子固然长,却没有那么长;头发固然黑,却定然没有那么黑;肤色固然白,却显然没有那么白。何况头发的式样也完全不同——他的甲壳虫乐队歌手式的长发,密密地遮住了双眉。果戈理·甘古利穿着哈佛长袖运动衫和灰色的李维斯牌灯芯绒裤。他一生就打过一回领带,那还是他去参加一位犹太朋友的十三岁成人礼时的事。不像,他非常肯定,他们一点也不像。

因为,时至今日,他已到了讨厌人家问跟名字有关的问题、讨厌没完没了解释的地步了。他讨厌不得不告诉别人,这个名字"在印度文化里"并没有任何意指。他讨厌在学校的模拟联合国日,不得不把名牌别在毛衣上。他甚至讨厌把名字签在艺术课上他的画作的下边。他讨厌他的名字又古怪又难解,跟自己一点关系也没有,既不是印度的也不是美国的,却偏偏是俄国的。他讨厌必须一日复一日、一秒复一秒接受它,接受乳名变成学名的弄人命运。他讨厌看到它出现在去年父母为他生日订的《国家地理》杂志的棕色邮封上,讨厌看到它永久地列在本镇报纸的荣誉名录上。他的名字,尽管无形无重,却时常使他一身备受其苦,就像一件有着刺人标签的衬衫,他却要被迫永远地穿在身上。有时候,他真希望能够把它掩藏起来,想法缩短些,就像学校里另一个印度男孩杰耶迪夫,让别人叫他杰那样。可是"果戈理"已经够短的了,也很好念,它抗拒着改变。在他这个年纪,其他男孩已经开始讨女孩子欢心,请她们看电影或吃比萨了;然而他却没法想象,在未来的浪漫场合,竟说什么,"嗨,我是果戈理"。简直无法想象。

就他对俄国作家所知道的那一点点,他觉得父母为他选的是一个最古怪的同名人,这让他十分沮丧。列奥或者安东,他都可以接受。亚历山大,可以缩写成亚历克斯,是再理想不过的了。可是,果戈理在他听来实在是滑稽可笑,缺乏尊贵感和庄严感。尤其令人沮丧的是,它与自己根本就八竿子打不着。他曾经不止一次地忍不住要告诉父亲,果戈理只是父亲最喜欢的作家,却不是他的。不过话说回来,这其实是他自己的错。他本来可以叫尼基尔的,至少在学校里。那一天,他上学前班的第一天,尽然他记不起那日子了,本可以改变一切的。他原本可以只有一半的时候叫果戈理的。就像父母回加尔各答时那样,他本来还可以有另外一个自我,一个 B 面的。亲友们问起为什么他们的儿子没有大名时,父母解释说:"我们试过,可是不叫他果戈理,他不答应啊。学校也坚持叫他果戈理。"他父母接着会补充一句:"这个国家,总统不是也叫吉米吗? 说实话,我们也没办法呀。"

"再次谢谢爸爸。"这当儿,果戈理对父亲说。他合上书,挪动双腿坐到床沿,打算把书放到书架上去。但是父亲趁这个机会在他身边坐了下来。一度,父亲一只手搭在果戈理的肩上。这几个月来,孩子长高了许多,几乎跟艾修克一般高了。圆胖的娃娃脸已经不见了。声音开始变得低沉,有一点沙哑了。艾修克忽然想到,他和儿子怕要穿同样号码的鞋了吧。床头灯的光亮里,艾修克注意到儿子的嘴上开始冒出绒绒的细毛了。脖子上,"亚当的苹果"[①]也有些凸出了。白白的手又细又长,像阿西

---

① 指喉结。

玛。艾修克揣测着果戈理有多少像自己当年的样子。可惜,艾修克的童年没有留下任何照片,只有等到他拿护照时,等到他开始在美国的生活时,他才有照片的。床头柜上,艾修克看见一罐去味剂,一支克利尔粉刺霜。他从床上他们之间捡起书,手在封面上呵护地抚摸了一下。"我擅自先读了。好多年了,又读到了这些小说。——你不在意吧?"

"没事儿。"果戈理说。

"我觉得跟果戈理特别亲近,"艾修克道,"远远超过别的作家。你知道为什么吗?"

"你喜欢他的小说。"

"不只是这样。他一生多数时间住在国外。像我一样。"

果戈理点头道:"哦。"

"还有一个原因,"这时音乐停了,屋里只剩下寂静。可是果戈理接着把唱片翻了一面,选了歌曲《革命1》,把音量调高了。

"什么原因?"果戈理说道,有点不耐烦。

艾修克四下望了望。他注意到了钉在留言板上的列侬的讣告,却又看到几个月前在麻省理工的克雷斯吉音乐厅听完音乐会之后,买给果戈理的一盘印度传统音乐磁带,至今还没拆封。他望着散落地毯上的一堆生日卡片,想起了十四年前在剑桥,那个闷热的八月天,他第一次把儿子抱在怀里。从那天起,他做了父亲,于是车祸的记忆便慢慢退去,年复一年渐渐消散了。虽然他永远不会忘记那个晚上,但那记忆却不再像往常那样执着地徘徊不去,如影随形地跟着他了。它也不再如往常一样笼罩他的生活,毫无征兆地降临黑暗了。如今看来,与它紧紧相连的只是一个遥远的时刻,一处远离彭伯顿路的所在。今天,他儿子的生日,是荣耀生命的一天,不应该触碰死亡的。于是,艾修克决定,还是先不要告诉儿子他名字的故事。

"也没别的原因。晚安。"他说着,从床上站起身来。走到门口,他停了一下,转过身来:"你知道陀思妥耶夫斯基曾经是怎么说的吗?"

果戈理摇头。

"'我们都是从果戈理的《外套》里走出来的。'"

"那是什么意思?"

"以后你就明白了。到那时,你会得到很多快乐的报偿的。"

父亲走后,果戈理起身把门关严;父亲有个令人恼火的习惯,总是留着门半开半闭的。他又扭上了把手上的锁,然后把书插到书架高处两本《哈迪兄弟》之间。他又回到床上,听着他的抒情歌曲,躺下来。这时他突然想到了什么。他跟着取名的这个作家,"果戈理"其实并不是他的名。他的名是尼古拉。果戈理·甘古利不单是乳名变了学名,更是姓变成了名。这一下,他觉得举世更无一人,在俄国、印度、美国或任何别的地方,是跟他同名的了。甚至他的同名人也不是了。

次年,艾修克要休年假了,果戈理和索妮娅得知,他们全家要去加尔各答住八个月。那天吃过晚饭,父母跟他说这事的时候,果戈理觉得他们在开玩笑。然而他们接着告诉孩子们,票已经订了,行程也安排好了。"就当是一次长假吧。"艾修克和阿西玛对垂头丧气的孩子们说。可是果戈理知道,八个月绝不会是休假。想到八个月没有自己的房间、没有喜欢的音乐、没有朋友,他便畏惧不已。在果戈理看来,去加尔各答八个月,简直就等于搬家过去了,而这以前,他做梦都没有想到过会有这样的事情。何况,他已经在念高二了。"那上学怎么办?"他问道。父母提醒果戈理,过去老师可是从不在意他时不时翘翘课的。他们把他落下的数学语文功课发给他,等他一两个月后交上来时,他们便夸奖他赶上了进度。可是当果戈理告诉学业指导员十年级下学期整学期都来不了时,他明确表示担忧。学校请来阿西玛和艾修克,商讨解决之策。学业指导员询问是否可以让果戈理就读一所在印度的美国学校。可是最近的一所在德里,距离加尔各答八百多英里。他又建议也许果戈理可以晚一点,等六月份学年结束后,再到父母身边去,而这之前暂住在亲戚家里。"这个国家我们没有亲戚,"阿西玛告诉指导员,"所以我们最先想到的就是回印度。"

于是,十年级才上了不到四个月,他就要扔下了。尽管飞机上会供晚餐,母亲还是坚持要他们吃一顿大米加煮土豆和鸡蛋的早晚饭再出发。果戈理就这样上路了,他的几何学和美国历史课本锁在了衣箱里,与家里其他也上了锁的箱子一道,用绳子拴在一起,挂上了写着阿利布热父亲住处地址的标牌。那些地址牌总是让果戈理焦躁不已,一看到它们,就觉得自己一家并非真正住在彭伯顿路。他们是圣诞节那天走的,本应在家拆礼物的日子,却载着一大堆沉甸甸的箱子去了洛根机场。索妮娅今天脾气有点大,她打了伤寒疫苗,发着一点点烧。她早上进客厅的时候,心里还念着一颗装饰了灯彩的树在等着她。可是客厅里只剩下一片狼藉:送亲友们的所有礼物上的价格标签、塑料衣架、衬衫包装里的硬纸板。离开家门时,他们格楞楞打着冷战,全都没穿大衣没戴手套,因为要去的地方这些东西用不着,而回来时将是来年八月了。房子已经租给了父亲从大学里找来的美国学生芭芭拉和史迪夫,一对没结婚的情侣。在机场,果戈理和父亲排队等候办理登机手续,父亲穿着西装打着领带,他觉得坐飞机就应该这样。"一家四人,"轮到他时,父亲说着,拿出两本美国护照两本印度护照,"请安排两套印度餐。"

飞机上,果戈理的座位安排在父母和索妮娅后面好几排,而且在另一片。父母不免为此发愁,而果戈理却心中窃喜可以自由自在。空中小姐推着饮料车走来,他试了试运气,要了一杯"血腥玛丽"鸡尾酒,于是一生中第一次尝到了酒精的辛辣。他们先飞到伦敦,然后经迪拜飞往加尔各答。飞越阿尔卑斯山脉时,父亲从座位上站起来,透过舷窗拍了几张雪峰的照片。上几次回印度,果戈理一想到飞机正在飞越那么多国家,就感到全身一阵悸动。他一次一次取出小桌下座位袋里的地图,跟踪他们的行程,感觉像是在探险。可是这次他有点丧气,他们还是去加尔各答,总是加尔各答。除了看看亲戚,在加尔各答没有任何事情可做。天文馆、动物园和维多利亚纪念堂,他都去过无数次了。他们从没去过迪士尼乐园或大峡谷。只有一次,伦敦的续航班次延迟了,他们这才出了希思罗机场,坐双层公交车游览了一下城市。

航程的最后一段,飞机上已经没有多少非印度面孔了。机舱里满耳尽是孟加拉语,母亲已经和过道对面的一家交换了地址。降落前,她溜进洗手间,奇迹般地在那么逼仄的空间换上了干净的莎丽。最后一餐上来了,是盖着片烤西红柿的葱煎蛋卷。果戈理一口口细细品味,心里清楚,在接下来的八个月里,他将再吃不到这样的味道了。窗外,他看到了棕榈树和香蕉树,一片黄褐色潮湿的天空。飞机降落停稳,喷洒过消毒剂之后,他们下降到达姆达姆机场的柏油地面上,呼吸到了酸酸的令人反胃的清晨空气。观景台上一排亲戚们向他们拼命挥手,几个小堂弟骑坐在叔叔们的肩头。他们停下脚步,挥手回应。像往常一样,得知行李已经全部平安运到,甘古利一家松了口气;海关也没有特别关注,他们更是欣然。于是那道磨砂玻璃门滑开,他们终于正式结束旅程,又一次回来了,而拥抱、亲吻、掐脸和欢笑立刻把他们淹没。有无数的称谓,果戈理和索妮娅都一定要记得叫,不是这个阿姨或那个叔叔那么简单,而是要精细得多:"妈细"与"毗细"、"玛玛"与"麦玛"、"卡库"与"结修"①,以区分母系或父系、血亲或姻亲。阿西玛,这时改叫默奴了,宽慰地流下了眼泪;而艾修克,现在的米修,一个个吻了弟弟们双颊,又捧了他们的脸仔细端详。果戈理和索妮娅虽认识这些人,却没觉得像父母与他们那样亲近。短短几分钟,当着孩子的面,艾修克和阿西玛就像换了个人似的,变得大胆而率真多了。他们声音更响

---

① Mashi:姨母,Pishi:姑母;Mama:舅父,Maima:舅母;Kaku:叔父,Jethu:伯父。均系孟加拉语。

亮,笑容更尽情,处处流露出一种自信,一种果戈理和索妮娅在彭伯顿路从未见识过的自信。"我害怕,咕咕。"索妮娅悄悄地用英语对哥哥说,她摸到他的手,怎么也不肯撒开。

主人引路,他们坐进了几辆等候的出租车。汽车沿贵宾大道驶去,穿过一大片垃圾场,进入北加尔各答市中心。这些景色,果戈理并不陌生,然而他还是注视着外边,注视着又黑又矮的人力车夫,注视着鳞次栉比的破旧楼房,这些楼房带有细工浮雕装饰的阳台,正面漆着镰刀和锤子。他注视着危险地吊在公车上的通勤者,他们随时可能朝街上吐唾沫。他注视着人行道上煮米饭和洗头发的人家。阿姆赫斯特街他母亲的住所,现在是舅舅一家在住。他们从出租车出来时,邻居们纷纷从窗户里、从屋顶上张望。他们穿着鲜亮昂贵的便鞋,肩上挎着背包,又是美国式的发型,故而格外引人注目。他和索妮娅一进屋,便有"好立克"饮料相待,另外还有几碟绵软黏甜的"罗梭果拉"①,虽然他们一点胃口也没有,却得尽义务似的吃下去。描好他们双脚的纸样以后,便有仆人被差遣去了巴塔鞋店,买回橡胶拖鞋给他们在家里穿。行李箱都打开了,所有的礼物都呈露出来,于是人们啧啧赞叹,都来穿穿试一下尺寸。

随后的日子,他们再一次适应了罩在蚊帐里睡觉,也习惯了用罐头盒从头上淋水洗澡。每天早上,果戈理看着表弟表妹穿上白蓝的校服,再在胸前绑上几瓶水。乌玛舅妈一早就在厨房里管事,仆人们或蹲在下水道边用炉灰擦洗脏盘子,或在墓

---

① Rossogolla,西孟加拉邦最为著名的甜食。

碑似的条石上捣细成堆的调料。时不时地,她要责骂他们几句。在阿利布热甘古利家的房子里,他看到了假使父母一直留在印度,他们必会住的那间大屋,必会一起睡的那张四柱乌木大床,必会存放衣服的那座大橱。

　　他们没有租赁公寓单独住,八个月的时间,一家家地穿梭轮流,就这样跟远远近近的亲戚度过了。他们在巴里冈吉、托里冈吉、盐湖、巴吉巴吉都待过,出租车载着他们,颠颠簸簸来来回回,无数次穿过这座城市。每隔几个星期,就要跟另外一家人住一起,睡另一张床,换新的作息时间。就看住在谁家了,他们吃饭,或坐在红土地板上,或坐在水泥地板上,或坐在水磨石地板上,或坐在凉得手都不能趴的大理石桌边。堂表姊妹和叔婶姑舅们问他们在美国的生活,早上吃什么,学校里朋友怎么样。他们拿出彭伯顿路房子的照片给大家看。"厕所里都有地毯,"众人都说,"真不得了。"父亲一直忙着他的研究工作,又在贾达珀大学开讲座。他母亲则常去新市场逛店看电影,再就是去看望老同学。八个月来,她再没进过厨房。她随心所欲在这座城市闲逛,而果戈理尽管来过很多次,却仍旧毫无方向感。不到三个月,索妮娅已经把她带来的劳拉·英格尔斯·王尔德的书读了十来遍了。果戈理只是偶尔打开一本他的教科书——因为湿热,书都拱起来了。虽然他带来了跑鞋,希望跟上越野训练的进度,可是在这些破烂的、交通阻塞、到处是人的街道上,根本没法跑得开。他就试了一回,那天,乌玛舅妈在房顶上观看,随即支了一个仆人跟着他,免得他找不到回来的路。

　　无处可去,那就随遇而安。在阿姆赫斯特街,果戈理坐在祖父的画桌边,随意翻着满满一罐头的墨水画笔,画笔全都干结了。铁制窗棍外的景象,凡看到的,都来到他的笔下:有曲曲折折的天际,有院落,还有铺满鹅卵石的小广场。他静观广场上侍女从管井汲水,又看到人们从人力车沾满泥土的顶篷下穿过,拎着小包在雨中匆匆往家赶。一日在房顶上,望着远处的豪拉大桥,他和一个仆从一起抽了一颗青橄榄叶卷的香烟。这些无时无刻不包围着他的人们之中,只有索妮娅才是他的同道,唯一一个可同坐共语的人。全屋子的人都睡着以后,他和索妮娅争抢随身听,争抢那些他在家时躲在房间拷贝的最心爱的音乐磁带。背着人的时候,他们不时流露出对汉堡包或一片香肠比萨或一杯冷牛奶难忍的渴望。

到了夏天,他们惊奇地得知,父亲已经安排了一次出行,先去德里访一位叔叔,再到阿格拉游泰姬陵。果戈理和索妮娅将第一次走出加尔各答旅行,第一次乘坐印度火车。他们从那个巨大的充满尖利刺耳回声的豪拉车站出发。在那个火车站,身着红色棉衫的赤脚苦力,把甘古利一家的新秀丽牌行李箱码好顶在头上搬运;整家整家的人成排地睡在地板上,蜷缩在毯子里。果戈理很清楚面临的危险,他的堂表兄弟对他讲起过比哈尔邦藏在暗处的强盗;于是父亲在衬衫下面套了件特别的衣服,藏着口袋好放现金,母亲和索妮娅都摘下了金首饰。站台上他们一节一节走过车厢,从贴在外面的旅客名单中找寻他们四个的名字。在他们的蓝色卧铺上,他们安顿了下来。到睡觉的时候,上面两个卧铺需要拉下来,而白天则推上去,用滑闩固定位置。乘务员给他们送来铺陈,是白色的厚棉床单和薄羊毛毯。

早晨,透过空调车厢的着色玻璃窗,他们观赏风景。因为玻璃颜色的缘故,不管天色多么明丽,外面的景物总是阴沉和灰暗的。

经过这几个月,他们竟然不习惯只有他们四个在一起了。阿格拉,对果戈理和索妮娅自是陌生,而对阿西玛和艾修克也同样生疏。那几天,他们成了旅游者,住带游泳池的饭店,饮瓶装水,在餐馆用叉勺进餐,用信用卡付账。阿西玛和艾修克操着蹩脚的印地语,而当小男孩跑过来卖明信片或大理石小玩意时,果戈理和索妮娅只得说:"请讲英语吧。"果戈理注意到,在某些餐馆里,除了侍者,他们是唯一的印度人。有两天时间,他们在那座大理石陵墓外徘徊,欣赏日色变化下,它所发出的时灰时黄、时粉时橙的光泽。他们赞叹它完美的对称性,然后在尖塔下摆姿照相。以前常有旅行者跳下尖塔自杀。"我想在这儿照张相,就我们两个。"他们正游荡在巨大的基座周围,阿西玛对艾修克说道。于是在阿格拉炫目的阳光下,俯瞰着干涸的亚穆纳河,艾修克教果戈理如何使用那架尼康相机,如何对焦,如何进片。一位导游告诉他们,泰姬陵完工以后,两万两千名工匠,每个人的大拇指都被削去,如此便无法再建第二座这样的陵寝了。那天夜里在饭店,索妮娅尖叫着醒来,叫唤她的大拇指没了。"那只是传说。"父母抚慰她说。不过这念头也老是在果戈理心里萦绕不去。他没见过哪一座建筑,曾如此强烈地给他震撼。在泰姬陵的第二天,他试图绘下穹窿和陵寝正面的一部分,可是总也抓不住那无与伦比的美妙,终于放弃了努力。他转而一头扎进旅行指南,研究起莫卧儿建筑的历史来,记住了一长串皇帝的世系:巴布尔、胡马雍、阿克巴、贾汉吉尔、沙贾汉、奥朗则布。在阿格拉古堡,他和家人透过窗户观看沙贾汉被亲生儿子囚禁的密室。在斯坎德拉的阿克巴陵,他们无限景仰地欣赏廊道两边镶金的壁画,陵墓历经劫掠、焚烧、铲刮,宝石都以尖刀抠去,石壁上蚀进乌七八糟的涂鸦。在阿克巴废弃的沙石之城法塔赫布尔西格里①,他们漫步于庭院和廊道间,天上有鹦鹉与鹰隼盘旋;在圣人萨利姆·契斯提的陵墓中,阿西玛把红丝绳系在大理石花格屏风上,以求好运。

然而他们回加尔各答的路上却恶运连连。在贝拿勒斯车站,索妮娅缠着父亲买了一片木波罗吃,结果弄得她嘴唇剧痒难忍,随后肿起三倍大小。在比哈尔邦某个地方,另一包间里的一位商人午夜遭人梦中刺死,被劫走三十万卢比,火车为此停了五个小时,等候当地警方调查。甘古利一家知道停车的缘由时,已是第二天早上,他们正在吃早餐,见旅客都是又惊又恐,纷纷议论这件事。"醒来醒来。车上有人被杀了。"躺在上铺的果戈理向对面的索妮娅说。没有谁比艾修克更受惊吓了,他暗暗想起另一趟火车,在另一个夜晚,另一个地方,自己再走不下去了。这一次他倒什么都没听到,一觉睡醒,事情都已过去。

一回到加尔各答,果戈理和索妮娅就都病倒了。是空气,是饭食,是水土的缘故,亲戚们随意说道,还说他们天生就不是在穷国活得下去的命。他们先是拉不出来,随后又狂泻不止。当

---

① Fatehpur Sikri,位于阿格拉城西四十公里处,又名"胜利宫"。一五六九年,阿克巴大帝下令建造,是莫卧儿帝国一五七〇至一五八五年间的首都。现存的宫殿和寺庙,集伊斯兰教、印度教与佛教艺术之大成,构成壮观的建筑群体。

晚,医生来了好几起,黑皮包里带着听诊器。医生给他们开了几剂内服金鸡纳,以及烧得喉咙受不了的香旱芹汁。而等他们好起来时,已经该回美国了:他们原以为永远不会来到的那一天,如今只在两个星期之后了。于是艾修克买了一些克什米尔铅笔筒,准备送给大学里的同事。果戈理也买了几本印度漫画书,打算送给他的美国朋友。启程的那个晚上,他见父母对着墙上祖父母的遗像,垂着头像孩子似的哭泣。随后,一队出租车和大使牌轿车前来,载上他们最后一次匆匆穿过城市。起飞时间是在黎明,所以他们必须在黑暗中动身,那时街道寂阒无人,他们都认不出来;偶尔有一辆电车经过,车前小小的独灯昏暗地亮着,是唯一移动的东西。在机场,那些迎接过他们、几个月来供他们吃住又奉承他们的人,那些果戈理虽没有共同生活过却共有一个姓氏的人,又一次聚到了观景台上,向他们挥手道别。果戈理知道,他的亲戚会一直站在那儿,直到飞机起飞,直到闪灯在天空完全消失。他知道,飞向波士顿的一路上,母亲都会静静地坐着,盯着白云发呆。可是,对果戈理来说,短暂的伤感很快就烟消云散,他立刻又一身轻松了。他心情轻松地掀开早餐的锡箔盖,撕开餐具的塑料封袋,取出刀叉,转头向英国航空公司的空中小姐要了杯橙汁。他心情轻松地戴上耳机,观看喜剧影片《大寒》,又一路欣赏最流行的四十首歌曲。

不到二十四小时,他和全家又回到了彭伯顿路。八月末的草地需要修剪了,冰箱里房客留下了一小罐牛奶和一些面包,楼梯上堆着四袋邮件。起初,他们白天老睡不醒,而夜里却清醒得不得了,半夜三点钟就狼吞虎咽地吃面包,然后把行李箱一个一个打开收拾。虽说是到家了,他们却为屋里的空旷、周遭撕不开打不破的寂静而迷茫。不知怎么回事,他们觉得仿佛还在旅途中,还没有回返原先的生活,陷在只有他们四个彼此相依的另一种日程里。然而等到那一周结束,等母亲的朋友们都来观赏过她的新首饰和莎丽,等八只箱子都在露台上晒过收拾起来,等花生土豆片杂拌都倒进保鲜盒,而偷偷带进关的芒果作了早餐就着麦片和茶一起吃掉以后,一切便彻底回复了原样,仿佛他们压根没去过印度。"晒得好黑哟!"父母的朋友惋惜地对果戈理和索妮娅说。回到这边,一切都那么轻松自如。他们又回到了他们的三个房间里,三张分开的床上,有厚厚的床垫、枕头和尺寸恰好的床单。只去了一趟超市,冰箱和橱柜里就塞满了熟悉的商标:史克比、胡德、野蜂、蓝多湖①。母亲又进厨房为他们准备三餐了,父亲又开车、剪草、回到大学里了。果戈理和索妮娅想睡多久就睡多久,他们一天到晚看电视,随时做花生酱果冻三明治吃。他们又一次可以吵架、嬉闹,可以大嚷大叫,可以喊"闭嘴"了。他们又洗热水澡,用英语交谈,在邻里骑自行车玩了。他们请美国朋友来玩,朋友们见到他们都很高兴,却只字不问他们去了哪里。于是那八个月便不再被提起,他们将它迅速抛弃、迅速遗忘了,就像一个特殊场合或过去的季节里穿过的衣服,突然之间变得冗累,跟他们的生活再无关系了。

九月份,果戈理回校开始了高三的学习,课程有高等三角、

---

① Skippy, Hood, Bumble Bee, Land O'Lakes,都是美国食品品牌。

西班牙语,以及为优等生开设的生物学、美国历史和英语。英语课上,他阅读《伊坦·弗洛美》《了不起的盖茨比》《大地》和《红色勇敢勋章》。轮到他上台朗诵时,他背诵了《马克白》里的台词"明天、明天、明天",这短短的诗行是他要用心灵体味一生的。他的老师劳森先生,是一位瘦小精健的人,老皮老脸地打扮得像个预科生,却有着异常浑厚的嗓音、微红的头发和略小却炯炯如剑的绿色眼睛,戴着副牛角框的眼镜。学校里盛传一种猜测,也算是谣言吧,说他曾跟教法语的萨根女士结过婚。他穿卡其长裤和单一亮色的锡兰毛衣,或嫩绿或黄色或红色;他手里端的总是那只破了瓷的蓝色杯子,时不时抿一口黑咖啡;而五十分钟的课,他都熬不到头,总要找个借口去教师休息室抽支烟。他虽然身材并不起眼,可是在课堂上却是又有权威又有魅力。他的书法是有名的潦草;学生的作文发下来,上面老有一滴滴深色的咖啡渍斑,有时竟有苏格兰威士忌的黄色印迹。每一年,他布置的第一道作业总是分析布莱克的诗《虎》,而他给每个学生的成绩不是 D 就是 F。班里好些女生坚持说劳森先生性感得无法言喻,简直是迷死人了。

果戈理那么多老师之中,劳森先生是第一个了解并关注作家果戈理的人。上课第一天,讲台上他看到花名册里果戈理的名字,不禁抬起头来,脸上满是善意的惊讶。不像别的老师,他没有问:那真是他的名字吗?是姓吗?是别的什么的缩写吗?他不像很多人那样,愚蠢地问"他不是个作家吗?"相反,他只是非常自然地把这个名字叫出来,没有一点停顿,没有一点犹疑,没有强自压抑的发笑,正像他叫布赖恩、艾丽卡和汤姆一般。随后,他说:"好啊,这下我们一定得读读《外套》了。或者《鼻子》①也行。"

一月份的一天上午,刚刚过完圣诞假期,果戈理坐在窗边他的课桌旁,望着窗外细薄可人的雪花从天空飘飘忽忽落下来。"本学季,我们专讲短篇小说。"劳森先生宣布道,果戈理立刻就明白了。看着劳森先生分派堆在桌上的书籍,发给前排每个学生五六本翻得很旧的《经典短篇小说集》往后传,他感到越来越忧惧,更有一丝眩晕欲呕。果戈理的那一本特别破旧,角磨钝了,封面上斑斑点点,像是长了灰白的霉斑。他看了看目录,发现果戈理排在福克纳之后、海明威之前。见这名字用大写字母印在起皱的纸页上,他从内心里感到不舒服。仿佛这名字是他自己特别糟糕的影像,逼得他只好自我辩白:"那可不是我。"果戈理真想举手请假,溜去厕所一趟,可马上又意识到不应太招人注意。于是他就那么坐着,避开所有同学的眼光,埋头翻书。一些作家的名字旁,先前有读者用铅笔标注了小星星,可是尼古拉·果戈理却什么标记也没有。每位作家书中只选了一篇小说,果戈理的是《外套》。然而,一堂课下来,劳森先生完全没有提到果戈理,倒是让大家轮流大声朗读莫泊桑的《项链》,着实让果戈理·甘古利心里一块石头落了地。他开始怀着希望了,也许劳森先生根本没打算让他们读果戈理小说,也许他压根儿就忘了这事。不料,下课铃响,学生们陆陆续续站起来的时候,劳森先生举手示意,朝慢慢聚到门口的学生喊道:"预习

---

① 尼古拉·果戈理的另一篇名作。

一下果戈理的小说,明天讲。"

第二天,劳森先生在黑板上写下"尼古拉·瓦西里耶维奇·果戈理"几个大字,把它框起来,再附带写上作家的生卒年月。果戈理打开桌上的活页夹,很不情愿地记下这些信息。他告诫自己这不奇怪;再怎么说,班上就算没有欧内斯特,也总有个威廉吧。黑板上,劳森先生左手的粉笔在上下疾走,可果戈理手里的钢笔却开始跟不上了。他的活页本仍是大片空白,而同学们的本子上都已写得满满的了,这些东西说不定很快就要考:一八〇九年作家出生在乌克兰波尔塔瓦省一个哥萨克贵族家庭。父亲是一个小地主,写过剧本,在果戈理十六岁时就辞世了。曾就学于涅仁学园,一八二八年前往圣彼得堡,一八二九年在内务部公共建设局任公务员。一八三〇至一八三一年,转入司法部所属封地局供职,之后在青年女子学院教授历史学,后在圣彼得堡大学任教。二十二岁,与亚历山大·普希金成为知交。一八三〇年,发表第一篇短篇小说。一八三六年,喜剧《钦差大臣》在圣彼得堡上演。时评毁誉参半,他深感失望,于是离开了俄国。此后的十二年,他旅居海外,辗转于巴黎、罗马和其他地方,完成了《死魂灵》的第一部。这部小说被公认为他的最佳作品。

劳森先生坐在教桌边上,跷着二郎腿,拿起一本写得满满的拍纸簿翻了几页。拍纸簿旁边是一本厚厚的作家传记,书名是《分裂的灵魂》,书页间夹着无数随手撕来充当书签的纸片。

"他可不是你我这样的平常人,"劳森先生说道,"今天,尼古拉·果戈理被尊为俄国最天才的作家。然而他在世的时候,却没有任何人理解他,他本人更是不接受自己。你可以说他正是那一类'怪才'。一句话,果戈理的一生,一直在不停地滑向疯狂。作家伊凡·屠格涅夫把他描绘成一个智慧、古怪而病态的家伙。据说他总是疑心自己得了病,极其偏执,情绪又阴郁低落。人们还普遍认为,他其实就是忧郁症患者,一次次陷入极度的消沉之中。他没法与人交往,从未结婚,也没有孩子。大家都相信他死的时候还是童男呢。"

一股烫热从果戈理的后颈延烧到脸颊和耳朵。劳森先生每一次说出那个名字,他都下意识刺痛般地缩避。他的父母从来没给他讲过这些。他看了看同学,他们似乎都很漠然,都在顺从地抄写着;而劳森先生一直在讲,从肩头看去,他潦草的字迹就要填满一黑板了。果戈理突然对劳森先生大感愤怒。不知何故,他觉得自己被出卖了。

"果戈理的文学创作生涯持续了大约十一年,这之后因为'写作障碍'而或多或少陷入瘫痪。他一生的最后几年,健康极度恶化,精神饱受折磨,"劳森先生继续讲道,"因为急于恢复健康和创作灵感,果戈理求助于一系列的疗养院和休养所。一八四八年,他还去了一趟巴勒斯坦朝圣。他最终回到了俄国。一八五二年在莫斯科,幻灭中他承认自己作为作家的失败,否定了自己的全部文学活动,并把《死魂灵》第二部的手稿付之一炬。接着,他宣告了自己的死刑,开始慢慢把自己饿死。"

"真野蛮,"一个声音从教室后面说道,"为什么有人要那样对待自己呢?"

一些人朝埃米莉·加登纳望了一眼,谣传她有厌食症。

劳森先生竖起一根指头，接着往下说："在他死的前一天，医生们为了救活他，把他整个泡在肉汤里，用冰水浇他的头，又在他鼻子上放了七条蚂蟥。他们摁住他的双手，不让他把蚂蟥扯掉。"

整班同学，除了一个人，都一致地悲叹起来，弄得劳森先生只好使劲提高嗓门，不然谁都听不见。果戈理眼睛直勾勾地盯着桌子，却什么也没看。他确信整个学校都在听劳森先生的课。他确信课正在高音喇叭里宣讲。他的头垂得更低了，趴在桌上，双手小心地捂住耳朵。可是劳森先生的话还是钻了进来："到第二天晚上，他已经神志不全，消瘦得没有人形了，从肚子上就可摸到脊椎骨。"果戈理闭上了眼睛。求求你，别说了，他真想这么对劳森先生说。请别讲了，他做着嘴型，不出声地说。而恰在这时，突然一切都安静了下来。果戈理抬起头，只见劳森先生正把粉笔丢在黑板槽里。

"我很快就回来。"说着，他溜出去抽烟了。学生们对此早已习惯，便开始交头接耳。他们抱怨说小说太长，太难读完了。几个人议论说俄国名字太难，坦白道只是跳过去了事。果戈理什么也没说。他还没读过这篇小说呢。他十四岁生日那天，父亲送给他的果戈理小说集，他从来没碰过。昨天放学后，他把那本短篇小说选集深深塞到储物柜底，拒绝带回家。他相信，读这篇小说，就意味着向他的同名人致敬，有点像接受了那个名字似的。虽然如此，听到同学们抱怨，他还是古怪地觉得负有责任，仿佛受攻击的是他自己的作品。

劳森先生回来了，又坐回到教桌上。果戈理希望，或许作者生平部分已经讲完了。他还能有什么没有讲到的？然而劳森先生拾起那本《分裂的灵魂》，说："这里讲到了他的最后时刻。"他翻到书的末尾，念道：

"'他的脚冰冷。塔拉森科夫把一瓶热水塞进他的被窝，但是没有任何效果：他一直抖个不停。憔悴的脸上满是冷汗，眼睛下边出现一圈圈青蓝。深夜，克里门托夫医生接替了塔拉森科夫医生。为了减轻垂死病人的痛苦，他给他施用了一剂甘汞，又在他的身体周围摆上了热面包。果戈理又开始呻吟了。整个晚上，他的思维一直在暗暗地游移。"快！"他喃喃道，"起来，冲，冲向磨坊！"然后他越发虚弱了，脸凹陷了下去，黑气升了上来，而呼吸也已微弱得无法察觉了。他仿佛越来越平静，至少是不再受苦了。一八五二年二月二十一日早上八点，他呼出了最后一口气。那时他还不到四十三岁。'"

果戈理不和高中任何女孩约会。那些以朋友待他的女孩之中，他悄悄地迷恋这个，迷恋那个，独尝暗恋之苦。这事他可没敢公开说出来。他不跳舞，也不参加聚会。他有自己的一伙朋友，科林、杰森和马克，他们更喜欢在一起听音乐，听迪伦、克莱普顿和"谁人"乐队的摇滚歌曲，更喜欢空闲时间读读尼采。儿子不和女孩约会，也不租了夜礼服去参加高三的学年舞会，他父母倒并不觉得有什么奇怪的。他们一生从来没有约会过，自然看不出有何必要鼓励果戈理去做，何况他还小呢。他们倒是催促他加入数学小组，保持 A 的平均成绩。父亲坚持要他学工程，最好上麻省理工学院。他的成绩摆在那里，又明显对女孩不感兴趣,所以他父母一点都没疑心,呆不拉叽的果戈理,原来也是一个美国式的青少年。比如,他父母从不疑心他抽大麻烟,而他和朋友邀约上这家上那家听音乐的时候,却抽过好多回。他们并不疑心他,说是在朋友家过夜不回去的时候,会开车去邻镇看摇滚科幻片《洛奇恐怖晚会》,或是去波士顿肯莫尔广场看乐队演出。

一天星期六,他的 SAT 大考在即,家人开车到康涅狄格州度周末去了,只留下果戈理有生第一次一个人在家里过夜。他父母哪里想得到,他并没有躲在房里做模拟试题,却跟着科林、杰森和马克参加聚会去了。是科林的哥哥邀请他们的,他刚上大学,就是果戈理父亲任教的那所大学。果戈理衣着一如平常,李维斯牛仔裤、船式鞋和法兰绒格子花衬衫。虽然他去过校园无数次了,去工程系找父亲,去上游泳课,去田径场跑步,可是进学生宿舍还是第一次。他们神情紧张地开车进了校园,有一点晕头晕脑的,生怕被人抓住。车上,科林告诫他们道:"我哥哥说,如果有人问起,就说是阿姆赫斯特大学的新生。"

聚会占据了整个楼道,所有房间的门都大开着。他们只能勉强挤进第一个房间,一看里面又挤又黑又热。果戈理和他的三位朋友朝穿过房间啤酒桶挤过去的时候,并没有人在意他们。他们一度站成一圈,端着塑料啤酒杯,彼此喊着说话,让声音高过音乐。而接着,科林看见他哥哥在楼道里,杰森要去找厕所,马克则还要来杯啤酒了。果戈理也身不由己地挪进了楼道。似乎人人都相互认识,都在热烈地聊着,很难加入进去。不同房间里的音乐混合在一起,果戈理听来很不舒服。在这群穿着撕开的牛仔裤和短袖衫的人群中,他觉得自己太正经八百,担心刚洗过的头发太新鲜,又怕它梳得太整齐了。然而好像又没什么关系,似乎谁也不在意。到了楼道的尽头,他上了楼梯,上面又是一条楼道,同样拥挤喧闹。他看见角落里一对男女挤贴在墙上,亲吻着。他没有挤进这群人中间,挤向楼道的另一端去,而是接着上了楼梯。这一次楼道空空如也,展眼是深蓝色的地毯和白色的木门。这里有的只是下面传来的音乐和喧闹的闷响。他正要折身下楼,这时一扇门开了,出来一位苗条漂亮的女孩,她身着一件从旧衣店买来的圆点花衣衫,扣得齐齐整整的,脚上是一双穿旧的马汀大夫牌皮鞋。深棕色的头发剪得短短的,发梢向脸颊收拢,刘海齐眉。脸是心形的,而唇描上了富有魅力的红色。

"对不起,"果戈理说,"我不该来这儿吧?"

"嗯,照道理,这一层只住女生,"女孩说,"可是从没禁止过男孩上来。"她若有所思地打量他,还没有别的哪个女孩这样瞧过他。"你不是要来这儿的吧?"

"不是,"他回答道,心开始怦怦跳。他马上记起,今晚他以什么身份鬼鬼祟祟来的了,"我是阿姆赫斯特的新生。"

"那太好了!"她说着,朝他走过来,"我叫金。"

"很高兴见到你。"他伸出手去,于是金跟他握手,握得有一点点太久。有一阵子,她期待地望着他,随后嫣然一笑,露出两颗微微有点不齐的门牙。

"来,我带你到处看看。"说着,他们一起下了楼梯。她带他来到一个房间,弄了杯啤酒,他也给自己倒了杯。她停下脚步跟朋友们打招呼,而他只得尴尬地站在一旁。他们一路挤到公共活动室,那里有一台电视、一台可乐售卖机、一张旧沙发和五花八门的椅子。他们懒懒散散地在沙发上坐下,中间隔了很宽的距离。金看见咖啡桌上有人留下一盒香烟,于是点了一支。

"嗯?"她说,转过头来,这次带点疑惑地看着他。

"什么?"

"你不要介绍一下自己吗?"

"噢,"他说,"要啊。"可他不想告诉金他的名字。他不愿忍受她听到后的反应,不愿看见她瞪大可爱的蓝眼睛。他真希望有另一个名字可以用,就一次,让他混过今晚。那样就不会如此麻烦了。他已经对她撒谎了,说是阿姆赫斯特的学生。他可以自我介绍说是科林或杰森或马克,管他什么人吧,然后他们就可以继续聊天,而她永远不会知道,也不会在意的。有千万个名字可供选择的。可是他立刻意识到没有必要撒谎。至少表面上不必。他想起了父母曾经为他挑选的另一个名字,那个名字要是用了就好了。

"我叫尼基尔?"他有生第一次这么说道。他说得犹犹豫豫的,自己听来觉得声音紧张而扭曲,而这句话有意无意中竟说成了一句问话。他看着金,皱着眉头,准备接受她的质疑,她的更正,她的嘲笑。他屏住呼吸。他的脸火辣辣的,是出于胜利还是害怕,他自己也不清楚。

然而金却很高兴地接受了。"尼基尔。"她说着,朝天吐出一口淡淡的烟。她又转过头来,朝他微笑。"尼基尔,"她重复道,"我还不知道有这个名字呢。很可爱的名字啊。"

他们又坐了片刻,继续聊天,果戈理十分惊讶,他们处得居然如此轻松。他的思绪游离了;他只是一半在听金聊她的同学,聊康涅狄格州她的家乡小镇。似乎有一层无形的屏障护着他,他立即感到有些负疚却又十分兴奋了。因为他知道将不会再遇到她,那晚他便很勇敢,在她滔滔不绝说话的时候,他仄过身,腿温柔地靠压着她的腿,轻轻吻了她的嘴,手指在她的头发里梳过。这是他第一次吻一个人,第一次如此接近女孩的脸、身体和呼吸。"真不敢相信你吻了她,果戈理!"回家的路上,朋友们嚷道。他迷惑地摇摇头,像朋友们一样不胜惊讶,而内心仍有快乐泉涌。"那不是我。"他差不多要说出口了。不过他终于没有告诉他们吻金的并不是果戈理,果戈理跟这事毫无关系。

## 第五章

　　数不清的人改过名字,他们中有演员,有作家,有革命者,还有易装癖者。历史课上,果戈理学到过欧洲移民在埃利斯岛改名字的事,也知道了奴隶一旦获得自由,立刻就会改名字。果戈理并不知晓,其实尼古拉·果戈理也改过名字,他二十二岁在《文学报》发表作品时,就把姓氏由果戈理-亚诺夫斯基简化成果戈理。(他还以亚诺夫的名字发表过作品,曾有一次给作品署名"OOOO",以表示他的全名 Nikolai Gogol - Yanovsky 中的四个"o"。)

　　一九八六年夏天,就在果戈理即将离开家人,开始耶鲁大学的新生生活之前那几个紧张忙碌的星期里,他也做了同样的事情。他乘坐通勤列车进入波士顿市区,在北站换了绿线地铁,到莱奇米尔站下车。这一带他还算熟悉,以前跟父母来过无数次,买新电视和吸尘器,学校组织实地考察时还来参观过科学博物馆。但是他从未独自一人到过这里,尽管他画了一张路线图,有一阵子还是迷了路,差点没找到密德萨斯郡遗嘱检验与家庭法庭。他穿着蓝色牛津衬衫、卡其裤,外套一件驼色灯芯绒夹克。夹克是专为大学入学面试买的,在这个濡热的日子,显得太厚重了。脖子上打着他仅有的一条领带,栗色底带着黄色斜纹。如今果戈理已快六英尺高,身材瘦长,棕黑色的头发又浓又密,需要修剪了。瘦削而聪颖的脸庞,突然间英俊起来,棱角也鲜明多了,浅金色的皮肤刮得干干净净,没有一丝斑痕。他继承了阿西玛的眼睛,大而深邃,有着粗而优美的眉毛,而他的鼻尖微微有个突起,这倒是来自艾修克。

法庭是一座带廊柱的砖砌老建筑,十分庄严,占据了整整一个街区,可是入口却在侧面,要下几步台阶。进到里面,果戈理掏出口袋里所有的东西,然后穿过一个金属检测器,仿佛是在机场,即将开始旅程。空调凉丝丝的,天顶装饰得非常漂亮,大理石的内壁,回声十分悦耳,这一切都使他感到平静而舒适。他原先所想象的远不如这样富丽宏伟。不过这就是那个地方了,他思忖道,这就是人们来此离婚、解决遗嘱纠纷的地方。问讯处一个男子告诉他,得去楼上等。于是他上楼,只见上面摆满圆桌,坐着好些人在吃午饭。果戈理没耐心地坐下来,一条长腿上下晃荡着。他忘了带本书来读,见旁边有扔掉的《环球报》,便捡起"艺术"版,浏览了一篇分析安德鲁·怀斯的"海尔佳"①画作的文章。终于,他开始在报纸边缘练习他的新签名了。他试了好几种字体,手还不大习惯尼基尔(Nikhil)中"N"的转角,

---

① Helga,美国现实主义画家安德鲁·怀斯(Andrew Wyeth)一九八六年卖出的一批240幅作品中,唯一的女性人物的名字。这批作品后来被称为"海尔佳藏画"。

不大习惯给两个"i"打点。他惊讶地想,不知旧名字写过多少遍了,在多少大考小考的试卷上,在多少家庭作业上,在多少本送朋友的学校年鉴上。人一辈子要写多少遍名字呢——一百万次?两百万次?

改名字的主意是几个月前想到的。那时他正在牙医诊所候诊,手里胡乱翻着一本《读者文摘》。翻着翻着,一篇文章突然映入眼帘,他不觉停了下来。文章标题是《第二次洗礼》,标题下面写着"你能认出这些名人吗?"后头列着一串名字,同一页的最下边,用非常小号的字体颠倒印着相对应的那些有名人物。他唯一猜对的是罗伯特·齐默尔曼,那是鲍伯·狄伦的本名。他一点也不知道,莫里哀本来是叫让-巴蒂斯特·波克兰的,而里昂·托洛茨基本来是叫列夫·戴维多维奇·勃隆斯丹的。他不知道杰拉尔德·福特原是小莱斯利·林奇·金,而英格尔伯特·胡佩尔丁克原来是阿诺德·乔治·道尔西。文章说,他们全都自己改过名字,又说这是每个美国公民都拥有的权利,每年有成千上万的美国人改名字。文章还说,只需向法庭提交申请就可以了。忽然,他仿佛看到"果戈理"也加进了那一串名字之中,而小号字体的"尼基尔"倒过来印在下面。

那天晚上在餐桌上,他把这事向父母提了出来。他开言道,虽然以花体字母写在高中毕业文凭上的名字是果戈理,印在学校年鉴他的照片下面的名字也是果戈理,但那都是过去的事了。就算申请五所常春藤大学,还有斯坦福和伯克利,用的都是果戈理,那也没什么关系。问题是,四年以后毕业时,还要把乳名刻在艺术学士文凭上吗?还要写在简历题头吗?还要印在名片中央吗?他肯定地告诉他们,那应该是父母在他五岁时,为他挑选的那个学名才对。

"过去的事就让它过去吧,"父亲说,"要改的话,又是一团糟。说实话,果戈理已经是你的大名了。"

"现在改太麻烦了,"母亲同意道,"况且你又过了那个年龄。"

"我没有,"他不服气,"我不明白,你们为什么一上来就给我起个乳名?那是什么道理?"

"那是我们的习惯,果戈理,"母亲强调说,"孟加拉人都是这样的。"

"可是它连个孟加拉名字都不是。"

于是他给父母讲起在劳森先生的课上知道的果戈理的生平,他一生的不幸,他的精神失常,讲起他是如何饿死自己的。"你们了解他的一切吗?"他问道。

"他还是个天才,你怎么不提?"父亲说。

"我不懂,你们两个是怎么搞的,把这么个怪人的名字给了我?现在谁都不把我当回事。"

"谁?谁不把你当回事?"父亲手指离开碟子,抬头望着他,要问个究竟。

"大家。"他对父母撒了个谎。他父亲心里明镜似的,唯一不把果戈理当回事的人,唯一折磨他的人,唯一总是想着名字带来的窘迫且日复一日为之苦恼的人,唯一不停地质疑它,希望它是别的什么的人,其实就是果戈理自己。可是他仍不停嘴,说什么如果他的名字是孟加拉的而不是俄国的,他们应该很高兴才对。

"我不明白,果戈理,"母亲摇摇头,说道,"我真是闹不明白。"她起身洗碗碟去了。索妮娅溜上楼,也回她的房间了。果戈理和父亲还坐在桌边。他们一起坐在那里,耳边响着他母亲擦洗盘子,水哗哗流进下水道的声音。

"那就改吧。"过了好一会儿,父亲平静而简洁地说。

"真的?"

"在美国什么事都有可能。想做就做吧。"

这样,他就去领了一张马萨诸塞州改名申请表,填好后连同一份出生证复印件和一张写给密德萨斯郡遗嘱检验与家庭法庭的支票,一起交了上去。他把申请表带给父亲签字,父亲只是略略看了一下就签字同意了。就像签支票或信用卡收据一样,父亲的眉毛在眼镜之上微微扬起,内心在估算着损失。深夜等家人都睡着了,他才躲在房里把表填了。申请表只是乳白色单面的一页纸,可是他花掉的时间倒比填大学申请表还长。在第一行,他填下了希望改掉的名字,他的地址和出生日期。他写下了想要的新名字,然后用旧名签了这份表。只有一个地方让他颇费踌躇:大约有三行的空,要求填写改名的理由。他在那儿坐了一个多小时,不知道该写点什么。最终还是空下了。

到了约定的时间,该处理他的申请了。他走进一个房间,在后排一张空木凳上坐了下来。法官是一位矮胖的中年黑人女士,戴一副半月形眼镜,面朝众人坐在台上。一位瘦瘦的、短发齐耳的年轻女文书问他要了申请材料,检视了一番再递给法官。除了马萨诸塞州旗和美国国旗,以及一幅法官的油画,室内没有什么装饰。"果戈理·甘古利。"女文书念道,示意果戈理上到台前。虽然他急于改掉它,可是此时,他突然涌起一股伤感,意识到这是一生最后一次听到正式场合中别人叫这个名字。尽管父母正式同意了此事,他还是觉得自己所为超越了他们的容忍范围,是在改正他们留下的一个错误。

"甘古利先生,你希望改名的理由是什么?"法官问道。

这个问题让他措手不及,好一会儿他根本不知道说点什么。"个人原因。"终于,他说道。

法官盯着他,身体前倾,手掌托着下巴。"你能说得具体一点吗?"

起初他什么也没说,不晓得该怎么进一步解释。他不知道该不该告诉法官整个的复杂故事,告诉她外曾祖母那封从未到达剑桥的来信,告诉她乳名和学名的分别,告诉她学前班第一天发生的事情。然而,他只是深深地吸了口气,对着法庭里的人们,说出了从不敢在父母面前承认的话:"我恨果戈理这个名字。我一直恨它。"

"很好。"法官一边说着,一边在表上盖章签字,然后还给文书。果戈理得知,新名字需要知会所有的部门,而他的责任是通知机动车登记局、银行和学校。改名判决书他订了三份正本,自己留两份,一份给父母存放在保险箱里。没有人陪他一同经历这一法律程式,这一人生里程碑;步出法庭,没有人等他,没有鲜花,没有气球,没有留影以纪念这一时刻。实际上,这个过程完全不像一个重要仪式,他看了看表,原来从进门那一刻起,前后不过十分钟而已。他走进下午的潮湿闷热里,身上又开始汗津津的了,刚才的一切,恍恍惚惚还像一场梦。他乘地铁过河,回到了波士顿市区。夹克搭在肩上,一只手指轻轻勾着,他信步而行,穿过市中心绿地,来到公共花园,过了几座小桥,湖边是弯弯曲曲的行人小径。黑云密布,只露出零落的几片天空,一块块像地图上的小湖,快下雨了吧。

他想,这种感觉,或许胖子一朝变苗条、囚犯一朝出大狱才会有吧。"我是尼基尔!"他真想告诉每一个人,告诉湖边遛狗的、推着童车散步的、掰面包喂鸭子的,每一个人。逛到纽伯里大街时,雨点打下来了。他飞快地冲进"纽伯里阿丑"趣物店,用生日得的钱给自己买了《伦敦呼叫》和《传声头像:77》[①]两张专辑,又买了张切·格瓦拉的海报,打算贴在大学宿舍里。他取了一份美国运通卡的申请表放在口袋,欣慰他的第一张信用卡下边,再不会凸印着大写的果戈理了。"我是尼基尔。"他忍不住想告诉那个头发染黑而皮肤白得像纸、鼻子还穿着环的挺吸引人的收款员。她找给他零钱,目光越过他去招呼下一位顾客,不过这没关系,他倒在想,因了这个无法推拒而无人在意的事实,这一生中还有多少女子他现在可以接近了。随后的三个星期,尽管他的新驾照写的已经是"尼基尔"了,尽管他用母亲的缝纫剪刀把旧的铰碎了,尽管他把喜欢的书里写了他的旧名字的扉页都撕掉了,但还是有个问题:所有认识他的人仍旧叫他果戈理。他意识到,他的父母和他们的朋友,他们朋友的孩子

---

① *London Calling*,英国 The Clash 乐队(1979);*Talking Heads: 77*,美国 Talking Heads 乐队(1977)。两张专辑均为朋克摇滚乐。

们,还有自己高中里的朋友,都绝对不会叫他别的什么,除了果戈理。在假期和夏天,他将还是果戈理;每逢生日,果戈理便又要回来一次。欢送他上大学的聚会上,每个人都在卡片上写道:"祝你好运,果戈理。"

在纽黑文的第一天,一直到父亲、眼泪汪汪的母亲和索妮娅开车上了95号公路回波士顿之后,他才开始介绍自己说是尼基尔。最先叫他新名字的是同套间的室友,布兰顿和乔纳森,他们夏天都收到过大学的信件,知道他叫果戈理。布兰顿,白肤金发,特别细瘦,在麻省长大,原先住得离果戈理家不远,后来搬家去了安多佛。乔纳森是韩国人,会拉大提琴,来自洛杉矶。

"果戈理是你的名呢,还是姓?"三个人闲坐在套房的公用客厅里,布兰顿发问了,他想知道究竟。

通常这个问题会激怒他的,不过现在他有了一个新的回答。"实际上,那是我的中间名,"果戈理说,权作一个解释,"尼基尔才是我的名字,不知怎么回事让他们给漏掉了。"

乔纳森点头称是,心思却已不在此,想着装接他的立体声音响去了。布兰顿也点点头。他们把厅里重新安排了一番,这样看着舒服些。过了一会儿,布兰顿发话道:"嘿,尼基尔,来袋烟如何?"果戈理没觉得换了新名字感觉有多么古怪,因为突然间一切都是这么新鲜。他到了一个新的州,有了新的电话号码。他在学生餐厅就着餐盘吃饭,与整整一层楼的人共用一套浴卫间,每天早上在某个隔间冲淋浴。他睡觉用一套新的铺陈——那是母亲离开前硬给他铺的。

新生入学指导活动期间,他天天在校园里来去匆匆,纵横交错的石板路、钟塔和装饰了塔楼雉堞的建筑都留下他的身影。他一来就忙成这样,竟没有闲暇到"老校园"的草地上坐一坐,像其他学生那样,细细地看看课程设置表,玩玩飞盘,在那些铜绿斑斑的长袍名人的坐像下互相认识结交。他列了一串必去的地方,再在校园地图上把那些建筑圈起来。他一人在宿舍的时候,用他的史密斯·科伦娜打字机打出了书面申请,准备通知注册办公室他改了名字,又并排签写了新、旧签名作样本,让他们备案。他把这些材料交给一位秘书,附上一份改名申请表的复印件。他给新生督导讲了改名的情况,还给办学生证和借书卡的人说明了此事。他悄无声息地改正了那些错处,一点也没告诉乔纳森和布兰顿这几天在忙什么,于是突然间事情全都办妥了。一通忙碌之后,再没有要做的事了。到高年级同学返校而学期开始的时候,他已经为整个大学——同学、教授、助教和聚会上的女孩——叫他尼基尔铺平了道路。尼基尔注册了最初的四门课:艺术史概论、中世纪历史、一学期的西班牙语,还有天文学,以满足大学严格的科学课程的要求。赶在最后一分钟,他还注册了晚间的绘画课。他没有告诉父母绘画课的事,他们一定会觉得现在还去学画不免太痴愚轻率,尽管祖父就曾是一位艺术家。对于他至今还没选定专业方向和未来职业,他们已经够怏怏的了。正像父母的其他孟加拉朋友,他们期望他即使做不成工程师,也要做一个医生、一名律师,最坏也得是经济学家。他父亲曾反复说起,正是这些领域使他们来到美国,正是这些职业让他们获得安定的生活和社会的尊重。

不过现在既已是尼基尔了,就更容易撇开父母,不理会他们的忧虑和责求。一身轻松地,他把名字打在每份新生作业的顶端。套房的嘈杂声中,他听室友留给尼基尔的电话留言。他开了一个支票账户。他把新名字写在了教材的扉页上。"*Me llamo Nikhil*。"①他在西班牙语课上说道。作为尼基尔,在那第一个学期,他蓄起了山羊胡,在聚会上抽起了骆驼牌淡型香烟,在写文章时、在考试之前,发现了布赖恩·伊诺、埃尔维斯·卡斯特罗和查理·派克。作为尼基尔,一个周末,他随乔纳森乘坐大都会北方铁路公司的列车进入曼哈顿,给自己弄了张假身份证,以后可以在纽黑文的酒吧里买酒喝。作为尼基尔,他在埃兹拉·斯泰尔斯住宿学院的一次聚会上,与一位穿苏格兰方格花羊毛裙、高帮格斗靴和暗黄色紧身衣的女孩在一起,失了童身。等他三点钟醒来,头尚醉沉沉的,而她早就不见了,他也想不起她的名字来。

只有一件事有点头痛:他还没喜欢上尼基尔。现在还没有。部分的原因是,知道他是尼基尔的人一点也不晓得他原先叫果戈理。他们只知道他的现在,却根本不了解他的过去。可是做了十八年的果戈理,两个月的尼基尔自然是单薄而苍白的。有时候他觉得自己是在一出戏里,演了一对双生子,表面上看来没有分别,却是完全不同的两个人。有时候他仍然觉得自己还是果戈理,这感觉充满痛苦,而且来得毫无征兆,就像他补过的门牙,这几个星期以来一阵阵难忍地悸痛,在他喝咖啡,喝

---

① 西班牙语:我叫尼基尔。

冰水和一次乘电梯的时候,似乎马上就要掉下来似的。他害怕被人发觉,把这个骗局抖露出来,他梦魇不断,梦见他的材料公开了,他的原名印在了《耶鲁每日新闻》的头版。有一次,在学校的书店,他竟不小心把老名字签在了信用卡签名条上了。有时候,他得听到别人叫了三次尼基尔之后,才想起来答应。

更令他惊慌的是,原先叫他果戈理的人,也开始以尼基尔指称他了。比如说,他父母周六早上打电话来,如果碰巧是布兰顿或乔纳森拿起听筒,他们就会问尼基尔在不在。虽然这正是他要父母做的,而他们做了,他又心情烦乱,一下子感到自己跟他们没有了关系,不是他们的孩子了。十月间的周末家长会,阿西玛和艾修克来到校园,于是他们七手八脚地收拾掉了酒瓶和烟灰缸,还有布兰顿的大麻水烟枪。"找个周末,跟尼基尔来我们家玩吧。"阿西玛对他的室友们说道。名字的这个替换,在果戈理听来不大对劲,话是没错却有点变味,就像父母不讲孟加拉语而对他讲英语的感觉。更让他觉得怪怪的是,当着他的新朋友的面,父母竟然直接称呼他尼基尔。"尼基尔,带我们去看看你上课的地方吧。"父亲提议道。那天晚上,他们和乔纳森一道去教堂街的餐馆吃晚饭,阿西玛说漏了嘴,问道:"果戈理,你想好准备主修什么了吗?"乔纳森正在听他父亲说话,没有听见,而果戈理却心想完了完了,懊恼非常却不能责怪母亲,整个陷入自己弄出来的烂摊子无法自拔了。

第一个学期,听话却不大情愿地,他每隔一周上完周五最后一堂课便回家去。他塞了满满一背包的教科书和脏衣服,先坐美铁公司的火车到波士顿,然后换乘通勤列车。两个半小时的旅程中,尼基尔在某一时刻蒸发,而果戈理又回来了。他父亲总是先打电话确认火车是否正点到达,再来车站接他。他们一道开车穿过小镇,沿着熟悉的林荫道,父亲会询问他的学业情况。周五晚上到周六下午,母亲帮忙把脏衣服都洗了,而他的课业却一点未动。尽管他很想看看书,可是他发现在家里,除了吃吃睡睡,什么也做不了。房里的书桌感觉太小了。电话铃响、父母和妹妹说话走动,都会让他分心。他怀念起斯特林图书馆了,每天晚饭后他都去那里学习,他已是那儿夜间活动的一部分。他怀念起法纳姆宿舍楼的套间了,那里他抽着布兰顿的香烟,听着乔纳森的音乐,学着如何分辨古典作曲家。

在家里,他和索妮娅一起看音乐电视,她还一边在给牛仔裤动手术,剪下几英寸裤口,再在缩小的脚踝处装上拉链。一个周末,洗衣机一直占着,因为索妮娅要把她的大部分衣服染成黑色。她现在上高中了,也在听劳森先生的英语课,她参加果戈理从来不去的舞会,早已出现在男孩女孩都来的聚会上了。牙套已经摘去,她频频露出自信的美国式微笑。原先齐肩的长发,给一个朋友剪成不对称的样子。阿西玛担心索妮娅会把一绺头发染成金色,因为她好几次扬言要这么干了,又担心她会去购物中心把耳朵再穿上几个洞。她们为这些事激烈争吵,阿西玛哭着,索妮娅则摔门而去。有几个周末,父母要去参加聚会,他们总是一定要果戈理和索妮娅一起去。主人或主妇带他去一个可以独自学习的房间,而楼下是震天响的聚会。可是到头来他总是跟索妮娅和一帮孩子们看起了电视,一如平素。"我已经十八了!"一次聚会散尽,他在路上对父母说,而他们却置若罔闻。一个周末,果戈理不小心把纽黑文说成是家了。"对不起,我留在家里了。"当时父亲问起他是否记得买了耶鲁的转印贴花纸,他们想用来装饰汽车后窗,他这样答道。阿西玛为此非常恼火伤心,唠叨了一整天。"才三个月哪,你听听!"她告诉他,在美国都住了二十年了,她至今无法强迫自己把彭伯顿路说成是家。

然而现在果戈理感到最自在的地方,却正是耶鲁他的宿舍。他喜欢它的古旧,它那持久的优雅。他喜欢在他之前有那么多学生住过这里。他喜欢那实在的泥灰墙壁,喜欢宿舍暗黑的木地板,不管有多破旧、有多少污斑。他喜欢宿舍的老虎窗,早上睁眼,最先看到的就是对望着巴特尔教堂的窗户。他已经爱上了校园里的哥特式建筑,总是为环绕在他周围具形的美而深深惊叹,这美令他陶然忘我,那是在彭伯顿路他成长期间从未体验到的。他的绘画课要求他每周画五六张速写,于是他受了启发,开始描绘建筑的细部:飞扶壁、布满流动窗花格的尖拱券、深的弧状大门入口、浅粉色石砌的蹲柱。春季学期,他选了一门建筑入门课程。他在教科书上读到金字塔、希腊神庙和中世纪教堂是如何建造的,研究了教堂和宫殿的楼层结构。他学会了无数区分古代建筑细节的用语,把它们写在不同的索引卡片上,再在背面绘图说明:额枋、檐部、山墙、拱石。这些词汇构成了他特别想学会的另一种语言。他把这些索引卡片归拢在鞋盒里,考试之前拿出来复习,于是记下了比应付考试多得多的词汇。考试结束,他仍旧保留着这盒卡片,闲暇时还不断往里面添加。

大学二年级的那个深秋,他在联合车站登上了一趟特别拥挤的列车。这是感恩节前夕的星期三。他一节节车厢慢慢往前挪动,背包里沉甸甸的是"文艺复兴时期建筑"课程所用的参考书。接下来的五天里,他必须为这门课写出一篇文章来。车厢间的通道已经有一些乘客了,他们都阴沉着脸坐在行李上。"只有站票了!"乘务员喊道。"我要退票。"一位乘客抱怨起来。果戈理一节一节车厢不停地走,希望能找到一处不太挤的车厢接头坐下来。在最后一节车厢,他看到一个空座。一个女孩坐在窗边,正在读一期折叠封的《纽约客》杂志。摆在她身边座位上的,是一件巧克力色的翻毛小山羊皮大衣。果戈理前面那个人,就是见了这件大衣才没有停下脚步。可是果戈理直觉这该是那女孩的,于是他停下来问道:"这是你的吗?"

她直起纤瘦的身体,飞快地把大衣塞到屁股底下。他认得她的脸,校园里见过,在大楼走廊上下课的时候,他们常擦肩而过。他记得一年级的时候,她把头发染成鲜明的莓红,剪得只齐下巴。现在头发已长到肩头,又回复了本来的颜色:浅棕色,夹杂着一绺一绺的金黄。头发在正中稍偏的地方分路,发梢有点卷曲。眉毛比头发稍黑,使她友善的面孔显得有点严肃。她穿着一条褪色得恰到好处的牛仔裤,一双厚胶底的棕色皮靴,扎着黄色的鞋带。和她眼睛一样颜色的灰底带点的绞花毛衣,似乎太大了,袖口遮住了一半的手。牛仔裤的前袋里胀鼓鼓地塞着个男式皮夹。

"嗨,我叫露丝。"她也模模糊糊地认出他来了。

"我是尼基尔。"他坐了下来。他太累了,都没劲把背包放到头顶的行李架上去,只得尽力往座位底下塞。长腿笨拙地屈着,他感到自己在冒汗,于是拉开了蓝色羽绒衣的拉链。他来回揉搓着手指上给背包的皮带子勒出的红印。

"不好意思,"露丝望着他,说道,"我想,我只是在推迟不可避免的事。"

他坐着把羽绒服脱了下来。"什么意思呢?"

"弄得像这儿有人似的。用那件大衣。"

"真是妙招,真的。有时候我假装睡着了,也是为这个,"他承认道,"看我在睡觉,就没人愿意坐旁边了。"

她轻轻地笑着,把一缕头发抚到耳后。她的美是率直的,没有一丝矫揉造作。除了唇上一点光泽,她没有用任何化妆品。右颊白桃般的皮肤上,只有两颗棕色的痣,颇有些抢眼。她的双手小而修长,指甲没有上油修整过,而甲根的皮肤也有些毛糙了。她俯下身,把杂志放回脚下的包里,又从中拿出一本书来,这当儿,他瞥见了她腰上的皮肤。

"你去波士顿吗?"他问。

"缅因州。我爸爸住那儿。我得在南站换长途汽车,接着又是四个小时。你上哪个学院?"

"J. E."[①]

---

① 即乔纳森·爱德华兹(Jonathan Edwards)住宿学院。

闲谈中他知道了她在西里曼住宿学院，正打算主修英语文学。比较了一番迄今的在校经历，他们才发现上学期都修了心理学110。她手中是一本平装版《雅典的泰门》，虽然一只手指老是卡着书页，可她一个字也没有读。他也没有打开那本刚从包里拔出来的关于透视学的书。她告诉他，她是在佛蒙特州的嬉皮村长大的，父母都是嬉皮，在家自己教孩子，直到七年级才让她上学。她父母现在离婚了。父亲和继母一起生活，在农场养殖美洲驼。母亲是人类学家，正在泰国实地考察接生婆。

她有这样的父母、来自这样的背景，他感到很难想象；而等到他讲自己是如何长大的时候，他觉得相比之下太平淡无奇了。可是露丝倒很有兴趣，问起他去加尔各答的见闻。她说，她还没出生之前，父母就去过一次印度，去那里的一座寺庙。她又问起街道像什么样子，房子像什么样子，于是果戈理在那本透视学书的末尾空页上，画了他外公外婆家的平面图。他引领露丝，沿着廊道和水磨石的楼层漫游，给她讲蓝色的石灰墙、窄小的石厨房和陈设了藤编家具的客厅。这些藤编家具似乎更适合放在屋前廊道。得益于这个学期上的制图课，他画得真是得心应手。他指给她看他和索妮娅来访时睡的房间，描绘窗下小巷的风光，一溜瓦楞铁皮顶的店篷。等他讲完，露丝伸手接过书去，细细观看他刚才画的，手指划过一间间屋子。"真想去看看。"她说，于是忽然间他想象起她的手和脸都给晒黑了，双肩背着一大包行囊，像别的西方游客一样，沿乔林基大街漫步，在新市场买东西，晚上在大酒店歇宿。

他们聊得正欢，过道对面的女人抗议了，说是弄得她总也睡不着。结果他们反倒是更不肯停嘴了,只是声音更小些,头凑得更拢些。他们到了哪个州、过了多少站,果戈理全然不知。火车隆隆开过一座铁桥。此刻残阳如血,水边几点房舍,有一缕余晖相照,说不出的动人。不多时,光影暗淡下去,四野苍茫,已近黄昏了。天黑下来,他看到窗玻璃上反射着他俩的影子,仿佛是飘浮在窗外。他们聊得不觉口干舌燥起来,于是果戈理自告奋勇去吧台买饮料。她要他带一包土豆片和一杯奶茶回来。她没有掏裤兜里的皮夹,而是让他为自己买,这使他很喜欢。他回来时,手上端着给自己的咖啡,给她的土豆片和茶,此外还有一纸杯牛奶。酒保没有给他小杯封的奶油,而给了他鲜牛奶。他们继续聊,露丝吃着土豆片,用手背擦着唇上的盐粒。她请果戈理吃,一片一片地拿出来递给他。他便给她讲他们一家去德里和阿格拉时,在印度火车上吃的几顿饭:什么前一站订而下一站热乎乎送来的印度面包和微酸扁豆汤啦,什么早餐上就着面包和黄油吃的大块蔬菜啦。他给她聊喝茶的事,讲如何隔着车窗问站台上的男人买茶喝,那人便从一个巨大的铝壶里倒一杯给你,奶和糖是早就拌好了的。又讲装在粗制黏土杯里的茶是如何喝下去,喝完又如何把杯子掼在铁路边上的。见这些琐琐碎碎她听得津津有味,他很是受用。他这才想起,原来自己从来没跟任何美国朋友讲起过去印度的经历。

突然间就到了分手的时候。最后一分钟,果戈理才鼓足勇气问她要电话号码,写在了为她画楼层图的那一本书上。他真希望能陪着她,一起在南站等候去缅因的长途汽车,可是他得赶一班开往郊区的通勤列车,只有十分钟时间换车。假日真是漫长；他一心想着赶快回纽黑文，好给露丝打电话。他估算着多少次他们擦肩而过，多少次他们不经意地一起在餐厅进餐。他回想起心理学110的课堂，巴望着能从记忆中搜罗出一点点她的形象，她坐在法学院讲堂的另一边，低头俯身记笔记的模样。他常常想起那趟火车，盼望还能再坐到她的身边，他想象着她的脸因车厢内的热气而潮红，他们的身体以相同的姿势蜷曲着，她的头发在头上的黄色阅读灯下闪闪发亮。回校的路上，他到处找她，把车厢一节节梳了个遍，可是伊人何处？终于，他只得坐在一位年老的修女身边了。她身着棕色修女袍，上唇有突出的白色髭毛，一路上呼噜之声雷鸣。

回到耶鲁的第二个星期，露丝答应和他一起去阿迪库斯书店喝咖啡。她晚到了几分钟，还是穿着他们相识时一样的牛仔裤、一样的皮靴、一样的巧克力色小羊皮大衣。她又要了茶。开始，他觉得有点笨拙别扭，一种火车上没有过的感觉。咖啡馆里嘈杂喧闹，他们之间的桌子太宽了。露丝比上次寡言，她垂目盯着杯子，玩着糖包，只是偶尔扫一眼环墙而立的书架。可是很快，他们又轻松地聊了起来，一如上次，交换着各自的假期故事。他告诉她，在彭伯顿路的家里，他和索妮娅如何占据了厨房一整天，先是填火鸡，后来又和面做饼，种种他母亲不大喜欢干的事。"回来的路上我找过你。"他对她坦言道，然后讲起了那个打呼噜的修女。喝完咖啡，他们一起去参观英国艺术中心，那儿有个文艺复兴时期的纸本绘画作品展，是他们都想看的。他送她回西里曼学院，说好几天以后一起喝咖啡。道完再见，露丝还站在门口依依不去，低头看着抱在胸前的书，而他不知道该不该吻她,好几个小时以来他一直在想做这事,或者,在她心里,他们是否只是朋友而已。她慢慢后退了,朝他微笑着,退着走向楼道,她上了好几步台阶,才最后挥一挥手,转身去了。

他开始在她下课以后与她相会了,他记住了她的作息时间,他在楼下引颈相望、在拱廊下搔首踯躅。见到他,她看起来总是很愉快,离开女伴走过来问好。"她当然喜欢你。"一天晚上在餐厅,乔纳森耐心地听他讲了一会儿他们相识的故事,对果戈理说道。几天以后,露丝忘了带一本课上用的书,他随她回屋去取,在她伸手开门之际,他一把握住了她的小手。她的室友都不在。她进去找书,他则坐在公用厅的沙发上等。当时已是正午,外面阴云层叠,下着蒙蒙细雨。"找到啦。"她说道。尽管俩人都有课,他们却还不走,坐在沙发上相拥而吻。良久才惊觉太迟,于是干脆不去了。

每天晚上他们一起去图书馆自习,分坐书桌两头,以免私语不止。她带他去她的餐厅吃饭,他也回请她。他还带她去看雕塑园。他无时无刻不在念着她——制图课上俯身于倾斜的制图板之时,画室里强烈的白色灯光之下,甚或文艺复兴建筑课上,讲厅暗下以投映帕拉蒂安别墅[①]幻灯片之际,他都会想着她。几星期之后,学期就要结束,此时他们穷于应付考试、作业和几百页要读的书。面临这些任务他倒没什么,他惧怕得多的是寒假一个月他们要忍受的分离之苦。一个周六的下午,正值

---

① Palladian villas,位于意大利威尼托政区(Veneto),列世界文化遗产名录。

大考之前,她在图书馆向他提及,她的两个室友都将一整天不回来。于是他们一道步行穿过克罗斯校区,回到西里曼学院。他和她一起坐在没有整理的床铺上。屋里弥漫着和她身体一样的味儿,一种粉扑扑的花香,却没有香水的刺鼻。书桌前方的墙上,贴着一些作家的明信片,其中有奥斯卡·王尔德和弗吉利亚·伍尔夫。外面天冷,他们的嘴唇和脸仍是麻麻的,所以开始他们还是穿着外套。他们并头躺在她的翻毛大衣上,她导引着他的手,在她厚重的毛衣下摸索。上一次,也是唯一的一次,他跟女孩在一起的时候,并不是这个样子的。那一段插曲,他什么都记不起来了,只是事后欣然自己已不再是童男而已。

然而这次却不同,他感觉到了一切:露丝腹部温暖的凹陷、枕头上散开的她的一束束直发、躺下之时她表情的轻微变化。她小小的乳房分得很开,一只浅色的乳头比另一粒略大。"你真行,尼基尔。"他轻轻触碰时,她喃喃道。他吻了乳头,又吻她腹部散在的几颗痣,这时她朝着他轻柔地弓起身来,他感到她的双手抚着自己的头,然后滑到肩上,引领他来到她分开的双腿之间。他舔、闻她那里的时候,觉得自己又笨拙又无能,却听到她轻声呼唤他的名字,告诉他感觉有多美妙。她明白该做什么,拉开了他的牛仔裤,一度还站起身,从书桌抽屉里拿出一个装避孕套的盒子来。

一周以后他又回到家里了,他帮索妮娅和母亲装饰圣诞树,与父亲一道铲去车道上的积雪,去购物中心买最后一分钟礼物。他在家里来回乱窜,坐立不安,假称自己感了风寒。他恨不得圣诞一过就直接借了父亲的车,直奔缅因去看露丝,或者她来看他也行。他绝对是受欢迎的,她曾给他打保票说,她的父亲和继母绝不会在意。她还说,他们会把他安排在客房;到了夜里,他还可以爬进她的被窝。他想象自己来到了她向他描述过的农庄里,一早醒来,平底锅里便有正煎着的鸡蛋,然后他俩携手在白雪覆盖的荒原上漫步。但是这样出一趟门,须向父母讲清他跟露丝的事,而他实在不想说出来。他受不了他们的惊讶、他们的神经过敏、他们无言的失望、他们对露丝父母从事何种职业的盘问、他们对这段感情是否认真的诘询。他热切渴望见到她,却无法想象她来到彭伯顿路他的家里,穿着牛仔裤和厚毛衣,坐在餐桌前,温雅有礼地吃着母亲做的饭菜。他无法想象,在一幢他还是叫果戈理的房子里,与她一起相处。

全家都睡着了以后,他在空荡荡的厨房里悄悄和她聊天,把电话费记在了他学校的电话上。他们安排了一天到波士顿相会,在哈佛园共度那一天的时光。地上尚有一英尺深的积雪,而天空是透心的湛蓝。他们先到布莱托尔剧院看电影,不管要放的是什么就买了票,坐到楼厅的最后面,然后开始热吻,引得人们频频转头瞪他们。他们到潘普罗那咖啡馆午餐,在一个角落里吃下火腿三明治和两碗蒜汤。他们交换了礼物:她给了他一本戈雅的旧画册,他则给了她一双蓝色的羊毛连指手套和一盘他喜欢的甲壳虫乐队歌曲的选录磁带。他们发现,咖啡馆上面一层是一家专卖建筑书籍的书店。他在书架间流连,不能释手地读勒·柯布西耶的平装本《东方之旅》,因为他正在考虑明春宣布主修建筑学。之后,他们手牵手闲逛,时不时背靠建筑物亲吻,他还是婴孩的时候,就在这几条街道上,父母推着他的婴儿车上上下下无数多次。他指给她看他和父母曾住过的那美国教授的房子,那还是索妮娅未出世之前,他也没有什么记忆的时候。他在照片上见过这所房子,又从父母那里得知街名。无论现在的住家是谁,似乎都出门去了;门廊台阶上的雪没有清扫,而门前的垫子上扔了好些卷起来的报纸。"真希望我们能够进去看看,"他说,"真希望只有我们俩。"此刻,他身边站着露丝,他握着她戴着手套的小手,望着这幢老房子,感到一阵莫名的无助。虽然当年他只是一个婴孩,他还是为自己不能知晓后事而微感失望,想不到多年以后,竟有这么一天,他会在如此不同的情况下重新回到这幢房子前,而且又是如此快乐。

到第二年,他的父母开始隐隐约约知道露丝的事了。虽然他去过缅因州的农庄两次,见了她的父亲和继母,但索妮娅——那些日子也悄悄有个男朋友了——却是他家唯一见过露丝的人,还是索妮娅一次周末来纽黑文玩的时候见到的。他父母明确表示,对他的女朋友毫无兴趣。他与她的关系是他一生的成就之一,而父母却没有丝毫的骄傲和欣慰。露丝告诉他,她并不在乎他父母的反对,她反倒觉得这样很浪漫呢。可是果戈理明白,这是不大对头的。他盼望父母能够简单地接受她,就像她的家庭接受他一样,没有任何的压力。"你太小,还不是谈这事的时候。"艾修克和阿西玛对他讲。他们甚至给他举了前车之鉴,说他们认识的几个娶了美国老婆的孟加拉男人,最后都落得了离婚的下场。于是他说他根本没打算要结婚,这一下把事情弄得更糟了。有时他觉得跟他们真是没法说。父母这样跟他说话的时候,他为他们没有经历过青春和爱情感到可怜。当露丝转去牛津大学读一个学期的时候,他心下疑惑他们该是在暗暗高兴吧。她早就跟他提起过很想去那里,当时他们才刚恋爱几个星期,而在他们眼里,大三还是地平线上一个遥远的小点。她问过他是否介意她申请去牛津,想到她要去那么远的地方,他虽然有点不自在,但还是说不、当然不,又说十二个星期很快就会过去的。

那个春天,没有她,他神不守舍。他把所有的时间都花在画室里,尤其是周五晚上和周末,这些时候他们本应该在一起的,本该一起去那不勒斯比萨店吃饭,然后到法学院礼堂看电影的。他聆听她最爱的音乐:西蒙与加芬克尔、尼尔·杨、卡特·史蒂文斯;她从父母那里继承来的专辑,他都给自己买了全新的拷贝。想到他们之间的距离,想到夜里他还在睡觉,而她已经在那里的水池边刷牙洗脸,准备开始新的一天,他就心绪烦乱。他思念她,正如这好些年来,他的父母思念印度的亲人——这是他平生第一次体味到这种情感。但是父母不肯出钱让他飞到英国度春假。在餐厅打工挣的一点点钱,他都花在一周两次的越洋电话上了。他一天两次查看校园邮箱,看有没有贴着五颜六色女王侧面像邮票的信件和明信片。他去哪儿都带着这些信和明信片,夹在书里。"我从来没有上过这么好的莎士比亚戏剧课,"她用紫红墨水写道,"咖啡根本没法喝。每个人总在说'cheers'①。我每时每刻都在想你。"

---

① 谢谢、再见,属英国英语口语用法。

一天,他参加了一次专门小组讨论,议题是用英文创作的印度小说。他觉得有义务参加,因为小组的一位主持艾米特,是他的远房表亲,住在孟买,但果戈理从未见过。母亲要果戈理代她见见艾米特。果戈理觉得这些人特没劲,老是谈及什么"边缘性",仿佛那是一种病状似的。那一个小时的大部分时间,他都在给方桌周围那些弯腰勾头念稿子的众位画像。"就目的论而言,ABCD们无法回答'你从哪里来'的问题。"小组里的一位社会学家声称。ABCD这个词,果戈理简直是闻所未闻。他最后才慢慢搞明白,ABCD指的是"美国出生的迷茫的印度人"①。换句话说,就是他了。他又得知"C"也可以指"矛盾的"。他知道,泛指"乡下人"的词语deshi,在这里意思是"印度人",还知道父母和他们所有的朋友总是把印度简称为desh。但是果戈理从不把印度想成是desh。他跟美国人一样想,印度就是India。

果戈理没精打采地歪在座位上,想着一些没头没脑的事情。比如,虽然他能听懂他的母语,说得也还流利,可是要读写起来,就全不是那么回事了。那几次印度之行,他的美国式英语给了亲戚们无尽的逗乐,而他和索妮娅说话的时候,叔叔婶婶和堂兄堂弟总是不以为然地摇头,说:"我一个字也听不懂!"同时拥有乳名和学名,又生活在它们没有差别的地方,有多少混乱迷糊便可想而知了。他搜寻听众中有没有他认识的人,然而那不是他的同类——多的是提着皮革书包、戴着金丝边眼镜、

---

① ABCD, American-born confused deshi。后面还有"conflicted"deshi 的说法。

捏着钢笔的文学专业学生,多的是露丝会打招呼的人。还有好多ABCD们,他没想到校园里原来竟有这么多。大学里,他没有交什么ABCD朋友。他避开他们,因为他们老是让他想起父母所持的生活方式,与人结交不是出于投合,而是出于碰巧有相同的过去。"果戈理,你为什么不加入这里的印度同学会?"散会后他们去安克尔餐馆喝酒,艾米特问他。"我只是没有时间。"果戈理答道,他没有告诉好心好意的表兄,同学会热烈庆祝的重大时刻,都是从孩提到少年时代父母一直逼他参加的,再没有比加入这样的组织更虚伪的了。"我现在是尼基尔了。"果戈理说。他突然感到沮丧压抑,不知还得说多少次这样的话,求人们记住现在的名字,提醒他们忘记过去的名字,他觉得胸口似乎永远钉着一片更正条。

大四那年的感恩节,他坐火车北上波士顿,却是一个人。他已不再和露丝在一起了。过了那十二个星期,她并没有从牛津回来,而是继续留下来修一门暑期的课,她解释说她敬仰的一位教授在那以后就退休了。果戈理在彭伯顿路家里过了暑假。他在剑桥的一家小建筑公司干了一份没有工资的暑期实习工作,为赶工交活的设计师们跑跑腿,去附近的工地拍拍照,把一些图稿按字母分分类。为了挣钱,晚上他去父母镇上的一家意大利餐馆洗盘子。八月底,他去洛根机场接露丝回家。他在到达口等到她,便把她带到一家饭店住了一夜,用自己在餐馆挣来的钱付了房钱。房间俯瞰着公共花园,墙上贴着粉红、奶黄相间的粗条纹墙纸。他们第一次在双人床上做爱。他们出外面吃饭,因为两人都负担不起送餐服务。沿着纽伯里大街,他们来到一家希腊餐馆,里面的桌子都靠墙而设。天气热得像火烧一般。露丝看起来没有什么变化,只是话里时常夹杂一些从英国学来的词和短语,比如"I imagine""I suppose"和"presumably"什么的。她聊起了那个学期的生活,说她有多喜爱英国,还讲起了去巴塞罗那和罗马的见闻。她说,她还想再回英国去念研究院。"我想,他们有很好的建筑学校,"她补充说,"你也可以来呀。"第二天早上,他把她送上了开往缅因的长途汽车。在纽黑文重聚时,他俩一起住进了和朋友们合租的位于豪街的公寓里。然而,相处才没几天,他们就开始吵架;最后,两人都承认,有些事情已经不一样了。

如今,即使碰巧在图书馆、在大街上遇到,他们也尽量避着对方了。他划去了以前记下的她在牛津和缅因的地址和电话号码。可是坐上火车,他不可能不想到两年前的那个下午,他们如何相遇。火车照旧拥挤不堪,这一次有一半的行程,他坐在了车厢的接头。过了韦斯特利,他找到了座位,于是安顿下来研究下学期的选课指南。但不知为什么他总是心猿意马,心绪阴郁而无所寄托,急不可耐地要下车去。他没有脱掉大衣,也不去吧台买点什么喝的,虽然他已经很渴了。他放下课程指南,打开一本从图书馆借来的比较意大利文艺复兴建筑和莫卧儿宫廷设计的书,这本书或许会对他的毕业设计有点帮助。但是看了不过几段,他还是把它合上了。肚子咕咕叫了起来,他不知道家里晚餐会吃什么,他父亲做了什么。母亲和索妮娅回印度参加一位表弟的婚礼,已走了三个星期。今年,果戈理和父亲要在朋友家过感恩节了。

他侧过头,望着窗外掠过的秋景:从染坊下奔涌而出的粉红和紫色的水,发电站,铁锈斑驳的球形水塔。废弃的工厂,有着成排破损的小窗,仿佛是遭受了蛾子的肆虐。树丛顶端的枝条已是光秃秃的了,剩下的树叶焦黄而枯脆。火车走得比以前慢,他看了一下表,发现晚点了好多。就在这时,火车停了下来,停在了普罗维登斯市郊一片荒芜、野草丛生的地方。他们待在那儿,一动不动长达一个小时,眼看着一轮清晰而绯红的太阳沉入了树木丛生的地平线。电灯灭了,车内暖热得令人很不舒服。列车员焦急地冲过车厢。"怕是断线了吧?"果戈理身边的男士说道。过道对面,一位花白头发的妇人还在看书,一件大衣像毛毯似的盖在胸前。他的身后,两个学生在讨论本·琼森的诗歌。没有了引擎的声响,果戈理便隐隐听见谁的随身听正放着歌剧。透过车窗,他观赏着慢慢暗下去的蓝宝石般的夜空。他看见堆在路边多余的一段段生锈的铁轨。列车刚又开始移动,扬声器里宣布说刚才是因为有人急症突发。然而,一位乘客从列车员那里偷听来的真实情况却迅速传开了:原来有人自杀,迎着车头跳上了铁轨。

这消息使他既震惊又难受,深为自己的恼怒和不耐烦感到羞愧。他猜测着自杀者是男的还是女的、年轻的还是年老的。他想象着那个人查看与他背包里那份一模一样的时刻表,准确地算出火车经过的那一瞬。他想象着车头灯逼近时的情景。因为这个延误,他在波士顿错过了通勤列车,只好再等四十分钟赶下一班。他往家里打了个电话,可是没人接,便又试着打到大学父亲所在的系里,电话铃还是响了又响没人接听。好不容易到了车站,他看见父亲等在暗黑的月台上,穿着胶底鞋和灯芯绒裤,一脸的焦急。一件防水外套腰带系得紧紧的,脖子上围着阿西玛织的围巾,头上是一顶花尼帽。

"对不起我来迟了,"果戈理说,"你等多久了?"

"六点差一刻就到这儿了。"父亲道。果戈理看了一下表,快八点了。

"路上出了事故。"

"我知道。我打电话问了。出什么事了?你没受伤吧?"

果戈理摇了摇头:"有人跳上了铁轨自杀。就在罗得岛那边什么地方。我给你打过电话的。我想他们不敢走,一定得等警察吧。"

"我很担心你。"

"你一直站在冷风里了,是不是?"果戈理说。见父亲不语,他便知道正是如此。果戈理心里估摸着母亲和索妮娅不在,父亲会是什么样子。他猜度着他会不会感到孤独。可是父亲不是肯承认这些事的那一类人,不会把他的渴望、他的情绪、他的需求说出口。他们一起走到停车场,进了汽车,开始了回家的那一小段路程。

夜里风大,汽车不时轻轻颠簸,车灯的光亮里,只见脚掌般大小的枯叶簌簌飘飞,横过路面。通常,从车站回家的这段路上,父亲会问问他的学业、他的经济情况、他毕业后的计划。但是今晚他们谁都不说话,艾修克只是专心地开着车。果戈理叽叽吱吱地弄了一会收音机,把频道从调幅新闻台转到了国家公共广播台。

"我想跟你说件事。"等一段节目播完,父亲说道,这时他们恰已转上了彭伯顿路。

"什么事?"果戈理问道。

"有关你的名字。"

果戈理望着父亲,迷惑不解:"我的名字?"

父亲关掉了收音机:"果戈理。"

这些日子,已经很少有人叫他果戈理了,所以听来已不像原先那样让人难受。三年了,绝大部分时间他都是尼基尔,如今他已不再那么介意了。

"知道吗,这里面有个缘故。"父亲接着说。

"是,爸爸。果戈理是你最喜欢的作家。我晓得。"

"不是。"父亲说道。他把车开上了车库前的车道,然后熄了火,再关掉大灯。他松下安全带,手扶着它慢慢收回到他的左肩后面:"还有一个原因。"

他们一起坐在车里,于是父亲再次回到了距离豪拉车站二百零九公里的原野。他的手指轻轻勾着方向盘下缘,透过车窗,凝神注视着车库大门,给果戈理讲起了二十八年前,一九六一年的十月,他去贾姆谢德布尔看望祖父所乘坐的火车的故事。他讲述了那个差点要了他性命的晚上,那本救了他命的书,还有此后他一点也不能动弹的一整年。

果戈理听得目瞪口呆的,眼睛直勾勾盯着父亲的侧影。虽然他们相距不过数英寸,可他一时竟觉得父亲成了陌生人,原来父亲竟然保守了这样的秘密,从一场灾难中死里逃生,原来自己并非完全知晓他的过去。父亲,一个易摧折的身体,忍受了难以想象的痛苦。他想象着跟自己一样二十多岁时的父亲,跟自己刚才一样坐在火车上,读着一篇小说,而突然之间身受重伤,命在顷刻。他费力地描摹着才见过几次的西孟加拉邦的乡村,那里,父亲血肉模糊的躯体,从成百的死尸堆里拖出,抬上了担架,曲曲折折地抬过那些栗色的车厢。他试着硬下心肠,想象没有父亲的生活;父亲不存在的一个世界,会是什么样子?

"为什么不让我知道这件事?"果戈理说,他的声音沙哑,充满责备,可是眼睛里却是盈盈的泪水,"为什么现在才告诉我?"

"总觉得时候不到吧。"父亲说。

"可是这么多年,你像是一直在对我说谎。"见父亲没有作声,他又说道,"这就是为什么你的腿有点跛,是不是?"

"多年以前的事了,我只是不想让你难受。"

"没有关系的。你该早告诉我。"

"也许是的,"父亲让步道,朝果戈理的方向瞥了一眼。他拔下车钥匙。"走吧,你一定饿了。车里冷起来了。"

可是果戈理没有动。他坐在那里,还在努力消化刚才听到的故事,他很尴尬,进而感到莫名的羞耻,仿佛是自己干了坏事。"对不起啊,爸爸。"

父亲温和地笑笑:"你跟这事没关系的。"

"索妮娅知道吗?"

父亲摇摇头:"还没有。我总会告诉她的。在这个国家,只有你母亲知道。现在你也知道了。我一直想要跟你讲的,果戈理。"

于是,父亲嘴里说出来的他的乳名,纵是一生听惯了的,忽然间却有了全新的意义,原来这些年他在不知不觉地诉说着一场灾难。"你想到我的时候,也会想起那次车祸吗?"果戈理问他,"我让你老是想起那个晚上吧?"

"没有,完全没有,"父亲终于说道,一只手抚着胸口。直到今天,果戈理才明白这个习惯姿势的缘由,"你让我想起的,是后来的一切。"

# 第六章

## 1994

现在,他已住在纽约了。五月份,他从哥伦比亚大学建筑系毕业,随后就职于中城的一家建筑公司,这家公司承接过不少有名的大型项目。这并不是学生时代他为自己设想的那类工作,设计和翻新私人住宅才是他想干的。导师告诉他,以后可以慢慢来的,目前,到大公司增长才干十分重要。于是,隔着透气天井,面朝着邻楼土黄色的砖墙,他参与一个小组,一起为他从未去过的城市——布鲁塞尔、布宜诺斯艾利斯、阿布扎比、香港——设计饭店、博物馆和公司大楼。他所做的设计是从属部分,而且从来不曾由他一人完成:楼梯井、楼顶采光口、廊道、空调管道。虽说如此,他知道大楼的每一个构件,哪怕再不起眼,却都是必不可少的,何况经过那么多年的学校训练,做过那么多的设计评议、那么多未付诸实施的项目之后,他的努力总算有了点实际的结局,为此他由衷地感到欣慰。他在电脑上画设计图、安排楼层平面、撰写施工规程、用纸板和泡沫塑料制作比例模型,通常都会忙到深夜,周末也难得休息。他在晨边高地找了一间单房公寓,位于阿姆斯特丹大道,有两扇朝西的窗户。公寓进口是一扇满是擦痕的玻璃门,夹在报刊亭和指甲美容店之间,很容易错过。整个大学和研究院期间,室友走马灯似的来来去去,现在才第一次有了自己的公寓。大街十分嘈杂,打电话时如果窗户碰巧开着,对方就会问他是不是在路边打付费电话。厨房修在本应是门道的地方,逼仄得要命,冰箱只好放到几英尺开外的浴室门边。炉子上是一把从未烧过水的茶壶,橱台上的面包烤炉更是从未接上过。

他挣的钱太少了,这使他父母十分忧虑,于是父亲不时寄来支票,帮他付房租和信用卡账单。他们很失望他上了哥伦比亚大学,原指望他会挑选同样录取了他的麻省理工学院建筑系的。但是在纽黑文待了四年以后,他不想再搬回马萨诸塞州,搬回他父母熟知的那座美国城市。他不愿再去上父亲的母校,再像他们一样住到中央广场的公寓去,再回到他们旧情依依地谈论的那些街道。他不愿每周末回家,与他们一起参加敬神活动和孟加拉人的聚会,他不愿让人觉得他毫无疑义地属于他们的世界。

他更倾向于纽约,这个地方父母并不熟悉,它的妙处他们更不知晓,可说是一个令他们畏惧的城市。他在耶鲁那几年,上建筑课来过纽约不少回,所以了解它一点。他来哥伦比亚大学参加过几次聚会。有时他和露丝乘坐北线通勤列车溜进曼哈顿,然后他们或逛博物馆,或去格林威治村,或去史传德旧书店淘淘书。可是小时候父母只带他来过一次,而那一次这座城市没有给他留下任何印象。那是个周末,他们去拜访住在皇后区的孟加拉朋友们。朋友们带他们全家游了一回曼哈顿。当时果戈理十岁,索妮娅才四岁。"我要看芝麻街。"索妮娅说,她还以为那是城里一个大地方呢。果戈理便笑话她,说这儿哪有芝麻街,惹得索妮娅哭了一场。游览途中,他们坐车经过了洛克菲勒中心、中央公园和帝国大厦,当时果戈理还使劲蹲到窗下,想看看那些大楼到底有多高呢。说起纽约,父母总是数落车辆多啦,行人多啦,噪声受不了什么的。他们还说,加尔各答都没这么厉害。他还记得曾想要下车,想要上摩天大楼顶上瞧瞧,就像很小的时候父亲带他登上波士顿的普天寿中心大厦一样。可是,一直等到车上了莱克星顿大道,他们这才得以下车,先去一家印度餐馆吃午饭,然后买印度食品杂货,还有准备送加尔各答亲戚的化纤莎丽和220伏的电器。对他父母来说,这才是来趟曼哈顿要做的事情。他记得,他曾满心希望父母带他到公园走走,去自然史博物馆看看恐龙,即使坐坐地铁也好。然而他们对这些事毫无兴趣。

一天晚上,他的一位要好的制图员同事埃文,说动他去参加一个聚会。埃文告诉果戈理,那所公寓很值得一看,还说那座位于特赖贝卡的仓库式统楼正巧是公司一个合伙人设计的。主人拉塞尔是埃文的老朋友,在联合国任职,去过肯尼亚几年,于是房里便填满了他收藏的大量非洲家具、雕塑和面具。果戈理想象那该是个百人聚会,空旷的大厅里鬓影衣香,这样的聚会他可以悄悄来去而无人知晓。可是等果戈理和埃文到那儿的时候,聚会已到尾声,只有十来个人围坐在一张矮咖啡桌四周的垫子上,挑拣着葡萄和奶酪吃。拉塞尔正患着糖尿病,他一度撩起衬衣,往自己肚子上注射胰岛素。拉塞尔身边是一位女子,果戈理忍不住要多瞧几眼。她跪在拉塞尔旁边的地板上,正往一块饼干上大抹奶酪,毫不在意拉塞尔在干什么。她在跟咖啡桌对面的一位男士争论布努埃尔的一部电影。"哎,得了吧,"她不停地说,"它真的特好!"嗓音尖糙刺耳,颇有佻薄调情的味儿,看来她是有点醉了。杂黄色的头发,随意挽成了一个发髻,脸旁垂着丝丝缕缕的散发,很是撩人。她的前额光洁饱满,下颌既陡且长;眼睛略带绿色,虹彩镶着细细一圈黑边。她穿着丝质短腿裤和无袖白衬衫,以炫耀太阳晒黑的肤色。"你觉得这电影怎么样?"她问果戈理,把毫无准备的他拖进了谈话圈。等他告诉她说没看过,她便扭头再不搭理了。

他正闲立,仰头望着挂在铁制悬梯上方的木面具时,她又凑了过来。那面具十分出奇,叫人一见难忘,菱形的眼睛和嘴完全抠透,露出了后面的白色砖墙。"睡房里还有一个更狰狞的,"她说,做了个鬼脸,做发抖状,"你想啊,早上一睁眼,看到的是那样的鬼东西!"她说话的样子,令他不免怀疑她是不是亲身经历过,没准儿她就是拉塞尔的情人,或从前的情人吧,她也许就是要暗示这个。

她叫麦可欣。她向他问起哥伦比亚大学建筑专业的情况,提到她以前是在巴纳德学院上本科,主修艺术史。她说话的时候,背靠在一根柱子上,喝着一杯香槟,对他轻松地笑着。起初他以为她比自己大一些,过了二十五奔三十了吧,而听说自己上了一年研究生以后她才毕业,感到不胜惊讶。他惊奇有整一年的时间,他们都在哥伦比亚,而且住的地方只隔三个街区,他们一定在百老汇大街、在洛氏图书馆前的台阶上、在艾弗利建筑与艺术图书馆里打过照面。这倒令他想起了露丝,他们也曾近在咫尺却互不相识。麦可欣告诉他,她在一家艺术书籍出版社做助理编辑,最近在忙的项目是一本关于安德烈·曼特尼亚的书。果戈理没有记错,在曼图亚的公爵宫里有很多他的壁画,这便让她刮目相看了。他们聊着,微微有点紧张而笨拙,现在他说是因为欲讨好的缘故。总之那谈话似乎特别随意而又不着边际。恐怕跟任何人,他都会这样聊天的,但是麦可欣能把注意力完全集中在他身上,她那双专注的浅色眼睛攫住了他的视线,使他感到在那短短的几分钟里,自己是她的世界的绝对中心。

第二天上午她打电话来,才把他唤醒;已经是星期天上午十点钟,他还趴在床上,头还因昨晚一通宵喝下的苏格兰威士忌和汽水而昏昏沉沉。他没好声气地抓起电话,有点不耐烦,以为是母亲打电话来问他一周过得怎样的。听麦可欣的声气,他感觉她已起床好几个小时了,早饭也吃了,《纽约时报》也翻完了。"是麦可欣。昨天晚上,记得吗?"她说,倒没有为吵醒他道一声歉意。她说,是从电话号码本里查到他的,而他却想不起来是不是告诉过她自己的姓氏了。"天哪,你那里好吵!"她嚷道。然后,没有一丝忸怩或犹豫,她邀请他去她那里晚餐。她讲了时间,一个星期五,又告诉他地址,切尔西什么地方。他猜想应该是来好多人的晚餐会吧,便问要不要带点什么过去,可她说不用,就请了他一个人。

"我得先跟你说一声,我跟父母一起住。"她补充道。

"噢。"这大出意外的信息,让他一下泄了劲。他满腹狐疑地问她父母是否介意他前去,又说也许他们该改在餐厅见面。

"咦?他们干吗要在乎?"她一笑之下,他便隐隐觉得自己有点傻呵呵的了。

他从办公室出发,坐出租车来到她家附近,在一家酒铺门口下来,进去买了瓶红葡萄酒。这是九月间一个清冷的傍晚,雨不停地下着,夏日繁茂的树叶还留下不少。他转上了第九大道和第十大道之间一个僻静的街区。好久没有约会了,与露丝分手以后,他就没有和谁认真地谈过,除了在哥伦比亚的几次不痛不痒的恋爱游戏。他不知道从麦可欣的一整套安排中能期望点什么,然而她的邀请说得似乎很不寻常,自己如何能拒绝得了。他对她颇为好奇,为她所吸引,为她大胆的追逐而沾沾自喜了。

来到栅栏门口,那座希腊复兴风格的房子让他整个呆住了,他像个旅游者似的满怀惊讶与赞叹,足足过了好几分钟才想起开门。他凝神观看三角饰窗楣,多立克壁柱,托撑的檐部,黑色十字形嵌板的大门。他走上了围有铸铁围栏而不是很高的门廊。门铃下边写着拉特利夫。他按了门铃,好几分钟都没有动静,他忍不住掏出衣袋里的纸片,再核对了一下地址,这时,麦可欣出来了。她倾身过来,吻了他的脸颊,踮着一只脚,而另一只脚微微向后伸展着。她光着脚,穿着宽松的黑色羊毛裤和薄薄的奶黄色对襟绒衫。他看得出来,对襟衫里面,除了乳罩,她什么也没穿。她的头发还是那样漫不经意地扎着。她帮他把雨衣挂在衣架上,他把折叠伞也扔到伞架里去了。他对着门厅的镜子快快地瞥了一眼自己,捋了捋头发和领带。

她带着他下了一段楼梯,来到厨房。厨房看来占据了整整一层,一端有张很大的台桌,绕过桌子是几扇法式玻璃门,通向花园。墙上装饰了火鸡与草木的油画,还挂着一套铜质平底锅。敞开的架子上摆放着大大小小的瓷盘,还有仿佛成百上千的菜谱、食品百科全书和一册册关于饮食的散文。一个女人站在用具旁的案桌前,手拿剪刀在剪一堆豌豆荚的蒂头。

"这是我妈妈莉迪亚。"麦可欣说。"这个呢,是赛拉斯。"她又指着桌子底下打瞌睡的长耳可卡犬,告诉他说。

跟女儿一样,莉迪亚也是身材高挑,深灰色的头发剪成年轻人式样,衬得脸很有活力。她的穿着很见心思,耳朵和脖子上戴着金饰,腰间围着藏青色围裙,黑色皮鞋洁净光亮。虽然她脸上皱纹已现,皮肤也略有斑点了,却比麦可欣还要漂亮呢:她的五官更为端正,颊骨更为突出,眼睛的轮廓更为清晰。

"真高兴见到你,尼基尔。"她带着明媚的笑容说。她虽然很有兴趣地望着他,却没有停下手头的活儿,也没有伸手和他握握。

麦可欣倒给他一杯葡萄酒,也不问他是否更喜欢别的什么。"来吧,"她说,"我带你看看房子。"她带着他走了五段未铺地毯的楼梯,他们每一经过,楼梯便吱吱嘎嘎地响得欢。房子的平面设计很简单,每一层只有两个大房间。他十分肯定,每个房间都比他自己的公寓大。他礼貌地赞叹那些凹圆的石膏线角装饰、天顶团花、大理石壁炉台,这些东西他知道如何说到点子上,说到何种深度。墙壁漆成十分艳丽的颜色,有木槿红,有丁香紫,有开心果仁的黄绿,上面挂满了成堆成簇的油画、素描和摄影。在一个房间里,他看到一幅油画,一个小女孩——他想该是麦可欣吧——穿着黄色无袖的衣衫,坐在青春年少而美丽绝伦的莉迪亚的腿上。每一层楼的廊道都排着齐顶的书架,塞满了一生应该一读的全部小说,还有传记、每个艺术家的大部头专题研究、所有果戈理渴望得到的建筑学书籍。除了这些杂乱,引起他注意的却是这里的赤裸裸:地板光秃秃的,所有木雕饰都被除去了,很多窗户已没有了标志它们巨大尺寸的窗帘。

顶层是麦可欣的。桃色的卧房最深处有一张雪橇床,长形的浴室装修成了黑红两色。洗手池上头的架子上,满是各色各样的香膏,有脖颈用的、喉部用的、眼睛用的、双足用的,有日间用的、夜间用的,还有太阳下用的、不晒太阳用的,不一而足。穿过卧室是一间灰色的客厅,作了她的储物间,鞋、手提包和衣服散得满屋都是,睡椅上堆了一大堆,而不少椅子的背靠上还搭了一些。不过,凌乱归凌乱,关系倒不大——房子实在太特出了,你简直不可能分神他顾,不怕你视而不见,也不怕杂乱无章。

"瞧,多可爱的檐饰带小窗啊!"他朝天花板张望着,感叹道。

她转头过来,一脸疑惑:"什么?"

"喏,那排小窗就叫这个,"他指点着,解释道,"那个时期的房子,这种小窗是相当普遍的。"

她朝上看看,又望着她,颇有点佩服的样子:"我可从没听说过。"

他和麦可欣并坐在睡椅上,一本大众轻松画册一边一半放在两人的腿上,他们随意翻看着。这本关于十八世纪法国壁纸的画册,还是她协助编辑的。她告诉他说,她就是在这幢房子里长大的,还随意提到曾在波士顿与一个男人住一起,因为合不来,六个月前便搬了回来。他问她是否打算自己找个地方住,她说从来没想过。"城里找房子真烦,"她说,"再说,我也喜欢这房子。实在没有比这儿更好的地方啦。"就她那点涉世能力,他觉得她经过一场失败的恋爱,然后搬回来和父母一起住,真是一种可爱的旧式结局。他倒无法想象,自己到了眼下这个年龄,还能够这样做。

晚饭的时候,见到了她的父亲,一位高高的漂亮男人,他满头白发,有着麦可欣的浅灰绿色眼睛,小小的四方边眼镜垂在鼻子中央的部位。"你好啊。我叫杰拉尔德。"说着,他点点头,和果戈理握手。杰拉尔德给了他一束刀叉和一些布餐巾,让他铺设餐桌。果戈理照办,心里忽然一动,意识到自己是在触摸他几乎完全陌生的一家人日常所用的器具。"尼基尔,你坐这儿。"杰拉尔德说,手指着一张原先放银器的椅子。果戈理坐了下来,正对着麦可欣。杰拉尔德和莉迪亚则坐了上首下首。果戈理中午没有吃饭,好早点离开办公室赴麦可欣的约,而刚才饮下的酒比他平时喝的烈且更醇,已经有点上头了。他觉得太阳穴有一丝舒服的痛感,于是忽然对这一天,为这一天引领他来的地方心生感激。麦可欣点了一双蜡烛。杰拉尔德把杯中的酒一饮而尽。莉迪亚端上了大白盘盛装的主菜:一片卷成卷用绳扎上的薄牛排,放在黑色酱汁的中央,周围的青豌豆煮得不失脆意。一碗小而圆的烤红土豆传了一圈,随后又传色拉。他们吃得津津有味,时不时评论几句肉有多嫩,豆子有多新鲜。他想,自己的母亲决不会给客人只上这么几盘菜,她会一直盯着麦可欣的盘子,坚持要她吃第二盘、第三盘。桌上定会排着一溜饭钵,任客人自取自用。然而莉迪亚完全没有留意果戈理的碟子。她并没有对大家宣布吃完了还有。他们吃饭的时候,赛拉斯趴在莉迪亚脚边,于是莉迪亚从盘子里切下很大一片肉,托在掌上喂它吃。

四个人很快喝掉了两瓶酒,于是又开了第三瓶。拉特利夫夫妇在餐桌上很是多言,对果戈理父母并不关心的许多事情都要发表意见,比如电影、博物馆展览、好餐馆、日常用品的设计,等等。他们聊起纽约,聊起他们看不上眼或者极喜爱的商店、片区以及建筑,娓娓道来,如数家珍,令果戈理觉得这座城市自己差不多什么也不知道。他们谈到这幢房子,杰拉尔德和莉迪亚说是七十年代买下来的,当时谁也不愿意住这个区。又聊到这片社区的历史,聊到克莱门特·克拉克·摩尔,杰拉尔德说他是街对过的神学院里教希腊罗马古典文学的教授。"本地住宅分区制就是他搞起来的,"杰拉尔德说,"当然,他还写了《圣诞夜静悄悄》①这首诗。"果戈理还不习惯餐桌上的这类闲谈,这类使一餐久而不散的恣意沉迷的仪式,以及桌上凌乱的空瓶、空杯和散落的碎屑,那令人心满意足的狼藉。他隐隐感到今天这

---

① Clement Clarke Moore, *'Twas the Night Before Christmas.*

一切并不是为了他来,拉特利夫一家原本每天晚上都是这么吃饭的。杰拉尔德是律师。莉迪亚是大都会博物馆丝织品的讲解员。他们马上就对果戈理的背景、他在耶鲁大学和哥伦比亚大学的学历、他的建筑师的人生道路、他的地中海式的外貌又满意又充满好奇。"你长得真像意大利人。"饭间,莉迪亚望着烛光下的他,一度这样说道。

杰拉尔德想起回家的路上买了一块法国巧克力,于是打开封纸,掰成小块,让大家传传。终于,他们聊到了印度。杰拉尔德问起了最近印度教原教旨主义运动兴起的事,对此果戈理茫然不知。莉迪亚聊了好一阵印度的地毯和袖珍画像,麦可欣则讲起她在大学修过的一门关于佛塔的课程。他们认识的人都没去过加尔各答。杰拉尔德有一位印度同事,刚去印度度蜜月回来。他带回很特别的照片,是一座建在湖面上的宫殿。那里是加尔各答吗?

"那是在乌代普尔,"果戈理对他们说,"我从没去过那里。加尔各答在东头,靠近泰国。"

莉迪亚瞅了瞅色拉钵,翻出一片遗下的莴苣,用手指撵着吃。她显得轻松适意多了,脸颊因酒而红润,时时露出笑意。"加尔各答是什么样的?是不是很美?"

这个问题倒让他怔住了。他已习惯了人们问起那里的贫穷、乞丐和酷热。"它有些地方是很美,"他告诉她,"英国人留下了很多漂亮的维多利亚式建筑。可是城市大部分却很破败。"

"听起来像威尼斯,"杰拉尔德插话道,"有运河吗?"

"只有等雨季才有。就是街上涨水的时候。我想那个时候,它最像威尼斯吧。"

"我要去加尔各答。"麦可欣说,口气仿佛那是她被剥夺了一生的事情。她起身,走到炉边:"我想喝茶。谁还要?"

然而今晚,杰拉尔德和莉迪亚都不打算要茶了;睡觉前还有一部电影录像《我,克劳丢斯》①等着看呢。他们站起身来,也不收拾盘子,杰拉尔德拿起他俩的杯子和剩下的酒。"晚安,宝贝。"莉迪亚说着,轻轻吻了吻果戈理的脸。然后他们上了楼梯,一路踩出吱吱嘎嘎的响声。

"你以前约会,怕是从来没有过第一次就见到对方父母的吧?"就剩他俩的时候,麦可欣说道。她端着厚重的白色大杯,啜饮着加牛奶的正山小种红茶。

"我很高兴见到他们。他们很有魅力。"

"你要这么说也行。"

他们在桌边小坐了一会,闲聊着,屋后四合的院子里传来夜雨寂静的回响。烛火摇摇,渐渐烧残,烛油点点滴到桌上。赛拉斯本来是在房里来来回回悄然游荡着的,这会儿也依到果戈理的腿上,仰望着他,摇着尾巴。果戈理弯下腰,略带迟疑地拍了拍它。

"你没养过狗,是不是?"麦可欣一旁看着,说道。

"没养过。"

"你没想过弄一只来养养?"

---

① 根据英国作家罗伯特·格雷夫斯所著同名小说改编的电影。

"小时候想过。不过我父母嫌太劳神。何况我们每隔一两年就得回趟印度。"

他意识到,这是他第一次向她提到自己的父母、自己的过去。他暗想,或许她会要求他多讲一点吧。然而她却说:"赛拉斯很喜欢你。它可是很挑剔的哟!"

他看着她,看着她解开头发,任其松松地垂肩而下,然后随意地绕在手上。她回望他一眼,笑了。他又一次想到了她的对襟衫下面,什么衣裳也没穿。

"我得走了。"他说。不过在离开之前,他提出帮忙收拾一下,而她接受了,这使他很高兴。他们悠悠然做事,把盘子放进洗碗机,清理好餐桌和厨房中的案桌,洗净吹干锅碗瓢盆。他们商定星期天下午一起去"电影论坛"影院,去看电影大师安东尼奥尼作品的双片连映。莉迪亚和杰拉尔德不久前去看了,刚才在饭桌上还向他们推荐呢。

"我送你去地铁站,"他们拾掇完了,麦可欣说,一面给赛拉斯套上皮拴带,"它需要出去走走。"他们上到客厅一层,把大衣穿上。隔着天花板,他隐隐听到电视的声音。在楼梯脚,他停了一下。"我忘了谢谢你父母了。"他说。

"谢什么?"

"谢谢邀请我来,还有晚餐。"

她挽着他的胳膊:"下次再谢吧。"

从一开始,他就觉得已经毫不费力地融入了他们的生活。这是另一种待客之道,与他所熟习的迥然不同。虽说拉特利夫夫妇慷慨热情,他们待客却并不刻意费心劳神,他们十分自信——对果戈理而言也恰是如此——他们的生活必定会吸引他的。莉迪亚和杰拉尔德忙着他们自己的事,从不碍着果戈理和麦可欣。果戈理和麦可欣想来就来,想走就走,看电影、出去吃饭尽皆随意。他跟着她,去逛麦迪逊大道那些须按铃才能进去的商店,买羊绒开襟衫和价格奇贵的英国科隆香水,麦可欣花起钱来眼睛都不眨一下。他们到下城一些暗黑不起眼的餐馆用餐,里面桌子都很小,而账单却吓死人。回到她父母那里,他们便编上一通瞎话,却几乎从没露过馅。家里总有一些美味的奶酪和法国馅饼可以吃着玩,总有一点好酒等他们喝。就在她的爪脚浴缸里,他们一同泡澡,地板上伺候着几杯红酒或单一麦芽苏格兰威士忌。晚上,他和她一起睡在了她从小长大的房间里。一张柔软而不胜二人体重的床上,他通夜搂抱着她温热的身体,在这个杰拉尔德和莉迪亚头顶上的房间里,他们做爱。需要加班的晚上,他便直接过来,而麦可欣会留着晚餐等他,饭后他们一起上楼睡觉去。早晨,他和麦可欣下楼来到厨房,早在那儿的杰拉尔德和莉迪亚,看见他们头发蓬乱,急急找寻咖啡欧蕾①、法国烤面包片和果酱的样子,倒全然不以为意。第一个在这儿过夜的早上,他先冲了个澡,穿上头天起皱的衬衫和长裤,窘迫得不敢面对他们,可是还穿着浴袍的他们只是对他笑笑,递过来从邻里最喜欢的面包房买的温热的糖汁面卷,还有报纸的好几版。

---

① Cafe au lait,由等量的咖啡和热牛奶冲成。

很快,他同时爱上了麦可欣,爱上了那幢房子,爱上了杰拉尔德和莉迪亚的生活态度,因为了解她、爱上她就是了解、爱上所有这一切。他爱麦可欣周围的杂乱,地板上、床头桌上永远散布着她成百上千的东西;他爱她的习惯,当他们单独待在五楼时,她进浴室是不关门的。她的不修边幅的作风,挑战了他渐滋渐长的简约主义趣味,让他迷恋不已。他渐渐喜爱上了她和她父母吃的食物,比如意大利玉米糊和煨饭,法国炖鱼和烧小牛腿肉——肉还是包在羊皮纸里煨烤过的。他渐渐知悉传到手里的餐盘的分量,开始把餐巾——尽管仍是半折着的——一直铺在腿上了。他知道了帕马森硬奶酪不能磨撒到带海鲜的意大利粉上去。他记住了不可把木勺放进洗碗机里,因为有天晚上他帮忙收拾的时候,就犯了错。在那里过夜,他学会了比平时早起,楼底下赛拉斯一早就汪汪叫,要出去遛呢。每天晚上,他习惯了期待一瓶新葡萄酒的瓶塞拔出时"波"的那一声响。

麦可欣并不讳言她的过去。她打开大理石纹纸的相册,给他看以前男友们的照片,毫不难为情或遗憾地讲述那一桩桩情爱旧事。她有一种安命随遇的天分;他越了解她,便越清楚,她从未幻想过自己是别的什么人,在别的任何地方、以别的任何方式长大。这,在他看来,是他们之间最大的不同,远比她在此长大的漂亮房子、在私立学校接受的教育更令他感到陌生。更有一桩,他总是惊讶于麦可欣对父母如此痴迷的效仿,对他们的品味和生活方式如此由衷的看重。在餐桌上,她与父母争论书籍、绘画和他们都知道的人们,就像朋友间的争辩一样。他与自己父母之间的嗔恼,这儿一丝也没有。那种义务感,也完全不见。不像他的父母,他们并不逼迫她做任何事情,而她则信赖地、快乐地生活在他们身边。

他讲起他的生活,好些事情着实令她惊异:他父母所有的朋友都是孟加拉人,他们的婚姻是包办的,他母亲每天都做印度饭,她身穿莎丽、眉间点着吉祥痣。"真的吗?"她问道,半信半疑的样子,"可你是那么不同。这些我可绝对想不到。"他倒没觉得冒犯,可是他清楚,即使她不说,自己也决不会像父母那样过日子的。说起父母的婚姻,他马上就感到不可思议,可是那又是平常无奇的,几乎所有的亲戚朋友都是这样结婚的。然而他们的生活却与杰拉尔德和莉迪亚的毫无相似之处:莉迪亚过生日会收到贵重珠宝作生日礼物;无须理由也买花回家;两人公开亲吻;一起去逛大街,上餐馆,就像果戈理和麦可欣那样。晚上看见他们蜷缩在沙发上,看见杰拉尔德头靠在莉迪亚肩上,果戈理便想到一生从未见过父母身体上的亲昵举动,一次也没有。不管他们之间有什么样的爱情,那都是非常隐秘的事,决不肯示人的。"那太压抑了。"他向麦可欣坦言时,她说。听到她的反应,他固然心情烦乱,却也无法可想,只得同意。一天麦可欣问他,他父母是不是希望他娶个印度女孩。她提出来只是好奇心使然,并未期望一个明确的回答。而他心底里深知答案为何,于是生起父母的气来,唯愿他们不要这样。"我说不好,"他告诉她,"大概是吧。他们怎么想有什么关系。"

她很少去他那儿。她和果戈理从没觉得那一带有多亲近,即使那里绝对无人打扰的私密性也没多少吸引力。不过,有些晚上她父母开晚餐聚会,而她又没兴趣,或者仅仅是出于礼尚往来,她出现了,很快那窄小的空间便弥漫了栀子香水的味道。她的大衣,她的棕色大皮包,她脱下的衣服扔了一地。在他的沙发床上,在楼底下隆隆的车流声中,他们欢好。她来这儿,他很是紧张,且不说墙上光秃秃的,就是天顶的灯也发着昏暗无生气的光,他本该另外买上几盏灯来,不开那灯的。"哎哟,尼基尔,这儿太糟糕啦!我不许你住这样的地方!"一次相会,她终于憋不住说道,其时他们认识才不过三个月。他父母第一次来看他的时候,母亲也差不多这样说过,他就和她争辩起来,青筋暴跳地辩解自己在这里生活简朴、远离尘嚣有多好。可是当麦可欣这么说,又道"你就该跟我在一起"的时候,他就不声不响,心里像有蜜汁在流。到那时,他已经足够了解她了,知道她若没有诚心,是定不会说出来的。不过他没有答应;她父母会怎么想?她耸耸肩。"我父母可是喜欢你的。"她不以为然地说,口气不容置辩,一如她说别的任何事情那样。于是他便随她搬过去了,只带了几包衣服,别的什么也没拿。他的沙发床和桌子,他的水壶、面包烤炉、电视和此外所有的东西,都留在了阿姆斯特丹大道的公寓里。他的留言机继续记录来电。他也继续在那儿从一只没标姓名的铁盒里收取邮件。

此后六个月,他有了拉特利夫家所有的钥匙,那些钥匙,是麦可欣用一条蒂凡尼银项链串起来,当礼物送给他的。像她父母那样,他也开始叫她麦可丝。他在她家边上转角处的干洗店洗衬衫了。她的杂乱的洗脸台上有了他的牙刷和刮胡刀。他一周早起几次,和杰拉尔德一道,沿着哈得逊河一直往南跑到巴特利公园居住区折反,然后再去上班。他主动带赛拉斯出去溜达。狗对着树又嗅又顶的时候,他拽着拴带;狗拉屎了,他便用塑料袋拾起那热烘烘的一坨。他整周末整周末地蛰伏在房子里,从杰拉尔德和莉迪亚的书架上找书来读,欣赏日间的阳光从未装饰的大窗户里穿透进来。他开始偏好某些沙发和椅子了;不在那里的时候,他也能想象油画和摄影作品是如何排列在墙上的。如今,回他的单房公寓整理电话留言、付房租和账单,他竟需特意用心了。

周末,他常常帮忙买东西,为杰拉尔德和莉迪亚的晚餐聚会备办食物,他和莉迪亚一道,削苹果、剔虾线、撬牡蛎,又帮着杰拉尔德下到地窖,把平素不用的椅子和酒搬上来。他已经有一点点喜欢莉迪亚和她那藏而不露、中正平和的请客之道了。这样的晚餐总是使他感触良多:餐桌上点着蜡烛,围坐着仅仅十来位客人,都是用心选择邀请的画家、编辑、学者和画廊主,菜肴一道道地上来,他们深有智见地谈论着,直到夜阑。自己父母的聚会则是何等的不同!在那些欢乐热闹、无拘无束的夜晚,客人从来就没少于三十个,还跟着一窝小孩子。鱼和肉都不用盛出,连锅端将上来,密密实实挤满了餐桌,道数多得大家须要轮番吃。他们随处坐下,不拘哪个房间,一半的人都吃完了,而另一半却还没有开张。不像杰拉尔德和莉迪亚,总是居于中心主持他们的晚宴,他的父母,在自己的家里,倒弄得活像办伙食的人,一旁细心伺候着,随时为客人跑腿服务,一直等到多数客人都吃完了,碟子累累然码在洗碗池旁边,他们才总算可以自己吃了。有时候,杰拉尔德和莉迪亚的餐桌上笑声盈耳,当又一瓶葡萄酒打开,当果戈理举起杯子要求再来一杯之时,果戈理心里清楚,投身到麦可欣的家庭里,即是背叛自己的家庭。这并非仅仅因为他的父母不认识麦可欣,也不是因为他们不知道他与她、与杰拉尔德和莉迪亚在一起花了多少时间,而是由于他知道,杰拉尔德和莉迪亚除了富裕多金,更是自信优越的,他的父母永远做不到这样。他无法想象他的父母坐在莉迪亚和杰拉尔德的餐桌边,享受莉迪亚的厨艺,赞赏杰拉尔德挑选的好酒。他无法想象他的父母能够为他们的晚宴话题贡献谈资。然而自己就在这里,夜复一夜,成为拉特利夫家的世界受欢迎的附加之人,所做的正是这些。

六月间,杰拉尔德和莉迪亚离开纽约,前去新罕布什尔州他们的湖滨别墅消夏度假去了。这一年一度往杰拉尔德父母常年居住的小镇的候迁,是一种理所当然的仪式。一连几天,楼道里帆布包越积越多,纸箱子里装满了烈酒,购物袋里满是食物,箱子里好多葡萄酒。他们的出行,令果戈理想起他家几年一次准备加尔各答之行的情景,那时客厅里挤满了衣箱,他的父母装了又腾、腾了又装,给亲戚们尽可能多地塞进礼物。父母尽管兴奋,却总有沉穆的气氛伴随着他们置办行箧,阿西玛和艾修克会突然变得焦虑和急切,强迫自己做好准备在加尔各答机场见到更少的面孔,面对上次省亲以来又有几位亲人故去。无论他们回了加尔各答多少次,他父亲总是急急切切地要率全家四口飞越那么远的距离。果戈理知道,那是一种义务的履行,促使他的父母回去的首先是一种责任感。然而,召唤杰拉尔德和莉迪亚去新罕布什尔的,却是快乐的呼唤。日间,他们不事张扬地上路了,那时果戈理和麦可欣还都在上班。杰拉尔德和莉迪亚走后,几样东西没有了:赛拉斯、几本菜谱、食物搅切机、一些小说和CD,还有杰拉尔德与客户联系所用的传真机、一直停在街边的沃尔沃旅行车。厨房里的岛式橱台上,一张字条上写着:"我们走了!"字条是莉迪亚写的,后面跟着好些X和O①。

突然间,切尔西的这幢房子整个都归了果戈理和麦可欣。他们游逛到下面几层来,在无数的家具上做爱,地板上,岛式橱台上,甚至有一次还爬上了杰拉尔德和莉迪亚的床,在他们珍珠白的床单上兴云作雨。到了周末,他们精赤着身子一间屋一间屋地晃荡,顺着那五截楼梯,上上下下乐而不疲。他们在不同的地方吃饭,全视心情而定,在地板上铺上一床老棉被,时不时取出杰拉尔德和莉迪亚最好的瓷餐具来吃便当,然后在不该睡觉的时候昏昏入梦,一任永日的夏阳泼进巨大的窗户,笼罩着他们的身躯。天气越来越热,他们便不再大事烹煮。他们吃寿司、色拉和冷的水煮三文鱼过活。他们不喝红酒了,转喝白葡萄酒。如今只剩他们两人,他似乎比任何时候都显明地觉得,他们是在一起生活。然而不知为什么,他所感觉到的只是相互的依赖,而不是成年人成熟的关系。他没有什么可期待的,也不用负担什么责任,心甘情愿地从原来的生活里放逐出去。在这幢房

---

① X's and O's,表示 hugs and kisses(拥抱和亲吻)。

子里,他万事不操心。杰拉尔德和莉迪亚尽管不在家,鞭长不及,但还是继续询问两人在家里的日常起居。都是他们的书果戈理在读,他们的音乐他在听。是他们的大门,他下班回来打开。是他们的电话留言,他记下来。

他发现这幢房子,美则美矣,在夏天却不无缺陷,难怪每一年杰拉尔德和莉迪亚都要躲得远远的。房子没有空调,可杰拉尔德和莉迪亚却从没想过要装,因为天一热,他们便溜了。再者,那些巨大的窗户也没有屏蔽。结果,白天屋里热得像蒸笼似的,而到了晚上,窗户又须大大打开,嗡嗡不绝于耳的蚊虫疯狂地袭击他,于是他的趾间、手臂和大腿上便留下一道道恼火而愤怒的抓痕,凸出皮肤之上。他渴望着一顶蚊帐垂罩在麦可欣的床上,又想起他们回加尔各答时,他和索妮娅睡在里面的那床薄纱似的蓝色尼龙蚊帐,四角钩在床柱之上,下摆紧紧掖在床垫下面,造就了一方方小小的、暂时的、防守严实的空间,让他俩安稳睡去。有时候他实在忍受不了了,便打开灯,站在床上到处找蚊子,手里拽着一卷杂志或一只拖鞋,而麦可欣倒既没遭咬也不发急,恳求他回来睡觉。他不时看见它们钉在桃色的墙上,一点微红,饱胀着他身上的血,却就在天顶下面一点点的地方,总也够不着,无法拍死泄恨。

他借口工作忙,整个夏天都没有回马萨诸塞父母家。迈阿密要修建一座新的五星级酒店,公司正在为此竞标,需要尽快提出几个设计方案。晚上十一点,他还在那儿,和组里大多数设计人员一道,拼命赶图纸和模型,要在月底交活。电话铃响了,他希望是麦可欣,来缠磨他,不离开办公室便不答应的。不料却是母亲。

"怎么这么晚还打电话?"他心不在焉地问道,眼睛仍然盯着电脑荧光屏。

"因为你不在公寓里!"母亲说,"你从来都不在家,果戈理。我半夜给你打电话你都不在。"

"我都在的,妈,"他撒谎道,"我需要睡眠,所以拔掉了电话线。"

"我不懂,你装电话,难道就是为了拔掉它?"母亲说。

"好了,你找我一定有事吧?"

她要他周末回趟家,那是他生日之前的最后一个周六。

"我回不去呀。"他说。他告诉她手头的工作是有截止期的,然而那是假话,其实那天他要和麦可欣一起去新罕布什尔,玩两个星期。可他母亲坚持要他回来。他父亲第二天就要前去俄亥俄了,难道果戈理不想一道去机场,送送父亲?

他只是隐约知道,父亲正在筹划去克利夫兰郊外某地一所很小的大学任职九个月。好像他与一位同行获得了一笔同行所在大学颁发的研究经费,用于指导当地一家公司的研究工作。父亲曾给他寄过一份剪报,是刊登在校报上的关于这笔经费的报道,附有父亲站在工程系大楼前的一张照片,照片下面的说明写道:"甘古利教授获得声望卓著的研究资助。"开始大家都以为他父母会把房子锁起来,或者租给学生,他母亲也一道跟去的,可是她的决定倒是大大出人意外。她说父亲反正会成天在实验室里忙,自己去俄亥俄待九个月也没啥可做的,倒不如就留在马萨诸塞,一个人住就一个人住吧!

"为什么我得去送他?"这当儿,果戈理问母亲道。他其实知道,对父母而言,出门旅行从来不是件随便无谓的事,最起码也得送行、迎接。然而他还不住嘴:"爸爸和我已经住在两个州了。我这儿离俄亥俄其实就跟离波士顿一样远。"

"你怎么能那么想?"母亲说,"果戈理,回来看看吧。从五月份你就没回过家。"

"妈,我有工作嘛。忙得很。再说,索妮娅也不回去呀!"

"索妮娅不是在加州吗? 你那么近……"

"听我说,这个周末我绝对回不了家,"他说,他一点一点地慢慢透露真相,他知道这是此刻他唯一的逃遁之法了,"我要去度假,已经安排好了。"

"你干吗要等到最后一分钟才告诉我们?"母亲问道,"你要度什么假? 安排好了什么?"

"我要去新罕布什尔州玩几个星期。"

"哦。"母亲说。听她的口气,似乎觉得并不怎么样,也就放心了。"那么多地方可去,干吗去那儿? 新罕布什尔跟这里有什么不同?"

"我要陪一个女孩一起去,"他告诉母亲,"她父母在那儿有地方。"

她沉默了一会儿,但他知道母亲在想什么。他愿意跟别人的父母一起度假,却不肯回来看看自己的。

"那地方到底在哪里?"

"我也不知道。在山区什么地方吧。"

"她叫什么?"

"麦可丝。"

"马克斯?那是男孩的名字。"

他摇摇头:"不是,妈。是叫麦可欣。"

于是,去新罕布什尔的路上,他们专程拐到彭伯顿路过一下,吃顿午饭。这是他到最后才答应的。麦可欣倒不在乎,反正顺路,何况到如今她还真想见见他父母呢。他们租了辆车,从纽约北上,后箱里装满了储备物资。那些都是杰拉尔德和莉迪亚写在一张明信片背后问他们要的:葡萄酒、几袋特别的进口意大利粉、一大听橄榄油、大瓣的帕马森和阿齐亚戈奶酪。他问麦可欣为何要置办这些东西,她解释说他们快弹尽粮绝了,要是落到靠杂货店过日子的地步,就只能吃点土豆片和奇迹牌面包、喝百事可乐吊命了。在往马萨诸塞的路上,他想到一些事情,觉得她应该预先知晓:他们不能当着父母的面挨挨擦擦,更不能接吻;中午吃饭也没有葡萄酒喝了。

"后箱里有的是酒啊。"麦可欣提醒道。

"那没用,"他告诉她,"我父母这儿可没有拔塞钻。"

这约法三章让她忍俊不禁。她把见他们看成是整个下午的挑战,是一件永不再重复的非常之事。她虽是区别对待他和他父母的习惯的,但还是难以相信自己将是他第一个带回家的女朋友。而对回家这事,他一丝的兴奋也没有,一心只盼早早完事。汽车才从去父母家的出口下来,他便感觉到了这里的景象对她很是陌生:几处小购物区散布其间;他和索妮娅都从那里毕业的公立高中，砖面墙的校舍没有规划地错杂；贴木瓦的住房，立在四分之一英亩的草地上，很不舒服地挤在一起。又有标志写着"孩子在玩耍"。他知道这样的生活，曾是他自己父母引以为傲的成就，却与她毫不相关，她也没有丝毫兴趣；他也知道，即便如此，她还是爱着他。

一辆警报系统安装公司的面包车堵住了父母家的车道，他只得把车停在路上，草坪旁边挨邮箱的地方。他在前面引路，与麦可欣一道沿着青石板小路来到门前。他父母总是把前门锁起来，于是他按了门铃。开门的是他母亲。他看得出来，母亲挺紧张的，她穿了一件最好的莎丽，抹了口红，撒了香水，与身着短袖衫、卡其裤、软皮鞋的果戈理和麦可欣恰成鲜明对照。

"你好，妈，"他倾身过去，轻快地吻了他母亲一下，"这是麦可欣。麦可丝，这是我妈妈，阿西玛。"

"终于见到你了，太好了，阿西玛。"麦可欣说着，也倾过身去，吻了他母亲一下。"这是给你的。"她说着，递给阿西玛一只玻璃纸包起来的篮子，里面满满地装着一听听的法式馅饼、一罐罐的醋渍小黄瓜和果菜调味酱，种种果戈理知道父母决不会打开、不会喜欢的东西。可是在迪安与德路卡精品食品店，麦可欣把这些东西往篮子里装的时候，他却什么也没说，一点也没阻止她。他径直走了进去，没有换上父母备放在门厅壁柜里的人字拖鞋。他们跟着他母亲，穿过客厅，拐了一个角来到了厨房。母亲回到灶台边，她正炸着一盘咖喱角呢。空气里飘着一股薄薄的烟雾。

"尼基尔的爸爸就在楼上。"他母亲对麦可欣说着，手里的漏铲舀出一只咖喱角，放在了垫纸巾的碟子里。"跟警报公司的人在一起。对不起，午饭马上就好，"她加了一句，"我还以为你们还要半个小时才来呢。"

"我们到底为什么装警报系统？"果戈理追问道。

"我既然不去了，你爸爸说那就装吧。"母亲道。她说近来这附近接连发生了两起偷盗事件，都是在半下午干的。"就是这么好的社区，这年头都还是有犯罪。"她对麦可欣说着，直摇头。

母亲给了他们两杯浮着泡沫的粉红色印度酸奶，都加了玫瑰水增添风味，喝起来稠而甜。他们来到正客厅里坐下，通常他们是从不去那里坐的。麦可欣走到砖砌壁炉的台架前，细细观看摆放在上面的照片，有果戈理和索妮娅蓝灰背景的学生照，有在奥兰·米尔斯照相馆拍的全家福。麦可欣又和他妈妈一起看他小时候的相册。她啧啧称赞他母亲莎丽的面料，提到她妈妈在大都会做纺织品讲解员。

"大都会？"

"就是大都会艺术馆。"麦可欣解释道。

"你去过那儿的，妈，"果戈理说，"在第五大道，很大的博物馆。要上好多台阶呢。我带你去看过埃及神庙的，记起来了吗？"

"是啊，我记得。我父亲是艺术家。"她告诉麦可欣，指着墙上一幅他外祖父的水彩画。

他们听见楼梯上有脚步声下来，随后他父亲进了客厅，身边是一位穿制服的人，手里拿着夹纸书写板。跟他母亲不同，他父亲完全是一身便装。他穿着一条很薄的棕色棉布裤子,短袖衬衫微微有些皱,也没扎进裤腰,脚上趿着一双人字拖鞋。果戈理记得上次见到父亲,他灰白的头发似乎没有这么稀,大肚子也没有这么凸出。"这是收据。出现任何问题,就请拨打那个800号码。"穿制服的人说着,和果戈理的父亲握了握手。"过得开心!"临离开前,他大声说。

"你好,爸爸,"果戈理说,"我来介绍麦可欣。"

"你好啊。"父亲说,他举起一只手,像是要发誓似的。他没有跟他们一起坐下来,而是问麦可欣:"外面是你的车吗?"

"租的。"她回答道。

"最好是开到车道上来。"父亲告诉她。

"没关系,"果戈理说,"停那儿挺好。"

"小心总没错,"父亲坚持道,"附近的孩子,他们可是有些毛糙的。有一次我把车停在路边,结果一只棒球打穿了车窗。你愿意的话,我可以帮你停。"

"我来吧。"果戈理说道,站起身来,心里直恼火,父母怎么老是怕出事。他回到房里的时候,午饭已经摆出来了。在这样的热天,那是太丰盛了。除了咖喱角,还有面包屑炸鸡块、罗望子果酱鹰嘴豆、羊肉饭、用自家园子里产的番茄做的番茄酱。他知道,这顿饭要花去母亲一天多的时间来准备,而这般的劳神反倒让他觉得没面子。水杯都已斟满,碟、叉和纸巾都摆放在了只有特殊场合才能一用的餐桌上,周围是不舒服的高背靠椅,坐垫鼓鼓的,都包了金色丝绒。

"去吧,你们先吃起来。"母亲说。她仍在客厅和厨房之间忙碌着,要炸完最后几个咖喱角。

在麦可欣身旁,他的父母起初有些缺乏自信,与她保持着距离,不像跟他们的孟加拉朋友一起时那么兴高采烈的。他们问她上什么大学,她的父母是做什么的。然而麦可欣全然未受他们的怯缩的影响,她鼓励着他们,把全部注意力集中在他们身上。于是果戈理想起他们初次见面的时候,她就是这样诱拐掉他的。她问起了他父亲在克利夫兰的研究项目,又问起他母亲在本地图书馆才做了不久的半职工作。果戈理只是淡淡地留意他们的谈话。他太清楚了,他们并不习惯在餐桌上彼此交流,也不习惯咀嚼食物时把嘴闭严。麦可欣偶尔靠过来,要捋果戈理的头发时,他们便移开目光。令他欣慰的是,麦可欣吃得很带劲,不停地问他母亲这是怎么做的、那是怎么做的,还说这是她吃过的最好的印度餐。他母亲提议给他们带一些余下的炸鸡块和咖喱角在路上吃,她欣然接受了。

他母亲坦言,她很紧张一个人住在这幢房子里,这时麦可欣说,她也会如此的。她讲起有一次就她一个人待在父母家的时候,有人闯了进来。他们听说她跟父母一起住的时候,阿西玛说:"真的?我还以为美国谁也不跟父母一起住呢。"而听说她是在曼哈顿出生、长大的时候,他父亲摇起了头。"纽约实在太糟糕了,"他说,"太多汽车,太多高楼。"他讲起了那一次,他们开车去哥伦比亚参加果戈理的毕业典礼,才不到五分钟,汽车后箱就被人撬开了,衣箱丢了,弄得他们只好穿便装出席典礼。

一餐饭就要结束了,母亲说:"真可惜,你们不能留下来吃晚饭。"

不过父亲倒催他们快走。"最好别黑天开车。"他说。

饭后上茶,另有几碗特意为他生日做的孟加拉甜米糊。他得到一张父母都签了名的生日贺卡、一张一百美元的支票、一件从法尔灵百货大楼买来的海军蓝棉套衫。

"我们去那儿,这正好用得着,"麦可欣赞成地说,"晚上好冷的。"

在车道上,麦可欣主动与他们拥抱亲吻,以道再见,他的父母应承得有些笨拙。他母亲邀请麦可欣一定再来。他们给了他一张纸片,上面是他父亲在俄亥俄的新电话,以及电话接通的日子。

"去克利夫兰一路顺风,"他对父亲说,"项目做得顺利。"

"好,好。"父亲说。他拍拍果戈理的肩膀,"我会想你的。"然后用孟加拉语加了一句,"记得时常回来看看妈妈。"

"别担心,爸爸。感恩节见喽。"

"嗯,再见。"父亲说。稍停,又道:"果戈理,开车小心。"

开始,他还没意识到父亲说漏了嘴。可是他们一坐进车里,正在系安全带,麦可欣便问道:"你爸爸刚才叫你什么?"

他摇摇头。"没什么。我等一会儿给你解释。"他发动汽车,开始倒出车道,离开他的父母。他们站在那里,挥着手,直到最后一刻。"到了那儿就给我们打电话——"母亲用孟加拉语朝果戈理喊道。然而他装出不去听的样子,摇摇手,开走了。

又回到了她的世界,他感到一身轻爽。汽车朝北飞驰,越过了州界。好一阵子,外面的风景与麻州没有什么不同,一样辽远的苍穹,一样飘然如带的高速公路,路边一样的大型酒类商店和快餐连锁店。麦可欣认识路,所以他们不用看地图。他随家人来过一两次新罕布什尔,来看红叶。那时他们一整天地开车,见路边有观景的地方,便停下来照相、欣赏风景。可是他从来没有去过这么北的地方。他们经过许多农场,看见田野里有奶牛在吃草,看见红色的圆塔仓、白色的木教堂,看见锈铁皮顶的牲口棚和谷仓。星散的小小市镇,它们的名字引不起果戈理任何的想象。他们离开了高速公路,汽车在陡峭曲折的双车道盘山路上迤逦而行,蓝天的映衬下,群山蒙蒙,有如垂悬半天的巨大波涛。山巅之上隐隐一带微云,仿佛缕缕烟雾自树杪蒸蒸而出。白云在山谷间投下大片的阴影。路上车越来越少,终于只剩下不多的几辆。路边已看不到旅游设施和露营营地的标志,只有更多的农场和树林,而夹道尽是蓬蓬的蓝花、紫花。他们到底在哪里,走了多远,果戈理是早就迷糊了。于是麦可欣告诉他,他们离加拿大不远了,要是有劲头的话,还可以开到蒙特利尔玩一天呢。

他们转下一条长长的土路,路蜿蜒伸进铁杉和白桦的密林。他们转弯的地方,没有什么可做标识的,没有邮箱,没有路标。起初,一所房子也看不见,只见地上长满了暗绿色的大片蕨叶。轮胎下小石子噼噼啪啪乱蹦,丛生的树木在车盖上投下斑斑驳驳的影子。他们来到一片粗粗收拾出的空地,那儿有一座粗陋的山居,墙上贴着泛白的浅棕色木瓦,四周围着一圈石板砌成的矮墙。因为没有车道,杰拉尔德和莉迪亚的沃尔沃停在了草地上。果戈理和麦可欣下了车,在车上那么久,他的腿有些僵硬。她牵着他的手,来到房子背后。虽然太阳将要落山,暖意仍是洋洋在身,空气轻柔温煦,懒懒的不愿流动。他们一路往后面走,一大片的草地之外,后院一下子倾斜了下去,于是他看见了——湖。湖水之蓝,是天空一千倍的深邃,一万倍的澄澈;湖的四周,环绕着一带雪松。他们的身后,是高耸的群山。湖比他想象的大些,要游到对岸去,他是想也不敢想的。

"我们来了——"麦可欣呼喊道,双臂伸展成"V"字形,挥动着。他们朝她父母走过去。草地上,杰拉尔德和莉迪亚正坐在宽木躺椅里,光着腿,赤着脚,啜饮着鸡尾酒,观赏着眼前的风景。赛拉斯朝他们蹦跳着奔过来,草地上留下一路的欢叫声。杰拉尔德和莉迪亚黑了些,瘦了些。他们穿得颇有点少,莉迪亚是一件凉夏背心、一条牛仔布海滩裙,杰拉尔德是一条绉纱蓝短裤、一件日久褪色的绿马球衫。莉迪亚的手臂跟他也差不多一样黑了。杰拉尔德有些晒伤了。脚边是随手扔下的书,都扣在草地上。一只翠绿的蜻蜓悬在他们头上,而后拐了几拐,箭一般地飞走了。他们转过头来以示迎接,手搭凉篷,挡住太阳炫目的光亮。"欢迎来到乐园。"杰拉尔德说道。

这儿的生活与纽约迥然不同。房里很黑,有一点霉味,满是粗刀阔斧不成套的家具。浴室里管道暴露在外,门槛上钉着牵引进来的电线,更有铁钉穿透房梁。墙上挂着几组本地的蝴蝶标本,都固定在镜框里,还有一张印在细白纸上的地区地图,此外就是历年来全家在湖边留下的照片。细细的白色窗帘杆上，挂着格子花的棉窗帘。他和麦可欣没有跟杰拉尔德和莉迪亚待在一起，而是睡在大房子下去一段坡路的小木屋里，那儿没有安装暖气。在她还是小女孩的时候，木屋就建成了，原本是给她玩的，大小不过方丈。屋里有一只小衣橱，两张单人床之间是简陋的床头桌，上面放着盏台灯，罩着格子花纸灯罩；还有两只木柜，存放多余的被子。床上铺着可称老古董的电热毯。墙角有个装置，据说它的蜂鸣声可以驱赶蝙蝠。房顶架在砍削未净的原木垛上，地板和墙壁之间尚有缝隙，看得见细细一溜青草。拍扁在窗上和墙上的，永远漂浮在洗手池龙头后面的水凼里的，尽是累累虫尸。"有点像在野营，呵。"他们解包拿出东西时，麦可欣说道。可是果戈理从来没有野营过。虽然离开父母家只有三个小时车程，这已是一个未知的世界了，这样的假日他从来没有过过。

　　白日里，他与麦可欣一家坐在窄窄一带湖滩上，游目远望。碧蓝的湖面耀着金光，湖的四周还有几户人家，滩边倒扣着几条独木舟。长长的钓台伸进湖里，岸边浅水里有蝌蚪自得其乐。他学他们的样，也坐在一张折叠椅上，头上扣着棉布遮阳帽，手肘抹了防晒油膏，然后读书；不过才读了一页，就悠然睡过去了。肩膀太热时，他便涉足清浅，然后往钓台游过去。脚下的沙里没有粗石子和水草，只是一例的细滑柔软，踩上去仿佛没有着力之处。偶尔，麦可欣的祖父母，就住湖边隔几栋房子的汉克和伊迪丝，会过来加入他们。汉克是退休的古希腊考古学教授，他总是带着一小本希腊诗歌来读，长长的满是老人斑的手指弯过来扣住书页的顶端。有时候,他站起身来,费力地除去鞋和袜子,然后走到齐脚脖子深的水里,双手叉腰,凝望四周,下巴骄傲地挺向空中。伊迪丝瘦瘦小小的,就像个小姑娘,白头发剪到齐耳根长,脸上满是深深的皱纹。他们一起游历了好些地方,意大利、希腊、埃及、伊朗。"我们从没走到印度那么远的地方,"伊迪丝对果戈理说,"要是去过,一定会爱上那儿的。"

他和麦可欣成天光着脚,穿着泳装,在屋前屋后游逛。果戈理跟杰拉尔德一道环湖长跑,湖边尽是陡峭的山间土路,几圈下来十分累人。那路上极少车辆,他们便占据了路的中央。跑到一半的地方,是一处小小的私人坟地,葬着拉特利夫家族的成员。到这儿,果戈理跟杰拉尔德总要停下来歇口气。将来有一天,麦可欣也会埋这里的。杰拉尔德多数时间都在侍弄他的蔬菜园,他精心培植莴苣和药草,指甲因此永久地变黑了。一天,果戈理和麦可欣一起游到汉克和伊迪丝家,去吃午餐,去吃鸡蛋色拉三明治和罐装的番茄汤。有几夜,小木屋里太暖了,他和麦可欣便拿着手电,穿着睡衣走到湖边,要下水裸泳。月光下的湖水是暗的,他们朝下一个钓台游去,水草牵绊着他们的手脚。果戈理赤裸的身躯体验到一种不熟悉的水的感觉,于是他兴奋起来;等他们上了岸,两人便幕天席地,纵情欢爱,身上的水淌下来,沾湿了身下一片绿草。他仰望着她,仰望着她身后的天空;天空中他从未见过那么多的星星,密密匝匝,一片迷蒙的光尘中,仿佛有宝石在闪耀。

尽管实际上并没有什么特别的事情做,日子过得还是很有规律。这里的生活节制简朴,很多东西都没有,那是他们存心而为的。清晨,雀鸟啾啾正欢,他们便早早醒来,这时东方天际只有薄薄几缕红云。七点钟,他们坐在内封的游廊上吃早餐,有大厚片的面包,厚厚抹上了自家做的果酱。游廊俯瞰着湖面,他们每一餐饭都是在那里吃的。每天,杰拉尔德从杂货店带回一份薄薄的本地报纸,那是外面消息的全部来源。傍晚时分,他们把澡冲了,打扮齐整准备晚餐。他们带着饮料,在草地上坐下,一边吃着果戈理和麦可欣从纽约带来的奶酪片,一边观赏夕阳沉落西山,观赏蝙蝠在十层楼高的乔松之间冲折回旋,而所有的泳衣都挂在了细绳上等着晾干。晚餐都很简单:农场蔬果摊买来的玉米棒子加水清煮、凉拌鸡肉、意大利粉佐以松子青酱、园子里的西红柿切片盐拌。莉迪亚亲手摘了各式莓果,烤了水果夹心饼。偶尔,她一天不见人,原来是去周围的城镇淘古董了。晚上没有电视看,只有一台老旧的收录机,有时他们放放交响乐或爵士乐。第一个下雨天,杰拉尔德和莉迪亚教他玩 cribbage 纸牌游戏。他们常常九点就上床。电话装在大房子里,很少响起。

他渐渐开始欣赏起这完全与世隔绝的生活了;他日渐习惯周围的宁静,习惯太阳晒热的木头的香味。唯一能听到的,是偶尔有汽艇划过湖水的声响,是关闭滑动门的喀哒声。一天下午,他从下面湖滩上画了一幅大房子的速写,送给杰拉尔德和莉迪亚。这是好几年来,他第一次不是为了工作而作画。他们把画安放在已很拥挤的石砌壁炉架上,靠近成堆的书籍和照片,说还要给它安装镜框。这一家似乎拥有这方山水的每一寸每一分,不单是这幢房子,更是每一棵树、每一茎草。一切都是敞开的,不只是那所大房子,也不只是他和麦可欣睡的小木屋。任何人都可以走进来。他想起了已安装在父母房子上的警报系统,心里嘀咕他们何以不能也这样,对周围的环境少些警惕戒备呢。月亮在湖面浮荡,那是拉特利夫家的;他们还拥有太阳,拥有云彩。这里一直是他们眼中最好的地方,是他们的一部分,就像家庭中的一员似的。一年又一年地总是回归同一地方,这个念头令果戈理深深神往。然而他无法描摹出这样的景象:自己家也拥有这样一幢房子,下雨的午后大家一起玩棋牌游戏,夜里仰看流星,而所有的亲戚都文雅地聚在一小段沙滩上。这是一种冲动,一种他父母从未体验过的冲动,是远离尘嚣的内心需求。在这样的环境中,他们只会感到孤独,他们会叫嚷自己是唯一的印度人。他们不会想去徒步登山的,而他和麦可欣、杰拉尔德、莉迪亚却几乎天天都去,沿着乱石嶙峋的山道往上爬,去观赏山谷上的落日余晖。他们不会愿意把杰拉尔德园子里疯长的新鲜罗勒叶加到菜里去的,更不愿花上一整天的时间煮蓝莓做果酱。母亲是不会穿泳装的,也不会下水游泳。他一点也不怀念他和家人度过的那些假日,现在犹觉那根本就不曾是真正的休假。的确,不管是去加尔各答省亲,还是去他们并不属于那里,而且也不打算再去的地方观光,都是些令人焦心、令人晕头转向的远征。有几年夏天,他们还有过数次开车旅行,和一两家孟加拉人一道,驾着租来的面包车,前去多伦多、亚特兰大或芝加哥,一些还有孟加拉朋友的地方。各家的男人们在前座挤成一团,轮流开车,查看标着"AAA"字样的地图①。孩子们都坐后面,那里码着一些塑料饭盒,装着黏汁辣土豆,以及头天炸好而今早已冷瘪的酥油面饼,都用锡箔纸包好,是他们准备在州立公园的野餐桌上吃的。他们住过汽车旅馆,好几家人挤一个房间,在路上都看得见的游泳池里游泳。

一天,他们划着独木舟横渡湖心。麦可欣教他如何正确摇桨,入水的角度怎样,如何在静止、澄碧的水中收桨。她悠然神往地讲起在这里度过的夏天。她告诉他,这是整个世界她最喜欢的地方;而他也明白,这山这水,尤其是她第一次学游泳的那湖,已成了她生命中不可替代的一部分,甚至比切尔西的那幢房子都重要。她坦白道,这里是她失去童贞的地方,那时她十四岁,在一间存放船只的湖边小屋里,与一个随父母来此消夏的男孩。他想到自己十四岁时的光景,生活与现在截然不同,那时还叫果戈理,没有别的名字。他记得,从父母家开车北上的路上,告诉她另一个名字的故事时,麦可欣的反应。她当时说:"这是我听到最有趣的事儿了。"此后她就再没有提起过,他生命中一件了不得的大事,就这样从她的记忆里溜掉了,一如好多别的事情那样。他意识到,这里便是那个永远等候着她的地方。在这儿,很容易想象她的过去、她的未来,很容易想象她慢慢变老的样子。他仿佛看见,她的头发有了几丝灰白,脸依旧美

---

① AAA(The American Automobile Association),美国汽车协会,为会员提供拖车、急救等服务。备有免费地图供会员索取。

丽,而身体微微有点发胖下垂,头上戴着软帽,坐在沙滩椅上。他仿佛看见她满怀悲伤地回来,埋葬她的父母,看见她在湖边教她的孩子游泳,双手扶着他们下水,看见她教他们如何从钓台边干净利落地扎下水去。

就是在这里,果戈理过了他的二十七岁生日。这是他有生头一回,生日没有跟自己的父母一起过,人也不在加尔各答,不在彭伯顿路。莉迪亚和麦可欣筹划了一个特别的晚宴,她们几天前就在沙滩边翻看菜谱了。她们决定做西班牙海鲜饭,于是开车到缅因州采买贻贝和蛤蜊。她们从原料做起,烤了一只天使蛋糕。他们把餐桌搬到外面草地上,又拼了几张牌桌,这样便坐得下所有的人了。除了汉克和伊迪丝,他们还邀请了湖边好些朋友。女人们都戴着草帽,一身亚麻装地来了。房前的草地上停满了汽车,小孩子们在汽车之间蹦蹦跳跳。他们闲聊着有关湖的事儿——温度要降了,水开始变凉了,夏天快到尽头了。他们报怨那些快艇,说些关于杂货店老板的闲话:原来杂货店老板的老婆跟人跑了,他正在闹离婚呢。"这是和麦可<u>丝</u>一起来的建筑师。"杰拉尔德说着,把果戈理引荐给一对夫妇,他们有意扩建他们的村舍小屋。果戈理和他们聊起了建房的计划,许诺说离开之前,一定去他们那里看看。席间,他身旁的一位名叫帕梅拉的中年女子,问他是几岁从印度来到美国的。

"我出生在波士顿。"他回答道。

帕梅拉马上接口道,她也是来自波士顿,可是等他说出父母居住的郊区地名时,帕梅拉却摇了摇头。"没听说过那个地方。"她继续道,"我以前有个女朋友,她去过印度。"

"是吗？去过哪里？"

"这我不知道。我只记得,她回来时瘦得像根柴火棍,把我给羡慕得！"帕梅拉笑着说,"不过你这样可就幸运了。"

"你是什么意思？"

"我是说,你肯定从不生病。"

"其实并不是这样。"他说着,心里有一丝恼火。他朝麦可欣望过去,希望看到她的眼睛,但是她跟邻座聊得正欢。"我们随时都会生病。去那里之前,还得先打预防针。我父母箱子里,一大半都是药。"

"可你是印度人哪,"帕梅拉说道,皱皱眉头,"我想,你有遗传,是不会水土不服的。"

"帕梅拉,尼克是美国人,"莉迪亚从对面欠身过来说道,把果戈理从谈话中解救了出去,"他出生在这里。"莉迪亚转头望着他,而他从她的表情中分明看见,这么多月之后,她自己也是不确然了。"不是吗？"

分蛋糕的时候,大家都倒了香槟。"为尼基尔干杯！"杰拉尔德宣布道,把眼镜往上抬了抬。于是每个人都唱"生日快乐"歌。只有在今晚,这群人才认识他,等到明天就会把他忘了。就在这些醉酒的成年人的笑声中,在草地上赤脚追逐萤火虫的孩子们的哭叫里,他记起了父亲一个星期前就离家去克利夫兰了,现在他已在那边,住在一套新公寓里,独自一人。母亲也是茕茕一人,守着彭伯顿路的房子。他心里清楚,应该打个电话去的,问问父亲是否平安到达,问问母亲一个人过得怎样。可是在这里,与麦可欣和她的家人在一起,这样的牵挂却并不合时宜。那天夜里,睡在小屋里麦可欣的身边,他被大房子里响个不停的电话声惊醒。他起了床,心想这一定是父母打来祝他生日快乐的,又为电话会吵醒杰拉尔德和莉迪亚而歉疚不安。他踉踉跄跄上了草地,而他的脚刚刚踏进冰凉的草里,一切又都安静了;于是他意识到,适才听到的电话铃声,原来是在梦中。他回到床上,挤到熟睡的麦可欣温暖的身体旁,手臂搂着她的纤腰,膝盖合到她的腿弯后面。透过窗户,他看见黎明悄悄爬上了天空,只剩下几颗星星,而周围的松树和木屋也慢慢清晰了起来。一只鸟开始了晨噪。这时,他才想起,父母是不可能打电话过来的;他并没给他们号码,而拉特利夫家又没有列在电话号码簿上。他这才想起,眼下睡在麦可欣的身边,在如此离尘出世的荒野之地,他是完全自由的。

# 第七章

彭伯顿路家中,阿西玛坐在厨房饭桌边,正往圣诞卡的信封上书写地址。一杯立顿茶在她手近旁渐渐凉去。她的面前,摊开着三本不同的地址簿,还散放着几支从果戈理房间书桌抽屉里翻到的平头钢笔、一叠圣诞卡、一小块粘信封的湿海绵。最旧的那本地址簿,黑封皮上有一个卵石花纹,里面的纸页蓝幽幽,用一根猴皮筋捆着;这还是二十八年前她在哈佛广场的文具店买的。另外两本更大些,更精致些,边上的字母索引小耳朵还好好儿的没磨坏。有一本封面有衬垫,墨绿色的,书页边缘竟还烫了金。她最为珍爱的还是印着纽约现代艺术馆藏画的那本,是果戈理送给她的生日礼物。这几本地址簿的尾页,记录着一些无姓无名的电话号码、甘古利一家搭乘飞机来往加尔各答的航空公司的800号码、订票电话,还有她在电话上等待回音等得心不在焉时的圆珠笔涂鸦。

这么三本互不相关的地址簿弄得阿西玛手头上的事情有点儿复杂。可她不愿划掉那些名字,也不想将它们重新整理成一本。因为，每一册上的任何一条通讯录都使她对自己感到满意，一条条林林总总地汇集在一起，记录着这些年来她和艾修克结识的所有孟加拉人，所有她有幸在异国他乡与之分享米饭的人们。她记得买那本老旧的地址簿的那天，当时才到美国没多久吧，她开始一个人离开公寓出门去，身边没有了艾修克陪伴，手提袋里一张五美元的纸币像是一笔巨款。她记得专挑最窄小、最廉价的样式，她将本子递到柜台上，说道："我想要买这个，请问行不？"她心怦怦乱跳，生怕人家不明白她的话。售货员连瞧都不瞧她一眼，报了个价钱，此外什么也没说。她回到公寓，在空无一字的蓝色纸页间，写下了加尔各答市阿姆赫斯特街她父母家的地址，又写了她公公婆婆在阿利布热的地址；末了，她写下她自己在中央广场边上公寓的地址，好让自己记住。她还记下了艾修克在麻省理工的电话分机号，心里忽地意识到这是她有生以来第一次书写他的名字，还有他的姓氏。那地址簿就是她生活的全部啊！

今年圣诞节，阿西玛自己动手做贺卡，这是她从图书馆手工制作书栏里得来的灵感。往常，她总是趁一月份大减价时，到百货店买标着五折价的盒装贺卡，可到了第二年冬天，便记不起把那些卡到底搁哪儿了。她选贺卡时，留心着只挑"新年快乐"或"恭贺新春"字样的，不去碰印着"圣诞快乐"的，因为那上面常常画些天使或者耶稣诞生图，她喜欢不染宗教色彩的画面——白雪覆盖的田野里飞奔的雪橇，或封冻湖面上的溜冰人。今年贺卡的画是她自己的作品：一头披戴红绿珠宝的大象剪贴在银白的纸上。二十七年前，她父亲在航空信边空白处画过一头大象送给果戈理,她的图案便是依着父亲的大象画的葫芦瓢。她把已谢世的父母亲的信札收在一只大白手提袋里,藏在壁橱顶部抽屉内。那手提袋,七十年代时她一直用着,用到袋子提手破掉。每年一次,她把信抖落到床上,一封封读去,整整一日沉浸在父母的言语之中,任自己的泪水尽情地流淌。她回想着老人的慈爱和挂念,每星期都必收到的、绝不疏漏迟误的、寄自另一片大陆的家信——那点点滴滴的消息,虽说已与她剑桥的生活没有牵连了,却在那些日子里依然支撑着她。她绘大象的本事,连她自己都暗暗吃惊。她小时候信手乱画过,后来再也没碰它,一直以为自己早把这些东西忘得精光了。父亲曾教过她如何自然地握笔,如何大胆轻捷地运作,她儿子倒把这禀赋承袭了去。那天,阿西玛花了整个白天在各式各样的纸张上,重复着画她的大象,还涂上色彩,修去边缘,拿到大学复印中心去拷贝。而整个傍晚,她则开车兜了好几个文具店,只为找到与她的圣诞卡相配的红信封。

现在她在时间上颇为富裕,可以消磨于这些事情上。她一个人守着一个家;要有好几个星期,没人等她做饭吃,和她说话,要她款待。四十八岁的阿西玛尝到了落寞冷寂的滋味。这种落寞冷寂,她丈夫、儿子和女儿早就懂得,只是他们表现出不放在心里的样子而已。"没什么大不了的,"孩子们对她说,"到一定时候,人都得靠着自己活下去的。"可是,阿西玛感到自己太老了,学不了如何来应付这一切。她不喜欢晚间回家,推门一屋子的黑,一屋子的空;在大床的一边睡下,醒来却发现滚到了另一边。开头几天,她发疯似的勤快,又是清理壁橱,又是擦洗碗柜,还刮净了冰箱里的陈年积垢,刷洗了冰箱里的菜筐子。虽说宅子里装了警报装置,夜半三更,听见房子里发出声响,或者听见暖气流过踢脚板背后管道的急骤声音,她还是会吓得惊坐起来。一连几晚,她都要检查好几遍窗户,确认全都严严实实上了闩,关闭得死死的,她才安心。有个夜晚,阿西玛被大门外一阵阵敲击惊醒,她打电话给在俄亥俄的艾修克。她抓着无线电话贴紧耳朵,摸索下了楼梯,从窥视孔往外探望一番,才敢打开大门。她发现纱门在风中被刮得一个劲儿猛烈晃荡,是她忘了上闩。

如今她一个月才洗一回衣服。她也懒得掸尘,说实在的,或许是她根本就没有留意到有积灰。她常常坐在沙发里,面对着电视屏幕,弄些简单的饭打发了自己:黄油面包加上煮一小锅要吃上一星期的小扁豆汤;要是还有精神弄得动的话,她会再煎个鸡蛋。有时候,阿西玛就像索妮娅或果戈理探家时那样,既不把饭在煤气灶上热一热,也懒得盛在碗里,干脆就站在冰箱前直接吃。她头发开始稀少,有些开始变成灰白的,她仍然在当中分路,没编辫子,而是盘了个髻。不久前,她配了双光眼镜,系了根链子晃荡在颈脖上,垂于莎丽的皱褶间。一星期有三个下午,加上每个月两个周六,她到公共图书馆帮着做点事情,就跟索妮娅念高中时干过的一样。这是阿西玛在美国的第一个工作,也是她结婚成家以后的第一个工作。领了薪水,她总在微薄的工资支票上签了名,交给艾修克,他便替她存进他俩的共同账户。她去图书馆做事只是为了解解闷儿,打发时间——她作为图书馆的常客,已好几个年头了:孩子们还年幼时,她带他们参加讲故事时间的活动;给自己借有关编织花样的书籍杂志……有一天,图书馆的主管布克斯顿太太问她是否愿意到图书馆谋个半职工作。刚开始上班,她要做的和那些高中女孩子一样,把还来的书插回书架啦,保证架上的书按字母顺序排列啦,或捏根羽毛掸帚沿一排排书脊清扫灰尘。她还修补旧书,给新书套上保护性书皮,组织安排每月的专题书栏,比如园艺、总统传记、诗歌、美国黑人历史之类。最近,阿西玛开始到前台工作,老顾客一进门,她便招呼他们的名字问候他们,她还负责填写馆间借书单。她跟图书馆工作的其他女人处得一团和气,那些女人大都和她一样,孩子们都长大了。有几个像阿西玛眼下这般独居的,因为她们离了婚。她们是阿西玛一生中最初结交的美国朋友。聚在职员室内喝茶时,她们会议论顾客,聊聊中年约会的危机。偶尔,她邀请图书馆朋友来家吃顿午饭,或周末随她们去缅因州的厂家直销店逛逛。

每隔三个星期,艾修克回家一次。他总是叫计程车来机场接——虽说阿西玛愿意开着车在他们自己的小镇上转悠,可她还是不敢擅自上高速公路去波士顿的洛根机场。丈夫一在家,阿西玛便回到了往日的状态,煮饭做菜买东西。倘若朋友请他们参加晚餐聚会,他俩便开车一同前去,只是车里少了孩子们。那时,他们会些许怅然地想果戈理和索妮娅已经长大成人,再也不会坐在车后座跟着他们四处走了。艾修克回家时,他把衣服留在旅行箱内,他的漱洗刮胡用具则收在袋子里,放在盥洗室洗脸池边。他办的好些事情,她还是不怎么会做。他付清所有的账单,耙去草地上的残叶,到自助加油站替她的车加满油。

艾修克实在是来去太匆匆,短暂到几乎改变不了什么,感觉好像就几小时,星期天便来了,于是她又形单影只了。他俩各居一方的日子里,每晚八点,他们会打电话聊聊天。有时候,阿西玛吃罢晚饭,不知如何打发时间,八点时分已换了睡衣蜷缩到床上,有一搭没一搭地看着靠她床这边的黑白小电视。小电视伴着他们已经有几十个年头了,图像越来越看不清楚,屏幕边缘还老有道黑框子。要是电视节目没意思,她就翻翻几本从图书馆借来的、摊在艾修克躺的那边的书。

眼下,是下午三点钟光景,阳光有气无力,日薄西山的样子。似乎是那种白昼没开始几分钟转眼天便黑将下去的日子,这令阿西玛沮丧,她本来想着好好趁这天做些事儿的,但夜幕无可抗拒的降落使她感到有些恍惚。每当这种时候,五点钟她就想把饭吃了完事。有些事情是她不喜欢的,这便是一件:那些寒冷的、短暂的初冬日子,午饭才吃了几小时,天色就黯淡下来。如此日短,她似乎除了等待白昼奄忽而尽,什么也不能指望。无奈,再过一会儿,她就得去热晚饭,换上睡袍,插上床上的电热毯……她啜了一口茶,茶水已经冰冷冰冷。她起身装了一壶水,煮上。窗台上的牵牛花儿,还是最后一次果戈理和索妮娅都回家过阵亡将士纪念日①长周末时栽下的,已经枯成几茎抖抖索索的土褐色残枝。有几个星期了,阿西玛想要连根拔了它。让艾修克来收拾干净吧,她心里正盘算的时候,电话铃响了,她丈夫在那头"喂"了一声,她马上就把拾掇花盆的事儿告诉了他。

---

① Memorial Day,美国国定节日。为五月最后一个星期一。

她听见电话里吵吵闹闹，有人在讲话。"你在看电视？"她问他。

"我在医院。"他告诉她。

"怎么啦？"她骇了一跳，随即熄掉鸣笛壶的火，一时气紧得很，慌了手脚；她害怕他出了意外事故。

"早晨开始，我胸口就不舒服。"他告诉阿西玛有可能是吃东西吃出了问题。昨晚他被拉去几个学生的家里吃饭，他吃了一种样子看上去不怎么令人放心的印度土锅鸡饭。那几个尚在操练烹调手艺的学生来自孟加拉邦，是他在克利夫兰结识的。

她出声地吐了口气，放松下来，没什么严重的事儿。"服一片'可舒适'胃药。"

"我吃了，不管用。我刚刚到急诊室，因为今天所有的医生诊所都关门了。"

"你工作得太累了，你不再是年轻学生了，你明白的，但愿你别闹胃溃疡。"她说。

"不会的。我希望不是。"

"谁送你去医院的？"

"没人送我，我一个人来的。其实，没那么糟糕。"

即便如此，想着艾修克独自开车上医院，阿西玛还是感觉到对他的一阵儿怜惜。忽然间，她十分想念他，她想起许多年前刚搬到这座小镇时，为了给她惊喜，有些个下午，他会中间从学校溜回家来。他俩不吃已经吃惯了的三明治，而是舒舒服服享受像样的孟加拉餐，煮米饭，把前晚的剩菜热了；他们肚子填得满满的，手心由于抓咖喱饭变得又黄又干，坐在桌边聊着天，睡意蒙眬，心满意足。

"医生怎么说?"阿西玛问艾修克。

"我正排着队。得等很长时间。替我办件事儿吧。"

"什么事儿?"

"明天给桑德拉医生打个电话。我本来就应当做个全身体检了。要是医生有时间,帮我预约到下个星期六。"

"嗳。"

"别担心。我眼下已经感觉好多了。等我回家后再给你打电话。"

"嗳。"她挂了电话,沏好茶,回到桌边。她在一个红信封上记下"给桑德拉医生打电话",然后将信封靠在胡椒瓶子和盐瓶子边竖着。她喝了口茶,瑟缩了一下,发觉刚才嘴唇碰的茶杯边缘有些没洗净的洗洁精,她责怪自己洗杯子太不上心。她心里嘀咕要不要打电话告诉果戈理和索妮娅,他们的父亲进了医院。但很快地,她提醒自己艾修克其实并没有"进"医院,要是今天不是星期天,他就会去诊所看医生检查一下了。他跟她说话挺正常,只是听上去有一点儿疲惫,但没有很不舒服很痛苦的样子。

所以她又专心继续做手上的活儿。贺卡的下面,她一遍又一遍签着他们的名字:她丈夫的——她从来没有当着他的面叫过的名字;她自己的;还有孩子们——果戈理和索妮娅的。她不想写尼基尔,尽管她明白果戈理更乐意用那个名字。可没有一个做父母的会唤自己孩子的大名。在家人中,大名是不派用场的。她把名字写成一列,按年龄长幼排着:艾修克、阿西玛、果戈理、索妮娅。她决定把签名的名字换到贺卡的抬头上,给他们每人送一张贺卡：寄给她丈夫在克利夫兰的公寓；寄给在纽约的果戈理，当然得加上麦可欣。果戈理带麦可欣仅上门过一次，对那女孩，阿西玛自然客客气气，礼貌以待，不过阿西玛没想请她进门做儿媳妇。她有些吃惊于麦可欣直呼她为阿西玛，直呼她丈夫为艾修克。可果戈理已经和她谈了一年多的恋爱了。现在阿西玛知道，果戈理晚间都消磨在麦可欣那儿，和她的父母睡在一个屋檐下。这件事，阿西玛不愿在她的孟加拉朋友面前提及。她手上有果戈理在那家的电话号码，她打过一次电话去，听见一个女人的声音，肯定是麦可欣的母亲，她没有留任何言。她明白这层关系她得硬着头皮接受，索妮娅告诉过她，还有她在图书馆的老美朋友也这样说的。阿西玛又写了一张贺卡给在旧金山的索妮娅和另外两个与索妮娅同住的女孩子。她盼望着圣诞节来临，一家四口又能团圆了。今年的感恩节果戈理和索妮娅一个人也没回家，阿西玛为此有些不悦。索妮娅说是飞来飞去路太远，她眼下在一个环保代理机构就职，预备着法学院的入学考试。而果戈理的感恩节是和麦可欣一家一同度过的，他说是因为设计公司的一个项目，节后第二天就得回去上班。阿西玛只身离开家园来到美国，无奈于不能再和父亲母亲相伴相依；孩子们的自立，孩子们对与她之间保持距离的需要，是她无论如何也弄不明白的。她仍然不赞同孩子们的想法，不过，她也在开始慢慢学着接受了。她抱怨给图书馆的朋友听，她们劝她说这是避免不了的。最终，大人们会不再指望孩子们逢年过节孝顺地回到身边来。于是，她和艾修克两个人过了感恩节，这么多年来第一次不用操那份心去买火鸡。"爱你的，妈。"她在给孩子们的贺卡下方落款的地方写道。而给艾修克的贺卡落款,仅仅写着"阿西玛"。

阿西玛翻过了两页通讯录,上面记着的全是她女儿用过的不同地址,接着几页是她儿子的。她生了这两个到处流浪的孩子。她成了所有那些名字和电话号码的收集者,那些号码她曾经在心里都牢牢地记住过,而她的孩子们却早把它们忘记得一干二净了。阿西玛想起果戈理这些年里住过的所有黑咕隆咚的闷热的公寓,从他在纽黑文市第一次租下的学生宿舍,到眼下墙上有缝隙、暖气片油漆剥落的曼哈顿公寓。索妮娅和她哥哥竟也如出一辙,从她十八岁那年起,跑马灯似的每年换个新地方,阿西玛得趁她来电话时弄清谁和她同住。阿西玛又想起她丈夫在克利夫兰的公寓,那是一个周末她去探望时帮着他搬进去的。她给他添置了便宜的锅碗瓢盆,都是以前她在剑桥时用的那种档次的东西,而不是孩子们作为礼物,从威廉斯-索纳玛①买了送给她的亮得晃眼的那类。他们还买了床单、毛巾、几挂薄得透明的窗帘和一大袋米。阿西玛这辈子,总共才住过五个居处:加尔各答她父母的套间、住了一个月公公婆婆的家、剑桥租来的和蒙哥马利一家上下为邻的居家、校园教师楼的公寓,再就是如今住着的自己买下的房子了。一只手五根指,五处家,拳掌之中便道出了一辈子的事。

时不时地,她朝着窗外瞅一瞅,傍晚紫黛的天空中鲜亮地抹着两道平展的桃红云练。她望望墙上的电话机,盼着铃会响

---

① Williams-Sonoma,美国一家专卖高档厨具的连锁商店。

起来。她想,圣诞节时她要买个手机送给艾修克。寂静得没一丝声息的屋子里,光线愈发地暗了,她继续着手上的活儿,腕关节开始丝丝发痛了;她没想歇手,也懒得起身拧亮桌上的台灯、房前草地上路灯以及其他屋子里的灯盏,一直到电话铃响。铃响了半声她就接了起来,可惜是个电话销售员,一个周末还得尽职卖力的可怜人,不自然地询问:"是不是,嗯——"

"甘古利。"阿西玛有点儿没好声气地答道。

黄昏时分,天色变幻成黯淡而深重的蓝色,草坪上的树和邻家房子成了一剪影像,铅似的黑。都五点了,丈夫还是没打电话来。她挂电话去丈夫的公寓,没人接。十分钟后她又挂了过去;又过了十分钟她又挂了过去。电话答录机里是她自己的声音,自报一遍号码,而后请来电者留言。每回她拨过去,她都听着铃响几遍,录音电话信号"嘟"一下跳出来,但她没有留言。她估摸着他半路会拐去的地方——去药房配药,上超市买吃的。挨到六点,她怎奈何都无法以贴邮票、糊写了一天的信封来分散注意力了。她打电话到查询台,联络上克利夫兰的接线员,而后拨了艾修克告诉她所去医院的号码。她要找急诊室,她的电话从医院的一处转到另一处。"他去那儿只不过检查一下的。"她告诉那些接了电话让她稍等的人。她几乎千百遍重复艾修克姓氏的拼法,"甘,甘蔗的甘。"她一直占着电话线,心想丈夫这时会不会打进来,她懊悔没有要呼叫等待服务。电话断了线,她又挂了过去。"甘古利。"她说。她又一次被要求稍等。继而,有人来听电话,一个年轻女人的声音,或许不比索妮娅年纪大。"嗯。很抱歉,让您久等了。请问您是哪位?"

"阿西玛·甘古利,"阿西玛答道,"艾修克·甘古利的妻子。请问您是哪位啊?"

"唔,是这样。很抱歉。太太,我是第一个给你先生检查身体的实习医生。"

"我已经差不多等了半小时了,我丈夫在那儿吗,还是已经离开了?"

"我非常抱歉,太太,"年轻女子重复道,"我们找您找了些时候了。"

然后,年轻女子告诉阿西玛,那个病人,艾修克·甘古利,阿西玛的丈夫,已经"expired"①了。

Expired!这词用于图书馆借书到期了,订阅杂志到期了。这个词,有几秒钟,在阿西玛身上没有引起任何反应。

"不对,不对吧,准是弄错了。"阿西玛摇了摇头心平气和地说,她喉咙口咕噜冒出个浅浅的嘲笑,"我丈夫并没去那儿看急诊啊,只不过有点儿胸闷。"

"我很抱歉,是……甘古利太太吗?"

她听着那女子提到心脏病突发,来势很凶,用尽一切办法救他也救不回来。那女子问阿西玛是否有意捐献她丈夫的身体器官?紧跟着又问,克利夫兰这边有没有人去认领遗体?阿西玛没有作声,女子还在那头说着,她就挂断了电话,把听筒拼命摁在电话机上,有整整一分钟光景,她不肯松手,似乎要将听到的话语闷死憋死在电话里。她的视线盯住喝空了的茶杯,继

---

① Expired,英语多义词,意为到期、截止,又有死亡之意。

而盯住煤气上的水壶，几小时前她熄灭了火，为的是好听清丈夫的声音。她开始剧烈地打哆嗦，房子里顿觉降了二十度似的寒冷彻骨。她把莎丽当成披肩紧紧裹在肩胛上。她站起身来。木然地一间一间走过所有的屋子，拉开了每一灯盏，点亮了草坪上的路灯和车库的泛光灯，像是她和艾修克正等待宾客来临。她走回厨房，痴痴地看着饭桌上堆作一堆的红信封里的贺卡，它们差不多只等投入信箱去了。每张贺卡上都写有她丈夫的名字。她翻开地址簿，一瞬间，脑际空白，记不起儿子的电话号码，这几个数码她平日在睡乡梦里都拨得出来啊。果戈理办公室的电话铃空响一阵，他公寓的也无人接，她便按照所记下的麦可欣家的号码打了过去。麦可欣的号码和一些其他的人名一并归在"G"页，"G"既可以是"甘古利"，也可以是"果戈理"。

索妮娅从旧金山飞回家来陪伴母亲。果戈理一人从纽约拉瓜迪亚机场直飞克利夫兰而去。他第二日一清早便启程，登上他所能赶上的最早的班机。坐在飞机上的他目光透过舷窗，掠过底下的平川、白雪一片片覆盖着的中西部，以及裹着锡箔般在阳光下闪闪烁烁曲曲弯弯的河流。飞机的暗影，在大地上移动。飞机上乘客零零落落，一半都没坐满，几个男女西装革履，那些个习惯于这时候搭机的常客，有的在手提电脑上写东西，有的则浏览报纸新闻。果戈理不太习惯国内航班一成不变的老一套，还有逼仄的座位，还有他自己打点的小到塞得进头顶柜的单个行李袋。麦可欣愿意陪他一块儿去，但被他辞绝了。

他不想携一个对父亲所知甚微、只和父亲打过一次照面的人同行。她送他到了第九大道,与他一同站在天色微亮的清晨里;她头发没有梳理,脸上睡意阑珊,睡袍外裹着大衣,套着皮靴。他从自动取款机里取了些钱,拦了辆出租车,离开了。几乎整个城市,包括杰拉尔德和莉迪亚,都还在眠床上沉睡着。

昨夜,他和麦可欣参加了她的一个作家朋友的读书聚会。散了后,他俩又和小圈子朋友上馆子吃了晚餐。十点光景,和往常一样,他俩回到麦可欣父母家,疲惫得像是才奔赴了一个通宵聚会似的,上楼梯时停步跟杰拉尔德和莉迪亚道晚安,那两位半躺在沙发里,盖着毯子,边看一部法国电影录像,边喝着餐后甜酒。他们熄灭了灯,从电视的荧光里,果戈理看见莉迪亚的头枕着杰拉尔德的肩,两人的脚跷在茶几的边上。"噢,尼克,你母亲来过电话。"杰拉尔德从屏幕上收起目光朝他瞥了一眼说。"打来了两次。"莉迪亚加了一句。果戈理感到窘迫,似有虫子咻地咬了他一下。他母亲什么话都没有留下,他们告诉他。他母亲这些日子比往常来电话频繁得多,现在她一个人在家空守着。好像是她每天都想听一听孩子们的声音。可她从来还没有把电话打到麦可欣父母的府上。她打电话到果戈理办公室,或在他公寓电话留言机里说上几句,他要过好几天才会听见。他想随便是什么事情,到了明天再说也不迟。"杰拉尔德,谢谢你。"他说,他的手臂缠着麦可欣的腰,转身正要离开。电话铃又响了起来。"喂!"杰拉尔德拿起电话,继而转向果戈理,"这次是你妹妹。"

果戈理在机场叫了辆出租车去医院,他惊异于俄亥俄竟比纽约寒冷得多,覆盖着那么厚的白雪。医院是几栋米色砖墙的大楼围起的院落,铺展在平缓的山坡顶端。他走进父亲一天前步入的同一间急诊室。报了姓名,有人告诉他乘电梯上六楼,让他等候在一间四壁刷成暗蓝的空荡荡的房间里。他瞧了瞧墙上的挂钟;这挂钟,还有房间里其余的陈设,都是由名叫尤金阿瑟的人的家眷捐献出来的。候诊室里既没有杂志也没有电视,只有一套安乐椅贴墙排着,一端安置了一个饮水器。透过玻璃门,他看见一道白色走廊,几只空的医用床。四周几乎是寂静无声,也见不到医生护士在走道里奔进奔出。他的目光停在电梯出口,几乎是等待他父亲踱出来,微微一偏头,招呼他过去,示意他时间到了该走了。这时,电梯门终于打开,一辆叠着早餐托盘的推车进入他的视线,大部分的食物被圆盖儿盖住了,边上还有些小盒装牛奶。他忽地感到肚子饿得咕咕叫,倘若在飞机上就想到把女乘务员给的面包圈留到现在该有多好。从前一晚在中国城一个明晃晃闹哄哄的餐馆吃过晚饭后,果戈理还没进过食物。他们一伙人差不多站在街边等座位站了一小时,而后有滋有味地吃洒了细香葱花的豆豉炒咸鱿鱼和海瓜子,那是麦可欣最爱吃的东西。离开读书聚会时,他们已经喝多了,有点儿醉;他们慢悠悠地喝着杯中的啤酒,喝着冷掉了的茉莉花茶。而那时,他父亲就在这所医院,已经死去。

门打开了,一个矮墩墩的、长相端正、留着灰白小胡子的中年人跨了进来。他衣服外面罩了件膝盖长短的白大褂,掖了个夹纸书写板。"你好。"他对果戈理和善地笑了笑,说。

"您是看——您是曾给我父亲看病的医生吧?"

"噢,不是。我是戴文波特先生。我领你去楼下。"

戴文波特先生陪果戈理进入一架医生病人专用电梯,电梯把他们带到第二层地下室。在太平间里,布单被掀开,露出艾修克的脸;此时,戴文波特先生陪在果戈理身边。那是张蜡黄的脸,异样地浮肿而轮廓不清。苍白得几无血色的嘴唇呈示出一抹不易察觉的清高。果戈理意识到,布单遮盖下的父亲是赤身裸体着的。这令果戈理窘迫羞惭,不由得微微别过脸去。等果戈理再度回过头来,他凑近仔仔细细审视着父亲的脸,他依旧觉得那或许是一个错误,轻轻拍一下父亲的肩胛会把他唤醒的。那张脸上唯一感觉熟悉的是腮和下颌过多的胡子,二十四小时内才刮过。

"他的眼镜哪儿去了?"果戈理说,抬眼看了看戴文波特先生。

戴文波特先生不作声。过了几分钟,他开口说:"甘古利先生,您能不能肯定这具遗体是您的父亲?"

"是的。是我父亲。"果戈理听见自己在说。过了几分钟,他意识到什么时候有人替他搬了把椅子来。戴文波特先生踱到一边。果戈理坐了下去。他想要不要抚摸父亲的脸,把手放在父亲的前额上,就跟他自己不舒服时,父亲用手摸摸他的额头,试试他有没有发烧那样。可是,他动弹不了,他心直发怵。他终于伸出食指,触摸了父亲的胡子、眉毛和几缕头发;他想,父亲身上这些部分还是活的,还有生命。

戴文波特先生询问果戈理是否准备离开。布单又重新覆盖到父亲遗体上,果戈理被领出太平间。过来一位住院医生,向他解释他父亲心脏病突发的情况,又向他解释为何医生无能为力。医院把他父亲昨天所用的衣物交给果戈理:一件深蓝便服,一件有咖啡色条纹的白衬衫,一件灰色的从比恩邮购公司买的毛背心,那是果戈理和索妮娅有一年圣诞节送给父亲的礼物。深褐色袜子,浅褐色鞋子。父亲的眼镜。雨衣和围巾。这几件衣物装在大号的购物纸袋内,塞了满满一袋子。雨衣口袋里揣着一本格雷厄姆·格林①的小说《丑角》,纸页泛黄,印着蝇头小字。翻开书,他发现是从旧书铺淘来的,有个陌生人把自己的大名留在了书页上:罗伊·古德温。医院将他父亲的皮夹和车钥匙分开套在一只信封里,也交给了果戈理。他跟医院说没必要为他父亲举行宗教仪式。父亲的骨灰不几日便可去取,可以由果戈理亲自去医院推荐的火葬场认领,亦可和死亡证一起让人直接寄去彭伯顿路的家中。离开医院之前,果戈理要求看一看急诊室里他父亲最后咽气的确切地点。有人在病历上查找到了床号:一个胳膊缠着绷带的小伙子正躺在上面,讲着电话,情绪挺高的样子。果戈理瞥了一眼围帘,当父亲的生命离开他的肉体时,那张围帘正半遮半掩,包围着他的父亲,围帘上方印着灰绿色的花簇,顶端有一段白色网眼,围帘的金属挂钩游走在天花板上的"U"字形的白色滑轨里。

他父亲租用的车依旧停在来访者停车场,昨晚母亲向他描

---

① 格雷厄姆·格林(Graham Greene,1904—1991),英国小说家。著有《爱情的尽头》《事情的真相》《沉静的美国人》等。

述了车的样子。他一启动,调幅电台的新闻立刻响满了整个车厢,骇了他一跳。以往停车熄火时,父亲总是特别留心去关掉收音机的。车里,父亲没有遗留任何痕迹。没有地图,没有纸片,没有空杯子、零钱和发票。他在仪表板下的小储藏柜里所找得的只有注册证和用户使用手册。他花了几分钟浏览了一遍使用手册,将仪表板上的仪表和手册上的图解对比了一下。他拧开雨刷又关上,尽管是白昼,他还是试了试车前灯。在这寒冷彻骨的、萧条瑟杀的下午,在这座平板无奇的、毫无魅力的、再也不会让他回首的城市里,他关了收音机,在沉寂中开着车。他按医院护士指的去父亲公寓的路径往前开着;他想,不知这条路是否就是父亲自己开去医院的路。每经过一个饭馆餐厅,他都会冒出熄了火在路边停靠一下的想法;就这样,他发现已经开进了一片住宅区,一群一群维多利亚式的宅邸静立在白雪覆盖的草坪上,人行道上冻结着一片片的冰。

父亲的公寓是名叫"男爵大院"楼群里的一栋。一进大院的门,银白的信箱一整列地排着,大到足以存放一个月的信件。靠大门第一栋楼房标着"租赁办公室",当果戈理开车经过时,楼前站着的男人朝他点点头,像是认得那车似的。那个男人把他误认作他父亲了?果戈理暗自猜测,这个想法宽慰了他。楼房一栋连一栋,每一栋的左翼右侧都连着一片楼房,除了门牌号和楼名,外观全都一模一样,无从辨别,都是三层楼高,绕着一条宽阔的环路而建。都铎式的外墙,薄削的铁栏杆阳台,楼梯下碎木杂拼的地板。死沉刻板的相似深深触痛了果戈理,这心痛竟比他在医院、比他面对着父亲的遗容所承受的更为深重。想着过去三个月,父亲孤孤单单地生活在这栋楼里,他第一次发觉眼泪涌了上来;他心中明白,父亲并不在意这样的环境,父亲的心情不会因此而被侵扰困惑。他在父亲所住的楼房前停了车,他坐在车里等了一段时间,看着一对神情快乐的老人提着网球拍走出去。父亲向他提到过这儿住的大多是年迈退休的和离异的人。此处有散步的小径,一个小型健身房,一座人工池塘,池塘周围放着几条长板凳,还种着几株柳树。

他父亲住的公寓在两层楼。他开了锁,脱去鞋,将鞋子排列在塑料门毯上。门毯必定是父亲有意放置的,用来保护整屋子铺着的米色长毛地毯。他看到门毯上放着父亲的一双运动鞋,一双居家所穿的人字拖鞋。进门是一大间起居室,靠右是一扇移动玻璃拉门,靠左则是厨房。新油漆的白墙上空空的,什么也没挂。厨房的一边砌有一道矮墙,母亲一直想望自己的家厨房也有这样的矮墙,那样她便可以一边煮饭,一边和起居室里的人唠家常,也望得见他们。冰箱门上吸着一枚从当地银行弄来的磁性广告,下面是一张他自己、母亲和索妮娅的合影。他们伫在法塔赫布尔西格里,脚上裹着布,以防被滚烫的岩石灼伤。那年他还是高中一年级的男生,瘦削阴沉,一副忧郁的样子;索妮娅则是小女孩一个;母亲身穿旁遮普服,这种衣服,在加尔各答的族人面前,她从来不穿,她觉得挺不自在挺害臊的,而族人们也总是认为阿西玛就应当穿莎丽。果戈理打开厨台上的碗柜,又打开下面的。大部分柜子里空空的没放任何东西。他找到四只盘子,两个喝咖啡的缸子和四只玻璃杯。在抽屉里他又看见一柄刀和两把叉,样子同家里的刀叉很像。另一台柜子里,存放着一盒袋泡茶、皮克·法里安牌的牛油饼、一包还来不及装罐的五磅装白糖和一听炼乳。另外还有几小袋黄豆瓣，一大塑料袋的米。厨台上放着一口有意拔去电源的电饭煲。煤气灶突起的平台上排着几瓶子调料，上面贴着母亲手书的标签。水池下，他又找着一瓶玻璃清洁剂、一盒垃圾袋子和一块海绵。

他在公寓其他地方都走了一遍。起居室背后是一间窄小的卧室，除了一张床，什么都没有。卧室对面是卫生间，没窗户。一瓶旁氏冷霜放在洗脸池边，是父亲一辈子情有独钟的刮胡须后用油。他马上开始动手收拾。由上而下，从里到外，他把房间里的所有物什都装进垃圾袋：调味品、冷霜、父亲床边的《时代》杂志。"一件东西都别带回家！"母亲在电话上跟他说，"我们不习惯这样的。"起初，他没有任何犹豫，可清理到厨房，他停下了手。他觉得扔掉食物有些罪过，倘若眼下是父亲的话，他会封好米袋和袋泡茶，塞入行李箱去。父亲最是不齿任何浪费行为。要是阿西玛在鸣笛壶里灌了太满的水，他都会数落她。

第一次到地下室，果戈理扫见一张桌子，上面放着其他房客留下的、让人随意拿取的物什：书、录像带、有透明玻璃盖的白色烧锅。不多一会儿，桌上堆满了他父亲的遗物：手提吸尘器、电饭煲、磁带录放机、电视、连着可伸缩塑料挂杆的窗帘。从医院带回来的纸袋子里，他留下了父亲的皮夹，里面有四十美元、三张信用卡、一叠发票，还夹着果戈理、索妮娅小娃娃时的照片。他把冰箱上的合影也收了起来。

任何事情花费的时间都比他预想的更长。撤空三间屋子的任务，更确切地说，开始着手清理，把他累得一塌糊涂。他很是吃惊,竟然整理出那么多满垃圾袋、满垃圾袋的东西,竟然让他楼上楼下来来回回跑了那么多回。等他收拾完,外面天色已暗下去了。他身边还揣着一列名单,他得趁今天人家还在营业,与他们接洽:打电话给房屋租赁办公室,打电话给大学,还要取消煤电供应。"我们十分难过。"那些从未谋面的人在电话里向他致歉。"我们星期五还见过他来着!"他父亲的同事说。"实在令人震惊啊。"租赁办公室请果戈理放宽心,他们会安排人力搬走沙发和床铺。办完这些,他驾车穿过小城去向他父亲的租车商还车。然后他叫了计程车再回到"男爵大院"。他在楼门厅里发现一张外卖意大利比萨饼的菜单。他打电话要了一只。等着比萨饼送上门的当儿,他给家里挂了电话。有一小时那边忙音,打不进去;待他终于拨通,家中暂居的朋友告诉他,母亲和索妮娅两个都已睡下了。家里那边杂声很大,这时他才蓦地意识到,这边是何等的寂寥无声啊!他打算返回地下室取回磁带录放机或者电视来。他给麦可欣打了电话,跟她细述了一天的详情。他觉得不可思议,这一天的开始,她是和他在一起的,他一早醒来时,正在她的床上,枕着她的手臂。

"我应该陪着你一起去才是,"她说,"我仍然可以明天早晨赶到那边。"

"我已经把事情处理完了。没什么要做的了。我赶明天头班飞机回家。"

"你晚上不至于在那边过夜,是吧,尼克?"她问他。

"我没法子。今晚再没班机了。"

"我指的是在那个公寓里过夜。"

他心里梗了一下。尽了最大的努力,清理过它们后,他有意要呵护这三间屋子。"此地我一个人都不认识。"

"看在上帝分上,离开那个地方,去旅馆过夜吧。"

"好吧。"他应道。他想起最后一次见到父亲,是三个月前,他和麦可欣启程去新罕布什尔,他一边慢慢地从门前车道上退出了车,一边跟父亲摆手道别。他记不清和父亲最后一次通电话是在两星期前还是四星期前。他父亲不是那种像母亲那样爱常常打电话的人。

"那时你和我在一块儿。"他跟她说。

"你说什么?"

"我最后一次见到父亲。你也在场的。"

"我知道。我很难过。尼克,答应我搬去旅馆住。"

"好的。我答应你。"他挂了电话,打开电话查询录,查看了他可以过夜的地方。他习惯了顺从她,照她的指示办。他拨了个号码。"晚上好,请问能为您效劳吗?"一个声音问道。他问晚上是否有房间可以租。他在等回音时,却咯嚓把电话挂断了。他不想在一个陌生的匿名的房间里过夜。只要他还逗留在此地,他不想让父亲的房间空着没人。黑暗中,他和衣横卧在沙发上,身上盖着自己的外套,他不愿意睡到卧室里剥去了床单的光零零的床垫上。一连数小时,他躺在幽暗之中,昏昏睡去又时时醒来。他想着父亲,昨天早晨父亲还在这套公寓里。父亲感到不舒服时正在做什么?他在炉灶前沏茶?还是坐在果戈理正躺着的沙发里?果戈理想象父亲走近门边,猫下腰,最后一次系上鞋带。他套上大衣,戴好围巾,开车上医院。他在红绿灯前停住,他听着汽车无线电播放的天气预报……而他的心里,是不会存在死亡的意识的。终于,果戈理感觉到天际的微亮爬进了窗棂。他感到从未经历过的惊觉,好像是倘若他予以足够的关照体贴,父亲不幸的某些征兆会自己显露端倪,会阻止昨天事情的发生。他凝视着天空慢慢变白,倾听着远处极其微弱、模糊而持续的车辆声渐渐侵蚀黑色的寂静,直到某一瞬间,他实在不能抵御,跌入几小时睡眠的深渊之中。他心的深处一片空白,不再有困扰不安,他四肢纹丝不动,沉沉地耷拉着。

他再醒来时已差不多上午十点了,没遮没拦的阳光把屋子照得透亮。一种持续的钝痛,从他颅骨深处逼出来,紧追不舍地折磨着他的脑袋右侧。他拉开通往阳台的移动玻璃门,站到外面。他的眼睛由于劳累而发红发涩。他怔怔地盯着那个人工池塘,有一次父亲和他在电话上聊天,说他每日晚饭前都绕池塘走二十圈儿,二十圈儿相当于两英里长。下面池塘那儿,零零星星有几个人,有的遛狗,有的脑袋上围一圈厚厚的头套护着耳朵皮,摔胳膊伸腿,肩并肩排着锻炼。果戈理穿上大衣,下楼走到外面,他想着顺池塘走一圈儿。刚开始他觉得扑面而来的清冽空气还舒坦,但清冽一下子变成刺骨的剧冷,难以承受,一刀刀割进他的肌肤里,刮得后裤脚管贴住了他的腿,于是他缩回公寓。他冲了个澡,换上昨天来时穿的衣裤。他打了电话叫计程车来接他,最后一次去了趟地下室,扔掉刚才洗澡擦身的浴巾和灰色键钮电话。计程车把他送到机场,他登上了飞往波士顿的班机。母亲、索妮娅,还有几位家里的亲友,会在那儿,会在候机厅等着他。他实在是想躲开这场面。他实在是巴望能简单地再钻入另一辆计程车,开上另一条高速公路,推迟他必须面对他们的那一时刻啊。他害怕面对母亲,比害怕面对太平间父亲的遗体更甚。他现在理解了,理解当父母的双亲在印度离开人世,接着的几星期、几个月里父母心底所承担的罪疚,罪疚于老人垂危时他们尽不了孝心,再也无从补救。

昨天去克利夫兰的路程,仿佛是遥无尽头;但眼下,透过舷窗看去,一切似过眼烟云,缥缈虚无,飞逝而去,什么也看不见,只感到飞机在他胸口轰鸣。降落前,他去了趟洗手间,对着金属小脸盆直想呕吐。他往脸上泼了些水,对着镜子审视自己。除了一天的成长或变老而外,他看上去一点没变。他记得祖父去世的时候,那还是七十年代的事,母亲撞见拿一次性剃须刀要绞尽头发的父亲,她凄厉地哭喊起来。父亲剃光了头发,头皮被割伤了许多处,淌着血;有几个星期,父亲上班得戴圆帽遮住伤疤。"别再这样,你要伤了自己的。"母亲说。父亲关上门,拴上锁,出现时已神情黯淡,不剩一发。很多年后,果戈理才知道削发的用意,孟加拉人的儿子有责任剃尽他的头发,以此唤醒亡故的父亲母亲的在天之灵。可那时果戈理太年幼,他懂不了。当年,卫生间门打开,他看着光了头、哀伤之极的父亲,嘎嘎发笑;而还是小婴孩的索妮娅则哇哇大哭。

第一个星期,他们并不觉得孤单。他们不再是四口之家,而是变成了十口,甚至十二口的大家庭,朋友们来看望他们,和他们一起无言地端坐于起居室;他们低垂着头,喝着杯中茶,许多朋友试图以此弥补这一家丧父的损失。他母亲洗发时洗净了分路处抹着的朱砂。她在手腕上涂了冷霜,硬是除下了铁制的婚镯,也除下了往日一直戴在腕上的其余手镯。凭吊的卡片和鲜花不断地送进这个家庭,有他父亲大学的同事送的,有和他母亲在图书馆一起干活的妇女送的,有平日不搭界、只越过草坪摆手招呼的邻居送的。人们从西部、从得克萨斯、从密歇根、从华盛顿特区打电话给他们。他母亲只加不减的地址簿上的那些熟人,人人都对此震惊不已。割舍了一切的一切,来到这个国家,以谋求更明媚的生活,难道只为了瞑目于这片土地?电话铃不停地响,他们的耳朵因为对所有人说太多话而发痛,他们的喉咙因为一遍遍的解释而沙哑。噢不,他没得病,他们讲;是的,完完全全没料到。小镇报纸上登了一则简短的讣告,提及阿西玛、果戈理和索妮娅的名字,说孩子们是在本地学校上的学。夜半三更,他们挂电话到印度。这是他们一辈子中的头一次,他们自己有重大的事情要告知别人。

他父亲过世后的十天里,果戈理,他母亲和索妮娅用斋饭,不碰鱼肉荤腥。他们只进食米饭、豆子和蔬菜,做得极清淡。果戈理回忆起少年时代所经历过的同样的情形,那时他的祖父母谢世,有天他忘了吃斋,在学校吃了汉堡包,遭到母亲训斥。他回想起那时候,斋饭让他倒胃口,遵从这种他的朋友熟人都不懂的仪式令他厌烦,而那一切只是为了表示对仅见过几次的人的祭奠。他记得父亲坐在扶手椅中,不修胡子,看着他们,对谁都不发一言。他记得那顿顿斋饭都是在寂寥沉默中咽下肚的,连电视也关掉了。眼下,每日傍晚六点半钟,他们仨聚拢到厨房餐桌旁,这时辰,窗户外却像半夜似的,父亲的座位也空着,只有这无肉的晚餐似乎是唯一实实在在、把握得住的东西。想跳过这顿饭,不太可能;相反,连着十天,他们三个都出奇地饿,渴望着尝盘中没滋没味的斋饭。是这件事固定、安排了他们的日子:食物在微波炉里滋滋加热,三个餐盘从碗柜里拿下来,三个玻璃杯满上了饮料。所有其他的——电话,铺天盖地的鲜花,来吊唁的亲朋,他们所花去的端坐起居室、一个字也说不出的分分秒秒——都失去了意义。不须把话挑明,斋饭使他们获得了某种放松和安宁,因为这是整整一天内仅有的一段时间,他们三个作为一家人与人们隔绝,面对自己,得以独处。即便宅子里有客人走动,这顿斋饭也是只属于他们三个人的。唯有在用斋饭的时候,他们的哀痛才会减轻一些;不过盘子内少了某些规定不能碰的食物,又使他们联想起已经故去的人。

　　第十一天,他们邀请了亲友,以示斋戒的结束。起居室一隅的地下,他们举行了宗教仪典:和尚念着梵文时,他们要果戈理端坐在父亲的遗像前。举行祭祀仪式之前,他们耗了一整天从一本相册翻到另一本相册,寻找可放入镜框的父亲照片。可是,几乎找不着父亲单独的相片,父亲是个永远躲在镜头背后拍摄的人哪。他们决定把父亲从他和阿西玛几年前双双站在海边的照片上剪下来。他穿得像新英格兰人,一件皮猴儿,一领围脖。索妮娅拿着照片去 CVS 药杂店扩印。他们预备了一席精致的菜肴,在寒冷刺骨的早晨从中国城和嘿菜市场买回了鱼和肉来,加进好多香菜叶和土豆,照着父亲最喜爱的做法加以烹调。当他们闭上眼睛,所有这一切仿佛只是人生的又一次聚会而已,整个住宅到处还飘逸着食物的香气。所有这些年的聚会宴请，或多或少历练了他们。阿西玛担心着米饭不够吃，果戈理、索妮娅忙着接过来宾的大衣，堆到二楼客房的床上去。父亲母亲在差不多三十年中结交的朋友都来了，表示他们的敬仰，从六个州开来的车绵绵延延停满了彭伯顿路。

麦可欣驾车从纽约过来，给果戈理捎来了他平时放在她家的衣服、他的手提电脑、他的信函。果戈理的老板批准了他一个月的假期。看见麦可欣，把她介绍给索妮娅，他感到有点儿意外。这回，他不在乎她窥见他自己的家，窥见来客小山似堆在门廊边的鞋子；他不在乎对此她心里会怎么想了。他可以觉察出她感到自己的多余，在这挤满孟加拉人的家里有点局外人的游离感。可他也没费神把他们讲的翻译给她听，没费神把她介绍给每个人，也没有不离左右地陪着她。"我感到很难过。"他听见麦可欣对母亲说，他心下明白父亲的死并没影响到她什么。"你不可能一直守着你母亲的呀。"仪式完了之后，他俩有一小段时间单独在楼上他的屋子里，并排坐在床沿上，她便说道。"你明白的。"她温婉地说出了这层话，她伸出一只手贴着他的脸颊。他凝视着她，拿过她的那只手，把它放回她的腿上。

"我很想你，尼基尔。"

他点点头。

"元旦前夜怎么样啊？"

"什么怎么样？"

"你还打算北上去新罕布什尔吗？"因为他们曾经说起过，离开此地去散散心的，只有他们俩，过完圣诞节，麦可欣开车来接他，去湖滨别墅住几天。麦可欣要教他滑雪。

"我不想去了。"

"或许对你有好处。"她说着,头往一边偏了偏。她目光在屋里转了一圈。"离开所有这些东西。"

"我不想离开。"

几个星期过去了,邻家的篱笆、窗户都缠上了一串串色彩纷繁的节日灯,一摞摞圣诞卡寄到了他们自己的家。他们每个人承担了一部分以前由父亲完成的杂事儿。一早由母亲开信箱取报纸。索妮娅一周开车进城一次买菜办杂货。果戈理付账单;下雪的话,他还管铲雪清扫车道。阿西玛没像往年那样把贺卡花费心思错落着放在壁炉架上,而是看一眼寄信者的地址,就将信扔了,连信封都不开启。

任何鸡毛蒜皮的小事都像是了不得的成就。他母亲一连数小时用着电话,把银行账户、按揭账户和所有账单上的名字都改了。只是她无法阻止潮水般轰来的垃圾信函,断也断不了,拦也拦不住,会好多年地寄给她已故的丈夫。在那些苍白沉闷的下午,果戈理便出去跑一阵子。有时他车开去大学里,把车停靠在父亲曾经任教的系楼后面,沿校园小径,穿过不大的、美丽如画的校园,跑上一段。这个小天地差不多在过去二十五年中就是父亲的乐土、父亲的世界。终于,到了周末,他们走出家门,去拜访住在附近郊区的朋友。总是去的时候果戈理开车,回来的时候索妮娅开车。母亲则坐在后车座。在朋友家里,母亲讲述了打电话去医院的事。"他是因为胸闷才去医院的。"她说着,每说一句,总提到那天下午的许许多多细节:还留在天际的桃红云练、堆积着的圣诞卡、手边那一杯茶……她讲述这一切时的神情,使果戈理难受得听不下去,那神情使他很快陷入不寒而栗的痛苦中。朋友建议她去印度过一段,去看看她的弟弟和表姊妹们。可这辈子第一次,阿西玛不想躲到加尔各答去,眼下不想。她拒绝远离她丈夫谋生的地方、她丈夫瞑目的国家。"我现在明白他为什么去克利夫兰了,"她告诉人家,她还是绝口不直呼她丈夫的名字,即便他已不在人世,"他在教我怎么独立地活下去啊。"

一月上旬,他们过完没有喜庆的节假日。在父亲不能活着看见的新年之初,果戈理要搭乘火车回纽约了。索妮娅继续留在阿西玛身边,她打算在波士顿或剑桥找个公寓住下,那样她就可以总在母亲近旁左右。她们到车站送他上路;他的身影渐渐远去、渐渐淡去、渐渐消失,她们则站在冷飕飕的月台上,紧张费力而茫然徒劳地追寻着他的身影,而他则隔着有色玻璃朝她们挥舞着手。他记得刚上大学那年,每次他离别家人回耶鲁,他们总是举家去送他。后来许多年,尽管他的别离成了家常便饭,可他父亲总是站在月台上,直到火车从视线中全然消失为止。眼下果戈理用手指轻轻敲击着车窗,可母亲和索妮娅仍然使劲寻找着他,而火车已经开始移动了。

火车咣当咣当前行,左右摇晃着,发动机冒出飞机螺旋桨似的声音。汽笛时不时地鸣出一段忧郁的小调。他坐在车厢左侧,冬日的阳光强烈地照射着他的脸。窗玻璃上贴着紧急情况下分作三步打开车窗的操作说明。白雪覆盖着稻草般枯黄的大地。树木挺直,犹如长矛;前一个繁盛季节残留下来的、古铜色的叶子还悬挂于寥寥几条树枝上。他看着路边砖木垒起的住宅后墙,落了雪花的小小草地,一大片厚重的冬云压在地平线上,看样子晚间还要下雪,或许来势更猛。他听见车厢里一个年轻女孩捏着手机跟她男朋友讲话,嗲嗲地笑着。她嘀嘀咕咕地讲着一到纽约去哪儿约会吃晚饭的事儿。"这儿闷死我啦!"她娇嗔道。果戈理到纽约也差不多应该赶上吃晚饭。麦可欣到时会在宾州车站大厅里迎候他,她以前是绝不会劳这份神的。

窗外的景色猛地朝前移动,继而往下滑去,火车把影子投在一群庞大而没有个性的建筑上。铁轨像是一架云梯横在地上,向前方延伸。在韦斯特利和米斯蒂克之间的路段,铁轨是倾斜的,一边高一边低,固定在倾斜的坡地上,以致整列火车有那么一点儿像是要颠覆过去的样子。虽然其他乘客对此并不表露出大惊小怪,不像火车在纽黑文由内燃机转换成电力发动机时急骤地咣呛一下,惊得他们唏嘘之声一片;但对果戈理,这短时间的倾斜,没有一次不唤起他的惊觉,无论他在打盹儿、在看书、在和人聊天儿,还是在胡思乱想。朝南开往纽约的火车靠着左边斜;去波士顿的火车则向着右边歪。在那假想翻车的瞬间,他会——总是会联想到另一列火车,他从未见过的那列火车,那列让父亲几乎丧生的火车。正是那一场灾难赋予了他的名字。

火车往右偏了,那道斜坡被抛在后面。他又一次感觉到车的动荡抵着他的脊椎骨。有好几英里,铁轨紧贴着海岸,紧到马上要溅着海水了。最浅处的海浪拍击着仅几英尺高的堤岸。他的视线里浮进了一座石桥，房间般大小的、星罗棋布的岛屿，优美景致里灰白相间的豪宅，建筑在石基上的方方正正的住家。褪色的木桩栖息着孤独的鹭和鸬鹚。竖着光溜溜桅杆的游艇泊满了船码头。这样的景致父亲肯定会喜爱，会欣赏。他由此回想起，好多次他和家里人在冬日冷飕飕的星期天下午驾车去海边。有些时候，冷得只能坐在车里，在停车场里，望着海水。坐在前座的父母分喝着一只保暖杯子中的茶，引擎开着，暖着车里的他们。一次他们去科德角，顺着那片弯地开着车，一直到无路可行。他和父亲徒步走过防波堤坝，走过嶙峋的灰色礁石地带，最后踏上狭窄的、月牙儿似朝里弯着的沙滩，到达海岬的顶尖。母亲走了几块礁石就停下脚步，等在那儿，领着身边的索妮娅，因为索妮娅太幼小跟不上他们。"别走太远了，"母亲提醒道，"别走得我看不见你们。"他双腿走到半路就开始发酸，他微微伛着身子，站在礁石上喘着气；可父亲在前面走着，时不时停下来，伸手给果戈理拉他一把。踩在一块块礁石上，四周都是海水，有些石块离得挺远，他们不得不停下来，盘算下一步的最佳路线。那是初冬季节。鸭子在波浪翻涌的水坝里浮游。波浪从两个方向涌动。"他还太小，"母亲喊道，"你听见了吗，他还太小走不了那么远。"果戈理停下了脚步，心想父亲说不定会同意母亲的话。"你说呢？"而父亲反问道，"你太小了吗？不会吧。我可不觉得呀！"

　　防波堤的末端，靠右侧是一片枯黄的芦苇地，芦苇地后面是沙丘，沙丘再后面是大海。他希望父亲往回撤，可他们仍然往前行进,终于踏上了沙丘。他们顺着海朝左、朝灯塔方向走去,经过几具生锈了的船骸,几堆管子般粗的连着焦黄颅骨的鱼脊椎,一只胸口羽毛上鲜血斑斑的死海鸥。他们开始捡淡黑色的、有白花纹环绕的小石蛋儿,塞在口袋里,塞得口袋沉甸甸地下坠。他记得沙滩上父亲留下的脚印;父亲因为有点儿瘸,他右鞋尖老是往外撇,而左鞋尖却是笔直的。那天,逼近黄昏的阳光照着他们的背脊,他们的影子被拉得异乎寻常的长,细细的两缕,相互是那么贴近。他俩停下来察看一个漆成蓝白间色的阳伞状的破航标。破航标的表面缠着丝丝缕缕的海藻,吸附着藤壶。父亲将它拾起,左摸摸右瞧瞧,指给他看底下活着的淡菜。最终他们到了灯塔那儿,累得够呛,被三面海水包围着,港湾是浅浅的青绿,天空是无垠的澄碧。由于跋涉,他们浑身发热,他们拉下了外衣拉链。父亲走到一边去撒尿。他听见父亲高喊——相机早已留在母亲那儿了——"不许拍照!"他边说,边摇着头。父亲伸手进口袋,摸出白花纹的小石蛋朝海水投去。"我们得记住啊,嗯。"他们左右四顾,望见港湾后面灰蒙蒙的小城。而后,他们掉头往回走。有一段,他们不想踩出新的脚印,于是脚踩在来路上踏出的印子里。风阵阵刮来,猛烈得使他们不得不走走停停。

"你会记住今天吗,果戈理?"父亲问他,别过头来看着他。父亲双手按着耳朵,像一边一个戴着防噪声的耳罩。

"得记住多长时间呢?"

风起风落中,他听见父亲的笑声。父亲站在那儿,等着果戈理赶上来;果戈理走近了,他伸出手来。

"要一直记住。"果戈理赶上时,父亲说道。他带着果戈理缓缓地走过防波堤,走回母亲和索妮娅站着等他们的地方。"记住你和我,我们俩今天一起走过的路,我们俩一起走到了前面再也没有路的地方。"

# 第八章

父亲去世一年了,果戈理依然住在纽约,住在阿姆斯特丹大道租的那套公寓里,并且还是在原来的公司上班。他生活中唯一的重大变更,除了失去父亲,再就是失去麦可欣。父亲刚故去时,她对他耐着性子。有一段时间,他也想着再度走回到她的生活里。下班后,他去她父母家,去他们那个什么都不曾改变的世界。开始时,他在饭桌上寡言少语,在床笫间不冷不热,每晚都要跟自己母亲和索妮娅通电话,周末撇开麦可欣独自一人去看望她们。对此,麦可欣一直忍着憋着。但是她无法理解他们一家计划夏天去加尔各答探亲、将艾修克的骨灰撒在恒河,而她却被排除在外。很快,他们开始为此,还有其他事情斗嘴争执。麦可欣有一天竟然承认她对他母亲和妹妹已经到了心怀嫉妒的地步;他则认为她的责难是如此愚蠢,如此荒唐,如此不近情理,他再也没有精力跟她纠缠下去了。因此,在父亲去世几个月之后,他走出了麦可欣的生活,再也没有回头。最近,他逛画廊时,碰巧撞见莉迪亚和杰拉尔德,他们告诉他,麦可欣已和另一位男子订了婚。

一到周末,他搭乘火车回到马萨诸塞的家里。家里二楼走廊墙上挂着葬礼上用过的父亲遗像。在父亲的忌日和父亲活着时从不庆贺的生日,他们一起站在父亲面前,给他的遗像披上玫瑰瓣编织的花环,在玻璃上父亲前额的位置抹了檀香膏。没有任何其他东西像这幅遗像这样,一次一次地把果戈理拉回家里。有一天,他走出浴室,准备回房睡觉,瞥见父亲微笑的脸,他意识到这是父亲一生遗留下来的唯一东西了。

他回家见到的跟从前有所不同了:现在是索妮娅煮饭烧菜。索妮娅还住在家里陪母亲。她搬回到做女孩子时住的房间。一星期有四天,她一清早五点半钟离开家门,搭汽车换火车,到波士顿市中心。她在那儿谋了个律师助理职位。她正在申请就读附近一所法学院。现在是索妮娅周末开车带母亲参加聚会,星期六早晨去嘿菜市场添置食物杂货。他们的母亲消瘦了,头发灰白了。她变粗而泛白的头发分路,她不事装饰的手腕,让果戈理乍一看见揪心不止。从索妮娅嘴里,他知道了他们的母亲如何打发她的残夜,一个人躺在床上,看着关掉声音的电视节目,无法入眠。有个周末,果戈理提议去父亲喜欢散步的一个海滩。刚开始,母亲挺赞成,情绪还很高;可他们刚一跨出车门,踏上大风呼呼的停车场,她又缩回了车里,她说她就在车里等着。

果戈理正准备参加注册考试,这持续两天的严峻考验可以让他成为持有执照的建筑师,可以使他在图纸和设计作品上盖上自己的印章。他躲在自己的公寓里复习功课,偶尔也去哥伦比亚大学的图书馆,从实际运用角度研习他的专业:电路、材料、侧力。为了考试,他还参加了复习班。每周两个晚上,下了班,他去上复习课。他喜欢这样又回到教室里,安安静静坐着听老师讲,不用操心怎么做,一切听任老师安排。这感觉使他不禁想起自己的学生时代,那些年,父亲尚健在。复习课是小课;不久,放了学,几个学生便结伙去酒吧,他们拉他同去,他总是婉言回绝。一天,当他们鱼贯走出教室,一位女子靠近他,说道:"你有什么借口不去呢?"因为没有托词,那晚他便恭敬不如从命地尾随着去了。女子名叫布丽吉特。在吧台上,她贴近他坐着。她是那种很抢眼,极吸引人的女子,棕色头发修剪得极短,这样式,换到大多数女人头上都会惨不忍睹。她说起话来慢条斯理,择着字眼,从从容容的。她在南方新奥尔良长大。她还告诉他,她在一对夫妇开的小工作室上班,工作室就设在布鲁克林高地的一栋棕色砖石楼房里。他们聊了一阵子各自手头上的项目,又谈起他们都敬仰的大建筑师,比如格罗佩斯、凡德罗、萨里宁。她与他同龄,已成了婚。丈夫是大学教授,住在波士顿。他们到周末才会面。果戈理联想到自己的父母,在父亲活着的最后几个月,他们各自东西,分居两地。"肯定很不容易吧?"他对她说。"可以这么说吧,"她说道,"或者就这么分居,或者就是他来纽约做客席。"她跟他聊她丈夫在布鲁克兰市租的维多利亚大宅了,租金连她在默里小丘的单间卧室公寓的一半都不到。她说她丈夫硬是要把她的名字写在信箱上,把她的声音录在电话答录机里。他还硬是要在壁橱里挂几件她的衣服,在浴室的药物柜里放上一支她的口红。她告诉果戈理,面对这些假象、这些幻觉,她丈夫会感到宽慰,感到愉悦;而她认为这些物什只会提醒他缺少了什么。

这晚,他们同坐计程车回到他的公寓。布丽吉特委婉地提出要用一下浴室。当她走出浴室时,婚戒从她指头上消失了。他们在一起的时候,他如饥似渴,他已经很长一段时间没有做爱了。但是,他从来没过在别的时候跟她幽会的念头。那日,他揣着美国图书协会出版的纽约市指南去罗斯福岛,他根本没想到邀她同行。只有一周两次,两个复习课的晚上,他盼望着她。他们相互没有对方的号码,他也不知道她到底住在哪里。她总是跟着上他的公寓。她也从不过夜。他觉得这分寸把握得恰到好处。他从来没有与一个女子经历过如此这般的关系,他的介入是那么浅,那么少,那么有限;而他期盼的也是那么浅,那么少,那么有限。他不知道她丈夫的名字,也不打算知道。然而有个周末,他坐火车去马萨诸塞看母亲和索妮娅,一辆南下的列车呼啸而过,他想到或许那位丈夫正坐在那节车厢里,去探望布丽吉特。他忽然一下子就联想到布丽吉特丈夫的大宅子,他形单影只地吃睡在里面,心里思念着妻子,屋里信箱上印有他的不忠妻子的名字,他的修脸用具紧挨着她的口红。唯有那个时刻,他才感到于心不安。

他母亲时不时地问起他有没有结交新的女朋友。过去提起这个话题,她心里总是疙疙瘩瘩的,而今她是希望着,暗暗地关心着。她甚至问过他是否有可能挽回和麦可欣的关系。他提醒母亲,以前她可是看着麦可欣不顺眼的;母亲道,这无关紧要,要紧的是他得继续走自己的人生路啊。有一回他差点儿要怪母亲多事了;后来碰上这类对话,他就慢慢地学着控制情绪,不去责怪她多管闲事。他说还不到三十呢,她却道在那个年纪上,她已经庆祝过结婚十周年了。他意识到,事情明摆着的,父亲的亡故加速了母亲对他的某些期待,眼下母亲希望他结婚成家。他呢,虽然并不为自己单身担心,可他心里很清楚这件事烦扰母亲的程度。她特意提到和他一同长大的麻省的孟加拉人,还有他的印度表兄弟们或订婚或结婚的事儿。她说人家都快抱孙子了。

一天,果戈理和母亲打电话,她问他是否愿意跟一个人打个电话聊聊天。母亲道,他见过她的,那时她还是个小女孩。她名叫毛舒米·穆叔德。他好像还隐隐约约记得她。她是父母朋友的女儿,她父母在麻省待过一阵子;他上高中时,她跟父母举家搬到了新泽西。她讲话带着英国人腔调。人家聚会而她手上永远捏着一本书。这是他搜肠刮肚从记忆中挖出来的有关这个女孩的所有细节——这些全都谈不上吸不吸引人。母亲告诉他,这个女孩小他一岁,还有个年幼的弟弟,父亲是个有声望的化学家,名下拥有专利呢。他那时喊她父亲舒比亚曼修,叫她母亲丽娜妈细。她父母特地从新泽西驾车远道而来给父亲送葬,可是果戈理怎么也记不起葬礼上见过他们。毛舒米眼下就住在纽约,在纽约大学念研究生。她其实一年前就该结婚的。她的婚宴,果戈理、母亲和索妮娅都收到了喜帖;而事情是,她的未婚夫,一个美国佬,在饭店都预定妥帖、邀请信寄出、礼品登记安排停当之后,却反悔了,背弃了婚约。她父母很替她操心。她可以靠朋友解解闷儿啊,母亲说着。他何不打个电话给她,和她聊聊?

母亲问他有没有笔写下这个女孩的号码,他胡诌说有;她背给他听号码时,他一只耳朵进另一只耳朵出。他不打算挂电话给这个叫毛舒米的人,他马上要考试了;再说,虽然他尽着心想取悦母亲,可他绝不能由着母亲替他张罗安排女朋友。他拒绝那样做。下次,他回家,母亲又旧事重提。这回他和母亲在一间屋子里,躲也躲不了,他便记下了女孩的电话,可还是没想着拨一下这个号码。但母亲紧追不舍,下一次他们通电话,母亲又提醒他,女孩的双亲都出席了父亲的葬礼,这么丁点儿小事他都不能帮帮忙?!喝杯茶,谈谈天——难道连这点时间都没有?

他们约在东村一个小酒吧碰面,地点是通电话时毛舒米选的。酒吧逼仄,幽暗,静得没有声音;方丈大小的店堂,仅有三张火车座靠着一堵墙排开。他到时,她已经在那儿了,坐在吧台边读一本平装书。她从书上抬头看他时,明明她是在等着他,他却觉得好像打搅了她。她的脸长得瘦小,猫一样柔顺的五官,柳叶细眉。她深眼窝,上眼皮眼线黑得有点儿夸张,像是六十年代影星的打扮。她头发当中分路,梳拢在后面的发髻里,架着副扁扁的新潮玳瑁眼镜。她穿灰毛裙子,一件薄薄的贴身蓝毛衣使她的身体线条毕露。半透明的黑丝袜裹着她的小腿。大大小小一堆白色购物袋靠在凳子底下。电话里,他懒得问她长什么样,他想该是认得出她来的;可眼下,他却是吃不准了。

他走近她。"是毛舒米吗?"他说。

"嘿,你好。"她说着,合上书本,在他两颊不经意地亲了亲。那本书有单一色的象牙白封面,印着法文书名。她的英国口音——他所清楚地记得的有关她的几桩事情之一——没有了;她讲起话来,跟他一般的美国腔,有着低沉厚重的嗓音,电话里她的声音曾使他吃了一惊。她刚才已经给自己要了一杯加橄榄的马丁尼,桌边上,还有一包蓝牌登喜路。

他在她身边的凳子上坐下,要了杯单一麦芽威士忌。"你是尼基尔。"她说。

"对。"

"不是果戈理。"

"对。"他打电话给她,着恼的是她并不称他尼基尔。这是他头一次和一个知道他旧名字的女子约会。电话里,她听上去有些警觉,有点儿将信将疑;他呢,也一样地将信将疑。电话交谈既简短又不自然。"但愿你不介意我的电话。"解释完改名字的故事后,他开始说。他在电话里问她星期天晚间有没时间一起去喝点东西,他听见她的脚步在硬木地板上嗒嗒地响过去。"让我看一看我的记事本。"

她仔细审视了他一阵,调皮地撇了撇嘴唇。"我记得的,因为你比我长一岁,爸爸妈妈教我喊你果戈理大大。"

他注意到酒保朝他们瞥了眼,估摸他们可能是什么样的一对儿。他闻得到毛舒米用的香水,有些太浓烈,让他想到湿漉漉的青苔和梅子。酒吧里无声无息、私密暧昧的氛围,让他感到手足无措。

"我们别老讲这些。"

她笑起来。"就为这个,我要把这杯酒干了。"她说着,举起酒杯。

"当然啦,我可从来还没有那样做呢!"她又添了一句。

"做甚?"

"叫你果戈理大大啊。真的,我不记得我们俩从前讲过话。"

他啜了口酒。"我也不记得了。"

"嗯,我以前没这样过。"她顿了顿,说。她就事论事,不过她还是把视线移开了。

他知道她指的是什么,但还是明知故问:"怎样过?"

"出来约会,赴一个'陌生人约会',妈妈一手操办的。"

"哦,不是真正的'陌生人约会'吧。"

"难道不是?"

"从某种角度上说,我们是相互认识的。"

她耸耸肩,笑容在她脸上飞速一闪,好像等着他道出个所以然来。她的牙齿很密,不太齐整。"我想,我想是吧。"

他们看着酒保往墙上的唱机里放上小光盘。是爵士乐。他感激这音乐转移了一下注意力。

"听说你父亲的事,我很不好受。"她说。

虽然,听上去她很是富有同情心,可他还是怀疑她是否还记得他的父亲。他想探个究竟,但他终于没有,他点点头。"谢谢。"他说。这是他能够想到的所有的话。

"你母亲现在过得怎样?"

"可以吧,我想。"

"她一个人行吗?"

"索妮娅搬去跟她一块儿过了。"

"哦,那很好。那对你来说是卸了一副担子。"她伸手去拿登喜路,打开烟盒,撕下金箔。她递了一支给他,然后去吧台拿来烟灰缸里的火柴,给自己点燃了烟。"你们还是住在我从前去过的那座房子里吗?"她问。

"是啊。"

"我记得那房子。"

"是吗?"

"我记得,面朝房子,右边是车道。还有一条穿过草坪的石板路呢。"

那些细枝末节,她居然记得那么清楚。这立刻使果戈理感到惊讶而亲近了。"噢,难以相信。"

"我还记得,我们在一间屋子里没完没了地看电视,地板上铺着厚厚的棕黄色地毯。"

他咕噜了一声:"依旧如此。"

她抱歉说未能参加葬礼,刚巧人在巴黎。她解释道,从布朗大学毕业后,她就一直住在那儿。现在她在纽约大学法国文学系攻读博士学位。她在纽约已经差不多生活了两年了。去年暑假,她打了两月的零工,在中城一家昂贵的旅馆营业办公室上班。她的工作是审读、整理客人的离店调查,而后复印、并分送给有关人员。这件简单的活儿占去了她全天时间。她真是觉得惊奇,那些顾客竟愿意如此费心劳神来填写离店调查。他们抱怨枕头太硬或太软;洗脸池边地方太小,不够放梳洗用具;床沿荷叶边脱线了。多数人连房租都不是自己掏腰包。他们出席会议,吃的住的一概报销。有位住客提意见,说是挂在书桌上方的建筑印刷品镜框玻璃里夹着一粒肉眼可见的灰尘。

他听着这些怪里怪气的事,觉得有趣。"说不定那就是我呢!"他想了想道。

她哧地笑了。

"你为何离开巴黎来纽约?"他问道,"我觉得你是想在法国学法国文学。"

"我是为了爱情来的。"她说。她直不楞登的坦率使他惊讶。"你准听说过我准备结婚那宗倒霉事了吧?"

"不太清楚。"他撒了个谎。

"噢,你肯定知道。"她摇着头。"住东海岸的孟加拉人,有一半都知道。"她轻松地说,可他辨得出她话音之中的尖涩。"事实上,我敢肯定你和你家里都收到了喜宴的邀请了。"

"咱们最后一次是在哪儿见的?"他说,故意打岔,引开话题。

"说得不对请纠正。我记得是你高中毕业的庆祝聚会上。"

他回忆起一个灯火通明的教堂地下室,父母还有他们的朋友们要开大型聚会时,便会租借那个地方。学校星期天补课也在那儿。走道上挂着有关耶稣圣迹的壁毯和箴言。他记得帮着父亲摆放几张又长又大的折叠桌,还记得墙上的黑板,索妮娅爬到椅子上,在黑板上写"庆贺"两个字。

"你也在那儿?"

她点着头。"当时刚巧是在我们搬到新泽西之前。你坐在你高中里的美国朋友当中。你的几位老师也在场。你看上去有点儿不好意思。"

他摇摇脑袋。"我不记得你在那儿啊。我和你说过话吗?"

"你把我完完全全忽略了。不过那没关系。"她微笑了一下,"我总是带本书去。"

他们要了第二轮的饮料。酒吧里陆陆续续开始有人来了,每一张火车座都由一小帮人占据着,他俩左边右边也都坐了人。又有一伙人进来,这下倒好,有些顾客索性在他们背后站着要饮料。他刚到酒吧时,感觉这地方没人气,没声音,陈设没品味,让他不舒服;而现在,吵吵闹闹的一屋人更让他受不了。

"这儿有些太闹哄哄了。"他说。

"星期天一般不是这样儿的。要走吗?"

他想了想。"好啊。"

他们付了账单,步出酒吧,一起走进十月份凉爽的夜晚。他瞅了一眼手表,发现居然连一小时都还没过。

"你往哪边走?"她问道。她问话的方式让他意识到她以为约会已经告终。

他原本不打算请她吃晚餐的。他本想去过酒吧后,就回公寓,叫个中餐外卖,挑灯夜战,抓紧复习。可是他听着自己的嘴巴在说:想找些东西吃吃,问她愿不愿意同行?

"正合我意!"

他们俩谁也没有想出什么地方可去,于是,他们决定走一程。他说要替她提购物袋;虽然这些袋子轻得什么都没有,她还是让他拿着。她告诉他,在和他约会之前,她先去逛了苏荷一个样品廉售的商店。他们在一爿像是才开张的小店面门口停下脚步。他们研究了贴在橱窗上的手书菜单,还研究了贴在边上的一张几天前从《纽约时报》上复印下来的评论文章。他被投在玻璃上的她的倩影吸引住了,这影子像是她素静的翻版,不知为何,似乎更让他迷恋。

"我们要不要试试这家馆子?"他问,然后走过去拉开门。店里,墙壁漆成通红。四周墙上挂着暗旧的葡萄酒招贴,而路标牌、巴黎照片则贴在挂栏里。

"你准觉得这地方傻气,是吧。"看着她仰头盯着墙上瞧,他说。

她摇摇头。"事实上,这地方还很实在。"

她要了一杯香槟,仔细读着酒水单子。他又要了单一麦芽威士忌,可店里的人告诉他说没有,只有淡啤酒和葡萄酒。

"咱们要不要来一瓶葡萄酒?"她说,把酒水单递与他。

"要是你喜欢。"

她点了色拉,马赛鲜鱼汤,一瓶松塞尔酒。他要了扁豆烧肉。她跟法国侍者讲话时没用法语,可她讲菜名时的那种发音腔调,一听就知道她法语讲得流利地道。这使他对她另眼相看。他除了孟加拉话,从来不曾在任何其他语言上下过功夫。不一会儿,菜就上来了。他聊他的工作,他手上的项目,他即将到来的考试。他们把自己的菜撅进面包碟子里,相互交换着吃,对对方的盘中的食物品评一番。他们又各自叫了意大利浓咖啡,还合要了一份法式炖蛋,两把匙子喳喳地从两端挖开法式炖蛋表面硬硬的琥珀色糖衣。

账单来时，她提出要付她自己的那份账，刚才在酒吧她就付了自己那份儿，可这回他坚持要替她买单。他陪她走到她的公寓楼，那楼坐落在年久失修、但看上去还不算坏的住宅区，就在他们约会酒吧的附近。她的楼前有道破旧的台阶，红窑砖色的外墙镶着一道俗丽的壁带。她谢了他的晚餐，说那段时间很美好。她又亲了亲他的两颊，而后开始从手提包里摸钥匙。

"别忘了还有这些。"他把购物袋递给她，看着她把提手套进臂腕。这下，他再也不用提着它们，倒觉得不自在了，一时不知道两只手该放在哪里。喝下去的酒精使他浑身燥热。"那么，我们要不要再见面，让父母们高兴高兴？"

她注视着他，全神贯注地研究他的表情。"或许吧。"一辆轿车路过，前灯扫过他们，她目光有所迷失，但她的视线马上又回到他的脸上。她飞给他一个微笑，点了下头。"给我打电话吧。"

他目送她提着一摞购物袋快步走上台阶，她走路抬脚时鞋跟在台阶上悬空的样子使她看上去仿佛摇摇摆摆站不稳。她稍稍扭过头来向他摆摆手，还没等他还礼，便进入了第二道玻璃门。他又站了一分钟，看着门又打开，一个房客出来，朝台阶边的垃圾箱里倒了些东西。果戈理抬头看了看楼房，心里猜着不知哪个房间是她的，等着看哪个窗户的灯会亮起来。

他原先并没料到这次相见会让他感觉这般地好，也没有想到会为她着迷。令他惊讶的是没有一个词语能贴切地说明以前他们彼此间的关系。他们的父辈是朋友，而他们不是。她是他家的熟人，却不是他的家人。他们之间的接触在今晚之前都是虚渺的,无从把握的,就像他和他在印度的表兄弟之间的关系,何况,他和她之间连血缘关系都没有。今晚之前,他从来是在她全家一同出现的情况下见过她,而她也是如此。他认为是她的那种亲近随意,激发了他想对她探个究竟。他一边朝西走,去乘地铁,一边想什么时候再约她。走到百老汇大街时,他改了主意,伸手拦了一辆计程车。这种做法似乎任性,因为既不特别晚,也不是特别冷,又没下雨,而且他也不急着往家赶。但是,忽然间,他那么希望只剩他一个人,什么事情都不做,在孤独里咀嚼回味今夜的事情。开计程车的是个孟加拉人,插在前座后背有机玻璃里的注册证上印着他的名字:穆斯塔法·萨义德。他往上城开着车,驶过第八大道上打了烊的店铺和饭馆,同时对着手机呱呱地用孟加拉话抱怨罗斯福公路①上的交通如何糟糕,搭车的顾客如何难侍候。果戈理想,要是父母在车上的话,他们会和司机攀谈,问他从孟加拉的哪个地方来,到这个国家有多久,妻儿在美国呢还是国内。而果戈理则像其他乘客一样一声不哼地坐着,沉浸在他自己的思绪里,回味着跟毛舒米的见面。到了他的公寓附近,他凑近有机玻璃挡板,用孟加拉话对开车的说:"就那栋楼,右前方的那栋。"

司机吃惊地扭过身来,笑着:"我可没料到啊。"

"没关系。"果戈理说,同时伸手去掏皮夹。他付了司机丰厚的小费,下了车。

---

① 曼哈顿东部的高速公路,以罗斯福总统命名。

随后的几天里,他渐渐回忆起有关毛舒米的点点滴滴来。当他上班坐在办公桌前,或者出席会议,或者不知不觉要睡去,甚至早晨淋浴时,那些片段会没有任何预兆地向着他飘来。这些跟随着他的记忆场景,深埋在某个角落,没再被碰过;这些记忆他从没去访问,去咀嚼,也从未没来由地去胡思乱想,直到现在。他庆幸心中封存着的这份有关她的记忆,就像是从自己身上发掘出对从未碰过的运动或游戏的某种天赋,他是何等窃喜啊。他对她的记忆主要来自跟着家人参加的每年两次的普耶节聚会。她穿着莎丽,规规矩矩、仔仔细细地把莎丽用别针别到肩上。索妮娅也那样儿,可索妮娅过不了一个小时,最多两小时就脱下莎丽,换上牛仔裤,把莎丽拧作一团塞进塑料袋子,让果戈理或父亲替她放到车里去。他从不记得毛舒米和别的男孩女孩成群结伴去普耶节聚会的楼房对街的麦当劳,也不记得在停车场见到她坐在别人的车里,听汽车无线电,喝罐装啤酒。他竭力想挖掘她出现在彭伯顿路时的记忆,可惜记忆违拗了他;不过他依然暗自庆幸她曾到过那几间屋子,曾尝过母亲做的饭菜,曾在卫生间洗过手,不管那是多久以前的事了。

他想起有次参加在她父母家举行的圣诞聚会。他和索妮娅都不肯去,圣诞节本该是自己家人一块儿过的。然而,父母却回答他们说在美国,家里最亲近的人就是孟加拉朋友,他们无可奈何,只得去毛舒米家所在的贝德福德①。她母亲,丽娜妈细,招待他们凉冰冰的重油蛋糕,还有加热过的、一捏就瘪掉的

---

① Bedford,位于美国新泽西州。

冻甜甜圈。她眼下在中学读高四的弟弟萨姆拉特,那时还是个四岁的小男孩儿,迷蜘蛛侠迷得走火入魔。丽娜妈细费尽心思安排了一个匿名礼物交换游戏。每一家都得携带和人数一般多的礼物,那样每个人都可以得到一份礼品。他们让果戈理在方块纸片上写号码,一组粘在礼品上,另一组折起来,投进一只抽绳袋子,在客人间传来传去。所有人从两扇门里拥挤进一间屋子。他记得自己和所有人一起坐在她家的客厅里,等着听毛舒米表演钢琴。她座位上方的墙上,挂着一幅装了镜框的雷诺阿的捧着绿水罐女孩油画的复制品。毛舒米想来想去想了许久,客人们都有点儿坐不住了,她才弹一曲为儿童改编的莫扎特的小品。可是客人们要她弹《铃儿响叮当》,她摇头表示不会。她母亲却说:"噢,毛舒米害羞呢,她《铃儿响叮当》弹得很好听的呀!"她随即朝她母亲瞪了一眼,不过接着她弹了那支歌,背冲屋里所有人,一遍又一遍弹着;而那时,人们正喊着号码领取礼物。

一周后,他们相约一同吃午饭。那是一星期当中的一天,毛舒米提出到果戈理办公室附近的地方碰面,于是他让她来他上班的大楼。当接待员通报说她正等在大厅里,他感觉到一种期盼从胸口腾地升起;整个早晨,他根本无法专心于手头上要画的立体图样。他花了几分钟领着她四处看了看,给她看他参与过的设计项目的照片,把她介绍给一位主设计师,还指给她看合伙人会晤用的会议室。她走过制图室时,里面他的同僚们抬起头来瞧着她。已是十一月之初,那日气温骤降,随之而来的是当年第一股着实的寒冷。街上,没作准备的路人双臂抱着前胸,愁云满面,匆匆疾行,与他俩擦肩而去。枯黄破碎的落叶飞舞,满街打着旋。果戈理没戴手套帽子,走着走着,便把手缩进了外套口袋。相形之下,毛舒米惹人羡慕地全副武装着,在寒冷中安然自若。她穿着深蓝的羊毛大衣,脖子裹着玄色的毛围巾,脚上是边上拉拉链的黑高统皮靴。

他带她去了一家意大利餐馆。那家餐馆,他时常和同事们一块儿去,去庆祝生日、晋升、设计项目圆满完成,等等。餐馆入口处比马路低几级台阶,窗前虚虚地掩着一层薄纱。侍者认出了果戈理,送来微笑。这回他们被引到靠后面的小桌,而不是居中那张他以往总坐的大长桌。他看到她外套里面穿着灰色小块花纹的套裙,上装纽扣大大的,喇叭裙还没过膝盖。

"我今天教课。"她意识到他正打量自己,便解释道——她上讲台教课时喜欢穿套裙,她说,因为学生们仅仅比她小十岁。要不然,她感觉缺少威信。他马上有点嫉妒起她的学生来,他们一星期三次,定好了时间和她见面。他想象着学生们坐在教室里,她在黑板上书写,而学生们目不转睛地瞧着她。

"这里的意大利粉还不错。"侍者递给他们菜单时,果戈理说。

"陪我喝一杯酒吧,"她说,"今天的事情我都干完啦。"

"你真走运。可吃完饭,我还要奔赴一个绞脑汁的会议呢!"

她注视着他,合上菜单。"那就更应该来一杯呀。"她笑嘻嘻地指出。

"有道理。"他认同道。

"来两杯梅洛红酒。"侍者转来时果戈理说道。她点了他所点的菜:意大利野香菇饺子和生菜梨子色拉。他神经紧张,生怕菜不对她的胃口;然而,她满意地看着端上来的菜,飞快地专心吃起来,还拿面包吸干菜盘里残剩的汤汁。他们喝酒吃饭时,他欣赏着她脸上的奕奕光彩,和衬托着她脸颊轮廓的微淡的头发色泽。她聊到她的学生,聊到她计划要写的博士论文,还聊到二十世纪阿尔及利亚的法语诗人。他向她讲了他记忆中的那个圣诞节,那个她被迫弹奏《铃儿响叮当》的圣诞节。

"你还记得那个晚上吗?"他问道,眼巴巴希望她记得。

"不记得了。我母亲以前老是逼我干这干那的。"

"现在还弹琴吗?"

她摇摇头:"我一开头就没想学。是我母亲异想天开。她很会异想天开,让我弹琴便是其中之一。我想我母亲自己现在在学钢琴呢。"

饭店又相当安静了,吃午餐的人群吃完便离开。他四下张望找侍者,示意要买单。盘子吃空了,时间到点了,他有点儿沮丧。

"她是你妹妹吧,先生?"侍者把账单放到他们中间,看看毛舒米又转回来瞧瞧果戈理,说道。

"哦,不是。"果戈理摇着头笑道,既感到被冒犯,又异样地受了刺激。从某种角度来说,他意识到,确实如此——他们俩有着同样的肤色,同样平直的眉,同样高挑的身材,同样的高颧骨和深色头发。

"你敢肯定?"侍者道。

"那还有错!"果戈理说。

"但是有可能是的,"侍者说,"嘻嘻,长得多像。"

"你这样认为?"毛舒米说。相比之下她显得轻松自若,逗乐地斜睨果戈理。可果戈理还是注意到她脸颊飞起红晕,他不知道这红晕出现是由于葡萄酒的作用还是她的自我意识。

"怪有趣的,他也这么说。"他们一跨出餐馆,走进寒冷,她说道。

"此话怎讲?"

"是这样,想来有趣,大人们把我们想象成是表亲戚,以为我们都属于那个孟加拉大家庭,他们在这个幻觉中把我们拉扯大。瞧瞧,几年以后,有人真的以为我们是一家人呢。"

他不知道该说什么。侍者的高见使果戈理感到狼狈,使他在毛舒米眼中的诱惑力稍许走了样。

"你衣服穿得不够暖和。"她察觉到了,同时把羊毛围巾在脖子间系紧。

"我公寓里一天到晚热得要命,"他说,"才开始放暖气。不知道为什么,我脑子就是转不过弯,没想到外面的气温和里面的会不一样。"

"你不是看了报纸吗?"

"我在去上班的路上才买来看的。"

"我出门之前总要先打电话听听天气预报。"

"你开玩笑吧,"他盯住她看了一眼,吃惊于她竟会是那么走极端的人,"请告诉我你是在开玩笑。"

她笑了笑:"我并不是对谁都承认这件事情的,明白吗?"她戴好围巾,但手却没有从围巾上放开,又说:"你干嘛不把我的围巾借去用呢?"她说着,要解下它。

"千万别这样,我没问题。"他将手搁到喉咙口,挡在领带结前。

"肯定吗?"

他点点头,但心里想吐出一句:"好,借我一下。"那样的话,她的围巾便可以抚摸他的肌肤了。

"好吧,你至少要戴顶帽子,"她告诉他,"我知道附近有个地方。你得马上赶回去上班吗?"

她把他带到麦迪逊大道上的一家卖时髦服饰的小店。橱窗里上上下下满是女人帽子,套在不长眼睛鼻子的灰脑袋上,脑袋下斜伸着一尺来长的脖子。

"他们卖男式用品,在店后堂。"她说。店里挤着许多女人。店后堂相对安静多了,男式的软呢帽、贝雷帽一撂撂齐齐地排列在弧形的木质柜子上。他顺手拿了顶毛皮帽,还有顶礼帽,套在脑瓜上逗乐。葡萄酒灌得他醉意朦胧。毛舒米则开始在一个筐子里大肆搜寻。

"这顶肯定暖和。"她手指伸进一顶厚厚的镶了黄滚边的深蓝色帽子,说道。她用手指撑了撑帽子。"你觉得如何?"她把它戴到他头上,手碰到了他的黑发和头。她微微一笑,指指镜子。他上下打量自己时,她在一边瞧着。

他意识到她在审视自己,而不是自己在镜中的影像。他暗自猜想,若是她脱下眼镜、松下头发,不知看上去是什么模样。

他又暗自猜想不知吻她的嘴唇感觉会是如何。"我喜欢它，"他说，"我就要它了。"

她飞快地把帽子从他头上取下，弄乱了他头发。

"你要干什么？"

"我来给你买！"

"你这是何必？"

"我要嘛！"她说着，已经朝账台那边走去，"不管怎么样，是我想起来的。你是冻僵也不在乎的。"

付账时，收银员察觉到毛舒米瞟了一眼账台那边一顶咖啡色的、点缀着羽毛的羊毛镶天鹅绒帽子。"是件精品。"收银员说着，小心翼翼地从半身模型上取下帽子，"一个西班牙女人手工缝制的。找不到相同的第二顶。要不要试试？"

毛舒米将它戴到头上。一个顾客在边上啧啧称道，收银员也恭维她。"这么漂亮的帽子，没有几个女人舍得脱下的。"收银员说道。

毛舒米红了脸，瞟了一眼悬在线上垂在脸颊边晃悠的价格牌子。"恐怕超过我今天的预算了。"她说。

收银员将帽子重新放回架上。"好啦，现在你心里有数在她生日时送她什么礼物了吧。"她看着果戈理，说道。

他戴上新帽子，他们走出了店铺。他开会已经误了点。要不是因为有会，他会控制不住和她待在一起，在她身边陪她逛马路，或和她一起消失在电影院的暗黑里。天气愈发地冷，朔风愈发地凶猛，太阳成了白惨惨的一块。她送他到他的办公楼。这天剩下的时时刻刻分分秒秒，他心里只有她，整个会议期间他都想着她。会后,他强迫自己去做手头上的活儿,可还是想着她。离开办公室时,他没有朝地铁方向走,而是绕回他俩早上走过的路,经过那家餐厅,里面现在坐着吃晚饭的人们。他找到了去帽子店的路,见到那店铺时,他精神为之一振。已经差不多八点了,路上暗暗的。他以为店铺该是打烊了的,可惊喜地看见里面还亮着灯光,铁门往下只拉了一点儿。他审视着橱窗里的陈列品,看见玻璃上自己的影子,戴着她送的帽子。他终于走进店铺。只有他一个顾客;他听到吸尘器的声音从后店堂响出来。

"我就知道你会回来的。"他一跨进门槛,那收银员便嚷道。不等他开口,她便将咖啡色镶天鹅绒的帽子从塑料泡棉的头模上取下。"他今天和女朋友来过店里。"她解释给她的帮手听,"要不要帮你包一下?"

"太好啦。"听到她这样提到他,他很是兴奋。他看着帽子被放进一只咖啡色的圆盒子里,系上了厚实的乳白色缎带。他意识到还没有问过价钱;然而,他想也没想,就在两百美元的账单上签了字。他提着帽子回到公寓,尽管毛舒米还从来没有光顾过他的寓所,他还是把它藏在壁橱深处。他连她的生日是什么时候都还不知道,但他决定在她生日时送给她!

不过他有种感觉,他以前参加过几回她的生日聚会,她也参加过他的。那个周末,他去母亲那儿,证实了自己的感觉。晚上,母亲和索妮娅上楼就寝后,他便到母亲积存多年的相册里翻寻她的身影。毛舒米在里面,在父母的餐厅里,在一只抢眼的大蛋糕背后排着队。她眼望别处,一顶尖纸帽扣在脑门上。而他呢,为了拍照摆着姿势,两眼直直地盯住镜头,手里捏着把刀,悬在蛋糕上;他的脸由于青春将至而变得鲜亮精神。他试图将照片从黄色粘胶纸相簿上揭下,好下次见她时给她看;可是照片牢牢地黏附在纸上,不愿没有任何毁损地与过去分开。

接下来的周末,她邀请他去她的住处吃晚饭。她下楼替他开了门,引他进来。他们预先约定时,她就提醒过他,门铃坏了。

"帽子很不错。"她说。她穿着黑色无袖连衣裙,背后松松扎了个结。她裸露着双腿,脚背薄薄的,从凉鞋头上伸出的脚指甲涂着栗色蔻丹。几缕青丝从发髻里松落下来。她手指间夹着半截香烟;在贴近他要亲吻他时,她把烟扔到地上,伸出凉鞋鞋尖将它踩灭。她领着他上了三楼她的公寓。刚才下楼时,她没关门。屋子里弥漫着浓重的烹调味道;煤气灶上,几大块鸡在盛满油的平底锅里正被煎成褐黄。音乐放着,一个男人唱着法语歌曲。果戈理送给她一束向日葵,他臂弯里这束茎秆粗大的向日葵比起他同时带来的瓶酒掂量起来还要沉。她不知道把向日葵安置在哪里;本来就够窄小的厨台,摆满她正准备晚餐的各种东西:洋葱和蘑菇,还有面粉,一条迅速加热软化的白脱油,一杯她正待下肚的葡萄酒,几只来不及收掉的塑料杂货袋。

"我其实该买更容易对付的东西来。"见她四顾厨房,肩胛上扛着向日葵,好像等着某块地方会变戏法似腾出空间来,他说道。

"我老是想着给自己买几枝向日葵,都想了有几个星期啦。"她说。她飞速地瞥了眼煤气灶上的平底锅,领着他穿过厨房,来到起居室。她除去向日葵的包装纸。"上面有个花瓶。"

她说着,指指书架顶部,"劳驾帮我拿下来吧。"

她提着花瓶进了浴室,他能听见水流进容器的声音。他趁机脱掉大衣、帽子,将它们搭在沙发后背上。他穿戴颇费了一番心思:索妮娅从法尔灵地下商场替他买的蓝白条纹意大利衬衫,配上黑牛仔裤。她走回来,将向日葵插进花瓶,摆在茶几上。这住处比他由于见到污垢斑斑的门厅而引起的想象要舒适整洁。地板整新过,墙也才刚油漆过,天花板点缀着槽灯。起居室一角摆着一张四方饭桌,另一角则放着书桌和文件箱。三个刨花板制作的书柜靠墙排列着。饭桌上有一只胡椒磨和一瓶盐,鲜亮而清澄透明的地中海早橘整齐地堆在一口碗中。他认出了好几样他在自己家中见过的物件:铺在地上的克什米尔网绣地毯、沙发上的拉贾斯坦丝质靠垫、书架上铸铁的那塔拉吉①舞蹈静心人身像。

厨房里,她忙着摆出橄榄,还有外面包着一层细灰的山羊乳酪。她递给他一把开酒器,要他把带来的酒瓶打开,替他自己斟上一杯。她又拿了更多的鸡块在面粉盆子里裹上面粉,平底锅噼噼啪啪炸响得厉害,油星子雨点似飞溅到煤气灶背后的墙上。她不停地去参看朱丽娅·查尔德的烹调书,而他则在一边那么站着。他大为感动,因为这一切忙里忙外都是为了他。尽管他们已经好几回一同用过餐,现在要和她一起吃饭,他还是

---

① Natraj,舞蹈的湿婆。他的舞蹈又称"生命之舞"。湿婆三眼四手。右上手持鼓,左上手持火,代表创生和毁灭的两种对抗力量。四周环绕的火焰,象征了整个宇宙。他的狂喜之舞把人类的灵魂从幻想和无知的束缚之中解放出来,达到永恒的平静、无上的极乐和内在的完满。

感到紧张不安。

"什么时候想开饭啊?"她说,"你饿了没?"

"什么时候都可以。你在弄什么?"

她疑惑地瞧着他:"法国红酒焖鸡。我从来没做过。我才发现应该提前二十四小时就煮上的。我恐怕为时太晚。"

他耸耸肩。"味道闻上去已经够不错了。我来帮你吧,"他将袖子撸上去,"要我做什么?"

"让我想想,"她看着菜谱,应答道,"哦,是了。你拿那几头洋葱,用刀在底下切'X',然后扔到那只平底锅里。"

"和鸡块儿放在一起?"

"不。糟糕!"她跪下去从下面的柜子里拿出一口大锅,"扔这里。洋葱要在滚水里煮一分钟,你再把它们捞出来。"

他按她说的做了:在锅子里盛上水,点上火。他找了把刀切洋葱,就跟有一次在拉特利夫家的厨房里他们教他切小包菜一样。他瞧着她舀了些许葡萄酒和番茄酱,倒入盛着鸡块儿的平底锅。她在柜子里找出一只不锈钢的调料碗,将一片月桂叶扔进碗中。

"当然啦,我不做印度菜招待你,母亲可慌了神。"她说,仔细瞧着平底锅里的东西。

"你告诉她我上这儿来了?"

"她今天刚巧打来电话。"接着她追问他,"你呢,你有没有把进展告诉你母亲?"

"我还没有特地跟她提起。不过她可能有所猜测,今天是星期六,而我却没回家与她和索妮娅一起过。"

毛舒米凑近平底锅,用一柄木勺翻动鸡块儿,看着它们冒起一丁点儿小泡泡。她又回头对照菜谱。"我想要再加点儿水。"说着,她提起水壶往平底锅里注了些水,她的眼镜片顿时蒙上一层水雾。"我看不见啦。"她咯咯笑起来,退后一步,更贴近果戈理。小唱碟放到了尽头,屋子里除了煤气灶上的声音,一片寂静。她转向他,还是笑咯咯的,她的眼镜还是雾气蒙蒙。她抬起煮菜弄得脏乎乎的粘满面糊糊和鸡油的手:"帮我把眼镜拿下来,行吗?"

他用两只手揭起她的眼镜,提到太阳穴处,眼镜框在那儿卡了一下。他将它放置在厨台上。接着,他俯身过去亲吻她。他手指碰到了她裸露的手臂,尽管厨房里暖烘烘,她的手臂却是凉冰冰的。他把她贴紧,体味着她口中热热的有些带酸味的气息;他一只手搂着她的后腰,碰到她连衣裙的腰带结。他们这样从起居室进了卧室。他看见床垫和弹簧床座,但没有床架。他颇费了一番功夫才解开她连衣裙背后的腰带结,接着迅速敏捷地拉开上面的长拉链,裙子滑落到她脚下,成为黑色的一小堆。透过起居室投来的光线,他瞥见她的玄色网眼内裤和配套的胸衣。她比穿着衣服看上去线条更迷人,乳房饱满,臀部丰腴。他们在床罩上做爱,动作利索,好像他们对彼此的身体早已了如指掌。欢爱之后,她扭亮床边的台灯,他们一点点地检视对方的躯体,无语地寻找着胎记、痣和肋骨。

"谁能料得到呢?"她不无满足地说,声音懒洋洋的。她双目迷离地微笑着。

他往下凝视着她的容颜:"你真美。"

"你也很帅。"

"不戴眼镜,你能看清我么?"

"除非你靠近我。"她说。

"那我最好不离开。"

"别离开!"

他们掀开床罩钻进里面,枕着彼此的臂弯,汗湿而力竭。他又去吻她;她的腿盘蛇似缠绕着他。一股焦毛味儿蔓延过来,他们光溜溜地从床上蹦起来,狼狈地冲进厨房,纵声大笑。汤汁已经煮干,鸡已经焦煳得无可救药,连平底锅都得扔掉。他们饿得前胸贴着后背,既没精力做饭也没精力出去吃,结果只好叫外卖,一边对喂小而酸涩的橘子瓣,一边等着中餐送上门。

三个月来,他们已经在对方的公寓里放进了自己的衣服和牙刷。他整个周末都看着她不事化妆的样子;看着她眼圈发黑伏在书桌前写报告;当他亲她的头时,他嗅到她头皮上自上次洗发之后积起的汗油味道。他会看到她腿上自前一次剃毛之后绒起的汗毛,看到她在上次去美容院之后上眼皮长出的黑眉毛根儿;在那些个片刻里,他看到的这一切,使他确信他们走得近得再也不可能更近了。他知道她熟睡时,总是左腿伸直,右腿弯曲,脚脖子搁在膝盖上,摆出一个 4 字。他知道她爱打呼,但很轻微,听上去就像老打不着火的割草机;她睡觉时上下牙齿还打架,他会去替她摩挲摩挲下颌。在酒吧和餐馆里,要是他们对其他顾客不合时宜的服饰发型发表高论时,他们会时不时夹杂进几句孟加拉话,以免招惹麻烦。

他们无休无止地谈论彼此之间相互知道的和不知道的事情。从某种意义上而言,那其实是毋庸赘言的。他们自小到大,参加一样的聚会;当大人们在另一间屋里觥筹交错、纵情欢宴,他们这帮小孩们则捧着纸盘子吃一样的食物,看着一样的电视剧,诸如《爱之船》《梦幻岛》之类;碰上爱挑剔难侍候的主人,地毯上会铺满一层报纸。果戈理能毫不费力地猜想出她过的日子,即便她搬到了新泽西。他可以想象她家拥有的郊外豪宅;餐厅陈列柜里摆着她母亲视为珍宝的私藏;规模巨大的公立中学里,她出类拔萃、鹤立鸡群,但却愁眉不展、郁郁不乐。她的一家也同样地会从美国生活中跳将出来,频繁地飞回加尔各答探亲,一去便是几个月。他们掐指计算过,许多日子里,好多回有几星期,有次甚至长达数月,他们同时都在那远方的城市,而没意识到彼此呼吸在同一片天空之下。他们还谈到如何常常被误认为希腊人、埃及人、墨西哥人——即便是外人对他们的误解,也是同出一辙。

她常常很怀旧地讲起他们一家生活在英格兰的日子。最初在伦敦的日子,她已经不怎么记得了;而后他们家搬到了克罗伊登市,住在砖墙的双拼宅子里,屋前长着玫瑰花丛。她细细描述着那栋窄溜溜的房子,烧煤气的壁炉,浴室里阴湿的气息,吃维他麦和牛奶当早餐,穿着校服上学。她告诉他,那时她是多么讨厌搬迁到美国来,她尽最大努力保留着她的英国口音。出于某些原因,她父母对生活在美国也比在英国多了好几分恐惧不安,或许是因为它的广漠,或许是因为在他们的心里,它和印度的维系单薄得多。搬到马萨诸塞前几个月,有个小孩在自家门前院子里玩耍时失踪了,再也没找到;很长一段时间,超市里张贴着寻人启事。她记得每回她和小朋友上几步之遥、从家里望得见的邻家去玩小朋友的玩具,去吃别家的甜饼和果汁,她都得打电话告诉妈妈。她一进别人家的大门,便礼貌地要借电话用。起初美国妈妈们对她这么有义务感,既是困惑,又是赞赏。"我在安妮家玩。"她用英语向妈妈报告。"我和苏在一起。"

她承认说,活到现在,他恰巧就是她心里老想着要避开的那种人。对此,他并不觉得受了伤害,反倒是觉得有点儿得到了恭维。从少女时候起,她说,她就想定了决不让父母插手干预她的婚姻大事。她的父母总是唠唠叨叨提醒她不能找美国人,就跟果戈理的父母一样;不过,他看出那些警告折磨她的程度远远比对他的严重得多。她只有五岁时,亲戚们问她,做新娘时要穿红莎丽呢还是白长裙。虽然她拒绝讨他们欢喜,但即便在那时,她明白什么是正确的回答。到了十二岁时,她和另外两个熟识的孟加拉女孩子盟誓为约,永远不跟孟加拉男人结为夫妻。她们在纸上写下誓词,发誓永远不找孟加拉男子;她们一起朝纸片吐唾沫,而后将它埋在父母家的后院里。

到了青春少女时代,好多人为她寻找对象出谋划策;她经历了一连串不成功的相亲:家里经常会冒出一些未婚的孟加拉男人,他们是她父亲的年轻同事。她以回家作业为借口,眼睛朝天直奔上楼去;他们离开时,她也不下来道别。夏天去加尔各答探亲,祖父母家的起居室里会莫名其妙地出现几个来历不明的男人。一次搭乘去杜伽普尔的火车探望叔父,车上竟然有一对夫妻大着胆子向她父母打探她是否定了亲,说是他们有一个儿子正在密歇根做实习手术医生。"你们难道不为她择位夫婿么?"亲戚会问她父母。他们的打探令她不寒而栗。她厌恶那些人讨论她婚礼的细枝末节,什么样的菜单啦,不同场合她得换上哪些不同色彩的莎丽啦,好像这是她一生中躲也躲不掉的宿命。她厌恶祖母打开箱笼,向她展示出嫁那天将归她所有的珠宝首饰。

令她惭颜的事实是她没有和任何人亲近,她实在是十分寥落孤单。她一脸冷漠地拒绝过激不起她感情、引不起她兴趣的印度男人。十几岁的她被管住不准出去约会。大学里,她陷入过绵长的单恋,她会爱上从没交流过一句话的男同学,爱上教授或助教。在她心目中,她会和那些男子,那些在图书馆里邂逅的,或者在办公时间抵足谈心的,或者同选一门课程的同学,演出缠绵情感;甚至到了现在,她每每想起大学里的某一年,总是联想到那时她在心里悄悄地、一门心思地、荒唐可笑地企盼着等待着的某个男人或男孩。有时,她的相思会在一顿午饭或咖啡约会之后告终,她把全部盼望都押在这些偶然的见面上,但终究是幽梦一场。而现实生活里,没有一个人走进她的心灵。所以,到了大学的尾声,临近毕业典礼时,她不得不从骨子里承认,一个人也不会有了。有时她怀疑是不是因为惧怕跟不爱的人结婚,才下意识地把自己关闭得那么死紧。她说给他听这些事情时摇着头,对这段经历的回忆使她郁郁不快。直到如今,她仍然抱憾她的少女时代。她抱憾她的服从,她的没式没样的长发,她的钢琴课程和花边领子的衬衫。她抱憾她令人痛心地缺乏自信,抱憾青春期大出一圈来的多余的十来磅体重。"难怪你那时从不跟我说话。"她说道。每当她如此这般鄙薄自己,他就感到对她有了一种温柔怜惜之情。尽管他亲眼见过经历着那一阶段的她,他仍无法再想象那一切。那些他一生中留下的、有关她的模糊不清的回忆已经被干干净净地抹去,取而代之的是眼前他所知道的这个女子。

在布朗大学念书时,她的反叛是学业上的。她父母执意要她主修化学,希望她承袭父业。而她则瞒着他们,闷声不响地又主修了法文。她沉湎在第三国语言、第三种文化里,那成了她的避难所;没有任何负疚,没有任何疑虑,没有任何期望,她接近了法兰西,一种与美国和印度不同的文化。她轻易地背离了这两个国家,而这两个国家本来都可以要求她站在自己一边的,尽管从未要求她那么去做。临毕业之际,她四年没向家人泄露机密的法语学习为她逃离家庭、远走高飞作了足够准备。她告诉父母她不想当化学家;并且,根本不顾他们的反对,心里也没有什么明确的计划,她便倾囊中所有,去了巴黎。

刹那间,一切都是那么易如反掌;几年以来,她认定一辈子都不会有爱情,而现在她开始毫不费力地跌入了情感韵事之中。她纵容男人在咖啡馆、在公园或在艺术馆欣赏绘画时引诱追逐她。她把自己敞开地、直率地、整个地给了出去,不计后果。她还是和原来一样的她,外表和行事方式都和原来一样,但是突然之间,扑进了这座新的城市,她变成那种她以前羡慕的、认定自己永远做不了的女孩子。她由着男人替她买饮料喝,请她上馆子吃晚餐,之后坐进出租车由着他们把她带到他们家里,去那些她自己以前从未探访过的地方。回过头去想想,她觉得这忽然间无所羁绊、无所压抑的感觉,比任何一个男子更能使她陶醉沉迷。那些男人,有的已有妻室,有的年长好多,有的孩子都上了初中。大部分男人都是法国人,也不乏德国人、波斯人、意大利人和黎巴嫩人。有些日子,她午饭后睡在这个人的怀抱里,晚饭后则又钻进另一个人的床上。他们真是慷慨,拿香水和珠宝讨她欢心,她眼睛朝天翻了翻,告诉果戈理说。

她在一个代办事务所找了份工作,帮助美国实业家学习法语口语,帮助法国实业家学习英语口语。她经常和他们在咖啡馆会面,或和他们打电话聊天,问些有关他们家庭、履历、喜好的书籍和食物之类的问题。她开始结交其他侨居海外的美国人,她的未婚夫便是那群人里的一个。他是投资银行家,来自纽约,住在巴黎已经有一年光景,名叫格雷厄姆。她坠入情网,闪电般飞快地搬去和他一起同住。为了格雷厄姆她申请了纽约大学。他们俩一起在曼哈顿的约克大道找了个住处。他们秘密地同居在那儿,安装了两条电话线,她父母根本无从知道。当她父母来曼哈顿时,他会从公寓里消灭尽所有他存在的蛛丝马迹,然后躲进旅馆。起初,粉饰如此一个精心策划的幌子很是刺激。久而久之,老这么做便开始累人烦人,也不可能了。她把他带回新泽西的家,准备打一场恶战;但实际上,大大出乎她意料,她父母悬空着的心落了地。那时,她已经站在大龄女孩队伍里,他们已不再介意他是美国佬。再者,他们许多朋友的儿女也是和美国人结了姻缘,生出了浅皮肤、黑头发、半个美国人的孙儿辈。其实这些婚姻里没有一宗像他们所担心的那么糟糕,所以她父母竭尽全力去接纳他。他们告诉他们的孟加拉朋友说格雷厄姆举手投足十分得体,常春藤学校受的教育,薪俸可观。他们学着去忽略格雷厄姆父母的离异;忽略他父亲结过不止一次婚,而是两次;忽略他父亲的第二位妻子只比毛舒米大十岁。

一天晚上,他们俩坐出租车在中城堵了车,她冲动地要求和他结婚。回头看昔日旧事,她认为这正是这些年来人们试图选择她、要求她做的事情,这也正是这些年来她感觉到的那张处处笼罩着她的无形大网,引着她走出求婚这步棋。格雷厄姆接受了,赠予她他祖母的钻戒。他同意伴随她和她父母一同飞到加尔各答,去见见她的族人,请求她祖辈的福佑。他迷住了她家所有的人,他学会席地而坐,用手抓饭吃,从祖父辈的脚下掬起泥土。他拜访了她十几位亲戚的家,一满盘一满盘地吃淋了糖浆的蜜稀羹,在露台上被她的表兄弟姐妹团团包围着,耐心地摆姿势拍了无数照片。他同意举行印度式的婚礼,所以她和母亲去了加拉哈特购物中心和新市场,挑选了一打莎丽,许多装在红盒里、衬垫着紫色天鹅绒的金饰品;她们为格雷厄姆置办了一块腰布,和一条头缠;由母亲亲手提着上了回程飞机。婚礼计划在夏天,在新泽西举行,他们办了订婚仪式,已经收到了几份贺礼。她母亲在计算机上写好了孟加拉新婚仪式的解释条文,将它发送给所有来客名单上的美国人。他们俩拍了新婚照,准备将照片登在她父母住的小镇报纸上。

婚礼前几个星期,他们和朋友一起在外面吃饭,酒喝到了兴头上,有了点醉意,她听见格雷厄姆谈起他们的加尔各答之行。令她吃惊的是,他牢骚满腹,说是他认为那次旅行实在费神耗力,认为那里的民风压抑得令人憋气。他们所有要做的只是拜访她的亲戚,他说。虽说他觉得加尔各答那座城市令人着迷,按他的观点,那儿的人实在有点儿乡巴佬味道。人们大多数时间闭门在家。那儿没酒喝。"想想看,我要应付五十个她娘家的人,却没酒喝!我甚至还不能在大街上牵她手,一牵便招来别人的目光。"他又说。她半同情半心惊地听完了他的牢骚。因为对她来说,其一是他拒绝她的过去,挑剔她家的门风;其二是从他口中听得,她意识到他愚弄了家里每个人,包括她自己。从饭馆徒步回家的路上,她谈起了这个话题,告诉他他的看法令她不快,为何他不早向她挑明?是不是他从头到尾都假装着喜欢这一切?他们开始你一句我一句争吵,他们之间横开了一道沟壑,他们被吞噬了下去;突然,在极端愤怒之下,她从手指上扯下他祖母的钻戒,摔在马路上,钻戒碾在滚滚而来的车流之下,格雷厄姆当着路人回敬了她一记耳光……到了那个星期末,格雷厄姆搬离了他们同租的公寓。她辍了学,呈文要求所有的课程单科肄业。她寻死觅活吞了半瓶药,在急诊室里被迫咽服活性炭。她被转去看了精神治疗医生。她打电话给纽约大学的指导老师,说她精神崩溃,余下的学期要求休学。她家人打了不计其数的电话,取消了婚礼。他们损失了付给沙加汗宴席置办者的定金,还有度蜜月的豪华皇宫列车之旅的预付款。金饰品被拿去银行地下室保险柜锁起;莎丽、衬衣和衬裙则放入防蛀盒里,束之高阁。

她最初的冲动是回巴黎去。可她还有学业未竟,已经投入了太多东西,不忍放弃;再者,她经济上也承担不起这番折腾。

她自己支付不起房租，便从约克大道的公寓卷铺盖搬了出来。她拒绝回家和父母同住。有个住布鲁克林的朋友收留了她。她告诉果戈理，在那段非常时期里，和一对夫妻同住一个屋檐下，早晨听着他们俩一起洗澡的声音，晚间瞧见他们俩亲吻着关上卧房的门……很是痛苦。可是起初，她无法面对孤独。她开始打临时工。等到她攒了足够的钱搬进东村她自己的住处时，一人独处，又使她欣然释怀了。整个夏天，她一个人去看电影，有时多则一天连看三场。每星期她都买电视指南，从头到尾细细阅读，用喜欢的电视节目打发她的夜晚。她开始只吃黄瓜优酪乳和三层夹心饼。她消瘦了，瘦得比以前任何时候都厉害，以至于那时拍摄的几帧照片上，她的脸几乎都认不出来了。她在夏季季末大减价时，买来所有的衣服都是 4 号的；六个月后，她不得不将那些瘦衣服捐赠给旧货铺。秋天来了，她一心扑到学习上，追赶春天荒废的所有课业，又开始陆陆续续出去约会。有一天，母亲打电话来，问起她是否记得一个叫果戈理的男孩。

## 第九章

　　一年不到,他们就成了婚,婚礼办在新泽西的双树酒店,靠近毛舒米父母居住的郊区。婚礼不是他俩任何一方心里想要的那种。若是按他们的心思,他们会更偏爱美国朋友们挑选的去处:布鲁克林植物园,大都会俱乐部,或者中央公园里的船屋酒店。他们会更喜欢宴聚式的婚礼,背景有爵士乐低回,墙上挂有几帧黑白照片,不大办不张扬。可是他们两家的长辈执意邀请了近三百人,坚持招待印度餐,一定要人人都可以方便停车的场所。果戈理和毛舒米一致认为要唱反调还不如放弃自己的希望、俯首从命为好。他们该当如此,他们开玩笑道,谁让他们听从母亲们的话,当初凑到一块儿来呢。他们团结一致的让步使得结局在某种程度上还可以忍受。宣布订婚后的几个星期里,他们的母亲择了吉日,预定了酒店,选好了菜单。虽然一段时间里,他们俩晚间多了些来电,她母亲打电话来问他们喜欢大蛋糕还是千层蛋糕,餐巾偏好艾草绿的还是玫瑰红的,要什么样的白葡萄酒,夏多那还是夏布利……无论是果戈理或者毛舒米,都没有什么可插手的,唯有洗耳恭听,点头称是,什么最好就是什么,什么听上去都行。"瞧你多有福气。"果戈理的同事说。安排一场婚礼是想象不出的累人,让人真正初尝婚姻的酸涩,他们如此这般说道。但果戈理还是觉得有点怪诞别扭,他自己的婚礼,他却那么袖手旁观。他回想起一生经历过的许多庆典,从小到大,他父母为他操办生日聚会、毕业庆祝,父母的朋友都来参加,而那些场合里,他总是觉得有些游离在外。

举办婚礼的那个星期六,他们整理好行李箱,租了辆车开到新泽西。他们到了双树酒店后才分手,酒店是他们这辈子还属于各自家庭的最后一站。从明天起,他惊讶地想,他和毛舒米将另立门户,组成他们自己的家。婚礼之前,他们没来酒店看过。这里最忘记不了的是正中央不停上下的玻璃观光电梯,无论大人还是小孩都觉得它新鲜。从大厅可以看见比邻的椭圆露台;露台背后一排排的是客房,使果戈理不禁联想到停车库。虽说他和毛舒米实际上已经在她的寓所同吃同睡,但现在在酒店里,他有自己的包房,和母亲、索妮娅以及甘古利家的几位挚友所用的客房同在一层楼;而毛舒米则贞淑地静候在楼上,她的包房紧靠着她父母的客房。果戈理母亲带来他要换上的服饰:一件皱褶累累的曾经属于父亲的羊皮纸色的旁遮普上衣,一块系带腰缠,一双纳格拉弯趾拖鞋①。他父亲从未穿过这件旁遮普上衣。果戈理只得将它挂在浴室里,拧开龙头冲热水,让蒸汽将皱褶烘平。"你父亲处处福佑着你。"母亲对他说,她伸

---

① 印度习俗,高贵男子服饰应是 kurta(宽松衬衫),dhoti(腰缠),nagrai(拖鞋)。

出双手,在他前额放了片刻。他父亲谢世后,她第一次精心打扮自己,漂亮的淡绿莎丽,珍珠短项链;她还同意索妮娅在她唇间涂上一抹口红。"会不会太过分?"母亲有些不安,对着镜子左右顾盼。他有很多年没有见母亲这般可爱,这般愉悦,这般兴奋了。索妮娅也穿上了莎丽,粉紫底绣有银色花朵,一枚红玫瑰别在发际。她递给他一个包着软棉纸的盒子。

"什么东西?"他问。

"你以为我忘了你的三十岁生日,嗯?"

几天前是他的生日,他和毛舒米两人都忙得不亦乐乎,没时间好好庆祝一下。即便是他母亲,也一心挂念着婚礼最后的种种细节,忘了像往年一样早晨一起来就打电话祝福他。

"我想我已到了正式希望别人忘记我生日的年纪了。"他接过礼物,说道。

"可怜的咕咕。"

盒子里是一小瓶波旁酒和一只皮制红色随身酒壶。"我请人刻了字。"她说,他翻过酒壶,见到两个字母"NG"①。他想起好些年前,他把头探进索妮娅的房间,向她透露他决定把名字改成尼基尔的事。当时,索妮娅大概是十三岁的样子,趴在床上做回家作业。"你不能改。"她摇晃着脑袋,告诉他。他问为什么不能,她简单地说:"你就是不能。因为你就是果戈理呀。"现在,他看着她在他的包房里薄施脂粉,拉开眼旁的肌肤,在眼皮上描绘细细的黛色眼线,这令他想起母亲在她自己婚礼上的

---

① 尼基尔·甘古利(Nikhil Ganguli)头两个字母的大写。

留影。

"下一个就轮到你了,知道吧。"他说。

"别提醒我。"她扮了个鬼脸,哧哧笑了。他们共同感受着的晕眩,还有准备婚礼的兴奋,使他情绪低落:所有一桩桩事情都提醒他父亲已经不在了。他想象父亲和以往过普耶节那样,穿着他现在穿的外衣,单肩搭着披巾。自己这一身怕是怪模怪样的打扮,要是穿在父亲身上该是高贵雅致、恰到好处的,而这好处在他身上却不曾显现。纳格拉弯趾拖鞋的尺寸也大了一号,要塞些擦脸软纸才行。果戈理在几分钟之内已经打点停当,不像毛舒米,正忙着让专职人员替她化妆做头发。他懊悔没有把运动鞋带来,要不然他可以趁准备婚礼之前的时间在跑步机上跑它几英里。

楼下平台上铺了布,印度婚仪举行了长达一小时。婚仪不怎么太严守规定。果戈理和毛舒米起先面对面、而后肩并肩盘腿而坐。来宾们坐在钢折叠椅上观望着他们。为了扩大空间,两个宴会厅之间的活动墙都移开,整个大厅四壁无一扇窗户。录像机和手提照明灯光在他们脸上掠来掠去,西乃管①奏的乐曲从蹦吧盒录放机②里徐徐放出。他们俩事先没有排演过任何细节,也没有谁跟他们解释过。一群妈细和曼修围着他们,不断地告诉他们该做什么、该说什么,或该起立或该从小铜瓮中撒花瓣……祭司是毛舒米父母的朋友,是位麻醉师,刚巧又是婆

---

① Shenai,北印度双簧管。有两组高音簧,两组低音簧,八个音孔。木质管身,铜质喇叭。其声深邃,被视为庙宇和婚仪上不可缺少的音乐。
② Boom Box,一种廉价手提收录机。

罗门。他们给祖辈和他父亲的遗像献上了供品;他们堆起了木柴,撒上米粒,但酒店管理人员不许他们点燃柴堆。他心里想着自己的双亲,他们在婚礼前,相互之间形同陌路;直到成婚,两个人没有交换过一句话。他紧挨毛舒米坐着;忽然间,他意识到什么叫做结婚,他惊异于父母亲的勇气,在他们的婚姻里肯定有某种俯首听命的因素。

除了早年过普耶节,这是他第一次见到毛舒米穿莎丽。那时过普耶节,她都不声不响忍耐着。眼下她浑身上下缀满了二十磅左右的金饰——有一小段时间,他俩对面而坐,他们四只手被一块格子布裹起;他数了一下,她脖子上坠着十一挂项链。她的双颊上描了两大朵红白佩兹利旋花。直到现在,他一直称毛舒米的父亲舒比亚曼修,称她母亲为丽娜妈细,就跟他以前称呼他们的一样。但是过了今晚,他就成了他们的女婿,他将如他们期望的那样,尊他们为第二父母,称他们为爸爸妈妈了。

喜宴上,他换了套西装,她则换上了条纹花样的巴那勒斯丝绸长袍,那是她自己设计,请了一位会女红的朋友缝制的。她不顾母亲的反对(旁遮普服有什么不好?她母亲很想知道),照样穿上了长袍。当毛舒米刚巧忘了披上搭在椅背上的披肩,裸露着她瘦削的、铜色的、敷了粉而飘浮着暗暗光泽的肩膀时,她母亲想方设法在簇簇人群之间,朝她投来责备的眼色,而毛舒米则视而不见。不计其数的人祝贺果戈理,说是小时候就见过他,要他摆姿势拍照,要他环臂拥着那些家庭成员,朝相机微笑。多亏毛舒米的父母付钱定了敞开供应的酒吧,他醉眼蒙眬麻麻木木一直到完事。大厅里,毛舒米见到餐桌边装饰着白纱,廊柱缠绕着青藤和满天星,她吃惊不小。她从洗手间出来时撞上果戈理,他们飞快地交换了一个吻,她正嚼着口香糖,薄荷气息里隐约透出一股烟味儿。他想,她准是在厕所里放下马桶盖子,坐着抽了烟。整个晚上,他们相互间几乎没有怎么说话;婚仪上,从头至尾,她双目低垂;喜宴中,每回他注目于她,她总是在和他不认识的人谈得特别投机的样子。他忽然间想和她单独在一起,只希望他们能够神不知鬼不觉地溜进她的或者他的包房,就像他小时候一样,把那个聚会撇一边去。"快!"他催她,朝玻璃电梯打手势,"就十五分钟。没人会发现。"但晚餐就在这时开始了,桌号一个接一个在喇叭里报了出来。"我得让人重新梳理一下头发。"她说。为了美国人来宾,热烘烘的银制火锅上都贴着菜名标签。那是十分典型的北部印度式吃法:滚烫的红摊多利烤鸡堆得像小山,煨马铃薯花椰菜炖在橘汁里。他无意中听得排队拿食物的人说鹰嘴豆变了味儿。他们俩坐在宴会厅中央的首席婚宴桌上,同桌的有他母亲、索妮娅、毛舒米的双亲,还有几位她家的从加尔各答赶来的亲戚,以及她的弟弟萨姆拉特。萨姆拉特为了出席婚礼,不得不在芝加哥大学的入学典礼开始前请了假。他们的家人、父母的亲朋好友在宴会上赠送了一些稀奇古怪的祝酒词。她父亲站起来,神经质地微笑着,竟忘记举起酒杯,说道:"谢谢各位光临。"而后他朝果戈理和毛舒米转过脸说:"OK,祝你们愉快。"众人拿叉子敲打着酒杯,嘎嘎乱笑,一群裹着莎丽的妈妈们示意他们要接吻。每次他都满足她们,难为情地在他新娘的脸颊上印一个吻。

蛋糕推了出来,面上裱着几个大字:"尼基尔毛舒米喜结良缘"。毛舒米摆出应付照相镜头的微笑,抿拢嘴唇,头微微低垂朝左偏斜。他明白自己和毛舒米正努力应付那众口一心、根深蒂固的要求——因为他们双方都是孟加拉人,喜宴上的每个人便可以肆无忌惮。他偶尔环顾来宾,禁不住想到两年前,他或许就会坐在那一大片包围着他的圆桌边,看她和另一个男人结为夫妻。那念头好像始料不及的海浪,朝他兜头砸来,可他飞快地提醒自己,坐在她身边的是他自己啊。红色巴那勒斯丝绸新婚莎丽和金饰两年之前已经置备停当,是为她嫁给格雷厄姆而准备的。这回她父母所要做的全部事情就是把一摞摞盒子从壁橱架上搬下来,去银行保险柜里提取存放着的金饰珠宝,给宴席置办者找出那时的细目菜单。阿西玛设计、果戈理译成英语的喜帖是唯一一件新的东西,不是上回留下的。

因为毛舒米婚礼之后三天要教课,他们只能推迟蜜月之旅。眼下他们只能在双树酒店的套房里过一个晚上,而两人都巴不得快快离开这家酒店。可是为了预定新婚套房,他们的父母大费周章又耗资耗财。终于,只剩他们俩单独在一起了。"我得去洗澡了。"她说着,进了浴室。他明白她已精疲力竭,他也是如此——他们的夜晚以伴着阿巴的歌,没完没了地跳舞而告终。他审视着套房,拉开抽屉,抖出些纸笔,打开小型酒吧台,浏览套房的供应菜单,其实他一丁点儿胃口都没有。刚才灌下肚的波旁酒,还有因为没吃晚饭而饿得填进胃里的两大块蛋糕,使他感到不舒坦。他四仰八叉地跌进大床,床罩上撒满鲜花花瓣,是他们家人撤离之前最后的表示。他一边等着她,一边不断变换电视频道。他手边是一瓶在桶里冰镇着的香槟,几粒放在垫有镂花纸的碟子里的心型巧克力。巧克力包裹着硬硬的太妃糖,比他想象的要费牙劲儿。

他心不在焉地拨弄着手上的金戒指,那是切完蛋糕之后她给他戴上的;她手指上也有同样的一枚,是他给她戴上的。她生日的时候,他向她求婚,除了那顶在第二次约会后买的帽子外,他还送了她一枚独粒钻石的戒指。他有点儿小题大做,以替她过生日为借口,带她去一爿乡村小客栈度周末,客栈在纽约上州,靠哈德逊河畔。那是他俩第一次结伴同行,去一个既不是她新泽西家,也不是他彭伯顿路家的地方旅行。当时是春天,羊毛镶天鹅绒帽子已经戴不住了。他至今还记得,她那时有些不知所措。"我真不能相信,这帽子居然还在店铺里呀。"她说。他没告诉她什么时候去买帽子的实情。在客栈楼下餐厅里,侍者替他们割开牛排后,他拿出帽子递给她。毛舒米把帽子戴上时,边上陌生人艳羡地扭头看着她。试了试后,她把帽盒挪到座椅下,忽略了藏在棉花纸间的那只更小的盒子。"里面还有东西!"他不得已说道。回想起来,他认为她对帽子的惊讶远胜于对他的求婚。前者是真正的意外,而后者多少是预料之中的——从一开始他俩的家庭就那么有把握地设想好了,他们本人也飞快地首肯了,就是只要他们相互喜欢,他们肯定会结婚,他俩的婚期不会遥遥无期。"我答应了。"她高兴地张嘴笑道,从帽盒中抬起眼光,还没等他启齿就告诉了他。

现在,她穿着雪白的厚绒布旅馆浴袍走出浴室。她卸了妆,除去了珠宝首饰;婚仪结尾时他在她的头发分路间抹的朱砂,已给水冲洗掉了。她脱去了三寸高跟鞋,那双鞋婚礼宗教仪式一结束她就立即换上了,它使她比几乎所有的人都高出一头。她未加修饰的容颜,最令他迷恋了;他知道这是她只愿意让他一人看见的样子。她坐在床沿,从软管里挤出些蓝霜抹在小腿肚和脚底心。有一天他们步行走过布鲁克林大桥,脚走得又酸痛又发凉;回家后,她就在他脚上抹过这种蓝霜。她朝枕头上靠去,瞧着他,伸出一只手。他希望在她浴衣下窥见撩人心魄的内衣——在纽约家的卧房里,他瞧见有一堆内衣,是新娘送礼会上她收到的贺礼。可是她赤裸着,肌肤散发着某种莓子气息,略浓烈了些。他亲吻着她前臂上的深色汗毛,她突起的锁骨。她曾跟他坦白说,那是特别令她自爱的身体部分。尽管已经心力疲乏,但他们还是做爱了。她湿湿的头发凉丝丝地摩挲着他的脸,玫瑰花瓣粘着他们的胳膊、肩胛和小腿。他呼吸着她肌肤的醇香,可还是懵懵懂懂不甚明白他们已经是夫妻了。什么时候这想法会根植到他心里去呢? 甚至在这时,他也没有觉得自己完完全全地和她交融在一起,他的另一半还等待着有人敲门来告诉他们该如何行事呢。尽管他对她的欲念和往日一样强烈,做爱之后,他还是松了口气,赤裸着身体和她并肩躺着;他们知道,再也没有什么人们期待他们做而还没做的事情了,他们终于可以松懈下来了。

接着,他们打开香槟,一同坐在床上,把大购物袋里满满装着的附有个人支票的贺卡翻看了一遍。支票来自他们父母的上百个朋友。她那时不打算要婚礼礼物登记服务。她跟果戈理解释说太忙没时间,但他察觉出那是由于她无法使自己第二次面对这一切。他觉得这也不坏,不至于把成打的水晶花瓶、大餐盘、配套的锅碗瓢盆塞满他们的公寓。他们没有计算器,便拿来好多酒店的信纸打草稿,把数目累加起来。绝大多数支票上写着"尼基尔和毛舒米·甘古利先生、女士",有一些写着"尼基尔和毛舒米·甘古利"。数目从一百零一、二百零一美元不等,偶尔有三百零一美元的。孟加拉人认为给个整数不吉利。果戈理把每页的总数累加了起来。

"七千零三十五美元。"他宣布。

"不赖呀,甘古利先生。"

"要我说,我们真是大赚了一笔,甘古利太太。"

只是她不是"甘古利"太太。毛舒米保留了她娘家的姓。她没有把姓氏改为甘古利,也没有采纳连字号。她自己的姓氏,玛珠姆达,已经够佶屈聱牙的了。如果再加一个连字号连出别的姓氏,她的名字怕是会塞不进商务信箱的窗口了。再说了,现在,她已经开始用毛舒米·玛珠姆达的名字发表作品,她的大名印在文章的题目下面,文章谈论法国女权主义理论,还加了注脚,刊登在好几个声誉卓著的学术刊物上。每次果戈理想要读一读那些刊物,刊物的纸页总有意无意地割破他的手。虽然他不曾向她承认,在他们俩申请结婚证的那天,他其实十分希望她改变主意考虑考虑改姓氏的事,不为别的,仅仅是献给父亲的一份孝心罢了。但是在毛舒米的脑际从未闪过改姓氏为甘古利的念头。当亲戚们从印度继续写信寄卡片给"毛舒米·甘古利太太"时,她会摇着头,叹一声气。

他们拿这笔款子支付了购置一房一厅公寓的预付金。公寓位于二十多街,离开第三大道有几步路。房价稍微高了些,他们还是有些压力的。可是,窗户外的遮阳篷、半职的看门人、铺了南瓜色地砖的门厅让他们动了心。公寓虽小却很豪华,有嵌在墙内、一直顶到天花板的红木书柜,有深色油亮的宽木地板。起居室有天窗,厨房安装的都是昂贵的不锈钢家用电器,浴室的地板和墙上都贴了大理石。卧室外有朱丽叶阳台,房内一角安放着毛舒米的计算机、打印机和她的文件。他们的公寓在顶楼,从浴室窗户往左使劲探出身去,说不定可以看见帝国大厦。有那么几个星期,他们搭乘区间接送车去宜家家具店,添置了好多家什:仿野口勇①式样的台灯、黑色拐角皮沙发、东方绣织地毯、一张淡黄的大板床。她的双亲和阿西玛第一次登门造访,都觉得很不错,又有些纳闷:他们现在成家立业了,这房子是不是太小了点儿?但果戈理和毛舒米眼下没打算要小孩,小孩的事当然得等毛舒米完成博士毕业论文后再议。星期六,他们俩肩上搭着帆布袋子,一同到十四街联合广场的农贸市场买吃的。他们买了好多菜回家,都拿不准怎么做,比如韭菜、新鲜蚕豆、蕨菜,只得参照结婚时别人送的菜谱。他们烹饪时,常常关了火警,因为它太灵敏,要是火警闹起来,他们就抓过扫帚把儿,把火警敲哑掉。

他们俩时不时会请客,举办一些他们父母从未办过的聚会;他们邀请果戈理的同事,或者毛舒米在纽约大学研究生院

---

① 野口勇(Isamu Noguchi,1904—1988),出生于洛杉矶,在东京和横滨成长,在印第安那接受教育。他是二十世纪最多才多艺的艺术家之一,以其青铜、石头以及赤陶的抽象作品而闻名。

的朋友;他们用不锈钢的搅和瓶混合了马丁尼酒,来招待客人。他们放波萨诺娃爵士乐①,吃着面包、意大利肉肠和乳酪。他把银行账户上的钱转入她的账户,他俩的支票是淡淡的绿色,一角印着两人的名字。取款卡上的密码,他们商定用"露露",那是他们一起吃第一顿饭的法国餐馆的店名。通常,晚间他们会并排坐在厨房厨台边的高脚凳上,或者坐在茶几旁,边看电视边吃饭。他们很少做印度菜,经常做意大利粉、水煮鱼,或叫旁边街上泰国餐馆的外卖。有时,到了星期天,他们嘴馋小时候吃过的东西,便乘地铁到皇后区,在杰克逊餐厅享用一顿早中饭,他们的盘子堆满摊多利烤鸡、油炸花椰菜、串烧肉;填饱肚子后,他们又去采购家里吃空了的印度香米、调味品。他们也会钻进不起眼的茶馆,喝着纸杯子里加了重奶的茶,用孟加拉话叫侍者端上几碗甜酸乳酪和海利木辣味羊肉。每天傍晚,离开办公室之前,他都会打电话,告诉她他上路回家了,请示要不要顺便买些生菜或面包棍。吃罢晚饭,他们看电视,毛舒米同时给他们父母的朋友写着感谢卡,谢谢他们送的支票,那叠支票使他们填写了整整二十张存款单。这些情景让他感觉到他是有家有室的人了。除此之外,其余的好像没什么不一样,只是,他们现在整天厮守在一起。夜间,她躺在他身边,总是脸朝下趴着睡;第二天早晨醒来时,枕头已蒙到她的脑袋上去了。

偶尔,他会在家里发现一星半丝她昔日生活——他还未曾

---

① Bossa Nova,又称巴西爵士。五十年代,作曲家 Antonio Carlos Jobim 受西海岸风格的影响,将巴西的桑巴节奏与爵士融合形成了一种新的音乐形式。这种音乐有着轻快的巴西节奏和旋律以及爵士即兴独奏和音色。

出现时她的生活,她和格雷厄姆的生活——的痕迹:诗歌集子里的题字,写着她和格雷厄姆的名字;字典里夹着的明信片,寄自普罗旺斯,上面写着她和格雷厄姆秘密同居的公寓地址。有一回,他实在控制不住,趁午饭休息时间,去了那个地方,想探究她那时是如何生活的。他想象,她沿人行道走着,手里提着塑料购货袋,装着从旁边街角上的超市买来的日杂货,心里爱着另一个男人。他其实并不怎么嫉妒她的过去。只是有时候,果戈理怀疑自己是否只是她的某种挫败和妥协的象征。他并非每时每刻都有这种感觉,但这已经够困扰他了,就像是一张大蜘蛛网,笼罩、纠缠着他的心。为了排除疑云,他四顾他俩的公寓:他们共同营筑和分享的这份生活提醒了他。他看了看婚礼上的留影;照片中,他们俩脖子上缠着鸳鸯花环。相片嵌在一只颇有品味的皮制镜框内,放在电视机上。他走进卧室,她正忙着她的事情,他吻了吻她的肩,将她带上床。他们合用的壁橱里,挂着一只衣服袋子,里面是一身洁白连衣裙。他知道,她本该穿着这身裙子,在为她和格雷厄姆安排的印度婚典后的一个月,在宾州格雷厄姆父亲的草坪上举行的第二次婚典上,站在太平绅士跟前的。她告诉过他这事情。裙子从袋子的塑料小窗口露出小小一片。唯有一次,他拉开衣袋拉链,瞥了眼那身连衣裙,好像是无袖的,短至膝盖,圆领子,让他想起网球裙。一天,他问她,为何还保留着这身衣服。"噢,那个,"她耸耸肩,"我一直想着把它染成别的颜色呢。"

三月份,他们去了趟巴黎。毛舒米受到邀请,去巴黎大学一个会议上宣读她的论文。他们决定借此去休假几日。果戈理请了一个星期的假。他们没有投宿旅馆,而是住到毛舒米的朋友在巴士底的公寓里。她这位朋友是个男人,叫伊曼纽尔,做记者的,正在希腊度假。公寓几乎没有暖气,不过一席弹丸之地,得爬六条极陡的楼梯,洗澡间小得像电话亭。屋里有个阁楼床,离天花板很近很近,做爱显然是铤而走险。一把煮意大利浓咖啡的咖啡壶,几乎占满了双炉头煤气灶。除了饭桌边的两把椅子,再没有地方可坐了。外面天气阴湿寒冷,惨淡寥落;天空苍白,太阳长久地不露脸。毛舒米告诉他,巴黎的这种天气是出了名的。他们走在路上,常常有男人盯着毛舒米,目光滴溜溜的,肆无忌惮,无视果戈理的存在;他觉得他自己像是隐了身似的。

这是他第一次去欧洲。有生以来第一次他看到了许多建筑物;这些建筑,他以前很长时间只是在书本上读到过,只是在书页和幻灯片上赞赏过它们的精妙。不知怎么,和毛舒米在一起,他的兴奋远不如对她的歉疚。虽说他俩有一天一同游览了沙特尔教堂,还花了另一天去了凡尔赛宫;他总感觉到她似乎更乐意会她的朋友们,和他们喝咖啡聊天,或出席会议的小组讨论,或去她喜欢的小饭馆吃饭,或到她偏爱的店铺买东西。从一开始,他就觉得自己于事无助。一切事情毛舒米都做了主,都出她出面交涉。在啤酒店吃午餐,他寡言少语;在店铺看见漂亮的领带、皮带、纸笔,他也寡言少语;阴雨绵绵的下午,和她在奥赛博物馆,他还是寡言少语。他和毛舒米一起出席她法国朋友们的晚餐聚会,他们一伙人喝绿茴香酒,吃酸菜什锦熏肉和北非小米,吞云吐雾,隔着铺了纸的餐桌高谈阔论,他更是寡言少语。他吃力地抓着他们的话题——欧元,莫妮卡·莱温斯基,千年虫问题——可是,其他的话题就相当捉摸不透,淹没在叮叮当当的觥筹交错、嗡嗡的谈话和笑浪中。他从墙上巨幅金框的镜子里瞧着那伙人,他们的深色脑袋一颗颗凑得那么地近。

一半的他心里意识到,和一个熟稔这座城市的人一同来到此地,是他的荣幸;但另一半的他只想简简单单做个旅行者,揣一本单词书,随处乱走瞎闯,瞻仰他列在名单上的建筑,玩得找不到北。一天晚间,走回公寓的路上,他向毛舒米坦白了他的想法。她道:"为什么不一开始就告诉我呢?"次日一早,她指给他去地铁站的路,告诉他去地铁小亭子里拍照,办一张周票。于是,果戈理开始独自出门观光,而毛舒米则去参加她的会议,或坐在公寓饭桌边,对她的论文作最后润饰。他唯一的伙伴是毛舒米的《巴黎指南》,一本小小的红色行政区手册,书页背后附着一张折叠起来的地图。尾页上,毛舒米为他写了几句短语,"*Je voudrais un café, s'il vous plaît.*"①"*Où sont les toilettes?*"②他跨出家门时,她提醒他:"除非是早晨,不然不能叫奶咖。法国人从来不那样干的!"

虽然天气开始转暖,却依然是乍暖还寒,料峭的寒风刺痛他的耳朵。他记得第一次和毛舒米共进午餐,那日下午她把他拽进帽子铺。他记得寒风刮过他们的脸颊,他们不约而同地叫唤起来。那时他们才刚认识,还不能彼此依偎着抵挡寒冷。他

---

① 法语:请要一杯咖啡。
② 法语:厕所在哪里?

走到街角，打算再去他和毛舒米每天买早餐的那个面包铺，买个羊角面包。他看见人行道上，一对年轻情侣站在一片阳光里，从袋子里拿出小甜糕相互喂着。蓦地，他想往回走，回公寓，爬上阁楼床，不去观什么光了。他想和她一起躺上几小时，和他们刚开始交往时一样，顾不得吃饭；然后，夜半三更上街游荡，拼命到处找东西吃。可是现在他知道，她得在周末做论文报告，她正在朗读，记录时间，在论文边缘作记号，她不会因此放下手中忙着的事情的。接下来几天，他查看着地图，按照她用铅笔勾勒出来的线路行动。他在有名的大街上一转就是好几英里，途经玛黑区，兜了好几个圈子，终于到了毕加索艺术馆。他还在孚日广场找了一条长凳坐下，把那儿的庭院别墅绘了下来；他在卢森堡公园凄清的墓道间走了走。他在法兰西学院艺术院的卖印刷品的画廊里流连了数小时，终于买了洛桑别墅的画。他摄下了窄巷，深色大鹅卵石的路面，复折式斜房顶，古旧的、百叶窗紧闭的淡黄色建筑。所有这些，他感觉到一种不可言喻的美；与此同时，这美又令他沮丧。对毛舒米来说，这种美没有什么是新鲜的，她曾上百次跟它们打过照面。他明白了她为何长久地客居此地，远离家人，远离所有认识的人。她的法国朋友们宠爱她，侍者和店主们喜欢她，她如鱼得水般地融进了巴黎，又稍微有些与众不同。没有疑虑，毫无歉疚，毛舒米在这里重新塑造了自我。他羡慕她，甚至有些嫉恨她，因为她跑到异城别国，拥有了一份独立的人生天地。他意识到这正是他们的父母辈在美国的所作所为。那些举动，十有八九，他是不会去做的。

在巴黎的最后一天，早晨，他去采购给丈人丈母、母亲和索妮娅的礼物。那日毛舒米做论文报告。他提出跟她一起去,坐在会场听她发言。可她回他道,那够犯傻的,为何坐在一屋子语言不通的人当中,而巴黎还有好些地方他可以去看看呢。于是,采购完东西,他独自动身去了卢浮宫;为了这神往之地,他一等再等,一直延迟到现在。傍晚时分,他和她在拉丁区的一个小咖啡店碰面。她坐在街边玻璃棚子里,啜饮着一杯酒,等着他;她嘴唇描着深色的口红。

他坐了下来,要了咖啡。"怎么样,报告做得如何?"

她点燃一支烟,说:"还行。无论如何,总算过去了。"

她看上去不怎么轻松,倒是有些缺憾的样子。她目光游移在隔在他俩之间的小圆桌上,青灰大理石的纹理像乳酪里的花纹。

过去几天,她总是想听他讲讲一天游历的全部见闻;可今天,他们一时无话可说,只是观望行人来来往往。他把买来的东西一一拿出来给她过目,一条领带送给丈人,香皂给双方的母亲,衬衫给她的弟弟萨姆拉特,丝巾送给索妮娅,画图本、墨水和笔给自己。她称赞他的素描画得漂亮。这爿咖啡馆,他们以前来过一回,他感觉到一丝怀旧的惆怅,这种惆怅在异国他乡行程将尽时,是常常会浮上远游人的心头的。他想攫住这些记忆中转瞬即逝的细节:恰巧两次都来招待他们的那个侍者,隔街相望店铺的街景,黄绿色草编的椅子。

"要离开了,你是不是觉得割舍不下?"他问道,往咖啡里加了些糖,搅拌几下,脖子一仰,咕咚喝了一大口。

"有一些。我想在我心里有那么一个小我,从来就不希望离开巴黎,是吧?"

他靠近她,把她的双手捏在自己手里。"要是那样的话,我们彼此永远也不会相遇了。"他很有把握地说道,尽管他自己心里并不那么肯定。

"是啊。"她承认道。而后,她又加了一句:"说不定,我们有一天会搬到这儿居住呢。"

"说不定。"他点着头。

在他眼里,她是那么漂亮迷人;她有些倦意,一束薄暮的阳光照在她脸上,给她平添了一抹琥珀红的光晕。他看着烟雾袅袅地从她面前飘开。他要记住这个时刻:此时此地,他们俩是彼此相依相偎的。他想借此把巴黎留在心里。他取出照相机,对准她的脸。

"尼基尔,别拍。"她说道,笑了起来,摇着头。"我看上去狼狈不堪。"她伸出手背遮挡着脸。

他还是举着相机。"噢,瞧你!毛,你很漂亮。你看上去好极啦。"

可是,她没有遂他的心愿,她把椅子挪出了他的镜头,椅子在碎石地上嘎吱吱地刮过。她不希望被误以为是这座城市的旅人,她说。

五月间的一个星期六傍晚,他俩参加一个在布鲁克林的晚餐聚会。十几个人坐在一长溜没靠背的木凳上,围着一条刮痕累累的长餐桌,抽着烟,拿装果汁的大水杯喝着基安帝葡萄酒。屋里,长长的电线下吊着一盏圆盖形的金属灯,一束白光聚照在餐桌中央,屋子的其他地方都是暗幽幽的。地上使用电池的蹦吧盒录放机里放着一部什么歌剧。大麻烟卷在他们之间传了一圈,果戈理吸了口;可当他坐在那儿,鼻息里流进大麻时,他有点后悔不该吸大麻——他肚子其实已经饿得咕咕乱叫了。都快十点了,晚饭还没端上来。除了基安帝葡萄酒,直到现在唯一可吃的是一条面包和一小碗橄榄。桌上散着零碎的面包屑和紫莹莹的橄榄核。面包像是硬邦邦、灰蒙蒙的枕头,布满梅子大小的窟窿眼;果戈理嚼面包时,面包壳磕痛了他嘴巴上颚。

他们俩是在毛舒米的朋友艾丝特丽和唐纳德的家里做客。艾丝特丽和唐纳德住在一栋棕色砖石楼房里,房屋正在装修。艾丝特丽和唐纳德不久就要当父亲母亲了,所以他们正在进行房屋扩张,他们的地盘从一个楼面一直伸展到了顶上的三层。厚厚的塑料布从橡架屋顶上垂挂下来,隔成了看得见里面的临时走道。他们身后,一堵墙推倒了。已经这么晚了,还有客人陆陆续续地进门。他们一到,就抱怨寒冷的天气,都是暮春时节了,冬季却迟迟不离开;还有刺骨的风,刮得满街的树枝沙沙地摇晃。他们脱去大衣,向屋里的人作自我介绍,自己给自己斟上基安帝葡萄酒。要是他们刚巧是第一次来此地做客,他们肯定会离开餐桌走上楼梯,去观赏墙壁上的拉门、最初安装在房子里的锡顶天花板、巨大的将要修成育儿室的空间,还有从顶楼可以望见的在远处夜色中明明灭灭的曼哈顿景致。

果戈理以前来过这儿;而且,他感觉来得太频繁了。艾丝特丽是毛舒米在布朗大学的朋友。果戈理第一次遇见艾丝特丽和唐纳德是在他的婚礼上。至少毛舒米是这么说的,他那时并不记得他们。果戈理和毛舒米相识第一年时，他们住在罗马，靠艾丝特丽获得的古根汉姆基金过活。后来他们搬回纽约，艾丝特丽在一所新校谋了个教职，开始教电影理论。唐纳德是个才情平平的画家，专绘日常生活里的简单的小物件静物画：鸡蛋，茶杯，木梳……安静地突现在色彩明丽的背景上。唐纳德画了一锥纺线团，作为新婚礼物赠予果戈理和毛舒米；那幅画就悬挂在他们的卧室里。艾丝特丽和唐纳德是一对品味高、涵养好的夫妻；果戈理猜想，他们是模范夫妻吧，因为毛舒米觉得他们俩的生活要向他们看齐。他们结交友人、宾客，馈赠一些他们自己的生活意见给朋友。他们是那种生活品牌的热情鼓吹者，源源不断、不容置疑地给果戈理和毛舒米灌输了许多对日常琐事的高见。他们固定在沙立文街的那家糕饼店买面包；固定在勿街的那爿肉铺买肉食；固定只用某种式样的咖啡壶；固定只买佛罗伦萨一个设计所出品的床单。他们的教诲使果戈理脑袋膨胀。可毛舒米是忠心耿耿的。于是乎，她便固定去那一家糕饼店买面包，去那一爿肉铺买肉食，结果经常超了支、豁了边。

他认出几位熟人的脸：伊迪丝和科林，两位分别在普林斯顿和耶鲁教社会学；路易丝和布莱克，两位都是博士生，和毛舒米一样，在纽约大学就读。奥利弗在一家艺术杂志当编辑，他的妻子萨莉是个糕饼师。其余的是唐纳德的画家朋友，诗人和纪录影片制片人。他们全都结了婚。甚至现在，这个显而易见、再平常不过的事实还是使果戈理惊讶。都结了婚！可这就是生活啊！有时周末比平时更加困顿劳累：无休无止的晚间聚餐、鸡尾酒会、偶尔狂舞吸毒的午夜聚会，使他们觉得还年轻力盛；紧接着是星期天上午的早午餐,永远喝不完的血腥玛丽,还有要价过高的鸡蛋。

他们属于高智商、引人注目、衣冠堂皇的一族。有时,有些过于放纵随便。他们相互之间大部分是在布朗大学结识的,果戈理怎么也无法摆脱这个念头:眼前这屋子里有一半人相互睡过觉。他们在桌边一如以往地高谈着学术话题,是果戈理插不进话的那类话题的不同版本,关于研讨会议,关于就业,关于虚度的大学时代,关于博士论文研究计划的截止期。餐桌的一端,一个剪短发的红发女子,架了一副猫眼式眼镜,正谈论布莱希特①的话剧;她在旧金山演过那出戏,说演员在舞台上赤条条一丝不挂。另一端,萨莉正对她带来的点心作最后加工,专注地铺上层层蛋糕,裱上白得炫眼的蛋奶;奶油堆起,看似团团簇簇的火焰。艾丝特丽正向几个朋友展示油漆标牌;标牌在她面前像塔罗牌那样排开,是她和唐纳德正考虑用来粉刷门廊墙的好几种不同的苹果绿。艾丝特丽戴着一副一度可能属于马尔科姆X②的眼镜。她看着油漆标牌,目光锐利,虽然她是在寻求客人的好主意,她心里其实已经拿定了主意选哪种浓淡组合的颜色

---

① 柏托特·布莱希特(Bertholt Brecht, 1898—1956),德国剧作家。著有《三便士歌剧》《勇气妈妈》《高加索灰阑记》《四川好女人》等。

② 马尔科姆X(Malcolm X, 1925—1965),美国黑人民族主义者。父辈几乎全部死于白人的迫害,母亲又由于受打击而被送进了精神病院。青少年期间因刑事罪被囚十年。在狱中他认识到了穆斯林的真主阿拉的智慧,并开始自学历史、社会学、哲学等等。一九五二年出狱时,他把自己的姓氏从"Little"改为"X",他认为"Little"是奴隶的名字。在他短暂的三十九年生命之中,最终跨越了种族限制,呼吁跨越肤色的平等,团结,友爱。他一九六五年在曼哈顿作演讲时遭行刺。黑潮电影《马尔科姆X》纪录了他的一生。

了。果戈理的左侧,伊迪丝正讨论她拒食面包的理由。"要是我不吃面食,我精神会特别好。"她执拗地说。

果戈理跟这帮人说不上话。他不在乎他们的博士论文题目,也不在乎他们的进食限制,或者他们墙壁的颜色。起初,这些场合还不至于如此困扰他。毛舒米开始把他引进她的圈子里时,他和她勾肩搭背依偎着坐在那儿,相互说着话儿,朋友们的聊天只当作他俩私语的小注脚。一次,去奥利弗和萨莉家聚会,他俩溜出去,在萨莉的大壁橱里飞快而头脑发热地做爱,萨莉的一叠叠毛衣在他们头上隐约可见。他明白这种离群的情绪不可能维持长久。毛舒米对这伙人的热衷尤其使他迷惑不解。他打量着毛舒米,她正点燃一支登喜路。她抽烟的习惯开始并没有怎么令他不悦。他还挺喜欢的呢;每次做爱之后,她朝床头柜偎过去,划亮火柴;他躺在她身边,静静听着她吐烟的声息,望着头上烟雾袅袅而去。可近来这些天,她抽烟的陈腐气味停留在她的发根处、手指间,弥漫在她坐着写字的卧室里,开始令他略微皱眉了;他时常禁不住会闪过一念:她烟瘾虽不大却是如此顽执,也许会贪恋烟而把他给抛开。一日他向她承认了这忧虑,她笑了起来。"噢,尼基尔,"她说道,"你不至于当真吧。"

现在她正嬉笑着,布莱克的话使她一个劲儿地点头。她看上去情绪盎然,果戈理已经很久没有见她这般活跃了。他瞧着她平直、光滑的秀发,她新近才剪的,发梢往上翘起。眼镜衬托着她的美丽。她淡淡的嘴唇极是漂亮。他知道,这群人的首肯,对她来说意味着某些东西;但到底意味着什么,他弄不清楚。毛舒米如此热衷与艾丝特丽和唐纳德往来，最近使果戈理开始有所感觉；与他们分手之后，她郁郁不乐，好像跟他们见面，只是提醒了她他们自己的日子永远无法企及他们的似的。前一次他俩从艾丝特丽和唐纳德的一个晚餐聚会出来回家，前脚一踏进门槛，她就找岔子闹事：抱怨说第三大道噪音太大；壁橱移动门老是从轨道里滑落出来；浴室简直没法用，风扇聒噪得非把她吵成聋子不可。他告诫自己那是她压力太大的缘故——她一直在准备口试，大部分夜晚在图书馆书桌边学习到九点钟光景。他想起自己准备资格考试的情形，失败了两回，最后才通过。他想起准备考试需要长久与外界隔离，一度好几天不和任何人说一句话……于是，对她，他什么也没说。今晚，他满心希望她以口试为理由，谢绝艾丝特丽和唐纳德的邀请。然而，到了今天，他弄明白了，那对夫妇一发出邀请，毫无疑问，这儿是不会说个"不"字的。

毛舒米是通过艾丝特丽和唐纳德的介绍，才认识她的前任未婚夫格雷厄姆的；唐纳德和格雷厄姆是私立寄宿学校的同学，格雷厄姆搬去巴黎时，唐纳德把毛舒米的电话号码给了他。果戈理不愿去想这些事情，他知道毛舒米和格雷厄姆之间丝丝缕缕的联系是通过艾丝特丽和唐纳德得以维持的；通过他们，她得知格雷厄姆住在多伦多，结了婚，已是一对双胞胎孩子的父亲。以往，毛舒米和格雷厄姆还在一起时，他们伙同艾丝特丽和唐纳德，两男两女四个人，到佛蒙特州租乡间别墅，在汉普顿借时段分租的居处。现在他们想着法子把果戈理也纳入类似的计划里。譬如，今年夏天，他们打算在布列塔尼海滨租一栋房子。尽管艾丝特丽和唐纳德确实欢迎果戈理踏进他们的生活,但有时果戈理觉得他们还是以为她和格雷厄姆在一起。有一回艾丝特丽竟然误把他唤成格雷厄姆,没有一人察觉,除了果戈理。那天晚上近午夜了,像现在这个时辰,他们都有些醉意朦胧的,但他知道他没有听错。"毛,你和格雷厄姆为什么不把这块猪里脊包回家去,"他们撤餐桌时,艾丝特丽说道,"做三明治不错。"

这时,所有来客的交谈都汇总到一个话题上来了,讨论替小娃娃起名字的事。"我们想要一个独一无二举世无双的名字。"艾丝特丽说道。近来,果戈理开始注意到某种倾向:在他们混迹其中的这对夫妻的世界里,聚会的细碎交谈总会跌进替婴儿起名字的谈论里去。要是餐桌边恰巧有孕妇,就像艾丝特丽现在这样,这话题是避免不了要拿出来讨论一番的。

"我一直就喜爱教皇们的名字。"布莱克道。

"你是说约翰和保罗?"路易丝问。

"更喜欢伊诺森,还有克莱蒙。"

他们提到了好些荒唐的名字,像 Jet(喷气飞机),Tipper(翻斗卡车),等等。它们招来一阵哼哼。有人声称曾经知道一个女孩,名叫安娜·格雷厄姆——"搞明白了吗,Anagram(变形词)。"——所有的人都哄笑起来。

毛舒米争辩说拥有像她那样的名字实在是灾难;她抱怨没有人可以准确地叫出她的名字,学校里的孩子们把它发音成"木薯米",简化成"木薯"。"我是我所知道的唯一一个毛舒米,多讨厌啊!"她说。

"瞧瞧,我偏就喜欢名字取得独一无二。"奥利弗告诉她。

果戈理往自己的水杯子里又倒了一杯基安帝葡萄酒。他有些厌烦加入他们七嘴八舌的谈话,也厌烦听他们絮叨。好几本有关起名字的书在餐桌间传阅:《最佳名字探寻》《婴儿名字大全》《傻瓜宝书:给你娃娃起个名儿》,竟还有一本《什么名字不能给婴儿取》。有些书页被折了角,有些在边缘画了星星,作了标记。有人提议取名"查切利"。另外有人却说她曾豢养一只犬,名曰查切利。每个人都跃跃欲试,想在书中查一查自己的名字,看看有什么意义,结果是有人高兴,有人失望。果戈理和毛舒米的名字在书上是找不见的,整个晚上第一次,他隐隐感觉到了最初把他们绑到一起的那种不寻常的纽带。他走近她的座位,捏住她伸展臂膀平放在桌上的手。她别过脸来看他。

"嘿,你呀。"她说道。她对他微笑着,头往他的肩胛上靠了靠,他意识到她喝得迷迷糊糊了。

"毛舒米是什么意思呀?"在她另一侧的奥利弗问道。

"西南来微风,润湿而清和。"她道,晃着脑袋,转着眼睛。

"就像外面飘荡着的那种?"

"我就一直觉得你是一股来自自然的风呢。"艾丝特丽笑道。

果戈理转向毛舒米,道:"真的?"他意识到那是他没想到过要去问她的事情,是他不知道的事情。

"你从来没有告诉过我。"他说。

她摇摇头,一脸懵懂:"我没有么?"

他心里起了疙瘩,他说不清到底为什么。当然现在不是纠缠这事的时候。更不该在宴聚之中纠缠它。他起身上厕所。出来后,他没有回餐厅,而是爬上一架楼梯,去看正在装修的屋子。他停步在好几间除了梯子外,一无他物的房门前。还有些房间码着纸板箱,一摞码着六七只箱子。他停下来研究散在地上的设计图纸。他记起和毛舒米刚开始约会时,在一爿酒吧里,他们曾花了一整个下午画理想中房子的图案。他争着要现代派的样式,处处是玻璃,处处有阳光。可她想要棕色砖石楼房,就像这儿的。最终,他们设计了一座不切合实际的房子,是栋联排别墅,水泥浇铸而成,正面整面镶满玻璃。那时他们还没住到一起,他记得决定卧室该放在什么地方时,他们俩都感到窘迫。

他最后踱进了厨房,唐纳德直到现在才着手准备鲜蛤蘑菇面。厨房黯旧,是以前出租单元里的厨房,新厨房装修好之前,他们只能将就着用这个旧厨房。邋里邋遢的亚麻地毡和家用电器靠一堵墙一字排着,果戈理不由地想起阿姆斯特丹大道他曾住过的地方。灶台上放着一只空空的不锈钢大汤锅,锃亮锃亮,大得占了两个炉头。一碗蔬菜色拉,上面盖着一张湿纸巾。一堆浅绿的蛤蜊,小小的,不比两毛五的钱币大,浸泡在凹得挺深的瓷水池里。

唐纳德是个高个子,穿着牛仔裤和人字拖鞋,上面配辣椒红的衬衫,袖口挽起,恰好卷到胳膊肘上面。他挺英俊的,五官带点儿贵族气,淡褐色头发朝后拂着,油亮亮的。他围着围裙,手忙脚乱地从一棵大得过分的荷兰芹上择着叶片。

"嘿,你好,"果戈理道,"有什么要干的吗?"

"尼基尔,欢迎欢迎。"唐纳德递过荷兰芹给他,"我不跟你客气啦。"

果戈理感激这里有事儿做,让自己忙一忙,不那么无所事事,尽管是给唐纳德这个厨师当下手。

"噢,装修得怎样?"

"别提啦,"唐纳德道,"我们才辞退了合同工。这种磨磨蹭蹭的进度,等他装修好婴儿室,我家小孩都已经要用不着啦。"

果戈理看着唐纳德从水里捞出蛤蜊,拿一个微型马桶刷一样的玩意儿擦洗它们的贝壳,而后一个接一个地扔进大汤锅。果戈理伸过脑袋朝锅里瞅瞅,在无声息地泛着泡沫的汤里,那些蛤蜊壳正齐齐地都张开着大口。

"嘿,你们什么时候打算搬到这边来?"唐纳德询问。

果戈理耸耸肩。说到底,他对搬到布鲁克林来住不感兴趣,也不喜欢跟艾丝特丽和唐纳德住得咫尺之隔。"我没怎么考虑过。我喜欢住曼哈顿,毛舒米也是。"

唐纳德摇着头,说:"老兄差矣。毛舒米很迷恋布鲁克林。格雷厄姆的事情过后,我们不得不把她'撑'出去呢。"

提及那个名字蜇痛了他,他很丧气;每次听到那个名字,他都觉得丧气。

"她待在这儿和你们在一起?"

"就在那儿,走廊尽头那间屋里。她住了有几个月吧。那时她真糟透了。我从来没有见过一个人会惨到那种地步。"

他点了点头。这又是她从未跟他提及的事情。他想知道个究竟。他意识到,就在此地,她由艾丝特丽、唐纳德陪伴着,度过了她最黯淡无光的一段时光;他突然厌恶起这个地方来。就是在这个地方,她曾为另一个男人伤心欲绝。

"你和她合适多了。"唐纳德下结论道。

果戈理抬起头,很吃惊。

"别误解了。格雷厄姆很不错。只是他们俩太相似,俩人在一起老是剑拔弩张的。"

果戈理并没有觉得这种观察给自己任何宽慰。他择罢荷兰芹,站在一旁看着唐纳德抓过一柄刀,一手平平地掌着刀背,切细荷兰芹叶子,动作麻利而熟练。

忽然间,果戈理觉得自己一点用也没有。"我从来就没搞明白这是怎么做的。"他说道。

"所有你需要的只是一把好刀,"唐纳德告诉,"相信我的话!"

果戈理捧着一叠盘子、一束刀叉被派遣去餐厅。途经走廊尾端那间毛舒米住过的屋子,他探进头去。里面空空的,一片遮盖用布覆盖在地上,一团纠结的电线从天花板上垂挂着。他想象她蜷缩在屋角的床上,形容憔悴,心如死灰,头上笼罩着愁绝的烟雾。下了楼,他在毛舒米身边坐了下来。她亲了亲他的耳垂。"你晃到哪儿去啦?"

"不过是陪陪唐纳德。"

姓名的话题还在热烈地继续着。科林说他喜欢象征着美德的名字:忍忍,诚诚,淑贞。他又说他的曾祖母名叫无言,没人愿意相信吧。

"那'审慎'怎么样?审慎也是美德呀。"唐纳德说道。他从楼梯上下来,捧着一大盆意大利粉。意大利粉一上桌,引来一阵喝彩。碟子里添上了食物,绕圈传递给大伙。

"好像觉得替小孩取名字还责任重大呢!要是他不喜欢怎么办?"艾丝特丽愁上眉梢。

"那他会改名字呀!"路易丝道,"顺便说一下,还记得大学里的乔·切普曼吗?我听说他现在叫乔安尼了。"

"上帝啊,我永远不会改我的名字,"伊迪丝接口道,"那是我奶奶的名字。"

"尼基尔改过他的名字!"毛舒米突然冲口而出,整个晚上第一次,除了蹦吧盒录放机里的歌剧演员外,一屋子人顿时静得没一丝声响。

他瞪着眼睛朝她看,当头遭了一闷棍似的。他从来没告诫过她不要随处跟人说。他理所当然以为她不会说的。他对她说不出一个字来,她却报以微笑,根本没意识到她自己做了什么。餐桌边的客人们都注视着他,他们咧着嘴巴,冻结在疑惑的微笑中。

"你说他改名字,是指什么?"布莱克慢吞吞问道。

"尼基尔不是他出生时取的名字。"她点着头,食物塞满了一嘴巴,她朝桌上扔出一片贝壳,"小时候他不叫这个名字。"

"你出生时用的是什么名字呢?"艾丝特丽问道,她满脸疑惑地看着他,她锁着眉毛以示她的困惑。

有几秒钟,他吐不出一字。"果戈理。"他终于说道。他在家人、朋友之外是果戈理,已经是陈年旧事了。那名字听上去仍一如以往地简短、怪诞、叫人受不了。他说话时盯着毛舒米看,但她醉眼迷离,根本没有领会到他的责备。

"是写《外套》的那个果戈理?"萨莉问。

"我明白了,"奥利弗道,"尼古拉·果戈理!"

"我真不能相信,你对我们守着这个秘密,尼克。"艾丝特丽怪罪道。

"你老爸老妈怎么回事,给你取这名字?"唐纳德要追根刨底。

他回忆起那段旧事,就像以前那样,那段旧事顿时生动而无法言喻地突现在他眼前。他无法勉强自己叙述给这帮人听:半夜三更颠覆的列车,父亲从车窗伸出的手臂,紧捏在他手中的皱巴巴的书页……他跟毛舒米交往一个月时,跟她讲过这段往事。他跟她讲了火车失事,还讲了那天晚间在彭伯顿路家的车道上,他父亲对他讲述这件事的前后情形。他坦白说,他对更改名字的事,心里仍时时感到罪疚不安;特别是父亲走了之后的,更是觉得罪疚不安。她宽慰他道,那可以理解,任何人碰上他的情形,都会那么做。可是,眼下这却成了别人开心的话题,一个笑柄。一时,他很懊恼把这事情告诉了她;他不知她会不会把父亲车祸的事情也抖露张扬到桌面上来。到了明天,桌上这伙人就会把这件事扔到脑后,这不过是一桩有关他的不足挂齿的小怪事,日后聚宴谈论的逸闻趣事罢了。正是这使他难堪,不能释怀。

"我父亲着迷果戈理吧。"他憋了很久才说。

"那我们是不是该把小孩儿唤作威尔第?"唐纳德沉吟道,歌剧正汹涌地冲向尾声,磁带嘎的一声打住了。

"你别瞎掺和!"艾丝特丽说。她并没被逗乐。她亲了亲唐纳德的鼻子。果戈理瞧着他们,他心中明白,这全然是开玩笑——他们不是那种人,不会像他的父母那样,那么感情用事,那么天真,以至于铸成错误。

"别急,"伊迪丝说道,"绝妙的名字到时候就来了。"

果戈理于是马上接口道:"世上本无这种东西。"

"本无什么东西?"艾丝特丽问道。

"没有高妙至美的名字。我以为应当允许人在十八岁时,替自己命名。"他又附了一句,"在这之前,一律用代名词!"

人们大不以为然地摇头。毛舒米狠狠地横了他一眼,他装着没看见。色拉上来了。话题换了,又继续着,把他晾在了一边。他忍不住想起曾在毛舒米那边的床头柜上翻读过的一本书,一部英译的法文小说;在几百页的文字里,小说里的主角们简单地被称为"他"或"她"。那本书他翻看了几个小时,主人公的名字自始至终没有出现,他对此感到异常地释怀。书里叙述了一个不幸的爱情故事。要是他自己的人生也那么简单,那就好了。

## 第十章

### 1999

结婚一周年的早晨,毛舒米的父母打来电话,把他们从睡梦中唤醒,在他们还来不及相互道喜之前,就抢先祝贺了他们。其实,他们除了结婚周年,另一件事情也值得庆贺:一星期前,毛舒米顺利通过了口试,她现在是正式的候选博士生了。还有第三件好事,只是她按住不提罢了——她获得了奖学金,资助她去法国一年,从事她的博士论文研究工作。快要结婚时,她暗中申请了这笔奖金,只是好奇,想试试运气。她认为,为这些东西去努力争取,总是有好处的。若是在两年前,她会毫不迟疑,马上答应去法国。但眼下她不可能就这么飞去法国一走了事了;现在,她要考虑丈夫,考虑婚姻。好消息到来时,她想定了,干脆不声不响回绝了奖学金,把信函存档,缄口不提这桩事情。

她自告奋勇,安排晚上的一切,到中城一家饭店订了席位,那家饭店是艾丝特丽和唐纳德向她推荐的。最近几个月,她以考试为借口,埋头于书本,或许过分忽略了果戈理;对此,她心里有些过意不去。有的晚上,她告诉他在图书馆看书,而实际上,她或者去了苏荷会晤艾丝特丽和她的小婴儿,伊斯米;或者独自散步去了。她有时会一个人到餐馆或酒吧坐下,要一份寿司、一个三明治或一杯葡萄酒,仅仅为提醒自己,她依然能够依靠自己,独立行事。对她来说,这种自信自然十分重要,就和她婚礼上用梵文反复诵读的誓言一般重要,也和她同时在私下暗许的心愿一般重要,那就是永远不能像母亲那样,整个地依赖丈夫。她母亲离开家园三十二年,到过英国,又来到美国,至今还不会开车,不出门工作,分不清支票账户和储蓄账户;但她是个绝顶聪慧的女人,她二十二岁嫁人前,在加尔各答总统学院读大学时,还是语言系的优等生呢。

针对今晚的场合,他们俩都穿戴得很正式——她从浴室出来,见他穿上了她送的青苔色、有稍显深绿的丝绒尼赫鲁领子①的衬衫。那天售货员包起衬衫后,她才想起结婚一周年应当以纸相赠的习惯。她本打算把衬衫留着圣诞再送给他,另外去芮佐黎书屋②买本建筑图册送他;可是抽不出时间了。她穿上那件他第一次登门、他们第一次做爱时她穿的黑色连衣裙。外面兜了块紫丁香色的帕西米纳羊绒披巾,那是果戈理送的结婚周年礼物。她依旧记得他们最初的约会:在酒吧里,当他走近她,她喜欢上了他略显粗放不羁的头发,脸颊上拉拉茬茬的深色胡子。那天他穿着一件绿条夹着紫色细纹的衬衫,领子快要磨破了。她从书本上抬起头,一看见他,心猛地咚咚跳动;她感觉到

---

① 中式立领,因印度开国总统尼赫鲁而得名。
② Rizzoli,美国书店,位于曼哈顿五十七街,五六大道之间。以售视觉艺术书籍而闻名。

他的魅力,那么突如其来,那么有力而无可抗拒。她记得当时她迷失了自己。她心里预期的是陈旧记忆中的男孩果戈理:冷淡茫然,沉默寡言,条绒牛仔裤,脸上几粒青春疙瘩豆。约会前一日,她和艾丝特丽一起在城市面包房吃午饭。"我不能想象你会和印度小伙子交朋友。"艾丝特丽从色拉盘子上探过身,不屑道。那时,毛舒米没辩解,只是一再开脱说就见一见而已。她连自己都怀疑得很——除了年轻的沙西·库帕①,还有个印度表兄,她从没对哪个印度男子倾心过。直到那一刻。她真的是喜欢上了果戈理。她喜欢他因为他既不是医生也不是工程师。她喜欢他因为他把名字从果戈理改成尼基尔,虽说她早年就认识他,而他改了名字,好像改头换面变了人似的,再也不是她母亲说起的那个人了。

他们说好了散步去饭店。从他们家,朝北走三十条街,朝西走四条大道,方可到那儿。天已经黑了下来,傍晚却是温润宜人,暖融融的。她站在家门前的阳棚下,犹豫着是不是需要羊绒披巾。她不知该把它放哪里好,她的晚用包太小。她由着披巾从肩上滑落下来,两手拽着。

"我是不是该把它放楼上去才好?"

"要是我们想走回家呢?"他说道,"你大概就用得上它了。"

"也许吧。"

"再说了,你披上它很漂亮。"

---

① 沙西·库帕(Shashi Kapoor, 1938—2017),印度影星,在《流浪者》中饰小拉兹。

"你还记得这身裙子么?"

他摇了摇头。她有些失望,但并不意外。到了现在,她了解他那建筑师的脑袋里是没有为日常琐事留一席之地的。譬如,他不会在意把披巾的发票藏起来,而是把零钱发票一大把从口袋里掏出来,扔在他俩合用的柜子上。她实在无法责备他忘记了这条裙子。她自己也想不起那到底是哪一天的晚上了。是十一月的一个星期六吧?现在,他们谈情说爱一起走过的标识已经黯淡了,让位给了正待他们庆贺结婚周年的晚餐。

他们顺着第五大道往上城走,沿路经过好几家东方地毯专卖店,地毯挂在灯光明亮的橱窗里。他们还经过了纽约市立公共图书馆。离他们在饭店预定的时间还有二十分钟,他们决定先不直接去饭店,而是在马路上溜达溜达。第五大道冷清清的,平日旅游者和购物者挤来挤去的路上现在没几个人影,也没几辆出租车。她很少来这儿,只是到亨利·本黛尔精品专卖店买化妆品,或去巴黎电影院看非主流电影,才会到这里来;还有一回,她、格雷厄姆、他父亲和继母一起去广场大饭店喝过酒。他们经过打烊的商店,玻璃橱窗里陈列着手表、箱包、风衣。毛舒米被一双土耳其蓝的凉鞋吸引住了,她停下脚步。鞋子摆放在透明合成树脂支架上,在聚光灯的照耀下光彩熠熠。绳鞋是角斗士样式的,绳带以仿钻石编缀而成。

"好看还是难看?"她问他。当他们翻看《建筑辑要》或者《纽约时报》设计版,见到里面的公寓照片时,她常常这么向他发出询问。他的回答经常出乎她预料,他总是言之凿凿,使她对那些不怎么瞧得上眼的东西另眼相看。

"我觉得它很难看。不过,我得看它穿上脚了才知道。"

"我也觉得难看。猜猜,要价多少?"她说。

"两百美元。"

"五百!你能相信么?我在《时尚》里见过这款凉鞋的大特写照片。"

她走开了。她走了几步路,回过头,看见他还站在那儿,猫着腰探看鞋底有没有价格标牌。这副动作流露出一种无知和无礼来;她不禁想道,为何她至今还爱着他。她想到,当初,当他重新出现在她的生活里时,她是何等欣喜。他们重逢之后,她逐渐担心起来,怕又回到巴黎之前的最初的那个自我中去——孤僻离群,无动于衷,书呆子气十足。她把以前切身体会过的找不到归属的恐慌又咀嚼了一遍:她的朋友们嫁的嫁,娶的娶,都成了家。她甚至还考虑过登征婚广告。然而,他接纳了她,遮掩了她以前不体面的婚事。她相信他不可能再像格雷厄姆那样会伤害到她。经过几年躲躲藏藏的恋爱之后,这次谈朋友好像是在透明的鱼缸里一样,从一开始就得到了父母的应允支持,也是别有一番趣味。逃避不掉的未来,逃避不掉的婚姻,使他们最终走到了一起。他们之间的熟识,一度使她亲近他,继而又开始拉开与他的距离。她知道那不是他的错误。他,时常使她联想到自己的驯服顺从,联想到自己曾拒绝过的、奋挣着要抛弃的那种人生。他不是那个她以为最终会与之长相厮守的人,他从来就不是那种人。或许,正是因为这些理由,在刚开始的几个月,堕入情网,和他在一起,按部就班地走别人指望她走的人生之路,使她感到被禁锢,反叛着自我,违拗着自己的意愿。

一开始，他们找不到那家饭店。尽管他们有确切的地址，写在一张折起来的纸上，放在毛舒米的晚用手提包里；地址把他们引到一栋联排别墅跟前，里面是几间办公室。他们按响门铃，隔着玻璃门朝里窥望；铺着地毯的门厅空无一人，楼梯脚下开放着一大盆鲜花。

"绝对不是这个地方。"她说。她抬起双手，罩住两边的脸，以遮挡玻璃的反光。

"你肯定没把地址写错吧？"果戈理说。

他们在这条马路上从这端走到那端，从那端又走到这端，马路对面也去找过。他们又回到联排别墅跟前，抬头瞧着黑咕隆咚的窗户，看看能否找见个人。

"在这儿。"他叫道，注意到一对男女从台阶下面的地下室门里出来。那儿入口处的地方，有一盏孤零零的壁灯，光影里，他们看见一块钉在墙面上的牌子，上面写着饭店的名字：安东尼娅。几个侍者迎上前来恭候他们，在前台名单上他们名字旁边做了记号，引领他们进入席位。当他们步入低于地面的空荡荡的餐厅，他们才觉得刚才不必那么惊慌。这里气氛低沉，有点寥落的味道，就像外面他们路经的大街上的冷清样子。店堂里坐着一家子，看完了戏来用晚餐吧，她猜想；两个小女孩子穿着绮丽得过分的连衣裙，衬着衬裙，大领子镶满花边。店堂里有几对衣冠楚楚的看上去很富裕的中年男女，另外还坐着一位穿戴讲究的老绅士独自进餐。她觉得狐疑，居然有那么多桌子空着，居然不放点儿音乐。她本来希望是一个更闹哄哄、人气更旺的去处。因为是地下室，这店堂看上去煞是空旷，天花板很高。空调开得太厉害,冻坏了她光溜溜的手臂和腿。她用披巾裹紧了肩胛。

"冻死我了。要是我开口,你说他们会不会关掉空调呢?"

"我怀疑。要不要我把外衣给你?"尼基尔提出。

"不用。没关系。"她对他报以一笑。然而,她心里觉得不畅快,感到失落压抑。她情绪低落,是因为见到穿织锦背心黑裤子、拿银夹子送上热面包的跑堂伙计竟是两个十几岁的孟加拉男孩。而且那侍者也惹恼了她,他倒是十分殷勤,但解释菜单时,他谁也不看,而是冲着他俩当中的一瓶矿泉水说话。她知道要改变计划已经太晚了。可是叫完了菜,她还是如坐针毡,忍不住要跳起来一走了事。前几个星期的一天,她就这么走过一回。她去一家昂贵的发廊,坐在椅子里,美发师已经把围单给她围上,在脖子后系好;当她提起毛舒米的发夹子,从镜中端详着,脸上流露出厌烦的表情。乘美发师去查看另一位顾客,毛舒米跳起来就走,就因为美发师的那副样子使她觉得受了冒犯。她琢磨着,对这地方,艾丝特丽和唐纳德到底喜欢些什么,她想准是这里食物好吃了。可是菜肴一端上来,令她大失所望。菜盛在一只方方的白盘子里,摆放得乱七八糟,少得快看不见了。他们像往常一样,时而交换着菜盘;这次她不喜欢他菜的味道,所以她盯着自己的吃。她一眨眼工夫就把一盘子鲜贝一扫而光,坐在那儿好久,看着尼基尔对付他的鹌鹑。

"我们不该来这地方。"她皱着眉,突然说道。

"为何不呢?"他赞许地看了看四周,"够不错的了。"

"我说不清楚。跟我想象的不一样。"

"让我们过得高兴些吧。"

但是她实在无法高兴起来。晚餐近尾声了,可她感觉既没有吃饱,也没怎么喝多。灌下两杯鸡尾酒,还分了一瓶葡萄酒,她伤感得无法沉醉。她看着尼基尔吐在盘子里的、头发丝般细瘦的鹌鹑骨头,感到厌恶。

"女士,您的披巾。"其中一位跑堂伙计从地上拾起披巾,递给她,说道。

"对不起。"她道,觉得手脚不听使唤,慌了一阵。她这时又注意到自己的黑裙子粘上了丝丝紫色细毛。她掸了掸裙子,可是细毛牢牢吸附在上面,像是猫咪的软毛。

"怎么啦?"尼基尔抬起头,问道。

"没怎么。"她答道,她不想说他的重礼有瑕疵,不想败他的兴,坏他的感觉。

这天晚上,他们是饭店最后离开的顾客。账单极贵,远比他们预料的要昂贵。他们用信用卡付了账。看着尼基尔在账单上签名,她忽然觉得这地方恶俗不堪,心中怨愤还要付那么丰厚的小费,可是侍者的服务又没有什么可以挑剔的。她注意到许多桌子已经收拾干净,椅子倒扣在桌上。

"我真不能相信他们已经扒光了桌布。"

他耸耸肩:"晚了嘛。星期天他们大概打烊得早吧。"

"你不认为他们可以等我们离开了才收拾么。"她说。她感到喉咙仿佛堵了一个大疙瘩,泪水涌了出来。

"毛舒米,你怎么啦?有什么事想要聊一聊吗?"

她摇着头。她不想解释。她想回家,钻进被窝,把这个夜晚忘掉。外面淅淅沥沥下起了细雨。他们不用按早先商量好的计划散步回家,他们可以叫出租车。她情绪渐渐平息了。

"你真的没什么事儿吧?"坐车回家时,他问。她可以感觉出他开始对她有些不耐烦了。

"我肚子还饿着。"她说,从车窗望着外面,街上有几家此时还在营业的馆子:贴着龙飞凤舞的特价广告招贴、灯火通亮扎眼的餐车式饭店;价廉的铺着刨花地板的通宵比萨饼店。这些去处,她平日想都不会想去光顾的,眼下它们却突然显得那么诱人。"我吃得下一只比萨饼!"

两天后,新学期开始了。那是毛舒米在纽约大学的第八个学期。她已经完成了所有的课程,这辈子再也不用去听课,再也不用进考场了。这个事实使她轻松异常——终于要从学生时代名正言顺地解放出去了。虽然她还有博士论文要写,还有个指导老师关照她的学习进程,可她已经觉得航船起了锚,偏离了曾那么长久地规定她、塑造她、限制她的那个世界。这学期她教初级法语,星期一、三、五,一周三次课。这是她第三回教这门课。她所有要做的只是参看一下日历,改一改课程时间。她要做的努力只是记住学生的名字而已。学生们总把她误当成地道的法国人,或者至少半个法国人,她很是得意。她告诉他们她家住在新泽西,父母是印度孟加拉邦人,他们那副怀疑的样子是她很喜欢看到的。

毛舒米的课在早晨八点,起初她有点儿怨。可是等她起了床,淋了浴,打扮齐整上了街,手里捏着杯在他们那条街上买的意大利香奶咖啡,走在了街上,她的心情就会变得明媚起来。这个时候就走出家门,她心里不由得生出一种了不起的感觉。当她离开家时,尼基尔还在呼呼大睡呢,一个劲哗哗直叫的闹钟也吵不醒他。头天晚上,她取出衣服,取出备课大纲,为第二天做了准备;做小学生时她还为第二天上课做准备,但以后就再也没有这么做过了。她喜欢这般早就走在街上,她以前喜欢微明时分起床,喜欢清晨赋予一天的那种充满希望的感觉。今天他们俩日常作息之间有了令人愉快的转换——平日总是尼基尔洗完澡,穿上西装,飞出门去,而她才开始给自己冲一天中的第一杯咖啡。谢谢老天,她今天用不着先去光顾卧室角落围困在脏衣服袋子中的书桌;那些袋子里的脏衣服,他们本打算送去洗衣房清洗的,结果弄得一个月才周转一回,添购内衣袜子势在必行。毛舒米常常想,她会在这种做学生的困顿里再活多久呢,尽管事实上她已是结了婚的女子,尽管她学业有成,尽管果戈理有一份挣钱不算太丰厚、却也相当体面的差事。要是和格雷厄姆在一起的话,那自然是会不一样的——他挣的钱俩人花都花不完。当然这也是相当麻烦的事情,她得为自己的事业捏一把汗,那或多或少像是一种嗜好,没有存在必要了。她提醒自己,一旦她有了一份工作,一份真正的有可能成为终身教授的全职教职,景况会大为改观的。她想象着在哪儿会找到她的一席之地,说不定在前不着村后不着店的偏远小镇吧。有时,她和尼基尔开玩笑,说是几年后,他们会卷铺盖搬家,去艾奥瓦,或者卡拉马祖。但他俩心里明白,他不可能离开纽约,周末坐飞机往返来回的只能是她。这预料中的未来对她来说有一种诱惑力,就跟她在巴黎时一样,从一张白纸开始,那地方谁也不知道她。这是她父母一辈子的经历中她所钦佩的一桩事情——不管是好是歹,他们能够离开他们原先的家庭。

当她走近系大楼时,发现气氛有些不对。一辆救护车停在人行道上,后门洞开。救护人员的对讲机响着咻咻的静电声。她过马路时朝救护车里窥探了一下,里面有救护器械,但没人。这景况还是使她心里发毛。楼上走道里挤了很多人。她心想谁受了伤,不知是学生还是教授。她谁也不认识,只看到一群捏着课程添减表、张皇失措的一年级新生。"想必有人昏倒了。"有人说。"我搞不清楚。"一扇门打开了,有人要他们让开一条路来。她想会有人坐轮椅车出来吧,却吃惊地看到一具被布单盖着的人体,在担架上被抬了出来。围观的人们惊骇地唏嘘起来。毛舒米伸手捂住嘴。有一半的人低下眼睛,移开视线,摇着头。从担架一端穿着米色平跟鞋、八字形撇开的脚来看,她断定那是个女人。她从一位教授口中得悉刚才发生的事:爱丽丝,系里的行政助理,突然昏倒在信箱旁边。一分钟前她还在分发校内邮件,一分钟后她已经通体冰凉。救护人员赶到时,她已经咽了气,死于血管瘤。她三十多岁,单身,一直喝着花草养生茶。毛舒米从来就没怎么特别对她有过好感。她情绪时好时坏,又很固执冥顽,年纪轻轻,却像是一大把岁数的人。

想到这些,想到这个既微不足道、又自我中心的女人如此突兀的死亡,毛舒米心里很不是滋味。她走进和其他助教合用的办公室,里面空无一人。她打电话给尼基尔,打到家,打到办公室,都没人接。她看了看表,意识到他准是在地铁里,在上班的路上。突然间,她庆幸没有找着他——她想起尼基尔父亲的死,突如其来,说走就走,没有预兆。这消息肯定会触动他的心境。她有一种强烈的冲动,只想赶紧离开学校回家去。可半小时后,她要教课。她走回复印机房,复印教学大纲,还有上课用来翻译的福楼拜的一小段文字。她按了按钮,让机器按序排列复印件,却忘记按键钮让机器装订。她在文具供应柜里翻找订书机,没找到;她不由自主地走向爱丽丝的办公桌。电话叮铃铃在响。一件开襟毛衣搭在椅背上。她拉开爱丽丝的抽屉,不敢碰任何东西。在一堆回形针和小包袋糖背后,她发现了订书机。订书机上贴着胶带,写有"爱丽丝"几个字。教授们的信箱有一半还空着,信函堆在筐子里。

毛舒米走近信箱,想去拿上课的学生名单。她的信箱空洞洞,她到筐子翻找自己的信件。她一封一封拿起寄给某某教授或助教的信件,不由自主地对着名字将它们分发进信箱里。尽管她后来拿到了学生名单,她还是继续着手上的活儿,继续着爱丽丝来不及干完的活儿。心里一片空白反倒给了她慰藉。从小她就是整理杂乱的能手,她会自告奋勇清理壁橱、抽屉,不但替自己,还替父母整理。她清理刀叉抽屉,清理冰箱。自己揽来的活计使她忙碌个不停,她母亲则站在风扇前,啜饮冰西瓜汁,瞧着她,一脸不相信;她那炎热宁静的夏假长日便这么流走了。筐子里还剩下几封信。她弯腰捡起。这时,一个名字,一个打在商务信封左上角的寄信者的名字引起了她的注意。

她捏着订书机、那封信,还有其余属于她的东西,走进自己的办公室。她关上门,坐到书桌前。信是给一位兼教法文和德文的比较文学教授的。她拆开信封。里面是一页求职信，一份履历表。有一分钟光景，她只是怔怔地瞪着履历表开头正中央字体典雅的名字。她当然记得这个名字！单是这名字，像她第一次听到的那样，就足以使她心荡神迷了。德米特利·德夏丁（Dimitri Desjardins）。他说自己名字的时候，是英语的发音，把其中的"雅"发成"夏"，把"s"留下。不管她的法语造诣如何，在她心里就是德夏丁了。姓名下面印着住址，西164街。他正谋求半职讲师职位，教德文。她从头至尾读了一遍履历表，把他过去十年里做了什么，去过哪里了解得清清楚楚。游历欧洲。在英国广播公司干了一阵儿。在《明镜周刊》①、《批评探索》②上发表文章和评论。从海德堡大学获得了德国文学博士学位。

那是很久以前的事了。遇见他时她还在读高中，再过几个月就要毕业。那段时间里，她和两个朋友热烈地向往着成为大学生，还苦于同龄男孩中没人有跟她们幽会的兴趣，所以她们会开车去普林斯顿大学，在校园里晃荡，逛大学书店，到几栋不需要证件便可随意出入的教学大楼里做回家作业。她父母一直对她的这种探索行动大为鼓励。他们以为她在图书馆看书，或去听讲座了；他们倒是希望她报考普林斯顿大学，那样她就可以住家里和他们待在一起了。一日，她和朋友们坐在草坪上，有人邀请她们去参加大学学生集会，抗议南非种族隔离。集会计划在华盛顿举行一次游行，要求政府对种族歧视予以制裁。

---

① *Der Spiegel*，德国新闻杂志。
② *Critical Inquiry*，美国理论学刊。该刊为艺术和人文所有领域的学术讨论提供论坛。

为了清早抵达集合地点，他们搭乘一辆大包车连夜赶往华盛顿特区。她们对父母们谎称要到朋友家玩耍过夜。大包车上，那伙学生都不停地抽大麻，在一架用电池的收录机里一遍又一遍地放着克劳斯比、斯蒂尔斯和纳什①的歌唱磁带。毛舒米脸朝车尾反向坐着，她朋友的座位则在她的背后，她扭转着身子和她们聊着天。她转回身来时，见到坐在邻座的他。他看上去和那群人甚为疏淡的样子，不像是真正的集会会员，有点儿自视不凡、小觑一切。他瘦长结实，长着一对倒挂小眼睛和一张睿智的脸，有几分沧桑的样子；她觉着他尽管不英俊，却是充满撩人的魅力。他头发卷曲而柔美，然而额上的头发已经有些朝后退了。他该刮一刮胡子，指甲也得修一修。他穿着白色的前襟单排扣衬衫，颜色褪得白花花的李维斯牛仔裤，膝盖磨破，布絮丝丝，一副金边眼镜弯弯地架在他的耳朵上。他没有介绍自己，便跟她聊起天来，好像他俩早就彼此认识似的。他二十七岁，上过威廉斯学院，学的是欧洲历史。他正在普林斯顿大学选修德文课，有点随心所欲、不思前后；他和父母住在一起，父母都在普林斯顿大学教书。大学毕业后，他花了几年时间遍游亚洲、拉丁美洲。他告诉她最终他是会去读博士的。这一切的偶然对她充满诱惑。他问她叫什么名字，她告诉了他，他却俯身向她，手罩着耳朵，她知道他肯定是听得一清二楚的。"老天爷，这怎

---

① Crosby, Stills and Nash, 经典滚石演唱组合。他们参加了一九六九年的 Woodstock 摇滚音乐盛会，并有歌名"Woodstock"。"和平、爱、大麻"，"不要相信年过三十岁的人"，从六十年代开始，特别是一九六九年 woodstock 后，这被奉为年轻人经典信条，成为所谓 woodstock 梦。

么拼写?"他问道。她告诉了他,他和大多数人一样,发出怪怪的音来。她纠正他,跟他说"毛"和"桃"的韵脚一样,但他摇晃脑袋,道:"我就叫你喵喵。"

这小亲亲名字既惹恼了她,又让她感到甜丝丝的。她觉得这个称呼傻乎乎的,但又意识到,赋予她一个新的名字,他多少拥有了她,已经把她占为己有了。人们开始迷迷糊糊睡去,车中杂声沉寂下去了,她任凭他头枕在她肩上。德米特利睡着了,或者她是这么觉得的。所以她也假装睡着。过了一会儿,她感觉到他的手隔着她的白色牛仔布裙,放到了她的大腿上。而后,很缓慢地,他开始解她的裙扣。停留了好几分钟后才又解下一颗,他自始至终紧闭着眼睛,他头还是枕着她的肩;而此时,大包车在寂寥而暗黑的高速公路上咣当咣当直飞。那是她有生以来第一次身体被一个男人触摸。她屏息静气一动不动。她也是那么渴望感觉他的身体,但她害怕。终于,德米特利睁开眼睛。她感到他的嘴凑近她耳朵,她转过脸对着他,等着他的亲吻:十七岁,女孩的初吻。可是,他没有亲她。他只是盯着她看,说道:"你会心碎的,明白吗?!"接着他靠回自己的座位,抽回放在她腿上的手,再次闭拢双目。她不相信地瞪大眼睛看着他,难道他以为她这颗心从来还没碎过?她为此愠怒了,同时心里又升起些许小得意来。余下的车程,她留着裙扣不扣上,盼望他的手故地重游。然而,他再也没有碰她;到了早晨,他们之间昨晚的一幕没有了续文。示威游行时,他抬脚走开,不再理会她。回程的车上,他们的座位分开得很远。

回来以后,她天天去普林斯顿大学,一心盼望着能撞见他。

几个星期后的一天,她遇见他走过校园,挟着一本《没有个性的人》①,孑孑而行。他们坐在户外的长椅上,同喝一杯咖啡。他邀请她去看电影,戈达尔导演的《阿尔法城》②,还请她吃中国餐。她穿着一件父亲的旧外套,看上去勾头勾脑的,外套长得耷拉在她牛仔裤外面,她像穿衬衣似的挽上了几道袖管,露出条纹衬里。那是她有生以来第一次约会,那晚像是谋划好了似的,她父母刚巧参加聚会去了。她一点都记不得放的电影了,在1号公路边上小购物区的餐馆里,她也没吃任何东西。她看着德米特利瞧也不瞧签语饼里面的预言,便将自己的一份和她的一份一并吞下;接着,她犯了大错:她请求他作为她男朋友出席她的高中毕业舞会。他拒绝了她;他开车送她回家,在车道上他的吻轻轻掠过她脸颊。这以后,他再也没有打电话找过她。这个夜晚,他羞辱了她,把她当成了小孩童。那年夏天,她在电影院里又邂逅了他。他和女朋友在一起,那个女孩高个儿,雀斑点点,长发拂腰。毛舒米想逃跑,但他郑重其事把她介绍给了那个女孩。"这位是毛舒米。"德米特利故意说,那模样好似他等待这个机会叫她名字等了几星期。他告诉她自己要去欧洲一段时间。从他女朋友的表情上猜测,她意识到他的女朋友将和他同行。毛舒米告诉他,她被布朗大学录取了。"你看上去真不错。"趁女朋友不注意的当口,他对她说道。

她上布朗大学时,偶尔会收到几张明信片,几封信,药膏片

---

① 奥地利作家罗伯特·穆西尔(Robert Musil, Austria, 1889—1942)的作品。
② *Alphaville*,法国、意大利1965年出品的黑白有声电影。法国著名导演戈达尔(Goddard)的作品。

儿般贴着大而绚烂的邮票。他的手书很男性,却是龙腾蛇舞地潦草,弄得她横瞅竖瞅眼睛直发酸。他从来不留回信地址。有一阵子,她把这些信件揣在书包里,陪着她去上课;她的记事簿由此变得厚重起来。他定时会给她寄他读过的、认为她会喜欢的书。他还在夜半时分给她打过几回电话,把她从睡梦中唤醒;她躺在宿舍床上,在暗黑中,一连几小时和他说着话儿,以至第二天早晨的课都给睡过去了。一个电话足以使她心旌摇荡好几天。"我会来看你的,我要带你出去吃饭。"他对她说。但他从未兑现过。他的书信越来越稀薄,终究断了线。他最后的消息是一箱书,还有几张他在希腊、土耳其写给她但未能寄出的明信片。接着,她就去了巴黎。

她又读了一遍德米特利的履历表,还有求职信。信上只谈及对教育事业发自内心的热衷,还提到几年前一个德米特利和收信的教授共同出席的研讨会。这种文章,其实她电脑里就有类似的一份。他第三句话漏了句号,她细致地用细笔尖的自来水笔添上一个标点。她无法定下神来写下他的住址,当然她是不想忘记它的。她来到复印机房,复印了一份履历表。她把它压在包底。她接着打了一个新的信封,装入原件,放进了教授的信箱。她回到自己的办公室时,意识到信封上既没贴邮票,也没盖邮戳,担心教授会嗅出其中的蹊跷。她又宽慰自己,德米特利可以轻易地送信上门。她想着他站在系里,站在她现在立着的地方;这个想法使她浸淫在绝望和渴念混合状态里,他总是撩拨起她的这种情绪。

现在,对她来说,最难的是把他的电话号码写在哪里,写在她记事手册的哪个部分。她希望有个代号。在巴黎时,她曾和一位伊朗哲学教授有过一段短暂的恋情,那人会把他学生的名字用波斯文写在索引卡片背面,附着一些令人难堪的琐碎细节,用来帮助他区分谁是谁。有一回,他把卡片读给毛舒米听。糟糕皮肤,一张上面写着。肥脚脖子,另一张上面写着。毛舒米无法从诸如此类的诀窍里找到帮助,她不会写孟加拉文。她奶奶曾教过她孟加拉文,可她连自己的名字都不记得怎么写了。最后,她把德米特利的号码写在"D"页上,除了号码,她没有写他名字。只不过是一串数字而已,脱离了具象,不会让人觉得构成一次不忠。这个号码可以是任何人的。她站着极目远眺,然后又在书桌前坐下,视线往上游走,办公室的窗碰到了天花板边缘,而对街的楼顶便落到和窗台一般高低了。这景致给人一种颠倒的错觉:沉坠不是对大地的回归,反倒是向着上苍无限的靠近。

那晚在家吃了饭,毛舒米到客厅她和尼基尔合用的书柜里,东找西翻。结婚后,他们的书合到了一起;拆箱子,把书码上架都是尼基尔一人干的。她觉得什么都站错了地方似的。她的目光浏览过尼基尔的一堆设计杂志,浏览过几本有关格罗皮厄斯、勒·柯布西耶的大厚书。尼基尔正猫腰趴在铺开在餐桌上的蓝图上,他问她找什么。

"司汤达。"她告诉他。那可不是胡诌的。一本陈旧的现代文库版的《红与黑》。"赠给喵喵。爱你的德米特利"。他在上面写着。那是一本他送她的书。当初,这本书是她所拥有的与情书差不多的信物。有好几个月,她枕着这本书睡觉,后来,她又把它深藏在床垫和床架之间。说不清为什么,多年来她设法保存这本书,它陪伴她从普罗维登斯到巴黎,之后又来到纽约;它是书架上的一个秘宝,她会偶尔瞥一眼,依旧会为他那么古怪离奇的追逐而愉悦得晕眩。可眼下,她是如此急切地想找到这书,她已经觉得没希望在家里找到它了,会不会是格雷厄姆在搬出约克大道他俩的住处时误拿了它,会不会藏在几年前搬回父母地下室里的那几口大箱子中,那时她的书架都放满了,再也腾不出地方了。她不记得从她的旧公寓搬出打包时见过它,也不记得她和尼基尔搬到一起拆箱子时见过它。她想要是可以问尼基尔是否见过那本书就好了——一本小小的绿色布面装帧的书,丢了封皮,书脊上印着书名,外饰黑边框。蓦地,她自己看见了它。就在那儿,一目了然的地方,她刚才还查看过一遍的地方。她翻开书本,看到了现代文库的标记:一个精神抖擞、高举火炬的赤膊小人儿。她看到了赠言,他写圆珠笔的笔力透过纸背,使另外一面的纸张有些凹凹凸凸。她曾经读完第二章就读不下去了。她读到的地方至今还夹着一张买洗发液的黄发票呢。现在她已经读过三遍法文版的。她几天内就在系里办公桌前、在图书馆里,读完了斯考特·蒙克里夫的英译本。到了晚上,在家里,她躺在床上阅读这本书,一直到尼基尔上床——然后,她合上书本,换本其他东西看看。

接下来的一星期,她给他打了电话。她把他的那些明信片翻找了出来,它们塞在一只没封口、也没标记的牛皮纸信封里,信封则和她历年的税表一起存在一只盒子里。她读着那些明信片,惊异于他的文字、他的手迹仍然搅得她心神不宁。她跟自己说,她是给一个故友打个电话而已。她跟自己说,自己凑巧看到他的履历表,无意中如此这般撞上他,实在是太奇妙了,任何人处在她的地位都会抓起电话给他打的。她跟自己说,他可能早已成婚,像她这般。他们四个说不定会结伴下馆子,成为好朋友。但她还是闭口不跟尼基尔提那份履历表的事情。一天晚上,过了七点,只有守门人还在走廊上晃荡,她待在办公室里,拿出偷藏在文件柜深处的小瓶美格波本威士忌①,喝了几口之后,她拿起了电话。这个夜晚,尼基尔以为她在修改给《美国现代语文学会集刊》②写的文章呢。

她拨动号码,听见铃声连响了四下。她猜疑着他是否还记得她。她心跳加快了。她的手指移近听筒支架,准备往下按。

"哈罗?"

是他的声音!"喂,德米特利?"

"正是。你哪一位?"

她顿住了。若是她愿意,她还可以挂断电话。"是喵喵。"

他们开始在星期一、星期三她上完课之后碰面。她搭地铁到上城,去他的公寓里幽会。午餐正等待着她。饭菜是那么丰盛:文火煮鱼,撒了干酪的奶香土豆,还有用整柠檬烘烤出来的

---

① Maker's Mark。
② *Publications of the Modern Language Association of America*,简称PMLA。

黄灿灿的脆皮鸡。他总是备一瓶葡萄酒。他们坐在桌边,桌上他的书籍、文稿、手提电脑全都挪到一旁。他们听着 WQXR①的音乐,喝咖啡,喝科涅克白兰地,接着又抽支烟。而后,他才开始抚摸她。阳光从又大又脏的玻璃窗流进来,稳稳停留在破旧失修的战前公寓里。公寓有两个大房间,墙壁灰泥剥落,镶木地板磨损得毛糙糙的,还有几叠码得塔般高、没有拆封的箱子。新床垫和带轮子床架的床是从来不整理的。他们做爱后,总会惊奇地发现那床竟然会移开墙好几英寸远,顶着房间另一头的衣柜。她喜欢他们四肢交缠时他注视她的样子,喘息呼呼的,像是他追逐着她。他表情总是那么急切的;接着,会松弛成丝丝微笑。德米特利头和胸口长出了些许灰色毛发,唇边和眼角爬上了几尾细纹。他比以前重实,腹部显然是大了出来;他的细腿看上去有些滑稽。他刚过三十九岁,没有结婚,也并不急于找差事。他整天摆弄烹调,看书,听古典音乐。她估摸他大概是承袭了祖母的一些家产吧。

给他打过电话的第二天,他们在纽约大学附近一爿闹哄哄的意大利餐馆见了第一面。他们无法抑制地相互打量着,不停地谈论着有关那份履历表竟那么不可思议地落入毛舒米手中的事情。他搬到纽约才一个月,他试过找寻她,然而电话号码是列在尼基尔名下的。他们一致认为,这无关紧要。这样倒是更好了。他们连喝了数杯普罗斯科汽酒。坐在餐馆的酒吧旁,酒精飞快地浸淫他们的头脑,她同意那晚和德米特利一同吃点东

---

① 美国纽约 WQXR 古典音乐电台。

西。他要了一份色拉,上面盖着几片热羊舌、白煮蛋、羊乳酪,那种东西她原来是死也不碰的,结果却吃了一大半。之后,她去白度西商场,买了意大利粉,还有现成的伏特加酱,那是她要回家和尼基尔一起吃的晚餐。

星期一、星期三,谁也不知道她去了哪里。从德米特利家附近的地铁站出来,街上没有跟她打招呼的卖水果的孟加拉伙计;转上德米特利住的街区,没有街坊邻居认得她。这令她想起在巴黎的日子——在德米特利那儿的几小时,她把自己跟外界隔绝了,她在隐身匿名。德米特利并不怎么太想知道尼基尔,也不打听他的名字。他没有妒忌的表示。在意大利餐馆时,她告诉他自己已成婚,他表情一点没变。他认为他们在一起是天经地义地正常,他们终究是会走到这一步的;而她也渐渐觉得这些事情竟是如此这般地容易了。毛舒米谈及尼基尔,称他为"我丈夫":"我丈夫和我下星期四要赴一个晚宴","我丈夫把感冒传染给了我"。

在家里,尼基尔什么也没有察觉。他们跟往常一样吃着晚餐,聊聊白天的事儿。他们一起收拾厨房,一起坐在沙发上看电视,她趁此批改学生的测验和练习卷子。十一点钟播放新闻时,他们会吃几碗本杰利冰激凌,而后就刷了牙。他们像平常一样,上了床,亲了亲,慢慢相互背转身去,那样可以睡得更舒坦些。只是毛舒米睡不着。每个星期一、星期三的夜晚,她担心他会嗅出一些蛛丝马迹来,她担心他若是把手臂环绕她,便即刻真相大白了。熄了灯,她还是一连几小时地睁着眼,预备回答他,预备当面对他说谎。要是他问起,她会告诉他去买东西了;事实上,在第一个星期一,她的确是去买东西了,从德米特利那儿往下城回家的半路上,她在七十二街地铁站跳下车,到一家她从未去过的店铺,买了双看上去再平常不过的黑鞋。

有个夜晚特别糟糕。到了半夜三点,又过了四点,她还辗转难眠。过去的几个晚上,他们的街道外面在施工,一巨箱一巨箱的破瓦、混凝土块被卸下来,碾碎。尼基尔居然能够呼呼大睡,这叫毛舒米气恼。她想爬起来,替自己倒杯饮料喝,泡个澡,或随便做什么。但她实在是疲倦得爬不起来。她望着天花板上由马路上来往车流反射进来的光影,听见远处货车的尖啸,如一头独行夜兽。她想她将一夜无眠,枕待天明了。但不知怎的,她还是昏昏然睡去了。黎明时分,她又被打在客厅玻璃窗上的雨声弄醒,雨点噼噼啪啪打得迅疾猛烈,像要把玻璃都敲碎了似的。她头痛欲裂。她从床上爬起,撩开窗帘看了看,又回到被窝里,把尼基尔推醒。"看啊。"她道,指着外面的雨,仿佛那是不得了的事。尼基尔倒是听话,睡意懵懂地笔直坐起,接着又闭拢了眼睛。

到了七点半,她起了床。早晨的天空已经晴澈。她走出卧室,见夜雨沿屋顶漏进来,在天花板留下一片黄楞楞的难看斑迹;几汪积水,一摊在浴室,一摊在前厅。客厅敞开窗户的窗台被打得湿淋淋,溅着泥浆,放在窗台上的书、账单和文稿也都给雨水浇得透湿肮脏。她见此状,便哭了起来。同时她又感到一丝慰藉,总算抓到一件有形的东西让她伤心了。

"你哭什么?"尼基尔穿着睡衣,斜眼问她。

"天花板裂了缝。"她道。

尼基尔抬头看了看。"没太糟,我会打电话给管房人。"

"雨水是从屋顶漏下来的。"

"什么雨水?"

"你不记得了?清晨时,雨像倒下来似的猛烈。简直不能相信。我还推醒了你。"

可尼基尔茫茫然根本就不记得了。

他们每星期一、星期三幽会,这样过了一个月。她开始在星期五也和他相聚了。有个星期五她一到,他就拔腿上街去买白脱油,做他正在烹调的鳜鱼需要淋的白汁沙司;她发现自己独自在德米特利的公寓里。昂贵的立体声音响组件零零落落地散在地板上,放着巴托克音乐。她探出窗户看他,他正沿马路走着;这小个的、谢顶的、无业的中年男人,正使她粉碎着她的婚姻。她思忖着,自己是不是家里第一个、也是唯一一个背叛婚姻、欺骗丈夫的女人?最令她难以承认的是,对这次艳遇,她居然觉得心里安然;这棘手的事情反而使她沉着镇静,她以此安排周旋着每天的生活。第一次和他在一起时,她目睹自己的衣服丢得两个房间到处都是;在浴室里冲洗时,她对自己所做的事害怕了。离开前,她在浴室照着公寓里唯一的一面镜子梳理头发。她一直低垂着头,直到最后才飞快地朝镜中瞥了一眼。这一瞥,她发现这镜子特别厚爱她,可能是灯光或玻璃的缘故吧,她的肌肤温润如玉。

德米特利住处的墙上什么都不挂。他仍然从几只硕大的抽绳包里拿取他的日常用具。她庆幸眼不见他在全方位的日常琐事和混乱中的模样。他只把厨房整理了出来,还有音响和一些书籍。每次她来,她都会看见一些小小进展。她在他的客厅里转悠,翻翻他开始整理到三合板书架上的书籍。除了所有的德文书,他们的个人藏书颇为相近。他也收有同样一本青绿书脊的《普林斯顿诗家诗作百科》,同一个版本的《模拟》①,同一套版本的普鲁斯特。她抽出一册大封面的巴黎摄影,是尤热内·阿杰②的作品。她安坐在扶手椅里,这把扶手椅是德米特利客厅中唯一的家具。她第一次来他这里时,就坐在这把扶手椅里,他则站在她身后,在她肩上来回摩挲着,激得她春心荡漾;最后她站起身来,他们一起步步移向那张床。

她翻开画册,仔细看那些曾经熟悉的街巷和旧迹。她想起浪费了的奖学金来。一窗方方的阳光安静地照在地板上。她的后背被太阳直直晒着了,她头影投在厚厚的缎子般光滑的书页上,几缕发丝变得出奇的粗,颤颤地抖动,像是在显微镜下观察到的那样。她头朝后面仰去,闭拢了双眼。等她再度睁开眼睛,阳光滑走了,一抹孤独的余晖渐渐从地板间消匿,如同大幕徐徐落下,白得炫目的书页变得灰蒙蒙的。她听见楼梯上传来德米特利的脚步声,又听见他的钥匙在锁孔里清亮地咯答一响,声音锋利地划进了公寓空间。她站起身来,将书搁回书架上原来的位置。

---

① *Mimesis*,作者 Ericll Auerbach(1892—1957),德国人。
② 尤热内·阿杰(Eugene Atget,1856—1927),法国人。职业自然摄影师。

## 第十一章

　　果戈理星期天早晨很晚才醒来,他一人孤衾独寝,还做了噩梦,只是他记不起细节来了。他瞥了一眼毛舒米平常睡的那边床,那边床头柜上她凌凌乱乱堆着书和杂志,她喜欢有时喷在他们枕上的熏衣草室内喷雾香水,还有一只龟背发夹,夹子间留着几丝青发。这个周末她又参加会议去了,去棕榈海滩。她今天晚上方能回家。她说是几个月之前就跟他提起过这次会议,然而他不记得了。"别担心,"她一边打点行装,一边说道,"时间很短,还来不及晒黑皮肤呢。"他仿佛看见她的泳装搁在床上一堆衣服上面,想到她一个人躺在饭店的游泳池边,身旁放着书,闭目养神,而他却不在左右,一种陌生的恐慌从心里冒了出来。他缩在被窝里,双臂紧紧抱住前胸,心里暗想,至少我们俩有一个人眼下没挨冷受冻。昨天下午大楼的热水炉子坏了,家里冷得像个冰窖。到了晚上,他不得不拧开烤箱取暖,才能咬着牙待在客厅里。他套着老旧的耶鲁运动裤,T恤衫外面裹了层厚毛衣,脚上穿着再生羊毛袜子,钻在被窝里。他掀掉了后半夜他又添加的盖被和压在上面的毛毯。昨夜,开始他找不到毛毯,几乎要打电话到饭店给毛舒米,问她放哪里了。可是已经差不多凌晨三点钟,他乱翻一气,最后还是自己找到。毛毯就塞在走廊壁橱顶板上,是件未曾动用过的新婚礼物,还原封不动地装在塑料拉链袋子里。

他从床上爬起,从水龙头里放出些彻骨的冷水,刷了牙漱了口,不想刮胡子了。他套上牛仔裤,加了毛衣,外面裹上毛舒米的浴袍,他才不在乎看上去多么滑稽呢。他煮了壶咖啡,烤了几片面包,涂了些白脱油和果酱,吃了。他拉开门,取回《纽约时报》,撕掉蓝塑料袋,丢在茶几上,放着等会儿阅读。他手头上有一桩制图活,替芝加哥一所高中的礼堂画断面图,必须在明天完成。他从圆筒里倒出设计图纸,在餐桌上铺开展平,四角压了几本从书架上取来的平装书。他放上自己的《艾比路》① CD,跳过前面几首曲子,开始放;要是磁带的话,得换到第二面才轮到这曲子。他要着手干活了,他得保证设计图纸上的尺寸和总设计师的草稿相符合。然而他却手指僵硬,于是他卷起图纸,在厨台上给毛舒米留了张便条,便去了办公室。

他为找到理由离开公寓而感到满意,他不想枯守着等她,一直等到黄昏的什么时辰她回家来。外面反倒是暖和了些,空气潮湿,令人爽快;他没坐地铁,而是沿着花园人道往上城步行了三十条街,又拐上麦迪逊大道。办公室里别无他人。他坐在

---

① *Abbey Road*,是披头士在一起灌录的最后一张专辑。不论是乐评家或乐迷都给予极高的评价。有人认为它是披头士最好的专辑,而事实上它也是披头士有史以来卖得最好的专辑。

暗暗的制图间,四周包围着同事们的办公桌,那些桌上有的乱七八糟地堆着图纸模型,有的干净整齐、纤尘不染。他在办公桌前猫着腰,头上一盏金属灯东晃西晃,射出仅有的一束光亮,照在大张图纸上。他桌前的墙壁上贴着一份小年历,马上又要到年末了。这个星期天是他父亲四周年忌日。年历上画圈的是他过去的和未来的工程截止日;还有会议,访问客户,与客户讨论会的日期;另外还标着他和一位建筑师的午餐会晤时间,那位建筑师对他抱有兴趣,可能会雇用他。他有意跳槽到一个小规模的设计室去工作,那样可以接手居家设计项目,可以跟不太多的人打交道。年历旁边,贴着杜尚①油画的明信片,他一直很喜欢那幅画:一台悬在灰色背景里的巧克力研磨机,令他联想到一组皮鼓。一边还贴着几张粘胶便条纸。他把从克利夫兰父亲冰箱门上揭下的母亲、索妮娅和他自己仨人在法塔赫布尔西格里的留影也贴在了墙上。照片边上是一帧毛舒米的护照小像,是他找到并讨来收着的。她才二十一二岁吧,头发蓬松,眼窝深陷,眼帘微垂,秋波暗转。那还是和他谈恋爱之前拍的,那时她住在巴黎。她一生的那段时间里,她所知道的他还是果戈理。这张小照是她往昔岁月的遗物,和她的未来所系甚微。在她所有猎奇经历之后,他和她走到一起,她选择的是他,嫁给的是他。是他,和她共同分享着她的人生岁月啊。

上个周末是感恩节。母亲、索妮娅和她的新任男朋友本杰明来家里做客,毛舒米的父母和弟弟也来了,大家都聚在纽约

---

① 马塞尔·杜尚(Marcel Duchamp,1887—1968),法国达达主义的代表画家。

过节,把果戈理和毛舒米的家挤得满满当当。这是果戈理有生以来第一回既没到他的长辈也没到岳丈家上门过节。请客做东道主、管着这群人的吃喝,感觉异样得很。他们从农贸市场预订了一只新鲜火鸡,按《美食美酒》①杂志选定了菜单,还买回好几把折叠椅,这样每人就都有地方坐了。毛舒米特地出去买了根儿擀面杖,有生以来做了第一个苹果馅饼。为了顾及本杰明,大家都讲英语。本杰明身上有一半犹太血统一半华裔血统,他在牛顿镇长大,和果戈理、索妮娅长大的地方很近。他在《波士顿环球报》当编辑。他和索妮娅是在纽伯里街的一家咖啡店偶然相识的。果戈理瞥见他们俩黏黏糊糊的,一会儿溜到过道里无所顾忌地亲嘴,一会儿坐在桌边遮遮掩掩地手牵手,自己心里不由得漾起一阵怪异的嫉妒;他们俩还一起坐着吃火鸡、烤甜薯和玉米填馅儿,外加母亲调制的重味蔓越莓甜酸酱。他看着毛舒米,心里疑惑,她是怎么了。他们没争没吵,他们照样做爱,但是他还是十分疑惑。他依然能给她带来幸福吗?她什么也不非难他,但他越来越感觉到她的隔膜疏远,她的不满,她的心不在焉。可是他没时间来咀嚼这份忧虑。那个周末他累得半死,忙着安顿各家到留了钥匙离开曼哈顿的朋友住处借宿。感恩节第二天,他们全体人马一起去杰克逊高地,拥进回教清真肉铺,两位母亲大量购入羊肉以为库存,接着他们去吃了早午餐。星期六,他们去哥伦比亚大学听印度古典音乐会。他想把这件事情摊到桌面上来跟舒米毛谈谈。"和我结婚,你觉得愉

---

① *Food & Wine*,一份美国出版的杂志。

快吗？"他想这么问她。但是事实上，一想到这个问题，他心里就七上八下，禁不住害怕。

他完成了设计图，把它钉在工作台上，等着明天复审。过了午饭时间，他都在忙乎；他走出办公楼时，外面更冷了，天色迅速地黯淡下去。他到街角一家埃及饭馆买了杯咖啡，又要了份埃及豆粉煎饼三明治，边走边吃。他往南朝着熨斗大楼、下城五大道方向走着，世界贸易中心的姊妹楼屹立在曼哈顿岛的一端，灯光在远处明明灭灭，依稀可见。包在锡箔里的埃及豆粉煎饼三明治，捏在手中，热烘烘、烂糟糟的。商店里挤满了人，橱窗被打扮了起来，路上到处都是买东西的人。想到圣诞节，他有点儿脑袋发胀。去年，他们拜访了毛舒米父母家。今年他们得去彭伯顿路了。他再也不盼着过什么节日了；他心里只想着回到春夏之日。他对节日的不耐烦使他确信，自己终于是个成人了。他盲目地踱进香水店，服装店，箱包店。他想不出圣诞节送毛舒米什么礼物。通常她会给他一些暗示，亮给他看看商品目录，等等；可这回他没了主意，不知她看中了什么东西，或许是一双新手套，皮夹，或者她喜欢的睡衣？十四街联合广场迷宫似的货摊子，兜售着蜡烛、披肩、手工珠宝饰品，他一件也没有看上。

他想去广场北面的"邦斯和诺伯"书店试试看。可见到满墙铺天盖地陈列着的新书，他意识到这些书自己一本都未曾读过；送她自己没读过的书，有什么意思呢？在朝书店门口走的时候，他路过一个专门摆放旅游指南的桌子。他停下脚步，拿起一本介绍意大利的书，书里到处是插图，拍的是他做学生时认真研习过的建筑物，那些去处他只是在照片上瞻仰过，他一直想着有朝一日去亲眼看看。他有些怨恨了,不过除了责怪他自己,没有人可以责怪。什么东西拖他后腿了?他俩双双远行,去一片他们谁也没有涉足过的土地——这想必正是他和毛舒米所需要的吧。他可以自己从头到底把计划安排妥帖;选择要游历的城市,预定投宿的饭店。那是他要送她的圣诞礼物:两张飞机票,附着在旅游指南的背后。他又要有休假了,他可以在她放春假时作旅游安排。这个想法使他兴高采烈;他去账台,排了很长的队,付钱买下这本书。

他横穿广场,往家里赶,拇指在书的边缘来回拨弄着,急于见到她。他决定去欧文路上新开张的熟食铺子转一转,买些她喜欢吃的东西:血橙,比利牛斯奶酪,意大利肉肠,还有农家面包。她准会饿的——现在飞机上是没什么吃的。他从书本上抬起头,看看天空,天上正聚拢着昏暗,云霞浓烈而瑰丽,金光流溢;他四周鸽群盘旋,飞得离他近得骇人,他不得不时时停下脚步。他突然觉得惊惧,缩起脑袋,事后又觉得自己很荒唐。路上行人对鸽群都无动于衷。他止步仰视,鸟群箭似的时而振翅而起,时而又齐齐地滑落在比邻的秃树枝丫间。这景象使他不安。他屡屡见到这不讨人喜欢的鸽子栖息在窗台上,在人行道旁,可还没见过它们停在树枝上。看似有些奇怪,可是有什么比这更平常不过的呢?他想到意大利,想到威尼斯,还想到他要着手安排的旅行计划。那鸽群或许正传达了这份信息,他们是注定要去意大利远行的,圣马可广场不是以鸽群而闻名的么?

他回到大楼时,门厅里暖融融的,楼里的暖气又修好了。"她刚回来。"看门人在果戈理从他身边走过时,向果戈理眨眨眼,说道。果戈理心怦怦跳,不安的阴云一扫而光,他为她简单地回到他身边而感到宽慰。他想象着她正在家里闲闲地晃悠,泡泡热水澡,倒杯葡萄酒喝喝,走廊上则扔着她的行囊。他把过圣诞节送她的礼物插进大衣口袋,藏得严严实实,不漏痕迹;然后他招呼电梯上楼。

## 第十二章

2000

那是圣诞节的前一天。阿西玛·甘古利坐在家里的厨房饭桌边,搓着油炸肉丸,为今晚她做东的聚会忙乎着。油炸肉丸是她的拿手菜,是客人们指望着的;他们进门几分钟,盛着肉丸的小碟子便会送到他们的手上。她虽然一个人忙着,好歹也是流水操作的。她先将煮熟的热土豆摁在制粒器上,压榨出土豆细粒。而后她舀一匙羊肉糜,仔细裹上土豆细粒,裹得厚薄均匀,就跟白煮蛋的蛋白裹住蛋黄一样。接着她把台球大小的肉丸在一碗打过的鸡蛋里蘸一蘸,又放进盛面包粉的盆子里滚一滚,在外层裹上面包粉,又笼在掌心揉搓,抖去多余的面包粉。最后,她才把肉丸子层层叠叠排在大圆盘里,每层肉丸间垫了蜡纸。她停下手数了数一共捏了多少颗。她估算着大人每人三个,小孩子每人一个或两个。她用指背计着数,一节节地数着,她又默点了一遍客人人数。保险些,再搓一打吧,她想。她往碟子里倒出一堆小山包似的新鲜面包粉,面包粉的色泽手感使她想起海滩边的沙子。她记得还是住在剑桥时,第一回请客,第一回做这种油炸肉丸,她丈夫穿着白色系绳睡裤,套着T恤,站在炉灶边,在一口发黑的小小长柄锅里,两个两个地炸着肉丸。她记得果戈理和索妮娅小时候也帮着做,果戈理的小手抱住面包粉的罐子,而索妮娅总是很馋,肉丸子还没有裹面包粉,还没油炸,就想吃了。

这将是阿西玛在彭伯顿路最后一次请客,也是自丈夫葬礼之后她着手操办的第一回宴聚。这房子她住了二十七个年头了,是她这一辈子里住得最久长的地方;她刚卖了它,房产经纪人的招牌还插在草坪上。买主是一户美国人,沃尔克一家:沃尔克先生是她丈夫原来大学里一位新来的年轻教授,携有一妻一女。沃尔克家打算把宅子整修一番。他们要敲掉饭厅和客厅间的墙,在厨房里造个岛屿厨台,天花板上装轨道灯盏。他们还准备掀掉地上整片的地毯,把露台改建成室内小间。听着他们的计划,阿西玛感到一阵儿慌乱,她希望这屋子一直保持着她丈夫临终前见到的样子,本能地要护着它,不想出卖了。但这未免太多愁善感。要是她希望信箱上"甘古利"的金字不被刮下而写上别家的姓氏,希望卧室门背后用粗笔写的索妮娅的名字不被砂纸磨去而重新粉刷过,希望放被褥的壁橱旁,艾修克在孩子们生日替他们量身高的铅笔标记不被重新油漆掉,她知道那是够傻气的。

阿西玛决定以后在印度住六个月,在美国住六个月。那是艾修克在世时,她和他曾经打算等到他们没了老伴儿,孤寡一人时的计划,只是它过早地就来了。在加尔各答,阿西玛会去盐湖她弟弟拉纳宽敞的公寓住,和她弟弟、弟媳,以及两个已经长大的待字闺阁的女儿一起过日子。她会有自己的屋子,一间这一辈子第一回属于她个人专用的房间。到了春夏季,她就回到美国东北部来,在儿子、女儿和孟加拉好友之间轮着住住。这正应验了她的名字:她是无限无极的女子,没有自己的家,处处可居,又无处可留。现在她是不能在这儿久居下去了,因为索妮娅就要出嫁。再过一年多吧,他们将跟她自己和丈夫在差不多三十四年前那样,在元月里择个吉日,去加尔各答举行婚礼。她看得出索妮娅和那个男孩子——她飞快纠正了自己——那个年轻人会相亲相爱的;他给她女儿带来了幸福,那种幸福毛舒米从来没有给予过她的儿子。是她起劲地催果戈理去找毛舒米的,这件事情会一直让她感到歉疚。她怎么会料到是这样的呢?幸亏他们不像艾修克和她那辈的孟加拉人那样,认为有责任维持婚姻。他们不愿意接受,不愿意调适,不愿意委曲求全于比他们理想中的幸福降了格的任何东西。在年轻一代身上,那种压力已经让位给了美国式的被普遍接受的意识了。

这是她独自一人待在这座宅子里的最后几小时。索妮娅和本杰明到火车站接果戈理去了。阿西玛想,等她再独自一人的时候,她就已经上了路,坐在飞机上了。从一九六七年冬季她孤身一人搭飞机到剑桥和丈夫相聚之后,这是她第一回又将一人孤独远行。这情景已经不再使她害怕了。她学会了自己靠自己,尽管她还穿莎丽,长发还是梳个髻,她已经不是昔日那个生活在加尔各答的阿西玛了。她会持着美国护照回印度,她皮夹里会留着麻省驾驶执照,还有社会福利卡。她将回到那个远方的故乡,那里她再也不至于一个人没有帮手地宴请一大帮子人了。她再也不需要为用半脱脂牛奶调制酸奶、用乳清奶酪做小甜点而伤脑筋了。她也不再需要亲自动手搓油炸肉丸。这种肉丸在加尔各答的餐馆里都有供应,侍者会送货上家门;这些年来任凭她怎么苦心经营,味道都做不出那般的地道,那般的令她满意。

她将最后几只肉丸裹上面包粉,瞥了眼腕上的手表。比预计时间还稍早了一点。她将大浅盘放在炉灶边的厨台上,从碗柜里拿出平底锅,倒了几杯油,准备在客人到来之前几分钟,把油热上。她还从瓦罐里挑了把带漏孔的刮铲,预备等一会儿用。眼下,万事俱备了。其他的菜肴也都已烧好,装在长条形的康宁餐具里,排列在餐厅大饭桌上:有表面结了一层厚皮、动第一勺时得把厚皮拨开的扁豆汤、有烧茄子、有烤花菜、有淡味咖喱羊肉。作消食甜点的甜酸乳和"潘塔斯"则放在餐具柜上。她看着一盘盘菜肴,很想尝它一口。通常为宴聚烹调食物,总使她自己没了胃口,可今晚她要坐在来客中,好好犒劳自己一番。索妮娅帮着把房子最后又拾掇了一回。地毯吸了尘,茶几用"扑来奇"清洁液擦拭过,阿西玛黯淡而模糊的影子反照在木质茶几台面上,依稀可见,就跟老牌商业广告中打保票的那样;阿西玛向来就喜欢聚会之前的这几小时。

她兜底翻了一遍厨房抽屉,找到一包熏香。她就着炉火点燃了一炷,捏着香从一间屋走到另一间屋。为了孩子、为了朋友,她费心准备了这最后的庆贺宴席,选定菜单,列出清单去超市采购,把冰箱塞得满满的,这使她心里很是满足。跟她眼下没完没了的叫人脑袋发胀的事情——准备行程,撤清房子——比起来,着手干些简单有限的活儿,这种调节令她觉得愉快。上个月,她一件件地清除家当。一个个晚上,她清理了抽屉,清理了壁橱,清理了物架。虽然索妮娅说要帮帮她,可阿西玛还是喜欢自己一个人干。她理出一堆堆的东西,给果戈理的,给索妮娅的,给亲朋好友的,留着给自己的,捐献给慈善机构的,还有的装进垃圾袋、开车送往垃圾场的。清理旧物时,她既感伤又释怀。将伴她远行的东西越来越少,剩得跟她那年冬季晚上到达剑桥三间屋时随身带来的行李相去不多,她战栗了。今晚,她会请亲友们拿走所有还有用的东西,台灯,盆栽,大浅盘,锅碗瓢盆。索妮娅和本杰明要租一辆卡车来,只要他们有地方放,尽可把家具都拉走。

她上楼去淋浴换衣。四壁空空,只有艾修克的遗像还挂着,她会在最后时刻把它拿走,这空墙令她回忆起刚搬进这栋房子时的情景。她驻足而立,举起余下的香,在艾修克的遗容前挥了挥,然后她扔了余香。她拧开淋浴龙头,让水哗哗地冲出来;她拨高调温器的温度,那样,等她脱了衣服,站在浴室地板的垫子上,就不至于冻得受不了。她踏入滑门后面的米色浴缸,滑门一阵叮咣叮咣。两天的煮饭烧菜,整个早晨的洗洗刷刷,一连几星期的清理打包,还有缠在身上的卖房事情,累得她精疲力竭。她觉着踩在浴缸玻璃纤维底面上的脚重得提都提不起来。她就那么在里面站立了片刻,然后才开始抹上洗发香波,又在她变得松弛的、渐渐枯萎的五十三岁的身体上擦了肥皂。为了这身子,她每日早晨须得吞服钙片。她洗罢,抹去镜子上的水汽,审视自己的脸。一张孤孀的脸。但她生命中的大部分岁月里,她对自己说，她是人之妻啊。或许，某一日，她做了祖母，携着大包小包的手织毛衣、礼物到美国来；然后，在一两个月后，再抹着泪水、哀伤不已地别离而去。

阿西玛顿时惊觉于这孤独之感，她的余生将是青灯独守，形影相吊；她赶忙从镜子前背转身去，为了她丈夫，她的泪水不住地流了出来。想到她即将远行，去那一度是她的家园、而今已与她相当隔膜生疏的城市，她心里沉沉的。她厌烦、冷漠于剩下的须得活下去的漫长日子，因为冥冥之中，她觉得她不会像丈夫那么快离开人世。她惦念印度的日子惦念了三十三年。不久她就会惦念图书馆的工作，惦念那些和她共事的女人们。她会惦念请客聚会。她会惦念和女儿在一起的日子，惦念她们之间料想不到的情义，还有她们一起去剑桥的伯莱托尔剧院看老电影，还有教她学煮她小时候嘟嘟囔囔不喜欢吃的饭。她会想念驾车，想念有时驾车从图书馆回家的路上，经过她丈夫以前上班的工程系大楼，去大学转转的时候。她会想念这个国家，因为是在这里她渐渐熟悉了她丈夫，爱上了她丈夫。虽然他的骨灰已经撒进恒河，但是，他是在此地，在这栋房子里，在这座小镇上，继续留存在她心里。

她深深吸了口气。一会儿，她就会听到警报装置的哔哔响，车库打开、车门碰上，房子里有孩子们的声音了。她往腿和手臂上抹了奶霜，伸手去拿挂在门挂钩上的桃色厚毛巾布浴袍。那是在好多年前一个早已被遗忘的圣诞节，丈夫送给她的。这件浴袍她也得送掉，因为她要去的地方它派不上用场。那里太潮湿，这么厚的布料，要晾上好几天才会干爽。她心里记下，要把它好好洗一洗,送给旧货店。她记不清是哪年收到这件浴袍,记不得如何打开盒子,也记不得当时是什么反应了。她只记得,不是果戈理就是索妮娅从购物中心某个百货店挑选了来,还裹了包装纸。她记得,丈夫所做的,仅仅是在标牌上标着"赠予"字样的后面,写了他自己的名字,而在"所赠"的后面,填了她的名字。她没为此责怪他。这么缺心眼儿没情趣,到如今她明白了,其实到头来这些并不那么重要。她不再犯嘀咕,想着倘若她也和孩子们那样,将会如何:先跌入爱河,而不是结婚几年才滋生出亲情来;用几个月甚至数年来斟酌考虑,而不是在某个下午就决定终身大事——就那么一个下午,她和艾修克便确定了他俩的婚事。她想到的是她没费神去保存的标牌上他们俩连在一起的名字。它让她想到他们俩共同分享的生命、他在这片土地上因娶她为妻而给予她的意外人生;这人生,她拒绝了很多年之后才接受。虽然面对彭伯顿路家的四壁,她并非完全感受到了"家",可她明白不管怎么说,这便是那个家——是她肩上的责任,是她营筑起来的,是她身边的所有,她要将它该捆绑的捆绑,该送走的送走,该扔掉的扔掉了。她将沾着水珠的手臂伸进浴袍袖子,腰带在腰间扎了个结。这衣服总是见短,尺寸小了点儿。可倒是一样暖融融的。

果戈理下了火车,站台上并没人等候他。他看了看表,怀疑是不是提前到了。他没有进到车站楼去,而是在路边择了条长凳坐下。最后的乘客登上车去,车门关拢了。列车员相互打着信号灯,车轮徐徐滚动,车厢一节一节向前滑行。他看着同下车的旅人与家人寒暄；情人重逢，相缠无语；大学生负荷着背包，回家度圣诞短假。过了几分钟，站台上人陆续走尽，空荡荡的，火车刚才停靠的地方也是空荡荡的了。果戈理望着周遭旷野，暮色四起的钴蓝色天空下，零零落落立着几株瘦高的树木。他想挂个电话回家，不过他觉得愿意这么坐着再等一会儿。在车上坐了几小时后，凉丝丝的空气令他耳目清新。整个旅途他差不多是一路睡到波士顿；到了南站，列车员把他推醒，因为别人都下了车，整节车厢里只剩他孤零零一个人了。他睡得呼呼响，蜷缩在两个车座上，带的书也没看；他把外套当毯子裹着，蒙住下巴。

可能是因为中午没吃饭，他感到头重脚轻昏沉沉的。他脚边放着一只塞了衣服的抽绳包，一只梅西百货的购物袋子，里面是晌午去宾州车站上火车前，从梅西买来的礼物。他挑选的礼物很平常——十四开金的耳坠给母亲，几件毛衣送索妮娅和本杰明。他们说定今年要简单省心些。他有一星期的假。母亲提醒他说，家里有活儿等着他呢。他的房间必须撤空，剩下任何东西他若不带回纽约去，就得扔掉。他得帮着母亲捆绑行李，消除账户。他们要开车送她去洛根机场，一直送到机场安全人员不允许他们再送的地方。接着那房子便会搬进陌生人，那里他们曾经生活过的痕迹将会消失，再没有家门可以踏入歇息，电话号码簿上再也找不见他们的名字。没有任何东西表明这些年来他的家庭在这里生息过，他们曾经的努力、曾经的成就将找不到任何见证。难以相信母亲真的要挥别而去了，几个月里，她会远得遥不可及。他不明白自己的父母怎能做得到那样,背井离乡,远离父老亲人;离别也难,见时更难;孤孤落落,永远处于对远方的期待和渴念之中。所有那些曾经使他悻悻然的加尔各答之行——对他们而言,怎会有个够?那是远远无法弥补他们的缺憾的。果戈理现在明白了,尽管父母的岁月里遗漏了很多,但他们还是凭借某种隐忍,一直生活在美国;这种隐忍,他怀疑在自己身上是找不到的。他长年累月和自己的民族、同胞保持着距离;而父母恰恰是力图在弥合、跨越这距离。虽说过去这些年来果戈理对自己的家庭保持着一份疏淡,但念大学、以及之后在纽约,他还是时时回到这安闲静谧的、在父母固执的心里如此异乡而遥远的普通小镇。他没有像毛舒米那样飘零法国,也没有像索妮娅那样闯荡加州。只是有三个月与父亲之间阻隔了几个小州,那段距离并没有使果戈理担忧,直到为时太迟,无法补救。除了那几个月,他成年之后的绝大部分时间,他与家人的距离从未远过四小时火车车程。当然,除了家人,没有任何其他东西使他一次又一次搭乘火车,回到此地。

也是一年之前的今天,也是在火车上,他发觉了毛舒米的艳遇。他们搭乘列车回家跟母亲和索妮娅过圣诞。离开纽约时已经很晚了,车窗外黑咕隆咚的,是初冬那种令人心烦意乱、漆黑一团的夜晚。他们正讲着来年夏天去哪儿度假的事,讲着要不要去意大利的锡耶纳,与艾丝特丽和唐纳德合租一栋小房子。他不赞成这个计划,她接着道:"德米特利说锡耶纳简直是童话世界。"她刹那间伸手捂住嘴巴,同时细细地倒吸了一口气。而后,她一句话也没有了。"谁是德米特利?"他问道。他又问道:"你是不是爱上什么人了?"这个问题冲口而出,直到那一刻,他突然明白了这以前没在意去前后思量的事情。他觉得荒诞无稽,他口干舌燥。但当问话出了口,他已经明白了。她的隐私,像是毒药迅速流遍他的血管,他心里冰冷,麻木了。这种感觉,只有那晚和父亲一同坐在车里,得知他的名字由来时体味过。那晚,他也这般迷失,也这般难受。但那天对父亲,他心里有着一种温情;可这一刻,他只有被欺骗的愤怒和耻辱。然而同时,他又是那么出奇地冷静——那是他们婚姻危机几个月以来,他和她第一次面对面回到坚实的现实中来。他记起几星期前有个晚上,为付账给送中餐外卖的,他在她的提包里找钱包,他翻出了装避孕套的小盒子。她告诉他下午去了医生那儿给重新配的,当时他没往心里去。

他第一个冲动就是列车一靠站,他即刻拔腿下车,离开她尽可能越远越好。可他们俩被捆在一辆火车上,捆在母亲和索妮娅的等待中;剩下的旅途,和接下来的那个圣诞节周末他们忍着,没告诉任何人,假装什么事情也没有发生。夜深人静时,睡在他父母的房子里,她向他和盘托出实情,她如何在大包车里初遇德米特利,如何在信筐里发现他的履历表。她坦白说,德米特利伴她去了棕榈海滩。一桩一桩地,他冷漠地、不能原谅地将这些零星片段收进了记忆。有生以来第一次,他厌恶另一个男人的名字甚于厌恶自己的名字。

过完圣诞节的第二天,她离开了彭伯顿路,跟母亲和索妮娅托辞说是《美国现代语文学会集刊》突然要她去面试。找工作的事其实只是个幌子,她和果戈理商量了她最好还是独自先回纽约。他回到纽约公寓时,她的衣物,她的化妆品,她的洗漱用具都拿走了。好像她又去旅行了似的。可这次,她是一去不返。她不想从他们俩短暂的日子里带走任何东西;几个月后,她最后一次出现在他的办公室,让他在离婚协议上签名时,她告诉他她要搬到巴黎去了。所以,顺理成章地,他就像在父亲死去时所做的那样,将她遗下的物什从公寓里统统清除出去:她的书装进纸箱,夜半时分搬到街边,可以任别人拿了去,其余的都被他扔掉了。春天的时候,他一个人去了威尼斯一星期,是原来他为他们俩安排的旅行计划;他流连于威尼斯那古代的、忧郁的美之中。他忘身于幽暗窄小的街巷,总找不到来时的路;他横穿了无数座小桥;他还发现了几个荒弃的广场,坐在那儿,由一杯咖啡或者金巴利苦艾酒相伴着;他用画笔勾勒出粉色、绿色的宫殿和教堂的外观。

他又返回了纽约,回到曾经是他们俩同住的、如今全属于他的公寓。一年后,那打击平息了下来,可失败和羞辱却一直沉淀在他心里,埋得那么深,埋得那么持久。有些夜晚,他不知不觉迷迷糊糊就在沙发上睡去了,睁开眼睛已是凌晨三点,电视还开着。他的日子就像他一手经营设计的建筑,在众目之下倾圮了。但他不能将这错归咎于她。他们俩都同样冲动行事,这错是他们共同铸下的。他们都想着到对方去寻找安慰,到他们的共同生活里寻找安慰;或许是出于新鲜感,或许是出于对这共同生活会慢慢变得死气沉沉而感到恐惧吧。只是他还是想不明白,怎么就走到了这步田地来:他才三十二岁,已经结过婚又离了婚。与她共度的那些日子,好像是已经不再左右他的、被封存了的、永远属于他的部分，就像他曾用过的那个名字那般。

他听到母亲的小车熟悉的嘀嘀声，见它正朝停车场开来。索妮娅坐在驾驶座上，向他招手。她边上坐着本杰明。这是索妮娅和本杰明宣布订婚后，果戈理第一次见到她。他想，到时叫她开车到卖酒的铺子前停靠一下，他要买瓶香槟。她跨出车门，朝他迎来。如今她已经当了律师，在汉考克大楼的办公室上班。她把秀发剪得齐到下巴。她套着果戈理念高中那会儿穿的蓝色旧羽绒服，脸上却洋溢着一种未曾有过的成熟。他可以容易地想象，若干年后，她的车后座上会多出两个小娃娃。她拥抱了他。那片刻，他们站在寒冷里，他们的手臂相互环绕。"欢迎你回家，咕咕。"她说。

他们是最后一次组装那棵根部标有色彩标记的七尺高的人工圣诞树。果戈理把盒子从地下室搬上来。二十多年了，安装说明书一直没有找到过；每年他们都得想法子弄清楚树枝装配的顺序问题，最长的枝丫安装在树底，最小的在树梢尖。索妮娅撑着树干，果戈理往上插枝丫。橘色的最先插，其次是黄的、红的，末了才轮到蓝色的；最上端的枝丫抵着白麻点的天花板，压得有些变弯了。他们像孩提时代那样兴高采烈，把树移到窗户近前，撩开窗帘，这样过往行人经过房前抬眼便可看见。他们给圣诞树点缀上果戈理和索妮娅在小学里做的装饰小挂件：做工纸制作的蜡烛；棒冰棍子做的神目，涂得金亮的松果。树的底部由阿西玛的一件巴那勒斯丝绸莎丽包裹着。他们还是跟以前那样,在树梢上放一只小小的塑料鸟儿,那鸟有着土耳其蓝玉色的天鹅绒身体,褐色的电线爪子。

壁炉架的挂钩上挂着圣诞袜,去年给毛舒米的圣诞袜今年则换成了给本杰明的。他们拿泡沫塑料杯喝着香槟,而且硬要阿西玛也灌几口,他们还放了父亲喜爱的佩利·科莫的圣诞老歌磁带。他们拿索妮娅开玩笑,告诉本杰明她有一年在大学里选修了印度教,回家后,就拒绝接受圣诞礼物,叫嚷说他们不是基督徒。明天大清早,母亲醒来,会忠实地遵循孩子们小时候教给她的圣诞节规定,把CD店礼券、小手杖糖、网袋金币巧克力,填满圣诞袜子。他至今还记得那时由于自己一再苦求,第一回父母家里有了圣诞树,一株塑料树,台灯般大,立在壁炉架上。尽管如此,它的出现还是相当的奇迹,使他兴奋至极,那是他央求他们去药杂店买的。他依然记得自己拿着花环、锡箔和一串使父亲觉得不放心的小灯串笨手笨脚地装点那株圣诞树的情景。他一直坐守在那儿,直到傍晚时分,父亲进屋,拔了电插,小树的灯串黯然无光为止。他还记得收到他自己挑选的、单独包裹起来的玩具礼物,那时,母亲去付账,要他站在放贺卡的货柜边等着她。"记得我们以往总是缠上那种一闪一闪跳得太快的彩灯吗?"他们布置完圣诞树,母亲摇头说,"那时真是什么都不懂啊。"

七点三十分一到,门铃响了起来,前门就再也没关上过,来客和清冷的空气一同卷进了宅子。来客们呱呱呱地讲着孟加拉话,高声嚷着、争论着,说话声音一阵儿压过一阵儿。笑浪填满了已经拥挤不堪的屋子。肉丸在猪油渣熬的油里炸熟了,与红洋葱色拉一起排放在盘子里。索妮娅拿纸餐巾包着肉丸请客人品尝。马上要当女婿的本杰明被介绍给在座的客人们。"我是肯定记不住这么多名字的。"他对果戈理说。"没关系,你不必记住它们。"果戈理回道。那些来客,那些有着成打不同名字的名义婶婶、叔叔们,他们是瞧着果戈理长大的;在他的婚礼上,在给父亲办丧事时又是他们出现于他的左右近旁。现在母亲即将离去,他承诺和他们保持联系,不把他们丢到脑后去。索妮娅向穿红红绿绿莎丽的妈细们炫耀着她手上由六粒小钻石点缀着的祖母绿戒指。"为了婚礼,你得把头发留留长才是。"她们教导索妮娅说。一位曼修在把玩着圣诞老人帽子。他们在客厅里的家具上、地板上随处而坐。小孩们跑到地下室,大一些的则溜上楼去。他看到有人拿他的"大富豪"[①]旧游戏在玩,游戏底板已经断开了,小跑车被索妮娅小时候丢进墙脚暖气片里,再也没找回来过。果戈理搞不清眼前这些是谁家的孩子——有一半客人是母亲近年来结识的,那些人出席了他的婚礼,而他却认不出他们是谁。人们讲着多么喜欢来阿西玛家里参加她的圣诞夜聚会,过去几年没有聚会,他们心里都怪惦念的;没有阿西玛,感觉是不一样啊。果戈理意识到他们全都依赖母亲把他们招呼到一块儿,安排他们的假日节目,丰富他们的日子,把传统习俗介绍给新入伙的人。对他来说,父母即兴的请客宴聚,没有想着要庆贺的庆贺,乃是家常便饭。但是,那是为

---

① 此处指 Monopoly。

着他,为着索妮娅,他们才费尽周折,学会了这里的习俗的。是为了他们,才会有这一切的。

从很多方面来说,他一家的生活就像是一连串突兀而无法预料、没有筹划的偶然,一个偶然接着另一个偶然。最初是父亲因为火车颠覆而瘫痪;这件事情反倒激励父亲远走高飞,飞向世界的另一半去建立新生活。继而是他们丢失了外曾祖母替他起的名字,附有名字的信件遗失在加尔各答通往剑桥的路途之中。于是,他被偶然地命名为果戈理,这个名字那么长久地塑造着他,折磨着他。他努力着要纠正这些来去飘忽、行踪不定的偶然和错误。但是,完全地重新塑造自我,从这阴差阳错地给的名字中挣扎出来,至今终是不可能。他的婚姻也是走错了一步。父亲丢开他们溘然长逝,是这一切之中最为不幸的一个偶然;好像死亡早在许多年前就已准备就绪,准备工作在那个他差一点儿送命的黑夜就已完成了,所有留着等他的只是那一天,悄然别去的那一天。这些事情造就了果戈理,使他变成了现在的他,决定了他的人生。这些事情始料不及,却令人尽其一生去回味,去思考,去努力接受,去诠释,去理解。许多事情本不应该发生,不得其所,错误横生;而恰恰是它们压倒一切,持续至终。

"果戈理,照相机呢?"从人群中传来母亲的叫声,"今晚要拍些照片,别忘了。我想记住这个圣诞节。明年的今天,我会远在千里之外呢。"他走上楼,去拿父亲的尼康照相机,照相机依旧放在艾修克用过的壁橱顶柜里。壁橱里面是空空如也。挂衣杆上已经没有一件衣服。那空无一物的样子刺痛了他的心,可手上照相机的分量却是沉甸甸的,给他以慰藉。他拿着照相机进入自己的屋子去装新电池和胶卷。去年他和毛舒米睡在客房的叠床上,客房五斗柜上层抽屉里放着香皂和折叠好的毛巾,是母亲给客人备着的。眼下索妮娅和本杰明一同回家来,客房归他们用了。果戈理睡在自己的房里,里面搁着一张他从未与毛舒米或任何其他人分享过的床。

床铺很窄小,上面覆盖着咖啡色单色棉被。他伸手可以够到天花板上的白磨砂玻璃吸顶灯,灯罩里面躺着几只死蛾子。墙上,他昔日贴招贴画的透明胶带的印迹仍依稀可见。他的书桌是折叠式四脚方桌,置于屋子一隅;从前他便是就着落满尘埃的黑色鹅颈灯,趴在这张书桌上面写回家作业的。地上铺着薄薄一层孔雀蓝的地毯,地毯嫌大了些,一端边缘抵着墙根,翘了起来。书架和抽屉大都撤空了。零零碎碎的没用东西已经装进了纸箱:比如他高中时的作文,上面还写着"果戈理"的名字;一篇小学时作的、用透明纸从百科全书上描下来的关于科林斯式、爱奥尼亚式、陶立克式廊柱等,希腊和罗马建筑的报告;克罗斯牌的对笔;听过两回就扔在一边的磁带;太大或太小的衣服——这些杂物他从来就不以为值得再搬到他住了有些年头的越来越逼仄的公寓里去。还有他所有的旧书籍,躲在被窝里打着手电筒读过的书,大学必读的书,读了一半的书,有些书脊上贴着黄色"二手书"字样的粘纸。母亲准备将它们统统捐赠给她工作的图书馆,好在春季图书馆办的年度书市上卖掉。她要他再翻看一遍,看看究竟还有没有什么想留下的。他朝纸箱里浏览了一遍。《瑞士人家鲁宾逊》,《在路上》,《共产党宣言》,《如何考进常春藤大学》①。

　　这时,有一本书,一本他从未翻开念过、被长久遗忘了的书,吸引住他的视线。书套弄丢了,书脊上的书名已褪色得厉害。那是一本厚厚的、用布装帧的书,上面积了年深的尘埃。象牙白的书页,手感厚实,有些许的湿冷,绸子般细滑。他翻开扉页时,书脊发出细小的咯吱声。《尼古拉·果戈理短篇小说选》,"送给果戈理·甘古利",是父亲用红色圆珠笔,笔力沉稳地写上去的,字母一个个渐渐往上游走,向书页的右上角斜行而去,很是乐观的样子。"写书人给予了你他的名字,赠书人给予了你你的名字。"这行字引在引号里。这段他以前未曾留意到的赠言下面,写着他的生日,还有赠书的年份:1982。那天他父亲就站在门口,站在那儿,离他现在坐着一伸手便可及的地方。父亲等着他自己去发现这段赠言,送了他这本书之后,父亲也不再过问果戈理怎么看这本书,再也不曾提及这本书。这笔迹使他想起父亲在他念大学时给他开的支票,还有以后几年里,对他一路的关照,付租房定金的支票,买第一套西服的支票,有时给他支票什么都不为。他的名字,他那么不喜欢的名字,在此处深埋着,保藏着——是父亲赠给他的第一件礼物啊。

　　赋予他名字、珍藏他名字的人都离开他那么遥远了。一个,已经故去;一个,成了孤孀,正要开始另一种远行,像父亲那样,

---

①　*The Swiss Family Robinson. On the Road. The Communist Manifesto. How to Get into an Ivy League School.*

要去另外一个世界长久居住。她会跟他打电话,每星期一回。她还说要学写电子邮件。每隔一两个星期,他会通过电话线听到她称呼他"果戈理",看到计算机屏幕上显示出"果戈理"的字样。对于这屋子里的客人,对于所有这些妈细和曼修,他依然是,并且永远是果戈理——可现在母亲要离开了,他多久才会再见到他们呢?这世上没人再叫他果戈理了,不管他自己生命延续多久,果戈理·甘古利会彻底从爱他的人的嘴上消失,以至于不再存在了。这个名字最终会消亡,但并不能使他感到遂愿,并不能给他以安慰。一丝安慰都不会有。

　　果戈理站起来,关上自己的房门,楼板下膨胀上来的宴聚之声,走道上小孩们的嬉笑吵闹,都被挡在了外面。他盘起腿坐在床上。他翻开书页,看了一眼尼古拉·果戈理的肖像,又读了一遍首页上作家的生平年表:一八○九年三月二十日,生。一八二五年,丧父。一八三○年,发表第一篇小说。一八三七年,游历罗马。一八五二年,四十三岁之前一个月,卒。再过十年,果戈理·甘古利便是那个年龄的人了。他想某一天他会不会再度走进婚姻呢,他会不会有个孩子等着他给取名字呢。再过一个月,他将在一个小些规模的建筑设计所开始新的工作,可以独当一面,自己设计了。最终有可能成为设计所的合伙人,公司的名字里会包含他的名字。那样的话,尼基尔将会颇有声名地活下去,而果戈理则被有意掩藏,在法律上死去,并且最终彻底消亡。

　　他回到第一篇小说上。《外套》。过几分钟,母亲便会寻他寻上楼来。她会说"果戈理",会不敲门便推开门,"照相机在哪里？干什么磨磨蹭蹭？还有时间看书！"她会光火地瞥见盖被上摊开的书，会数落他；她，和她的儿子这些年来一样，不会意识到就是这些书页，她丈夫一直审慎地、悄然地、静心地神游于其中。"楼下一大堆客人，去和他们聊聊天，去把菜从炉灶上端出去，去泡三十杯水，放到餐具台上……想想看，我们大家伙再也不会在这儿聚会了。要是你父亲和我们在一起时间再长一些的话就好了……"她会补上一句，她眼睛顿时湿汪汪的，"快来，去照管照管树下的孩子们。"

他会赔着不是，把书搁在一边；他自然不会忘记在书页上折个小角，作个标记。他自然会尾随母亲下楼去，去凑份热闹；最后一回在这宅子里，将父母生活里的这些人，这些窝在沙发里、这些把餐盘子夹在大腿间、用手抓饭吃的人们拍摄进照片里去。到了末了，在母亲的催促下，他也会吃些东西，也会盘腿席地而坐，跟父母的朋友聊聊天，讲讲他的新工作，讲讲纽约，讲讲母亲，讲讲索妮娅和本杰明的婚事。吃完饭，他会帮着索妮娅和本杰明擦净瓷碟子中吃剩的月桂叶、羊骨、肉桂枝，把碟子拾掇起来，堆放到厨台和煤气灶的两个炉头上。他会瞧着母亲像昔日父亲在临聚会收场前所做的那样，舀几匙细叶红茶到茶壶里。他要看着她把剩下的菜连着锅碗瓢盆一起送了人。随着夜晚的分分秒秒在指缝间流走，他会越来越心神不定，会急着想回自己屋子里，会想一个人闭门独处，会惦着去读那本曾经被他遗弃、被他抛在脑后的书。直到刚才那一刻，在他的生命里，它已命定是不存在的了，可是他碰巧把它救了回来，就像四十年前父亲从颠覆的列车下被拖了出来那样。他朝后仰了仰，靠在床头板上,在背后垫了只枕头。过几分钟,他得下楼去,融入人们的宴聚,融入他的家人的生活。但是此刻,他母亲正被朋友的故事逗乐着,分着心,还没有在意她的儿子不在左右。现在,他翻开书,开始阅读。

# "美国梦"是个相当模糊的概念
## ——裘帕·拉希莉访谈

**译　者**：刚刚完成你的两部作品的翻译,又阅读了新闻评论和网络上许多有关你的小说的介绍和讨论,想同你聊聊有关你的写作。读你的作品,时有读自传体小说的感觉。你的第一部长篇小说《同名人》里的主人公果戈理是第二代印裔美国移民,与你自己的个人经验颇为相似;小说里的许多情节出自你的或你周围人的生活。你的人生经历和你笔下的果戈理有何相似相同之处?

**拉希莉**：有些基本的东西是共同的。但是我并不认为小说是自传性的。果戈理是我的虚构,果戈理的人生也是我的虚构。我的创作是基于我对生活的体验和理解,果戈理有他自己的人生经历,他的言行举止都是我文学创作所赋予的,我并没有与我的小说主人公分享他的经历。当然主人公在这个国家出生成长的时代与我的相似;父母来自印度,移居美国,也与我的相似。

**译　者**：我听说写《同名人》时,你曾试图采用第一人称的叙述法,而不是像现在这样的第三人称叙述手法?

**拉希莉**：刚开始动笔写时,我试着用第一人称,写出了一些章节,结果不甚满意,没有达到我所期望的效果,很快地就撕了重写,改用了第三人称。

**译　者**：《同名人》里,作为印度移民第二代的果戈理和毛舒米,他们成长的背景颇为相似,他们面临的困惑也十分相似。但他们所采取的行为却是很不一样:果戈理具有被动、落寞的一面,而毛舒米却选择了逃遁,把自己流放在了巴黎。我们能不能把他们俩看成是同一个人的两个相互矛盾的侧面呢?

**拉希莉**：我想我没有把果戈理和毛舒米作为一个人的两个侧面来写。不,他们是两个独立的个体,两个不同的存在,两种不同的性格,对人生有着不同的态度。你说得对,从某种意义上而言,毛舒米成功地从根本上再塑造了自我;而果戈理尽管历经生活之中的不顺和落魄,挣扎着试图改变自我,他改名字的努力便是其中一例,但他终究还是失败了,他最终没有能够像毛舒米那样重新塑造自我。毛舒米看似脱胎换骨地改变了自己,但她其实是比果戈理更不愉快的人。

**译　者**：他们的婚姻是否注定了要走上绝路?

**拉希莉**：是。是由于她的性格、她的处境、她的环境……那些内在的力量推着她。她是不自觉的。

**译　者**：在你的小说里,你是如何反映所谓的"美国梦"的?与其他许多移民文学相比,你的作品是否在这个方面也有所侧重?

**拉希莉**：毋庸讳言,对大部分的移民而言,来到美国这个地方,就是要安身立命,要获得成就,要得到承认,这是他们心里相当明白的。寻找更明媚的机会,本来就是大多数移民的一大目的。他们关注自己的成功,他们努力创立家业,他们重视好的教育,他们弄得清楚做什么,想什么,要什么。他们携此梦而来,我对此是有所感受的。《同名人》里也是如此。果戈理的父亲一无所有地来到美国,建立事业,白手起家。至于其他的,我没有怎么考虑。

**译　者**：除了《同名人》以外,在《第三块大陆,最后的家园》和《森太太》两个短篇小说里,我都可以感觉到你的这种创作意图。

**拉希莉**：是的。

**译　者**：在你的小说中,"美国梦"是移民们的唯一目的还是目的之一?

**拉希莉**："美国梦"是个相当模糊的概念。可以说是一个人一无所有,浪迹到一个地方,通过他的努力勤奋,挣得一份富足的日子。但其实"美国梦"应是很广义的。我以为人的一辈子会有许多追求,其中之一就是得到承认,获得美好的生活。

**译　者**：刚读了你新近在《纽约客》上发表的小说《一个天,一个地》,很感动。请你谈谈创作的感想。

**拉希莉**：小说讲的是一个第二代移民,一个年轻女孩,从她年幼的眼睛里观察父母辈的生活、他们在异乡的情感历程,是一个母亲和女儿的故事——一个永恒的话题。母亲由于包办婚姻,远嫁美国,她在命定的婚姻和邂逅的爱情之间挣扎着。构成她的恋情的一大要素是由于她在异域的无法消释的孤独和思乡,以及印度包办婚姻的局限。小说着重于母亲与女儿之间的理解。母女间的这种理解超越民族、肤色和文化。

**译　者**:你的两篇新小说《一个天,一个地》和《与你无干》都是以年轻的印度女子为主角,从不同角度写婚姻。《一个天,一个地》写包办婚姻之下的年轻女子尚未泯灭的恋情,《与你无干》叙述的是浪漫爱情背后的伤心故事。两篇小说都花了大量笔墨叙述爱情婚姻。请问在你的小说里,你是如何看待印度式的包办婚姻的?

**拉希莉**:我不想在此对包办婚姻妄加评论,我只是陈述事实。包办婚姻在现代印度社会里依然是相当普遍地延续着,是习惯。如果回避不写,那是不真实也不忠实于生活的,因为这构成我笔下人物生活中的一部分。写的时候,我对这两种婚姻都持同样的态度。包办婚姻可能成功,也可能失败,其他婚姻方式也可能导致相同的结局。

**译　者**:请你讲讲为何把你的第一部短篇小说集题名为《解说疾病的人》?

**拉希莉**:因为《解说疾病的人》从某种意义上来说代表了这一组小说。集子里收的许多小说试图道出为了交流沟通,人们所付出的努力,以及这些努力的徒劳、困惑与艰难。人与人之间沟通的艰难,不仅仅是由于文化的、审美的、不同价值观等等的差异,即便是父母和孩子,丈夫和妻子……他们之间的语言交流,情感交流,都是艰难苦涩、谬误横生的。我觉得这个题名恰恰道出了人的这种困惑和尴尬。写书之前,这个题目在我心里已经酝酿了几年了。

**译　者**：你的小说里融入了大量的与印度文化习俗相关的内容，传统的食物、音乐、宗教、礼仪、文学、历史等等。这使你的文字有了一份沉郁的怀乡之情。作为第二代移民，你是否觉得印度文化和你有距离？

**拉希莉**：是的。我觉得印度文化于我是相当远的，尽管我在小说里努力写了许多印度文化的东西。我从来没有在印度长期生活过，从本质上来说，我和印度是相当分离的。我和印度文化的所有维系只是定期的访问，以及从小接受的家庭、父母和他们的朋友们坚持不懈地保持着的印度传统的生活习惯。我长在一个印度家庭，讲印度话，吃印度饭，我所接受的印度文化环境只此而已。说到印度文学、音乐、其他广泛的艺术形式，它们于我，还是十分生疏的，它们不像西方艺术那样是我的一部分。我接受的是西方的教育，所以影响我更多的还是西方艺术。

**译　者**：你觉得第一代移民和第二代移民所面临的困境是否相同？你在作品里是如何分别来描述的呢？

**拉希莉**：两代人所面临的问题相去甚远。我很注意写这种差异。一个是移民；一个不是移民。一个生在他自己的国家，迁徙到另一个国家，失去了原来的生活，重建新的生活，经历了相当的变化，伴随着的是隔膜、孤独；一个生在这个国家，长在这个国家，没有生活的失落和再创，只是在他们的背景里隐隐约约有那些异域文化的影子罢了，然而，面对"你从哪里来"这样的问题，他们充满困惑。这两代人的归属感是不同的。后辈对祖辈们的文化传统有多少认同，能接受多少，受多少影响，是很难说清的。这种不同导致了两代人之间的矛盾和互不理解。这也是我写小说的用意之处。

**译　者**：在你的长篇小说里，多次出现了俄国作家尼古拉·果戈理。这位作家不仅赋予了小说主人公他的名字，且又如此深受主人公父亲的仰慕。你在小说里讲到了作家的"分裂的灵魂"，他的生平经历，他异常的死亡方式，等等。你的写作是否受作家果戈理特别的影响？你喜欢他的作品吗？

**拉希莉**：我很推崇他的作品，非常敬仰他。但他的写作手法和我的不太一样，在写作方面他没有像其他作家那样影响过我。他的作品文字嘲讽，人物荒诞，而我的基本不这样。我喜欢他的《外套》，不亚于《同名人》里的艾修克的程度。我喜欢他的写作，但我没有追随他。我认为每个我所推崇的作家都以某种方式或多或少给予我某种启发。

**译　者**：读你的文字时，我发现你似乎越来越偏好叙述描绘，而少用对话。这是否是你的一种艺术追求？

**拉希莉**：我只是觉得需要。用什么方式来写效果最好，就用什么方式。或白描叙述，或对话，没有刻意。

**译　者**：恰巧得知你和中国作家哈金是波士顿大学文学创作班的同窗。你是如何看哈金的《等待》的？

**拉希莉**：哈金是我的朋友。我读过他的《等待》。我很敬仰并喜欢他的创作。这部作品是我近年来所读到的几部震撼人心的作品中的一部。是高手之作，很有力度。他勤奋努力，又才情恣肆。他具有了这两种优点，这样的作家，当今文坛上并不多见的。

**译　者**：你还读过其他中国作家的作品没有？

**拉希莉**：不幸的是还没有。

**译　者**：你多大时开始初试文笔？记得写了什么？

**拉希莉**：我小时候害羞，不太合群，一个人悄悄躲着看小书。我当时只有七岁，写了一个称为"小说"的东西，讲一个女孩离家出走的故事。

**译　者**：是吗？你七岁时心里已经编起离家出走的故事了？

**拉希莉**：是。不过那些故事不是我编的，是我拷贝的。我那时读了许多探险小说，讲女孩逃离家庭，或者被送进寄宿学校的故事。那时不是创作，而是模仿。

**译　者**：能不能谈谈你未来的写作计划？你会继续着力于印度文化和移民经历的创作，还是有其他考虑？

**拉希莉**：我正在写一个短篇，主角是个有印度背景的人物。小说将收在我的下一个短篇集子里。

二〇〇四年七月十八日于纽约

## 译后记

年轻的印裔美国女作家裘帕·拉希莉在她的成名作《解说疾病的人》中,曾这样描述孔纳拉克的太阳神庙:"这些轮子乃是生命之轮的象征,它们描绘了创生、护持和悟达的循环。"

这里面所蕴含的印度传统的哲学思想,也处处隐伏于她的第一部长篇小说《同名人》之中。

按照印度哲学的看法,体证梵我合一而获得灵魂的解脱,是生命的最终目的和最高境界。可惜这样的境界却是凡人难以企及的。故悟达之神又兼掌毁坏与生发,于是众生便只能在死与生的轮回中受苦,如宇宙的循环,没有终了。

人的一生不过是轮回的一环而已,而死亡也正是下一环的诞生。如此,轮转不休的生命便带上了无从解脱苦难的悲剧意味。在《同名人》里,作者更是把一个环节的生命历程也刻画成一个圆圈,仿佛一生走完,结果仅仅是再次回到起点。于是这种悲剧意识愈发变得深沉,细细体味,竟会有窒息之感。

艾修克,意为"超越悲伤的人"。他有过三次"出生",三次生命。如此匆匆地轮转,仿佛是在急急寻找灵魂的出路;原来他所要超越的,就是生活必然带来的"悲伤"。他的第三次生命是在新大陆度过的,他两手空空地来,最后又两手空空地去,没有留下任何遗物。没有坟墓,没有碑铭。他的生命好像是一场已经消散的梦,仅仅存在于亲人隐约的记忆之中。那是他在这个世界留下的唯一痕迹。

阿西玛,乃是"无限无极的女子";的确,她的生活空间并没有局限在印度。她万里随夫,二人共同在异乡创造生活,慢慢有了家,有了孩子;然而从无到有之后便是由盛而衰,丈夫辞世,继而儿女婚嫁,她终于卖掉、送掉了见证他们生命之路的一切。多年前她一个人从印度飞来美国,如今又要孤零零地黯然归去。

果戈理不喜欢自己的俄国名字,费尽心思改掉了它,然而得知名字背后的故事后,又深为自责、后悔。他要跳出印度人的圈子,可是经历了与几位异国女子的不成功的恋爱后,最终还是回到了印度女子身边。不幸这位印度女子更是一个欲在印度文化之外找寻归宿的人,于是他的婚姻便注定不能长久;获得与失去仿佛刹那间的事情,他重新回到了单身状态,而心怀早已是废然而苍老了。他一直生活在印度与西方文化的夹缝中,总想归依后者,却总是发现自己无法一身轻松地做到,只能在两难之间挣扎。小说结尾处,他的文化之旅仍在继续,不过他已开始回归父辈的道路了。

书中人物的生活,永远是不成功之下无可奈何的回返,是一串带有悲剧色彩的回归的足迹。这是潜藏在作者着意描绘的斑斓的东西方文化差异之下的生命的脉络。作者对生命的认识，正是源于印度哲学与宗教的深刻影响。美国固然只是暂时的寄寓之所，而人物的生活道路实际上也远离了他们的精神故乡——印度。那么何处才是真正的归宿呢？在作者笔下，生活本身就是无奈，宿命式地有着的跳脱不出的轨迹，而主观上的无能为力所带来的悲哀压抑的气氛，奠定了全书的基调。除了生，书中又多次讲到了与之相伴相随的死：火车事故中几乎吞噬了艾修克生命的死亡、他在异地孤独的溘逝、果戈理坟地里的神秘体验、回家路上听闻的卧轨自杀、作家果戈理彻底否定自我后令人悚惧的绝食自戕、大学系秘书突然的病发身亡；每一次都促人感喟良久，都隐隐传达着印度文明认识生命的智慧。

作者生在西方、长在西方，对印度的感性认识来自仅有的几次去加尔各答的短暂旅行；然而，由于家庭的影响，东方文明显然在她身上留下了十分深刻的烙印，并不亚于西方文明。对于作家而言，这可说是非常可贵的特质，提供了更高的立足点、更多的可能性。我们还看到，她的创作活动是带着一个理想的，她期望成为连接东西方的一道桥梁，如《解说疾病的人》中的译解人一样，致力于双方的沟通、理解与交融。这更是极有价值的事业。译者翻译此书也正是出于同样的动机。

二〇〇四年十二月

THE NAMESAKE by Jhumpa Lahiri
Copyright © 2003 by Jhumpa Lahiri
This edition arranged with William Morris Endeavor Entertainment, LLC.
through Andrew Nurnberg Associates International Limited.
All rights reserved.
本书中文简体字版版权，浙江文艺出版社独家所有。
版权合同登记号：图字：11-2017-303号

**图书在版编目（CIP）数据**

同名人/[美]裘帕·拉希莉著；吴冰青，卢肖慧译.—杭州：浙江文艺出版社，2019.5
ISBN 978-7-5339-5691-2

Ⅰ.①同… Ⅱ.①裘… ②吴… ③卢… Ⅲ.①长篇小说—美国—现代 Ⅳ.①I712.45

中国版本图书馆 CIP 数据核字（2019）第 097606 号

| | |
|---|---|
| 策划统筹 | 曹元勇 |
| 责任编辑 | 李　灿 |
| 文字编辑 | 庄馨丽 |
| 封面设计 | 山川制本 workshop |
| 责任印制 | 吴春娟 |

**同名人**

[美]裘帕·拉希莉　著
吴冰青　卢肖慧　译

| | | | |
|---|---|---|---|
| 出版 | 浙江文艺出版社 | | |
| 地址 | 杭州市体育场路347号 | 邮编 | 310006 |
| 网址 | www.zjwycbs.cn | | |
| 经销 | 浙江省新华书店集团有限公司 | | |
| 印刷 | 上海中华商务联合印刷有限公司 | | |
| 开本 | 850毫米×1168毫米　1/32 | | |
| 字数 | 226千字 | | |
| 印张 | 10.875 | | |
| 插页 | 6 | | |
| 版次 | 2019年5月第1版　2019年5月第1次印刷 | | |
| 书号 | ISBN 978-7-5339-5691-2 | | |
| 定价 | 58.00元（精装） | | |

版权所有　侵权必究
（如有印、装质量问题，请寄承印单位调换）